MARGARITA DAGER-USCOCOVICH

LAS QUEREMOS VIVAS

snow fountain press

LAS QUEREMOS VIVAS

MARGARITA DAGER-USCOCOVICH

Primera edición, 2021

www.margaritardager.com

Snow Fountain Press
25 SE 2nd. Avenue, Suite 316
Miami, FL 33131
www.snowfountainpress.com

ISBN: 978-1-951484-71-2

Dirección editorial:
Pilar Vélez
Corrección de textos:
Marina Araujo
Diagramación editorial y diseño de portada:
Alynor Díaz

Impreso en los Estados Unidos de América.

ÍNDICE

DEDICATORIA

A las que han partido al infinito, a las que no sabemos dónde están, pero que deseamos estén vivas y puedan regresar a casa.

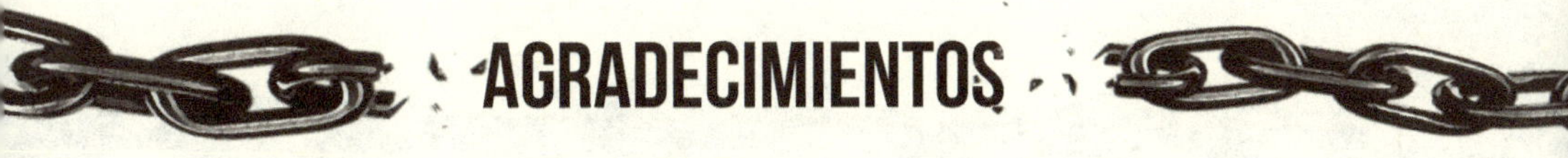

AGRADECIMIENTOS

A mi núcleo familiar, esposo e hijas, y a mi sobrina Andrea Quintana por su constante apoyo y su inmensurable cariño.

A mi editorial Snow Fountain de Miami y a su equipo de mujeres talentosas, Alynor y Marina. Al oficial D. Castro, miembro honorable de nuestro CMPD, por sus anécdotas y por su valioso tiempo. A las sobrevivientes que contaron sus historias en el Levine Museum of the New South sobre el tráfico y la esclavitud sexual y a los miembros de esta entidad que me abrieron los ojos sobre esta verdad compleja y siniestra. A mi querida amiga Claudia Zamora, escritora, médium y tarotista que tuvo la paciencia de asistirme para entender los portales energéticos, el camino de las almas y las herramientas como el tarot.

A Rafael y Belén por sus valiosos comentarios hacia mi novela.

A mi editora, presidenta de Mi Libro Hispano, escritora, mentora, amiga, Pilar Vélez Zamparelli por creer en mí y por animarme a no desfallecer jamás.

Por último, pero no menos importante, a mis lectores. Gracias mil por permitirme entrar en sus hogares con mis libros.

NOTAS DE LA AUTORA

Acuérdense siempre que nosotras las mujeres debemos protegernos y debemos actuar cuando algo no está bien sin importar los obstáculos ni el tiempo, mucho menos la sociedad que nos objetiviza, nos rechaza, y no acepta que nos hace vulnerables.

A los hombres les pido que no se conviertan en victimarios o en cómplices. La explotación sexual, su tráfico y los abusos que van de la mano de esta son delitos que deben entenderse como tal y que se deben castigar sin importar la raza, el color, la religión o el estrato social.

Esta es una historia de ficción basada en realidades existentes y mucha veces impunes. *Las queremos vivas,* es producto de largas lecturas y de la búsqueda de constantes artículos que me revelaron el oscuro y sucio mundo a donde se llevan a las mujeres para cumplir con la misión de enriquecer a unos cuantos y de satisfacer las necesidades más primitivas de hombres o mujeres. Aunque existen personajes de ficción, esta historia está llena de realidades impunes, las cuales no aceptamos por diferentes pensamientos.

En esta novela dejo ver la debilidad de la justicia, la falta del triunfo de los derechos y el poco interés de las entidades gubernamentales y globales.

Hay que hacer lo que sea necesario para confirmarles a los que trafican con mujeres, en general con seres humanos, que sus actos no quedarán sin castigo a pesar de las dificultades o de las trabas que existan.

En ocasiones las «disociaciones», la «inhibición tónica», son armas que las víctimas utilizan para olvidar el dolor de los momentos difíciles de la violación o agresión sexual, pero las memorias vividas se quedan y atormentan hasta el punto de provocarles pensamientos suicidas a sus víctimas.

No siempre es fácil, como víctima, convivir con las memorias traumáticas de un abuso o querer reportarlas, por el mismo hecho de que estamos llenos de prejuicios.

Deseo aclarar que este negocio es constante, no discrimina, y en Estados Unidos tenía una ganancia más o menos de 32 millones de dólares al año, según reporte de las Naciones Unidas en el año 2006. En un artículo escrito por Raúl A. Capote del blog Granma. Cu., en agosto del 2020, habla de: «La esclavitud moderna», y cita un estudio publicado por Walk Free Foundation (WFF) que indica que más de 400 mil personas viven en estas circunstancias y que es un fenómeno que parece no tener límites de crecimiento en ese país, donde la trata de personas con el propósito de servidumbre y explotación sexual, se ha convertido en un negocio redondo para los traficantes.

Sin embargo, contra lo que muchos creen, la mayoría de las víctimas de tráfico sexual en Estados Unidos no son extranjeras traídas al país a la fuerza; de hecho, ocho de cada diez son ciudadanas estadounidenses, refiere la BBC.

«Muchas de ellas son esclavizadas a través de las drogas y marcadas con tatuajes como una mercancía que pertenece a su explotador. Y uno de los grandes problemas es que suelen ser confundidas con trabajadoras sexuales por propia voluntad», señala la BBC.

La Agencia de Noticias Inter Press Service (IPS) recoge varios casos recientes de alto perfil de trata de personas y comercialización sexual en Estados Unidos. Existe un incidente que involucró a 16 efectivos del Cuerpo de Marines de Estados Unidos, quienes el 25 de julio fueron detenidos por cargos de tráfico de personas, tráfico de drogas y transporte de inmigrantes mexicanos indocumentados.

En pleno apogeo de la pandemia de la COVID-19, de acuerdo con el FBI, su unidad de lucha contra la explotación infantil y el tráfico de personas investiga varios casos en los que los explotadores «promocionan» a sus víctimas para atraer a la clientela.

La televisora ABC News da a conocer que en Nueva York los traficantes afirman en sus anuncios que las mujeres, muchas de ellas menores de edad, a las que explotan sexualmente están «libres del virus» o «dispuestas a usar máscara y guantes».

Este fenómeno se repite, por ejemplo, en Jacksonville, Florida, donde las actividades de trata y pago por sexo continúan en medio de la epidemia y las mujeres explotadas por lo general no tienen otra opción que someterse para poder pagar su comida y alojamiento, reflejó la televisora News4Jax.

En San Diego, el tráfico sexual genera ganancias ilícitas de hasta 810 millones de dólares al año; es la segunda actividad delictiva más beneficiosa después del tráfico de drogas.

Las niñas y mujeres son especialmente vulnerables, ellas representan el 99 % de las víctimas en la industria sexual comercial y el 58 % en otros sectores.

Como activista de los derechos de la mujer y de los refugiados, y como ser humano y escritora, considero que todo esfuerzo que hagamos es demasiado poco para dar a conocer este género «productivo» para algunos.

Hago un llamado a entidades gubernamentales y globales a que sumen esfuerzos verdaderos para salvaguardar la integridad de las personas en el ámbito mundial.

ISRAEL 2028

Muerte al demonio Tuerto

«Uno ve más demonios de los que
el vasto infierno pueda tener»
—William Shakespeare—

Me pusieron Drina, que significa *defensora de la humanidad*; mis padres creen que los nombres definen la personalidad de quienes los llevan hasta el fin de los tiempos y más allá de ellos. Es así como mi nombre me ha sometido a las influencias de un mundo arrogante y oportunista, pero también conquistó mi libertad, porque a pesar de la vulnerabilidad de los seres humanos, yo, Drina Emilia Stojak, he nacido para hacerme responsable y enfrentar las malas pasadas de mi propio destino. Tres años son pocos para aquellos que están a punto de conocer mi historia. Sin embargo, si alguno de quienes me rodean, más allá de los que conforman mi familia y mi círculo más cercano, consideran que es una eternidad, también es válido. Estos tres años se han convertido en el signo infinito de la paz que a veces se muestra débil o temeraria, pero, de igual manera, marcará el infinito de un suceso... del cual no solo yo he sido víctima.

La historia de mi vida está vestida de azules inocentes, de rosas azucarados, de violetas y del negro de un poder macabro de una parte de la sociedad que no quiere admitir que es culpable. Tres años he pasado sanando mis heridas con el amor sin límite que despierta mi hija, una pequeña de cabellos dorados como el sol y de ojos pardos que me atraen a perderme en ellos, porque en ellos, vuelvo a descubrir que la inocencia existe y es un bálsamo que fluye natural entre lo espeso de mis llagas en el alma. Tres años he pasado oculta, explorando nuevas sensaciones que pensé que estarían vetadas para mí cuando me sucedió todo aquello. A los monstruos de mis pesadillas ya no los he visto más, aún así, no estoy segura de que estaré a salvo mientras los demonios que jugaron a ser dioses tiempo atrás y que me obligaron a huir de mis padres, de mi hermana y de todo lo que me rodeaba en Estados Unidos, estén fingiendo cariño para luego matarnos en vida, que es peor que morir inmóvil en el suelo.

Observo el reloj y percibo el olor a pasta de garbanzos a la Sorrento, la misma que preparaba Carlos en los Estados Unidos. Nunca fui muy buena en la cocina, pero este es uno de los platillos que se me dan fácilmente, lo mismo el pan de centeno que mi *majka* me enseñó a amasar porque es uno de los favoritos de mi padre, mi héroe de ojos verde azulados como el color del mar de sus recuerdos. Es la única cena decente que puedo preparar para un invitado especial como Sergio. Él cuida de mí en esta tierra remota donde los muertos son una «cuestión sensible» ya que el peso de su tradición es importante desde su nacimiento. Vivo en el Barrio Armenio, en una casa cómoda. Es pequeña y me agrada la tranquilidad de la ciudadela. Los monasterios y las iglesias limitan el resto de la ciudad. En las tardes, mi pequeña hija y yo caminamos por La Torre de David cerca de la Puerta de Jaffa.

Hoy celebramos el Festival de las Luces, a mi manera siempre. Sergio ríe cada vez que viene a casa, dice que debo completar y seguir la tradición de encender las velas como es debido, pero yo le saco la vuelta y lo recibo con el candelabro de nueve brazos ya encendido fuera de casa. Es la primera noche de Janucá y hemos decidido con Sergio que nuestro invitado especial, el esposo de mi buena amiga Eidel, sea el que recite el Hallel.

Corro de aquí para allá con la bandeja atiborrada de *sufganiot* de fresa y de crema. Eidel traerá su deliciosa torta de patatas y las monedas de Janucá en su hermoso cofre de madera de olivo que talló su bisabuela. Le perteneció a su familia y ahora ella comparte su belleza con nosotros. Observo de reojo a mi hija que juega con el *sevivon* en la salita contigua mientras reviso el último detalle de la mesa. Eidel, su esposo y su hija, que tiene la misma edad de la mía, llegarán dentro de poco.

—Mamá, vamos a jugar, *com'on* —demanda mi pequeña Golda.

—Debo apurarme, pequeña, ahora no. Hay que terminar con la mesa. Luego te daré masitas con mermelada; cuando llegue tu amiguita, princesa. Ahora vete a la salita a jugar.

Mientras busco las flores que adornarán la mesa alcanzo a divisar desde la ventana de la cocina a Sergio con su paso erguido y gallardo. Trae el vino para la celebración, detrás de él caminan Eidel, mi única amiga, y su pequeña hija, no veo a su esposo. Llevo tres años en Jerusalén y no he conocido al misterioso marido de Eidel. Ella me ha dicho que por su trabajo viaja mucho, que no recuerda la última vez que celebraron juntos en familia. Sé, por sus breves comentarios, que lo conoció en Estados Unidos, casi al graduarse de la universidad en California. Tiene una foto de él cuando era un *teenager* y la lleva en su porta pelo de oro colgado al cuello. No he podido descifrar de dónde conozco su rostro, pero se me hace muy familiar. Quizá es un rostro común, como dice Evelyn, la médium y psicóloga amiga de mi madre. Hay rostros que se parecen a otros y los confundimos fácilmente.

Coloco las flores en la mesa y me dirijo a la entrada. La voz de la pequeña hija de Eidel se escucha como susurro de viento en primavera, cálido y suave. Me sonríe y me abraza las piernas.

—Ya estamos aquí, dice, y corre a abrazar a su inseparable amiga de juegos. Las pequeñas se toman de las manos y ríen.

—¿No he visto a tu esposo llegar, Eidel? —comento.

Ella me contesta un poco avergonzada:

—Dejé la torta de patatas sobre la mesa de la cocina y regresó por ella.

—Muy bien, que la traiga, porque no hay celebración sin esa deliciosa torta, Eidel —acota Sergio besando las manos de mi querida amiga.

—Esta pasta y este pan huelen exquisito —replica Eidel, y se apresura a ayudarme a servirla sobre el platón de cerámica pintado a mano.

Sergio y las niñas se entretienen corriendo por el pequeño salón. Sus risas son lo más parecido a estar en el paraíso; alegres, tibias, inocentes. Mi vida tiene un propósito, criar a mi hija lejos de mi casa, de mi país, de mi familia. Nuestra vida actual está protegida por Sergio, el mosad que nos adoptó, por decirlo de alguna manera, en Israel. Al final terminé convirtiéndome en una hija para él. El dinero que le ofreció mi madre me lo devolvió una vez parida, para que empezara una vida sin problemas económicos. Aprendí hebreo, monté una tienda de hilados y doy tutoría de inglés en una escuela del sector.

Ya no existe ni el miedo, ni la sumisión, ni la crueldad. Los malos recuerdos no se borran, pero con el transcurrir del tiempo se van acomodando en el cajón correspondiente de mi memoria. Owen está muerto, su familia no sabe que nuestra pequeña existe, y ella ignora que es hija de uno de los jóvenes banqueros más prominentes de Carolina del Norte y que es parte de un legado oscuro. Secretos que encierran conflicto y que forman parte de mi historia y de la suya, la que quiero finalmente olvidar. Mi pequeña y yo nos estamos conociendo y estamos aprendiendo a querer a Jerusalén como nuestro hogar. Bueno, es el lugar de Golda, así he bautizado a mi hija, ella ha nacido aquí; es parte de un tiempo nuevo donde el sol, como su nombre, se levanta dorado todas las mañanas, incluso cuando la nieve cubre el Monte de los Olivos.

Mientras pongo la mesa y las risas flotan en el aire, el viento del invierno empuja con saña la puerta principal. El cuerpo de un hombre alto y espigado se dibuja un tanto oscuro en el portal. Eidel va a su encuentro, trae en sus manos la cacerola con la torta de patatas todavía humeante. Pasos imponentes se escuchan detrás de ella, un escalofrío sube hasta mi espalda y se asienta en la nuca. El rostro del hombre desconocido se refleja en mis pupilas. Su barba poblada y rojiza no me dice nada en un principio, lo miro bien, entonces empiezo a descifrar su identidad. Lo que habla es el parche que lleva en su ojo derecho, reconozco su rostro. Me llevo las manos temblorosas a la boca. Estoy frente a uno de mis enemigos.

Sus expresiones duras en el rostro cuarteado por el sol de California y surcado por las líneas del tiempo me asustan. Cae la vajilla que sostengo, al suelo; el sonido se torna más estridente dentro de mis oídos, y el grito ahogado de ver al *Tuerto*, como yo lo conocía, en mi casa, me hace retroceder hasta el mesón de la cocina. Agarro las tijeras enterradas en la caja de cuchillos y espero el momento de atacar. Sé que el arma en mi mano acabará con el último vestigio de un pasado de pesadilla que ha venido a mi encuentro sin ser invitado, no permitiré que se me acerque o que se acerque a mi hija. Mi mente trabaja a mil, no distingo a nadie más a mi alrededor. Solo escucho voces, risas, la música de fondo que suena desde el tocadiscos. Nuestras miradas se encuentran desafiantes, sabemos que existe otra vez el miedo, ese miedo incontrolable que sentí en Estados Unidos. Fantasmas danzan en torno a mí, su olor a muerte y a maldad se ha disfrazado con un perfume varonil. Él no me engaña, puedo percibir la podredumbre de mi pasado y el suyo en las notas de su colonia. Mi gato Milán intuye nuestro futuro inmediato al pasearse entre mis piernas con el lomo levantado. Su maullido me confirma el peligro.

Atraigo la tijera delante de mí, poso su empuñadura cerca de mi vientre y su filo hacia el maldito hombre tuerto, observo que las hojas de la tijera relucen seductoras. Su filo terminará con mi adversario. Lo sé, estoy segura de ello; ya he descubierto el lado oscuro de mí misma. A partir de este momento me convierto en sombra y vivo para apagar los incendios del alma. Siento que ardo con la dulce plegaria de mi oración favorita. Mi oscuridad no me llenará de culpa ni de pesar, mucho menos me agobiará. Aquí es o él o yo y, de seguro, esta vez va a ser él, como lo fue el día en que le clavé el cuchillo al mismísimo demonio...

«Oh, Good Saint Anne, you have, for many years, welcomed, listened, and guided numerous pilgrims, so I humbly present myself to you. Intercede for me so that I may not extinguish, in my heart, the fire of the Holy Spirit. I trust to your care, Saint Anne, those who are dear to me».

El sonido amargo de la muerte está presente. O él o yo. Salto sobre la mesa y le clavo las tijeras en el cuello. Una cadena de aullidos se desata. Siento la sangre de mi enemigo sobre la piel, es espesa, caliente; cubre mi mano y se adueña de mi antebrazo, de mi camisa blanca, de sus vestimentas, salpica su rostro cubriendo el parche de su ojo y parte de mis mejillas dejando vestigios de plasma, proteínas y desechos sobre mi espacio íntimo. Estoy aturdida e inmóvil pensando que su sangre puede contagiarme de su perversidad. Veo su cuerpo en forma de *S* en el piso, mis zapatos casi lo rozan. La sangre llega hasta mí, es un río lento que viene a mi encuentro, quiere devorarme. Cuando asesiné al Chino no lo pensé, ahora sí. Puedo contagiarme de su malicia, la piel todo lo absorbe. Me separo del cuerpo en el suelo con un pequeño brinco y vuelvo a posar mis ojos sobre las tijeras.

Unos brazos me rodean, tiemblo, dejo caer las tijeras y balbuceo: «Mis tijeras lo mataron, como la estaca de fresno lo hace con Drácula en las películas que veía cuando niña. ¡Mis tijeras lo mataron!... ¿sabes?, siento que el olor a maldad y a podredumbre se evapora —le digo al hombre de los brazos que me rodean—. Solo percibo el olor a sangre oxidándose, esa sangre maldita está cubierta de lágrimas negras, de mis lágrimas. —señalo el cuerpo inmóvil y el charco de sangre espesa—. En esta noche sagrada en Jerusalén mi transformación es inminente... ¡Dejé de ser Drina!, ¡dejé de ser Drina!, ¡otro diablo está muerto!, ¡otro diablo ha nacido! yo, yo soy ese nuevo demonche que ha germinado en tierra sagrada».

Hundo mi cabeza en el pecho de Sergio, reconozco sus abrazos y su calor tibio que me sostiene para no desmayar. A lo lejos se escuchan las sirenas y vuelvo a revivir mi pesadilla en La Jaula. Vuelvo a sentir que mi cuerpo se llena de ausencias y que el infierno persiste en arraigarse para siempre. Pienso, mientras me acuno en su cuerpo, que la paz es una flor venenosa.

CAPÍTULO I

El pasado te recuerda que existe

«Nuestra sociedad es masculina,
y hasta que no entre en ella
la mujer no será humana»
—Henrik Johan Ibsen—

La voz del capitán, penetrante y agradable, nos daba la bienvenida a los casi doscientos pasajeros a bordo del vuelo de American Airlines que empezaba a descender sobre el aeropuerto José Joaquín del Olmedo de la ciudad de Guayaquil. Una ciudad de la que había partido veinte años atrás con la firme idea de jamás volver. Demasiados recuerdos que me lastimaban estaban prendidos de sus paisajes coloridos, vibrantes y húmedos; también en sus noches claras de luna, cuya redondez emulaba una tachuela de plata en el firmamento sombreado de negro, cuando los ruidos de los grillos, las cigarras y las aves nocturnas se introducían en la cabeza provocando pesadillas. Recuerdos adheridos a las ocasiones, a los miles de veces que mi madre no estaba en casa y a las horas lánguidas en una clínica donde manos frías rasparon mi vientre dejándome hueca, hasta que Dios decidió bendecirme con mis dos hijas.

Guayaquil representaba el pasado, no quería enfrentarme a él, a sus reproches, malas caras y al estigma. Desde que tenía uso de razón había huido de los enfrentamientos grotescos, de las discusiones y de los insultos. Las situaciones que se salían de mis manos me aterraban. Siempre quise estar en control de todo lo que me rodeaba. La mayoría de las veces no fue fácil, crecí en una familia al estilo *Dallas*, con menos dinero, pero con mucho más veneno en sus ponzoñas, a pesar de que el exterior los percibía centrados y gentiles. No voy a negar que la familia tuviera sus momentos débiles, en donde la demostración de afecto era exigua, podría decir que se «mostraba endeble». Quería dejar todo aquello enterrado en un pedazo del alma donde sus actuales brazos mochos no me atraparan. Pero el pasado, tarde o temprano, te enfrenta y te hace recordar a fuerza que uno puede olvidar, pero que él no olvida. El pasado subsiste y te acecha sin piedad como lo hacen los malos espíritus; como el cianuro, silencioso y mordaz.

El aire comprimido dentro de la cabina empezaba a navegar por mis oídos provocando presión y ansiedad; se adueñaba de la boca del estómago dejándome sin respiración. Gracias a los beneficios de ser viajero frecuente pude gozar de una hilera de asientos vacíos disponibles para mi comodidad. Estaba muy lejos de los pasajeros que siempre quieren hacer conversación y del llanto cansón de algún niño que no quiere sentarse solo, sino en las faldas de mamá. El gusto por el alejamiento del común mortal duró poco. Se vio afectado por el embate galopante de los nervios que me carcomían el cerebro al escuchar que en escasos diez minutos aterrizaríamos. Me invadió un túnel claro-oscuro donde algunos recuerdos animados de mi niñez y de mi adolescencia se dejaron ver al igual que las sensaciones espinosas.

Aquellas sensaciones eran las que ahora les arrancaban el aire a mis pulmones, eran como la música de mi sonata favorita de Beethoven, Moonlight, donde las notas graves merodeaban a corta distancia. Me invadía el horror de la tristeza. Guayaquil me provocaba, con solo escuchar su nombre, una experiencia emocional de grandes cargas. La ciudad se parecía a un monstruo que despertaba el frío en la piel en la que no quedaba más que dolor.

La ciudad que había guardado en un rincón de la memoria me asaltaba de pies a cabeza electrizando mis ánimos en balance. Me obligaba a entrar en lo tumultuoso de «volver» donde el foco de tu historia personal es un laberinto de callejones estrechos, destruidos y reconstruidos una y otra vez. Donde piezas distintas de tu pasado ya no tienen población propia y residen en las entrañas de ese monstruo de un solo ojo el cual te observa rígido, desbordando ante ti una moral y ética exasperadamente controladora. El monstruo estriba sus brazos largos; los que me convirtieron, durante una época, en un ser de personalidad melancólica. Antes de conocer a Mislav yo vivía en el mundo del monstruo de mirada fija y tristeza extrema. Vivía con fracasos y ausencias arraigadas en esta ciudad de formas aglomeradas.

No puedo negar que me sentí cómoda en el viaje. Claro, dos vasos de Grey Goose ayudan bastante. El efecto sedante del alcohol me relajó hasta el punto de perder la conciencia. Lo necesitaba tanto como los camellos de Arabia necesitan agua después de caminar ciento sesenta kilómetros por el desierto. Volver a Guayaquil era una conversación pendiente, un diálogo que no había mantenido ni claro ni abierto, una voz siniestra de la que huía, que obviaba, que se había engalanado de negro y a la cual evadía con café, té o cerros de libros y hojas por traducir en mi día a día a 2601.9 millas de distancia. Sin embargo, un mes antes de mi viaje comencé a tomar calmantes porque de un momento a otro la ansiedad me empezó a afectar de manera rara e inhabitual. Aparecieron pesadillas dislocadas que me hundían en una sensación de vacío y de impotencia. Mislav lo atribuyó a la circunstancia con mi madre, y el médico me recetó dos calmantes que ayudarían en este proceso de apaciguar mi situación de nerviosismo.

La presencia de los viajantes y el estar cerca de todo lo que había evitado vivir en mis años de ausencia en ese núcleo urbano que estaba por recibirme con su originalidad claro-oscura, empezaba a despertar otra vez la angustia, pero había algo más, algo...

No podía meter mano de la entrañable comodidad de practicar *qigöng* en el A321 de American Airlines. Eso me bloqueaba. El antiguo lenguaje oriental que había llenado cada parte de mí en los últimos años estaba desapareciendo. Lo aprendido a fuerza de paciencia y autodisciplina se me estaba escapando de las manos como el agua en un vaso roto. Mi madre había fallecido dejando un cúmulo de problemas hereditarios sin resolver. Como hermana e hija mayor era la llamada a no solo darle el último adiós, sino a resolver, junto a mi hermano menor Federico, los problemas de una herencia sin escrituras que nos ponía a las puertas de una fuerte disputa legal con nuestro hermano Julián, con quien la relación estaba fracturada por la enfermedad que lo aquejaba y que no quería aceptar a pesar de ser un gran médico.

Julián nunca fue una persona fácil. Al principio lo atribuimos a su carácter, pero a medida que los años pasaron se convirtió en un ser errático, de modales grotescos, de aspiraciones distorsionadas, con realidades bélicas que mi madre atribuyó a la rebeldía. Su rebeldía se despertó adolorida y retorcida, sus tentáculos hicieron retorcer el alma de Julián, y sus pobres intentos por reconciliarse con los demonios que se despertaban en él fueron infructuosos. Luego vino el divorcio y de ahí en adelante se perdió en una neblina de gemidos que también le provocaron un vacío insoportable llevando su vida a convertirse en un diario lamento de guerra. Una guerra que no solo le tenía tomada la mente, sino también el alma. Su realidad podría ser otra si aceptara que su bipolaridad era tratable. Lamentablemente, como algunas cosas en la vida, sus resentimientos se convirtieron en llagas a carne viva que lo laceraban con cada punzada que emitían.

No quería pensar en el regreso, mucho menos creerlo. Quería evadirme en los bocados desabridos de la comida de avión y arrancar de la mente la dura sensación que provocan los recuerdos, las pesadillas y la ausencia. Muy en el fondo sabía que no se le niega el adiós a un ser querido; por eso viajaba, porque, aunque me fui de mi casa y del lado de mi madre arrastrando ira y decepción, en esas llamadas a distancia me sacudía el letargo y acudía al encuentro de ese rostro y esa voz que un día estuvieron acompañados de sol. En ocasiones también extrañaba su fortaleza y su alegría. Por eso creo que le debía mi regreso, por amor y por respeto. Sus equivocaciones, sus omisiones, sus descuidos y sus olvidos los relegué a un segundo plano mucho antes de su muerte. Cuando me marché de mi país me prometí que solo volvería si Dios me recordaba alguna cuenta pendiente...

Hay circunstancias en las que no puedes hacerte de la vista gorda. Ahora, la responsabilidad me marca como lo hace el tiempo. Hay que saber tener una perspectiva clara de que la muerte te está mirando por una ventana con las manos en su regazo y que, cuando decida llevarte, el único alivio que tendrás es que no la miraste ni con desidia ni con remordimiento, sino con respeto; con el mismo respeto que le das a la vida y en este caso a quien te la prodigó. Por eso volvía. Había empeñado mi palabra y era responsable de ella. «La palabra es lo único que te definirá como un buen ser humano, si la das, tendrás que cumplirla al pie de la letra, no importan los años que pasen, no importa por dónde te lleve la vida. La palabra no es solo una secuencia de sonidos, una voz o una expresión; la palabra es una esperanza en la vida», repetía mi madre.

Entonces, me debía al cumplimiento de la palabra como conducto de salvación futura. Como el modo de expiar una culpa, como un descanso aliviado después de una noche agitada. Sin embargo, dentro de aquel pájaro de hierro esta dichosa «palabra» me ahogaba con actitudes conspirativas, me quemaba por dentro, lacerando mi cordura. Sentí algo; una figura agazapada cuyo aliento helado me soplaba detrás de la nuca, una máscara sobrenatural deslizándose sobre mi piel, un peligro inexplicable que se abría paso sigiloso desde una tierra lúgubre.

No pude descifrar a tiempo su presencia, sino hasta que se produjo una llamada que urgiría mi retorno a casa. Recién ahí, en tono crítico, me enfrenté de nuevo a lo insólito de las intuiciones y de esas voces que empezaron a rondarme sin cesar, a aparecerse en la noche con cuerpos de pájaros en jaulas y de ojos suplicantes, asustados.

El dolor en los oídos y el sudor profuso que corría por mi frente, como gotas de agua malditas, unido a lo incoloro de mis mejillas despertaron la preocupación de la azafata, quien amablemente me trajo una toallita húmeda. En mi desesperación por controlar la angustia, que a pasos atropellados se acercaba a mí, dejé caer mi frasco de clorazepato. Sesenta píldoras blancas se desperdigaron saltarinas bajo los asientos. El corazón empezó a correr como lo hacen los caballos en el hipódromo en medio de una carrera por el premio mayor. Mis sentidos estaban confundidos, un grito se asomaba a mi garganta, sin embargo, logré hacer acopio de un poco de control mental y, cuando el tren de aterrizaje tocó la pista de asfalto —al igual que lo hicieron los aplausos de todos los que viajaban a mí alrededor como signo de buen augurio—, pude al fin controlar el acto hiperventilado de la pesadumbre.

Poco a poco la sensación de sordera, la presión en el pecho, el nudo en el estómago y el sudor que me bañaba empezaron a ceder y a darme tregua. Repetía: «todo va a estar bien, todo pasa. Estoy en control de mi cuerpo y de mi mente».

Una vez que las puertas del Airbus 321 se abrieron, me arrodillé presurosa y recogí las píldoras blanquecinas que yacían sobre la alfombra azul, las metí en el frasco correspondiente llevándome una a la boca antes de cerrarlo. Salí como alma que lleva el diablo en busca de un baño donde descargar mi estómago. Minutos más tarde llegué tambaleante hasta la sala de baño en el perímetro del recibidor de arribo. Devolví la vida entre hilos de saliva y restos de Grey Goose, luego me concentré en estar presentable y controlar en lo posible lo alterado de mi ánimo.

Las personas provenientes de otros dos vuelos se agolpaban haciendo fila en migración. Así lo hice yo. Cuando llegué a la ventanilla que me correspondía, me esperaba un oficial de barriga prominente. Su saludo parco y sus escasas preguntas fueron de gran alivio. No deseaba hablar con nadie. Solo quería irme al hotel y tumbarme en la cama hasta el día siguiente. Tenía que descansar para poder enfrentarme al día más complejo en los últimos veinte años.

Al salir de la aduana divisé la cabeza cana de mi hermano Federico. Sus cabellos se habían cubierto de un gris llamativo que le daba el aire apuesto de George Clooney. Con una camisa de algodón impoluta y un jean desteñido, se erguía gallardo y risueño. La última vez que nos vimos fue en una de sus visitas familiares a Disney World, de eso ya habían transcurrido siete años. Un abrazo de oso fue el que me cobijó en esos momentos en que creí desfallecer. Los síntomas del cansancio por el viaje desde Charlotte, haciendo escala en Miami y tomando otro vuelo hasta llegar a mi país de antaño, me tenían con el llanto suspendido por la muerte de mi madre, a quien lloré mucho al momento de la noticia, y mucho antes de esta también. Lo más importante es que el llanto fue privado, como diría mi amiga Leticia, una de las yayas: *Me, myself and I.* Llorar, para mí, como una Magdalena frente a los demás, desde chica me produce una terrible urticaria. La compasión ajena no es uno de mis fuertes.

He aprendido, en mi tiempo fuera de mi país, que uno debe ser dueño de una completa independencia emocional para poder sobrevivir a todo. La muerte es un evento natural, sucede tarde o temprano, me sucederá a mí, nos sucederá a todos. La muerte es parte de la vida, es una verdad absoluta que tratamos de ignorar o evadir. La he aprendido a manejar bastante bien, hay que vivir la vida lo mejor que se pueda y sin culpabilidad. Creo que lo estoy asumiendo de la forma correcta.

Reconozco que existen circunstancias en las que no has sanado internamente, aunque proyectes calma. Huir de estas emociones es retroalimentar el miedo de forma inconsciente. Dejar guardado lo que no te agrada, no siempre es un buen escape. Obvio, todo esto lo sé, me lo repito, lo verbalizo, pero en estos momentos no me estoy esforzando lo suficiente para enfrentar mis conflictos y acabar de raíz con mis heridas. No lo quiero aceptar. Yo misma estoy saboteando lo que he trabajado desde que vino al mundo Drina. Todo esto lo medito mientras camino con mi hermano al estacionamiento.

Federico pudo sentir la ansiedad que me embargaba cuando le pedí: «¡Sácame de aquí, llévame al hotel!», con el ritmo acelerado, suplicando entre la piedad y el miedo de hacer el ridículo en caso de un desmayo. Federico me tomó de la mano y con la otra le indicó a Juanjo, el chofer, que se adelantara con el equipaje. Nos dijimos con la mirada que nos queríamos y con las caricias propias de los hermanos que cuidan de sus hermanas, traduje su silencio amoroso. Él, al igual que yo, había llorado la muerte de mi madre en dos ocasiones, sabía que llorar no era la solución, pero se permitió esa válvula de escape porque la tristeza no es buena compañera, mucho menos lo son los resentimientos. Él, al igual que yo, supo desde siempre que la vida de mi madre no fue fácil; de una u otra forma nos enseñó a ser agradecidos. Mi hermano y yo nos recordábamos con cariño, yo era su encanto y su vida, mi nombre jamás lo olvidó, siempre se mantuvo cerca de mí a pesar de la distancia física que nos separaba.

El aire húmedo me envolvió con su brutalidad, a pesar de la noche y del estado del tiempo no se colaba la briza por ningún costado y la urbe, desde ya, empezaba a agobiarme con sus ruidos y su voz parlanchina. La ciudad de donde yo venía tenía voces de pájaros, de agua mansa, de abejas y de ardillas. Tenía la caricia del sol sin hacernos prisioneros y de las tardes frescas. Nos habíamos acostumbrado a los caprichos de las temporadas, a sus reacciones naturales, a los vientos gélidos del invierno o a los silencios de los otoños castaños o rojizos que nos saludaban, en octubre especialmente; pero aquí era distinto, las sensaciones percibidas se convertían en acciones abruptas que te doblegaban… había llegado hacía un par de horas y ya extrañaba lo natural y apacible de mi vida en casa.

Juanjo, diligente, me saludó con el acento entrecortado de los costeños que no pronuncian las eses. Moreno y corpulento, con su sombrero de paja toquilla como identificador de orgullo y sello de masculinidad montubia, me abrió la puerta del coche. Dentro me sentí en confianza, me quité las sandalias y subí mis pies de lado en el asiento.

—Ya llegamos. —Esas dos palabras me despertaron de mi duermevela donde las luces nocturnas y las visiones de autos que transitaban a prisa por las calles se transmutaban en las retinas secas debido al agotamiento. Federico me dejó instalada en el Hotel Boutique Orillas del Río, donde había decidido quedarme. Se despidió con otro abrazo, su calor me llevó por los recovecos del pasado y me hizo sentir protegida y cómoda. A pesar de ser la hermana mayor, la que dictaba las reglas en los juegos y a la que obedecía sin chistar, él cuidaba de mí y de mi bienestar. Siempre lo hizo a la sombra, procurando no afectarme con los afectos de la sobreprotección o de la intromisión. Era un buen hermano, seguía siendo un buen hermano y me agradaba ese abrazo que tanto él como yo necesitábamos. No cruzamos palabra en el trayecto, Federico entendía como nadie mis silencios, sabía de antemano que mi motivo de viaje era movido por la responsabilidad de cumplir una promesa hecha a distancia.

Federico y yo, durante mis años ausentes en Guayaquil, mantuvimos una comunicación frecuente; los dos sabíamos lo mucho que significaba para mí y mi familia haber retornado al pasado y a los demonios que fueron acallados por la lejanía, pues me miró a los ojos y con su voz joven y enérgica, me dijo: «Todo estará bien, Macarena. Mañana la misa será al medio día, Juanjo pasará a recogerte y nos veremos en la iglesia». Lo vi alejarse con un andar cansado. Imagino que la muerte de nuestra madre había drenado sus energías con los días. Prácticamente se hizo cargo de todo, mientras yo solo daba instrucciones a distancia.

La noche se abrió con paso lento. El sueño fue intermitente. La oscuridad de la habitación me envolvió al igual que lo hizo el sonido de los grillos. En un momento me puse los audífonos, sintonicé mi sonata favorita, pero lo que solía tranquilizarme, de pronto se abalanzó hacia mí como lo hacen los psicópatas, con falta de remordimiento y empatía, produciendo una extraña emoción en mi interior.

Los recuerdos inexorables que aparecen convierten la música en una compañía frustrante y llena de excesos, de plagas y de tempestades. Cuando escucho Moonlight, esta pieza se transforma en una voz que solo yo percibo y que cala en mi conciencia. La voz me remece, me devora las tripas y alarga esta angustia como lo hacen las lluvias en los diluvios que aborta el universo. La voz me susurra que lo peor está por venir. Oigo aleteos accidentados y trinos jadeantes revolotean en una jaula. Una y otra vez siento que la voz se mete en los pliegues de la sábana, se cuelga de los visillos de las cortinas, trepa por las paredes y luego da un salto agresivo hasta meterse en mi cabeza. Se instala en mis tímpanos hasta ocupar todo mi ser. «Intuición», la llama Mislav. Él dice que mi sanidad depende de la intuición, ese sentimiento que yo debería observar y analizar con particularidad, que, aunque no comprenda y aunque la razón no interviniese, es la que me mantiene siempre cuerda y viva. Se trata de una voz que se desprende y cae como gota de lluvia áspera: «Lo peor está por venir», me grita. Yo trato de liberarme; agitada siento que voy a colapsar. La respiración se acorta, mi cuerpo se entume, peleo para no caer en sus redes, no me puedo liberar de ella.

Según Mislav, desde que me conoció encontró en mí una poderosa intuición capaz de conectarme profundamente con los demás a mi alrededor. Lo horroroso de este sentimiento, contradictorio y sensible, es que no sé de dónde proviene y a veces no sé cómo controlarlo.

•••••

La música continúa llenándome con sus acordes tristes, un grito cansado se acordona en la garganta y me despierto. «No hay nadie, la voz se fue», murmuro pasando mis manos por la cabeza empapada de sudor. Caigo de espaldas sobre el rígido colchón y sobre las almohadas mullidas de plumas de ganso, las que he pedido especialmente para mi habitación y las que me costarán un ojo de la cara porque he pecado de extravagante y quisquillosa. Logro controlar mi respiración, lo que se escucha en el silencio nocturno dentro de la habitación es el silbido del aire acondicionado, bebo de un vaso con agua que descansa en la mesita de noche. Cierro los ojos respirando desde el diafragma, me enfoco en la luz violeta que se proyecta en mi cabeza y me hundo en el sueño con dificultad.

Los sobresaltos continuaron bajo la penumbra. Beethoven y su sonata fueron de horror, tanto que, cuando la mañana despertó en el horizonte y sus rayos amarillentos cruzaron el visillo de las cortinas. la luz magulló mis ojos, provocando que la pesadez de la cabeza diera paso, en segundos, a un círculo de luces de colores discordantes que me sometían a recibir de mal agrado a la migraña que estaba revelándose junto con las ganas de vomitar. Después de ingerir una Excedrin Migraine y mi acostumbrada paroxítona me adentré en la sala de baño a tientas. Necesitaba sentir el chorro de agua para quitarme la maldita cefalea que estaba a punto de obligarme a cortar mi propia cabeza con la navaja de afeitar.

Una vez dentro del cubículo marmoleado, dejé que el agua cayera con la tibieza exacta y que rodara por mi cabeza rapada, la sentí aliviando mi cara, mis hombros, mi espalda, mis nalgas y pantorrillas, deslizándose eficaz.

Abrí la maleta, me puse el vestido negro y las medias, también negras, cuyos puntos se dibujaban como pequeñas arañas junto a los zapatos de tacón de aguja, tomé la bolsa de mano de Letode y me miré al espejo. «Estoy lista», me dije a mí misma, apliqué un poco de crema en las manos y guardé la tarjeta de crédito y el móvil.

El día había empezado a emitir los sonidos populares. El claxon de los automóviles, el croar de las ranas en el río, el cantar de los caciques y de los tilingos indicaban que la mañana se preparaba para ser invadida por todo tipo de criatura. El sol en su perfecto apogeo iluminaba la ciudad de una forma irreverente y única. Mis pasos firmes hacia el comedor, donde se servía el desayuno en el hotel, se dejaban escuchar fuertes y seguros provocando ecos en las baldosas color arena que se extendían a lo largo y ancho del lugar. Las mesas de servicio estaban decoradas con manteles llamativos y perfectamente ataviadas con frutos de temporada. Jarras de jugos diversos, de café y agua se enfilaban como soldados para un servicio pulcro y obligatorio. Las bandejas del *buffet* expedían olores que me trajeron de regreso a mi juventud. El tigrillo, el bolón de verde y los patacones rellenos constituían una tentación. Los olores y ciertos colores, de inmediato, me devolvieron a la casa de mi madre y la sensación de acogida me despertó en el desayuno. Absolutamente nadie que no haya crecido en esta ciudad bullanguera, alegre y provista de la bendición de una naturaleza privilegiada sabría lo que significa el placer que deja en la boca el degustar la cocina porteña. Con cada pedazo de papaya que me llevaba a la boca, el dulce sabor de la fruta tropical acariciaba el paladar deshaciéndose entre las mejillas interiores y la lengua. La misma bondad la confería la piña tierna y jugosa. El pan tostado con la mermelada de mora era otro de mis recuerdos felices; y el café culminó, con su estimulante e intrínseco sabor, de sellar los antojos de mi estómago. No todo se veía en blanco y negro después de abrazar los sabores de la tierra en la que naciste. «No siempre las remembranzas tienen que ser dueñas del color de la gangrena», pensé. Y por primera vez desde que había salido de mi casa en Charlotte, sonreí.

Al dejar la propina sobre la mesa, caí en cuenta de que el móvil vibraba. Lo tomé en mis manos, la voz de Juanjo me apresuró a salir del recinto ya que estábamos con el tiempo contado para cruzar la pared que encerraba el hotel hacia las calles que arrastran el transito inquebrantable de la Perla del Pacifico. Las cornetas, el embotellamiento y los autos que van a toda prisa están a la orden del día. Todos van y vienen por las avenidas dispuestos a llegar a tiempo a su destino, aunque para ello tengan que estresarse el cuerpo y la mente. Pasaron treinta minutos y llegamos a la iglesia Santa Teresita. «Demasiado tiempo para unas cosas... *demasiado* no es siempre *mucho* para otras», murmuré, al asombrarme de lo bien que se mantenía la iglesia y sus alrededores.

—!Aquí el tiempo se detuvo!, todo luce igual que en los años de mi juventud, todo blanco, todo pulcro, todo iluminado —le comenté a Juanjo, al ver las luces que se vuelven tenues y lánguidas al atravesar los vitrales—, y de pronto ricos y pobres, jóvenes y adultos, amigos y enemigos comulgan el verbo de hacer el bien, un asunto que observan sorprendiéndose, arrepintiéndose, acomodándose por unas cuantas horas, para después seguir la misma rutina y volver al día siguiente o el siguiente fin de semana a este lugar donde todo parece bendito o lleno de grandes gestos.

Juanjo escuchó mi perorata filosófica y esbozó su sonrisa perfecta de dientes parejos.

Mi hermano Federico se encontraba hablando con el cura. Su porte de cuerpo espigado, sus cabellos argénteos y sus manos de dedos largos lo hacían atractivo a la vista. Había crecido a la sombra de Julián, el favorito de nuestra madre, pero verlo trajeado de manera pulcra y elegante lo convertía en el hermano irresistible que las hermanas están orgullosas de tener a su lado. Al verme llegar, su esposa Ana y mis sobrinas Cila e Indira me recibieron con abrazos y palabras de cariño gratificantes, elogiando también mi buen gusto por la moda.

—Cuñada, siento la pérdida —dijo Ana con el dejo cortés que la caracterizaba. Su abrazo reconfortante lo acompañó con su típica introducción de sarcasmo para romper el hielo y hacernos sentir menos tensos—. Hasta en las peores circunstancias ustedes dos son mi orgullo, pero qué guapos que están.

Ana nos brindó una leve sonrisa y abrazando a Federico, que nos guiaba con sus manos hacia los asientos designados para la familia, caminó agarrándose de él como una niña a su muñeca favorita. Al sentarnos dijo en tono pícaro:

—Lucen sexys, muchachos. Sí, aún en los momentos difíciles emanan confianza. Hay que ver que la ropa empodera. —Besó a su esposo en la mejilla y se volvió hacia mí dejando caer su cabeza en mi hombro en señal de afecto. Ana, Cila e Indira se sentaron a cada lado de nosotros y la liturgia empezó.

—Bienvenidos, hermanos, poneros de pie. En nombre del Padre, del Hijo y del Espíritu Santo. —El párroco se persignó pronunciando—: *Crux Sancta Sit Mihi Lux* (Cruz Santa sea mi Luz).

La foto de mi madre en un plano ampliado me miraba no tan lejos de donde me encontraba. Las orquídeas, sus favoritas, descansaban a los pies de la fotografía con sus flores de colores vivaces y de pétalos aterciopelados. El rostro que me observaba todavía sonreía, sus cabellos, en ese entonces, oscuros y su vestido rojo la hacían ver más hermosa de lo que yo la recordaba. En los últimos años su semblante había desmejorado tanto que el canela de su piel brillante ya no era el mismo. La xantomatosis eruptiva que padecía, debido a su diabetes, asaltó su cuerpo de una manera brusca y encarnizada. Antes de que falleciera, había tenido una charla con ella por Skype; ahí me di cuenta de que el final del que habíamos hablado estaba por llegar. Su mente, en varias ocasiones, estuvo dispersa, su mirada perdida y sus conversaciones carecían de sentido. Era repetitiva, distraída y se alteraba con facilidad. No quiero recordar nuestra última conversación, pero la memoria siempre te juega una mala pasada, en especial en los momentos en los que crees que todo ha terminado para bien. La conversación fue inusual y a la vez desoladora. Reinaron monosílabos. Existieron espacios en la memoria que ella no lograba llenar y olvidó mi nombre. Eso fue lo que me dejó vacía y sin aliento de esperanza. El final era contundente. Ese día, cuando ella olvidó mi nombre y luego quién era, no paré de llorar.

Las palabras del cura fueron como un canto agudo. Los curas quieren evitarte el dolor con declaraciones armoniosas, pero el dolor está presente en cada frase y no puede uno hacerlo desaparecer, aunque quisiera. El dolor engorda de manera inquietante, a veces se muestra en la geometría amarescente del llanto o claramente en un silencio cansado e inacabable. La misa terminó después de una hora cuarenta minutos de sermón, salmos, testimonios y condolencias.

A medida que se daban los testimonios y las condolencias no pensé en otra cosa sino en hacerme estas preguntas: «¿Acaso serán sinceras sus condolencias?, ¿qué van a saber ellos del dolor de la pérdida?», logré responderme sin hacer mucho esfuerzo: «no lo pueden percibir sino en el momento exacto de la misma pérdida». Uno mismo, como pariente cercano de la persona fallecida, lo llega a medir solo cuando has enterrado o has cremado a tu familiar y te entregan sus cenizas en una urna repujada de granito, mármol o la que hayas tenido a bien elegir.

La reflexión de igual manera se hizo presente. Esa reflexión fue que el dolor que está ahora invadiendo la mente y el cuerpo permanecerá aún después de que todo culmine. Cuando la gente se va, cuando te quedas a solas, la herida de la ausencia, del tiempo perdido, de las frases no dichas; duelen aún más en la soledad. ¡Sí, las heridas profundas queman, la sensación que dejan es igual a la de la carne cuando se rompe en el momento de una severa infección! En la privacidad, la soledad se queda contigo; es tu única compañera, se convierte en tu juez y tu verdugo. Pero también aparece la furia; a veces la culpa, y poco a poco nos llenamos de lo que es la verdadera tristeza. Tristeza de los ojos, tristeza de las cosas marchitas, de las cosas perdidas…de la desgraciada tristeza. En soledad te llenas de un paisaje yermo, sin colores, sin destinos…y te pierdes en él.

Ya había llorado en mi última conversación con mi madre, no pude llorar más en la homilía porque esa tristeza ya se había adentrado en el pensamiento oscuro de un olvido preciso, donde poco a poco se diluía parte de mi vida. Así está designada la existencia según el plan divino.

De momento escuché al cura decir: «*Dominus Tecum, Dominus vobiscum*» (El Señor sea contigo, que el Señor sea con vosotros) despidiendo a los muertos y a los vivos. Me llamó la atención que se hablara todavía en latín. Cuando niña había pasado por colegios religiosos y era habitual que los curas oficiaran liturgias pronunciando vocablos en este idioma. En mi mente infantil, las liturgias en latín se impregnaban de un toque misterioso y elegante. Creo que el cura era de la vieja escuela, su rostro curtido y arrugado y su caminar encorvado corroboraba mi idea. El idioma distante del imperio romano me sorprendió cuando la urna, que contenía las cenizas de nuestra madre, fue recibida por Ana con un «*Christus vincit, regnat, imperat*» (Cristo conquista, reina y manda) y entregada a Federico.

Mi cuñada supo leer mi forma de mirar al acercarse a mí, yo prefería no tenerlas en mis manos, tocar la urna sería como tener las señales del estigma visible y doloroso. Sangraría solo con tocarlas. A mi parecer mi hermano las cuidaría mejor que yo. Era hora de retirarse, los invitados a la misa estrecharon nuestras manos por última vez pariendo frases que para mí eran inaudibles.

—¿Necesitas un poco más de tiempo? —preguntó Ana acariciando mi espalda.

—Sí, por favor. Los alcanzaré en unos minutos —respondí.

En esos momentos recé por mi familia que estaba lejos y que me hacía mucha falta, por mi hermano y los suyos, por Julián y su hija, por nuestras necesidades y alegrías, por el aprecio y por la gratitud, oré por mí. No se me escapó pedir por mi cuerpo y mi alma. Me persigné y salí de la iglesia; cedí a Ana, a Federico y a las niñas, quienes me miraron absortas por mi huida, el protagonismo que yo no deseaba. Deseaba fumar un cigarrillo fuera de la vista de los asistentes y del párroco, a quien obvié olímpicamente de principio a fin. Para mí, ya había sido suficiente. Me sentía agotada. Por lo que me competía, ya estábamos libres de castigo por lo que restaba del día y un cigarrillo no me condenaría al infierno. «Ya conozco el infierno, he pasado por todas sus fases. Sé lo que se siente... la súplica, la locura, la indiferencia ¡Aaah!», me repetí en silencio y encendí mi Sobrani color rosa sin remordimiento alguno a la vista de los paseantes.

Se había hecho lo que se tenía que hacer como buenos católicos y como buenos hijos del Santísimo y de Doña Cayetana Ruiz Plaza, española de pura cepa. Se había celebrado la misa a un difunto con el atavío de una familia de buenas costumbres, pero yo no iba a sacrificar el placer de fumar por el *qué dirán* de unos cuantos, incluso, si dentro de esos *cuantos* se encontraba mi hermano Federico.

•••••

A un mes de la misa del funeral de mi madre, Federico y yo nos dedicamos a dejar las cuentas pendientes resueltas. Había pequeñas deudas aquí y allá, que se habían adquirido mientras mi hermano tomaba sus vacaciones de verano en Paris con su familia.

Estaba la cuenta del periódico, la de la lotería, la de la farmacia y la de la peluquería. No era mucho, pero de todos modos había que cumplir con ellas. Mi madre, como reacción a la condición médica que a través de los años había mermado su salud, se volvió amarga y también compradora compulsiva. A medida que iba perdiendo sus ojos y la habilidad de poder mantenerse independiente, sus gastos crecían. Ropa, zapatos, carteras, joyería y demás eran puestos en su lista de prioridades todos los meses. El dinero de los departamentos y los locales comerciales que rentaba no alcanzaba para cubrir los gastos de transporte para su movilización y el cuidado de las tres enfermeras que velaban por ella.

Todo se evaporaba en la adquisición de ajuares nuevos, y especialmente en las mesadas que a escondidas le enviaba a nuestro hermano Julián en España, recién divorciado y quien, por terquedad y malicia hacia su exesposa, se había hecho cargo de su hija Carolina. En los últimos siete años se la escuchaba quejándose con amargura de su situación económica, tanto, que ya se había convertido en una perorata cuando hablábamos por teléfono.

Había dos palabras que me herían cuando mi madre me llamaba desde Ecuador: «Mala hija». No concebía que su idea de mí pudiera encerrarse en dos palabras. Me dolía cuando las dejaba salir de su boca. Era una bala que perforaba mi cuerpo y me producía mucho daño. El impulso con el que las vomitaba se expandía por dentro y me golpeaba desgarrándome. Ese disparo emitido exprofeso era peor que morir golpeada por un bate de béisbol. Mis consejos, mi paciencia y mi buena voluntad de escuchar, a veces, resultaban un trabajo titánico y agotador. La necedad había afectado el raciocinio de mi madre y cuando le hacía caer en cuenta de sus errores y lo imposibilitados que nos encontrábamos mi hermano y yo de seguir siendo capaces de poner en orden su desorden, a voz en cuello me gritaba: «Cría cuervos y te sacarán los ojos».

Luego pasaban semanas en las que no me contestaba el teléfono y cuando lo hacía volvíamos a luchar: yo, por hacerla entrar en razón; ella, por mantenerse en acto de rebeldía. La vida con mi madre, doña Cayetana Ruiz Plaza, nunca fue fácil, su carácter recio y autoritario me agobió en la niñez; y en la juventud me retrajo a tal punto que tuve que buscar actividades deportivas, aun sin gustarme, para estar fuera de su alcance. No éramos como el agua y el aceite, disfrutábamos de nuestra compañía, pero siempre yo ejercí cierta reserva. Algo nos separaba. Ese *algo* era el muro de contención invisible que mantuve para vivir sin que su manera abrupta me lastimara después de su primer abandono, cuando a mis ocho años me dejó bajo la tutela de los abuelos y convirtió mi niñez en una pesadilla. Yo extrañaba el cariño, la ternura y los cuidados de una madre. En cambio, todo empezó con una decisión equivocada; su matrimonio fue el comienzo de mi desgracia. Doña Cayetana no sabía del amor, solo quería taparle la boca a una sociedad prejuiciosa que la castigaba por ser una mujer con hijos y divorciada.

Durante un año Federico y yo fuimos huérfanos de madre. Cuando se volvió a casar, a pedido de su nuevo esposo quien después fuera el monstruo de mis pesadillas, ella se marchó considerando que como nuevo matrimonio se debían adaptar el uno al otro. No nos consultó, no nos avisó, sino que un día sin más ni más, ella ya no estaba cerca. Con el transcurso de los años he tratado de olvidar esos momentos y, para ser sincera, los recuerdo muy poco. Lo que sí recuerdo es que su esposo, Gustavo, fue el monstruo que intentó adueñarse de mis noches. Él me paralizaba con solo verme, le tuve miedo por mucho tiempo, tanto que me repugna recordarlo. La mayoría de mis memorias de la niñez están envueltas por un papel de arroz gris. Las que vienen siempre a mí, de forma urgente, son aquellas que hieren. En esta ocasión, mientras poníamos en orden planillas impagas, documentos personales, cesantía de los empleados, factura de abogados y las escrituras del inmueble que había que heredar, los recuerdos que quería dejar en la caja fuerte en un rincón de mi mente afloraron como lo hace el mal aliento por la ingesta de la *Ageratina altissima*. La frustración de estos momentos empezaba a resecar mi espíritu y a medida que nuestros rostros, el de mi madre y el mío, aparecían en la cinta de las malas emociones vividas dentro de mi cabeza, la decepción llamó a las crueles expresiones de las que fui objeto por su parte. Mi madre manejaba la contraparte de la contradicción albergada en su ser de una manera oscura.

El primer recuerdo fue cuando me llamó «ramera, zorra y mujerzuela» al enterarse de mi embarazo, y el segundo, cuando decidí no enviarle dinero a sabiendas de que se lo giraba a mi hermano Julián en España, y que en casa vivíamos apretados por aquellos tiempos. Su voz venenosa retumbó a mí oído: «Muéranse, hijos de puta, cuando yo no esté, espero que se maten por mis bienes como los malos hermanos que son». Quiero pensar que las profundas depresiones y la falta de actividad física habían minado su salud y que sus propias vivencias y demonios terminaron por transfigurarla. La bilis y la pesadumbre de no ser más una persona saludable hicieron que se manifestaran en ella comportamientos negativos. Por eso perdoné sus exabruptos y sus alteraciones. Madre solo hay una y la mía, a pesar de cualquier cosa, siempre, siempre se esforzó por ser buena, aunque al final de sus días sus reacciones fueron insufribles. Lo que me consuela ahora es que Federico y yo nunca la confrontamos. Los dos decidimos dejar a un lado las ofensas de nuestra santa madre y aprendimos a vivir con la garantía de arar en la nada. Vivir un día a la vez, era nuestro mantra.

•••••

El sonido del móvil en vibración, golpeteando sobre la mesa, me despertó de mis cavilaciones. El rostro de Mislav apareció en la pantalla y mi corazón que se sentía apachurrado volvió a tomar respiro. Contesté la llamada llena de ánimo y conversamos como lo hacíamos desde que nos conocimos, largo y con calma, dejando que las malas noticias se quedaran fuera de nuestro perímetro y queriéndonos a la distancia. Su voz me cobijó y me dio paz al igual que las voces de mis hijas Drina y Brigitte. Cuando sus voces surcaban la distancia me sentía menos sola. Sus comentarios a toda carrera y sus risas melodiosas me ponían de buen humor. No es que estaba triste, tampoco enojada, sino que el cansancio me perseguía y, por la misma razón, el sueño no era del todo corrido, mucho menos plácido. Es por eso por lo que sentía que sus voces eran un bálsamo dentro de la maraña de inconvenientes que tenía por resolver. Quería dar por terminada mi estadía en Guayaquil y volver a mi casa, a dormir en mi cama y apostar a no tener que volver nunca más, como me lo juré al momento de mi partida en plena juventud.

No deseaba estar en la misma ciudad con la misma gente absurda y pretenciosa. Esos no eran mis amigos. Mis amigos eran mis diez dedos de la mano con nombre y apellido; seis de esas amistades eran mujeres, quienes tenían el poder de mantenerme con los pies en la tierra y las que maldecían como cosacos en las partidas de dominó de los viernes o en los viajes de escapada para volver a encontrar nuestro centro y esperar el cariño de las nuevas auroras pasar por nuestros cuerpos maduros. Toda una vida para tener tan pocos verdaderos amigos. Dios no me había abandonado, Dios me había regalado una nueva historia que fluía como debía ser, con amor del bueno, con el cariño que no juzga, con la sinceridad de que, aunque no somos iguales, podemos acoplarnos de manera valiente. Las extrañaba, pero ellas respetaban mi espacio, sabían que el momento de comunicarnos llegaría pronto.

Todavía faltaban algunos detalles por resolver, en especial con los abogados, al no existir testamento. Julián, desde España, se empeñaba en hacernos la vida *a cuadros* y exigir lo que en nuestras posibilidades era un imposible tajante. No podíamos hacer frente a sus descuidos cuando habitó en el departamento que le cedió mi madre al momento de casarse. Uno de ellos era la cancelación de diecisiete mil dólares por deuda de agua, a causa de fugas dentro del departamento y en la red de agua desde su medidor. Se habían solicitado inspecciones en varias oportunidades durante siete años, pero él nunca permitió el acceso al predio. Julián toda la vida se había complicado la existencia, nunca le calzaba nada, siempre quería más de lo que le correspondía y el hecho de ser un estudiante sobresaliente y un profesional de primera al principio de su carrera médica lo empujaban a creerse *la última coca cola del desierto*. Sospeché desde muy joven que él sufría de algún trastorno emocional, lo comenté en contadas ocasiones, pero mi madre le daba vuelta al asunto y cerraba la conversación con críticas que no tenían ni pies ni cabeza, o con frases de sarcasmo sobre nuestra forma de ser. No llegamos nunca a un acuerdo y así se quedó todo, como siempre, olvidado, resuelto a medias o, mejor aún, ignorado a su conveniencia.

Cuando Julián partió a España con su familia, pocos meses antes de la muerte de nuestra madre, él se había hecho de las joyas que les correspondían a las cinco nietas, con la aseveración de que ella se las había regalado en vida. Federico no le dio importancia, y Drina, que ya era una mujer hecha y derecha, tampoco, pero a mí sí me molestó; no por el valor monetario, sino por el sentimental. Cada una de las nietas merecía un recuerdo de su abuela, no todas habían podido convivir con ella. Era un derecho irrefutable, según mi forma de ver las cosas. Todos estábamos conscientes de que era una vulgar mentira, porque en una carta con copia a nosotros se nos informó de ese detalle. Julián lo peleó y nosotros nos olvidamos de ellas, como lo hicimos con ciertas obras de arte de valor. Mal o bien teníamos hechas nuestras vidas y vivíamos cómodamente.

Al vernos en la situación anterior, le pedimos que vendiera una o dos de las obras de arte de Seminario, de Miranda o de Constante, obras exquisitas que se podían ofrecer a los museos o a coleccionistas privados; nuestro hermano se rehusó enfadado, insistía en que nosotros le queríamos robar lo que le correspondía y que los problemas de agua se habían presentado después de su partida a España. A su modo de ver, Federico era un usurpador de su tranquilidad. No entendíamos su reacción, supimos siempre de su carácter difícil, sin embargo, notamos que iba empeorando al momento que se dictó la sentencia de su divorcio. Su mente enferma y egoísta lo estaba volviendo loco, arrastrando con él a su hija, quien ya mostraba síntomas de arbitrariedad, soberbia y falta de respeto a todo y hacia todos. En nuestra última conversación, y al ver que no podía salirse con la suya, Julián me enrostró la frase amarga e hiriente de nuestra madre: «Cría cuervos y te sacarán los ojos».

Después de la llamada de Mislav, mi corazón hizo una pirueta al vacío y la pena que provocaba la falta de sus caricias y sus *te adoro* arrastrando las *erres* me lanzó a salir de la habitación y a caminar por las calles fuera del hotel. El aire caliente me causó sofoco, pero por fortuna venía acompañado de cosas bellas que no vi al llegar. Las casas cercanas pintadas de blanco o beige resaltaban ante el color de las buganvillas multicolores que se levantaban altas y orgullosas. Una mujer bajita las regaba entretenida, veneraba la imagen divina de un árbol que pecaba por su simple belleza. La escuché canturreando «Piensa en mí». De su pequeño radio, aparcado en el muro de la residencia, salían las letras de la canción que eran, posiblemente, el sueño dorado de quien la interpretaba en ese momento con voz áspera pero llena de ternura. «Cuando sufras, cuando llores también piensa en mí. Cuando quieras quitarme la vida, no la quiero para nada, para nada me sirve sin ti». Su voz logró abstraerme e hizo que me olvidara de mis tormentos y apreciara los árboles de flores rojas, fucsia y amarillas que engalanaban mi caminata. Recordé que, en mi niñez, los mismos árboles me deslumbraban. Los veía frondosos y alegres atrapando las miradas de los transeúntes. Las buganvillas me gustan todavía, no solo por su intenso color, sino porque pillan las miradas. Cuando niña quería ser una buganvilla, quería que las miradas de todos estuvieran sobre mí. Lo deseaba afanosamente, por eso me esforzaba el doble en todo lo que emprendía. Tiempo después me percaté de que ese deseo inocente, no era del todo bueno. Desear algo en demasía, en especial si son las miradas, puede terminar en acoso, y no hay sentencias condenatorias para quien te brinda una mirada incómoda. Las miradas que yo quise atraer de admiración se convirtieron en puñales que rasgaban mi piel al caer la noche. Las manos de mi padrastro Gustavo me tocaban, y su respiración caliente y agitada me perseguía. Yo me quedaba quieta, el pavor me hipnotizaba. Su mirada amenazante sellaba mis labios cuando llegaba el día.

Así pasaron algunos años hasta que rompí el silencio y decidí hablar de su abuso, aunque no me creyeran. Siempre lo supe... desde la primera vez que lo vi sentí que era un mal hombre.

El claxon de un auto me obligó a volver al presente, crucé la calle y caminé largo. Me fui empapando de nuevo de los olores a ciudad grande, del bullicio burbujeante de su gente, del aroma de las matas de mangos y ciruelas, de los colores placenteros que nacen a las orillas del río y que reflejan las construcciones modernas al pie del Parque Histórico. Deseaba borrar el nombre de mi ciudad y llamarla de otra manera, no se me ocurrió ninguna original, quise también olvidarme de mi y de las flores encantadas que a la sombra de los atardeceres calurosos se yerguen, pero fue imposible, su belleza integraba mi yo, mi niñez, mi juventud y los recuerdos olvidados.

El día transcurrió tan rápido que advertí que el sol se escondería dentro de poco. Apresuré el paso y volví al hotel a orillas del río. Su entrada despedía luces tenues y agradables, la música que se escuchaba a través de los parlantes era pegajosa, creo que era El Cigala con su voz aflamencada y fogosa. Los tonos se me quedaron impregnados y los tararee hasta antes de conciliar el sueño en mi oscura y ajena habitación. Federico se marchaba a la playa con su familia al día siguiente. Yo lo alcanzaría en dos días, como se lo prometí en la mañana. Me insistió en que fuera con ellos, pero ante mi rotunda negativa se dio por vencido y aceptó dejar por las buenas el tema del viaje.

—Dejo a tu entera disposición a Juanjo. Tienes su número del móvil, ¿cierto? —preguntó.

—Gracias, no es necesario y sí, sí tengo su número de móvil. Viajen con cuidado, nos veremos en dos días —me apresuré a decir.

Un *te quiero*, por su parte se escuchó al otro lado de la línea

—Dito —repliqué. Esa era la forma en que nos decíamos *yo*

también o *igualmente*, desde que vimos la película *Ghost* de Demi Moore y Patrick Suayze. Nos parecía divertido.

Yo quería conciliar mis pensamientos y deshacerme del cansancio mental de las semanas anteriores, a solas. Deseaba vivir en solitario, practicar yoga y *qigöng* a mis anchas, ir a la sauna y leer una novela de Robert Harris que me tenía enganchada. Ansiaba mi privacidad, en casa todos la teníamos, cada uno disponía de sus momentos solitarios y eso nos hacía bien. Mi estadía en Ecuador llegaría pronto a su fin, debía aprovechar a la poca familia que me quedaba en Guayaquil y reconciliarnos en los breves momentos juntos. Me tiré en la cama dispuesta a dormir a pierna suelta; sin embargo, de nuevo, mi sueño fue lastimoso como lo son los boleros morunos o, más bien, como las tragedias griegas. Hubiese preferido los ronquidos de Mislav a la sensación incómoda de girar continuamente sobre mi propio espacio sin encontrar descanso. Aunque detestaba los ronquidos de Mislav, los extrañaba ahora, quería sentir su brazo apretándome hacia su cuerpo grande, deseaba oler su piel refrescada por el baño nocturno y pegarme a sus pijamas de franela con dibujos de *Star Wars*. Eso era para mí un calmante natural y eficaz cuando no podía dormir. Sus ronquidos, en ocasiones de vulnerabilidad, me parecían más placenteros que desagradables.

Otra vez la noche dio paso al día, la rutina de la Excedrin Migraine y de la Paroxítona, más el baño tibio que masajeaba mi piel aunado al aceite de mandarina, se repitió. Antes de desayunar llamé a casa, necesitaba escuchar a Mislav. Cuando hablaba con mi familia cerraba los ojos y me dejaba llevar por los sonidos de nuestro hogar. Los escuchaba con atención, respondía con precisión a cada una de sus preguntas, pero también podía oír la música de fondo de Ray Coniff o las músicas balcánicas de las que él disfrutaba en las mañanas, y la de mis hijas, modernas y pegajosas. Eran las siete y media de la mañana en Charlotte. El teléfono repicó varias veces; nadie contestó, lo que me pareció un tanto extraño. Volví a intentarlo, la línea en casa repicaba, los celulares entraban directamente al buzón. Supuse que el día había empezado ajetreado. Esperé que su llamada llegara en cualquier momento. Me vestí y me dispuse a desayunar.

•••••

Había tenido contacto con una compañera de la época escolar, Loretta. Vivía en Guayaquil. Ella era una caja de sorpresas, su voz cantarina y reverberante hacía juego con su cuerpo macizo y curvilíneo. Era un agasajo para la vista. Su personalidad y su aspecto llenaban de efervescencia cualquier lugar que visitase. La casualidad de la vida nos llevó a encontrarnos en una de mis visitas por trabajo en la ciudad de Miami. Las dos esperábamos un taxi y, con un chiflido agudo, ambas detuvimos uno. Nos miramos y enseguida reconocimos nuestros rostros. No habíamos cambiado mucho, excepto por unas cuantas líneas de expresión. Las carcajadas y los saltos emotivos molestaron al chofer del vehículo el cual, en un inglés acentuado con dejos haitianos, nos apresuraba a decidir quién sería la que viajaría con él. La casualidad fue más allá, las dos nos hospedábamos en el mismo hotel.

Loretta se había enterado de la misa que se ofrecería debido a la muerte de mi madre por el periódico. Días antes había hecho una llamada a Drina, quien le había dado la dirección del hotel donde me hospedaba en Guayaquil, así fue como pudimos ponernos en contacto de nuevo. Loretta se comunicó conmigo y me preguntó si podíamos vernos. La verdad es que me caía de perlas conversar con una persona tan divertida como ella. Desde la escuela fuimos buenas amigas. Su rostro y su sonrisa eran difíciles de olvidar. Sabía que su compañía me haría bien y por eso acepté su invitación a recorrer el centro de la ciudad, no sin antes participar en la marcha que se llevaría a cabo a las seis de la tarde en la Plaza de San Francisco, como protesta en contra de las muertes por las agresiones de las que eran víctimas las mujeres en Ecuador. Loretta me convenció contándome el caso de Martha, una mujer de treinta y cinco años que había sido violada por tres conocidos, previo a una celebración de cumpleaños; y el de Diana que, embarazada, fue asesinada por su esposo. No tenía muchas ganas de participar en la protesta, pero, la palabra es la palabra y, mi palabra era lo único que me enorgullecía de mí misma.

Nos encontramos en el comedor. Loretta lucía descansada y divertida. Ataviada con un jean índigo y una camisa holgada con la estampa de una enorme piña. Nos saludamos entre risas, abrazos y alabanzas hacia nuestros atuendos casuales. La conversación durante el desayuno ocurrió llena de anécdotas. El café nuevamente reimpuso su sabor fresco y definido, ayudándonos a poner las piernas en marcha. Loretta vivía arriba de una nube llena de buenas intenciones. La vida la había golpeado con un divorcio desastroso por violencia de género y con una esterilidad; esto la convirtió en una activista de voz amorosa hacia los niños de escuela primaria y las mujeres que acudían a su fundación.

Sin esposo, sin hijos y con un pastor alemán que era su inseparable compañero de penas y de alegrías, siguió el camino de un constante estudio por mejorar la enseñanza especial para la niñez, para adaptarlos a la sociedad, lo mismo que hizo por las mujeres maltratadas. Idealista y ruidosa, Loretta creía, como yo, que una buena educación y el apoyo a la mujer tanto en las buenas como en las malas nos permitiría cambiar nuestro destino insignificante y desastroso en la sociedad machista de un país donde las redes sociales eran las que determinaban los resultados de todos los temas.

Mi amiga, asida al volante de su escarabajo azul, me explicaba que en Guayaquil se reportaban quince violaciones al día y en el país entero, cada hora y media, se abusaba de una mujer.

—La gente de nuestro país no ha creído nunca en cambios drásticos ni brutales, ya sabes, casos que no son castigados por influencias de poder, otros por vergüenza de la víctima o de la familia, incredulidad —siguió diciendo Loretta oteando las calles y los semáforos.

—¿Me quieres decir que todas las reformas que ahora se tratan de acelerar, se quedaban trabadas por falta de votos a este tipo de leyes? —pregunté.

—Sí, así es, lamentablemente. Somos solo estadísticas para el gobierno —repitió mi compañera de viaje.

Llegamos al centro donde, nuevamente, un sol radiante se apoderaba de las pieles aperándolas por el sudor. Loretta me obligó a utilizar una gorra que cubriese mi cabeza a lo Sinead O'Connor y ella se colocó un sombrero de paja toquilla original con ribete negro. Aparcamos el auto en la intersección de las calles Vélez y García Avilés, justo enfrente de los edificios de la Benemérita Sociedad Filantrópica del Guayas. Miré hacia arriba, en las cornisas del primer piso se apoyaban orondas palomas de Castilla. Recordé que ese piso había sido habitado por nosotros antes de la construcción de la casa en Urdesa. Estaba intacto y se elevaba elegante con su color gris ratón. Caminamos tomando la avenida 9 de Octubre evitando los tropiezos que la gente, a esas horas de la mañana por el apuro de realizar sus diligencias, te prodiga sin querer. La esencia de la urbe estaba ahí, los tintes animados de la arquitectura te golpeaban los ojos, las palmeras y las plantas que adornan los parterres se erguían frondosas y verdes. La presencia de carameleros y los vendedores informales había crecido debido a las migraciones de colombianos y venezolanos. Eso no me importaba, porque mal o bien era parte de la historia y eso la hacía interesante en cierta forma. Llegamos hasta el Malecón 2000 y la brisa del río levantó mi falda refrescando todo el cuerpo. Loretta y yo nos reímos y continuamos recorriendo ese espacio entre helados, conversaciones que cambiaban de tema, ceviches y cervezas.

Caímos en cuenta de que se acercaba la hora de la marcha cuando divisamos, desde distintos puntos de la ciudad, grupos de ciudadanos, tanto jóvenes como adultos, que vestían de negro portando consigo enormes pancartas en las que se leía: «Libérate de las garras de la violación», «Todas somos Martha y Diana», «Yo sí te creo», «¿Por qué ser mujer tiene que doler tanto», «Todas somos una». Asimismo, un sinnúmero de consignas que clamaban derechos brillaba sobre fondos blancos de cartulina y en las manos de actores callejeros que salpicaban sangre de purpurina dejando ver moretones, mordidas, y mutilaciones simuladas con betún de zapatos. Loretta me narraba con indignación y con detalles la historia de estas dos mujeres mientras nos dirigíamos al lugar del plantón. A medida que la escuchaba, sentí como propios los abusos cometidos contra ellas. Observé las calles y un río negro venia hacia nosotros. En ese momento supe que se estaba rompiendo el silencio por parte de la ciudadanía.

El ruido de las pisadas, las voces que se alzaban a medida que nos acercábamos al centro de la marcha, la frustración y el intento desesperado por hacer justicia se respiraba en el aire. La tristeza, las identidades desconocidas, las muertes, el arrepentimiento que no llega, la falta de sanación por el abuso, la pérdida de la confianza en todo, eran condimentos dentro de una paila humana que desproporcionadamente se llenaba de otros detalles y se revestía de valor para poder salvar a los que eran expuestos encarnizadamente a la duda y al escarnio. Yo veía las pancartas blancas y las reacciones ajenas, y mis hijas vinieron a mi mente, Drina de veinte años y Brigitte de diez, entonces levanté mi pancarta y grité, por todas nosotras, por la imitación de la justicia que caminaba de blanco entre la multitud atada de manos y vendada. Fueron quince minutos donde ninguno de nosotros tenía miedo de hacerse sentir, de mostrar piedad y compasión, porque nuestra meta era ser escuchadas. Los autos tocaban el claxon y personas en sus adentros subían el puño en señal de apoyo. Queríamos que, aunque fuese por única vez, las cosas se hicieran bien. Vi en estos jóvenes de ambos sexos el repudio a una sociedad ciega y cruel que permitía que se juzgara y tratara a la mujer como un objeto y no como lo que era: parte del pilar de las sociedades en el ámbito mundial. Vi lágrimas rodar en las mejillas de madres y padres, de hermanos y esposos que consideraban que su presencia era un clamor por la dignidad de sus mujeres, que a cualquiera en su familia le podía suceder algo parecido a lo de Martha y Diana. Por primera vez, en muchos años, sentí que a mí también se me hacía justicia y respiré alivio.

Me hubiese gustado caminar con mis hijas en ese momento para que sintieran que el impacto de una sociedad unida por una causa y con respeto logra educar mejor. En ese momento, saqué mi celular y envié un texto al celular de Drina, pero no hubo respuesta. Después que los pitos, las cornetas y las manifestaciones a viva voz fueron tomando un tono más sereno dispersándose por las calles y entre las luces de los faroles, Loretta me llevó de vuelta al hotel. En el camino, el bullicio nos perseguía contento.

La sensación que me quedó de lo vivido fue tremenda. Viajamos en el escarabajo de regreso al hotel y las voces de la manifestación se amplificaban en los sonidos de fondo de mi cabeza. Llegamos al hotel y la despedida fue cordial y un tanto emotiva. Loretta, así como era de parlanchina, dicharachera y de voz contundente, dejó salir unas lágrimas. Yo, que no tenía más para llorar por el momento me despedí con un abrazo apurado. «No me gustan las despedidas, gordis, no soy buena para eso». Ella lo entendió y no me entretuvo más.

Al entrar a la habitación miré el botón verde del teléfono sobre la mesita de noche y me extrañó verlo apagado. Me recosté sobre el sillón y empecé a revisar mi IPhone. Envié mensajes a Mislav y Drina, luego hice otro intento de contacto a mi yerno Carlos por si en sus casualidades se dignaba a ver sus mensajes. Él era de los que jamás contestaban. Esperé unos minutos, aproveché para servirme un vaso con agua y encendí la televisión. El programa de Camilo Egaña de CNN en español entrevistaba a un escritor colombiano, volví mi mirada al teléfono y fue cuando el milagro de la tecnología me puso frente a frente con la imagen de Mislav.

—Cariño, ¿qué ha sucedido? Tengo desde la mañana tratando de hablar con Drina o contigo, pero no han contestado. ¿Cómo está Brigitte?, ¿sucede algo? —Lo bombardeé con preguntas que implicaban reclamo. Sabía que estaba escuchándome, su respiración estaba presente al otro lado de la línea. Con el silencio que se prolongaba mi coraje se incrementaba hasta el punto de propinar un insulto al que él no estaba acostumbrado.

—¡Mierda, Mislav! Contesta. ¿Qué sucede!

Un halo de voz ronca y entrecortada dijo:

—Drina no aparece. Se llevaron a Drina, es mejor que vuelvas.

No entendía nada, no comprendía quién se había llevado a Drina, ni por qué no aparecía. ¿Es que acaso se habían peleado... Drina y Carlos se habían marchado del estudio adyacente a nuestra casa? No, eso no era posible, los chicos estaban reuniendo para marcharse a Nueva York. Las respuestas de Mislav no me aportaban más que angustia.

—Se la llevaron. Sucedió ayer en la tarde.

—¿A quién se llevaron?, no entiendo de qué hablas —pregunté malhumorada.

El silencio fue eterno y mi cuerpo empezó a ponerse rígido y me sentí agitada.

—!Damm! ¡Contesta, ¡Mislav!, ¿a quién se llevaron y de dónde? —insistí con los pálpitos acelerados de mi corazón.

—Fue una abducción. Drina fue embarcada en una van fuera de casa —atinó a decir Mislav con voz quebrada.

Un hueco se abrió en mi respiración, la cabeza me dio vueltas, llevé la mano que sostenía el teléfono a la boca y todo pareció desaparecer a mí alrededor dejándome abatida de una forma que jamás pude describir.

Sentada en el sillón, con el teléfono en mano, cerré los ojos tan fuerte que los sonidos de los pitos, de las cornetas y de las voces que clamaban justicia repicaron en mi memoria. Los rostros, las bocas y los cuerpos ensangrentados de las mujeres atacadas —por las que once provincias del país bramaban por rectitud, moralidad, equidad, conciencia, derechos y ley— se tomaron bruscamente cada rincón de mi cerebro, pasearon por mis retinas, inundaron los canales de mis oídos y caminaron sobre mi piel destrozando mi corazón de madre. Me aterré al escucharme decir, desde lo más profundo de mí, lo que le había dicho a Loretta horas atrás en la marcha: «Yo mataría sin piedad a los bastardos, los cazaría como animales», cuando mi amiga terminó de contarme cómo había sido abusada Martha, una de las mujeres por quienes se hacía la marcha.

El llanto desapareció y el terror se apoderó de mí. Los gemidos y los suspiros se quedaron en mi pecho atorados. Mi cabeza generaba muchas preguntas y mi cuerpo temblaba incontrolable. Un aullido salió arrancando las partículas internas de todo mi ser. Yo escuché mi propio aullido, era el de un animal sin alma, hueco, hondo, eterno, oscuro, doloroso. Lágrimas de angustia brotaron como evidencia de la aflicción indescriptible que sentía. No recuerdo cómo atiné a llamar a la recepción a pedir que cerraran mi cuenta. Lo más clara y calmada que pude ordené un taxi, solicité que me avisaran de inmediato a la hora del arribo.

El taxi llegó a los veinte minutos. Las ruedas de mi maleta craqueaban sobre los adoquines del estacionamiento. Camino al aeropuerto solo me concentraba en las ramas de los árboles que asomaban en las aceras engalanados por las luces de las farolas. El aire húmedo, y a la vez caliente, asaltaba mis pulmones. Un ejército de pensamientos me atacó al ver la larga línea de pasajeros de American Airlines. Con la confusión que provocó la noticia de la abducción de Drina no pensé en cambiar mi billete o en siquiera preguntar si el vuelo estaba lleno con reservaciones. Lo que quería era llegar al aeropuerto y montarme en el primer avión para encontrar a mi girasol de cabellos castaños, sin pensar en que mi tiquete de regreso tenía fecha distinta.

Le conté al responsable del registro mi urgencia por viajar y tuve la suerte de que el empleado fue compasivo y me embarcó. Un pequeño alivio recorrió mi cuerpo. No me importaba pagar los cargos en caso de que fuese necesario, lo que me interesaba sobremanera era saber que podía viajar esa misma noche.

Minutos después ya estaba sentada en la sala de espera. Después de los anuncios correspondientes empezamos el abordaje. Las 11:45 marcaba mi reloj de pulsera cuando abroché mi cinturón y el avión se disponía al taxeo. La ciudad bañada por su río, los barrios bohemios, las casas coloridas, con sus buganvillas de espinas afiladas y de flores que se asemejan al papel, y el malecón iban desapareciendo en el aire denso y lúgubre de la noche a medida que ganábamos altura.

El pasado quedaba reducido a un cúmulo de documentos que revisé junto con mi hermano Federico, a cenas o almuerzos con su familia durante mi estadía, al sopor de la misa en la iglesia Santa Teresita, a los repetitivos *In nomine Patris et Filii et Spiritus Sancti,* a la habitación del hotel a la que, a propósito, le cerraba las dobles cortinas para olvidar que había vuelto al lugar de donde una vez tomé la decisión de escabullirme para construir mi nueva vida. El pasado ya no me ofendía, no me afectaba. Se había cumplido la palabra, ahora lo prioritario era llegar a casa. Mi familia necesitaba de mí, de mi cordura y de mi fuerza. Necesitaba de la esposa y madre que siempre habían conocido. De la mujer fuerte y guerrera, de la que era capaz de mover cielo y tierra por el bienestar de cualquiera de sus miembros. No sería de ayuda si me dejaba doblegar por la angustia, por la frustración o por ese tormento que era saber que alguien le estaría haciendo daño a mi primera hija, a la muchacha que tenía una vida por delante. Yo no me podía permitir cuestionar mi intuición de que algo sucedería en mi ausencia. El aullido de pesadumbre que desgarró mis entrañas, no me iba a limitar para encontrar a mi hija.

Mi presente lo ocupaba la desaparición de Drina; este era el que controlaba mis reflexiones al momento. Obstruí los malos pensamientos con la oración favorita de mi hija:

> *Oh, Good Saint Anne, you have, for many years, welcomed, listened, and guided numerous pilgrims, so I humbly present myself to you. Intercede for me so that I may not extinguish, in my heart, the fire of the Holy Spirit. I trust to your care, Saint Anne, those who are dear to me.*

Tres horas y media transcurrieron en un mutismo escalofriante a mí alrededor. Me sentía incapaz de llorar o de alterarme. No había recurrido a mis pastillas, mi cuerpo reaccionaba pausado pero determinado a tener claras las ideas. En realidad, sentía demasiado miedo, pero los sentimientos ante este acto aberrante y desafortunado, que tocaba directamente a mi familia, me tenían anestesiada, para bien. Recuerdo que lo primero que pensé cuando estaba haciendo la maleta fue: «Ella va a estar bien, ella es mi hija y sabe que la amo. Drina es fuerte, va a aparecer sana y salva».

Creí que, con estas palabras, que repetía como frases sagradas y milagrosas, le haría saber a mi hija que cualquier daño, cualquier miedo, cualquier pena o angustia los iba a desaparecer mi gran amor de madre. Que el milagro de mantenerse a salvo no solo dependería de ella, o del ánimo de los captores, sino de mi amor. Mi amor la encontraría y la traería a casa junto a su esposo y a su familia sin un rasguño, porque el amor de su mamá por ella era único y capaz de superar todos los obstáculos.

Pedí a la azafata un trago de Grey Goose y dejé que el alcohol me adormeciera. Necesitaba descansar mi mente y relajar el cuerpo. No se podía recurrir a *qigöng* ni al yoga, pero sí a un vaso de vodka. Cuando me acercaron la bebida, la engullí de un solo trago. Las voces de mi familia en diferentes etapas se escuchaban sonoras y alegres, delicadas y a la vez fuertes dentro de mí. El nacimiento de Drina, sus primeros pasos, la caída de su primer diente, el primer día de escuela, el almuerzo de su matrimonio vestida de rosa y su sonrisa acaramelada merodeaban sin cesar en mi interior. Los rostros borrosos de la muchedumbre, que acompañaron los pitos, las cornetas y las pancartas en la manifestación de Martha y Diana, todavía mostraban su fuerza; bailaban un vals en mi sueño. Las palabras de una periodista, activista y escritora, que lideraba un grupo de avance en las calles, se escuchaban lejanas, pero sus gritos: «¡Las queremos vivas!» «¡Las queremos vivas!», pesaban en mi espalda.

El cuadro del teatro callejero que actuaba escenas macabras y violentas y que salpicaba sangre de purpurina, me despertaron con un ahogo que aplastaba. Desperté de *golpe y porrazo* bastante asustada. «No es nada, no es nada, Dios...solo fue un mal sueño», me dije poniendo la mano derecha en el pecho, tratando de aplacar los embates del corazón.

Volví a apoyar mi cabeza en la ventanilla para descansarla y darle calma a mi mente. Pequeños puntos bermellón se dejaban ver afuera, semejaban votivas rojas encendidas en un altar. Supuse que eran otros aviones. Esta vez el tono de la voz del capitán era grave y a la vez espontánea, nos daba la bienvenida al aeropuerto internacional de Miami. No hubo aplausos en señal de buen augurio, la ansiedad que creía desaparecida todavía estaba husmeando infatigable, *no se había ido de pinta*. El *jet bridge* con su chiflo intermitente indicaba que pronto se abrirían las puertas. Una vez que el personal aéreo dio la bienvenida y mencionó las últimas frases para los pasajeros a bordo, procedí a calzar mis pies. Tomé mi maleta de mano y me enrumbé de manera apresurada para realizar mi chequeo migratorio. Como nunca, las eternas filas con pasajeros de todos los vuelos procedentes, que convergían en el caótico aeropuerto, se hacían presentes. La señalización me ayudaba a avanzar más rápido después de que el oficial de migración selló mi pasaporte y tomó mis huellas dactilares en la máquina biométrica. Parecía que mis piernas se gobernaban solas, un paso determinado y ligero iba detrás del otro. Busqué la sala correspondiente a mi vuelo de conexión; para mi sorpresa tenía que caminar un tramo largo hasta llegar a la sala D. Subí y bajé escaleras eléctricas, nunca divisé un ascensor. Quizá, en el fondo, no estaba buscando la comodidad, sino la seguridad de no extraviarme, lo que tendría como consecuencia perder el primer vuelo a Charlotte.

Esquivando viajeros llegué a la sala; todavía no estaba iluminada por completo. Otros pasajeros que venían detrás de mí se acomodaron a lo largo de los asientos y sobre la alfombra, apoyados en sus sacos de dormir. Me rugía el estómago, no había probado bocado desde la noche anterior. Rebusqué en mi bolsa de mano a ver si tenía alguna barra energética; mala suerte, lo que quedaba de alguna que ocupó el bolsillo interior de mi cartera era un simple papel doblado en cuatro que no tiré en el tacho de basura. Prendí el celular y llamé a Mislav.

La llamada tardó en conectar, supuse que la recepción en la sala de embarque no sería buena. Se cortó la llamada. Intenté de nuevo y en esta ocasión atravesó las distancias, de pronto escuché la voz de Mislav, agobiada y oprimida.

—Hola, cariño —dijo, como de costumbre, arrastrando las *erres*—. ¿Estás por llegar?

—Hola, estoy en la sala de embarque, el vuelo a casa sale a las 8:30 *a. m.* estaré llegando alrededor de las 10:40, es el AA 1332. ¿Cómo está Brigitte? —pregunté de manera autómata, aunque el dolor agudo de la incertidumbre era la causa de que mi cuerpo reaccionara adormitado.

—Bien, dentro de lo que cabe, aunque estoy seguro de que está igual de preocupada y asustada como lo estamos Carlos y yo.

—Dile que la amo, que su *majka* estará pronto con ella.

—Te recogeremos a tiempo. Te amo, cariño.

—Yo también —dije.

Cerré sin esperar siquiera que Mislav dijera algo más. La conversación fue robótica, sentí que nuestra forma de comunicarnos se congelaba por minutos. Algo se rompió. No estaba segura del porqué de ese instantáneo sentir, pero percibí espacios emocionales que se borraron con la noticia. Posiblemente esa sensación era producto de la presión del momento, de la incertidumbre de saberlo o seguramente el miedo que no quería sentir ante la posibilidad latente de que mi hija no apareciera nunca o apareciera muerta en una zanja de cualquier ciudad.

Guardé el móvil y fijé mis ojos en el ventanal. La imagen de madre e hija viendo a través de él la primera vez que volamos a Disney, asaltó mi garganta. La carita de Drina pintada de emoción sonreía resplandeciente y excitada por la aventura emprendida.

Sus ojos grandes, de pestañas largas, se movían de derecha a izquierda tratando de seguir cada movimiento de quienes caminaban a nuestro alrededor. Sus constantes preguntas sobre el viaje, a las que había respondido una a una con cuidado, volvían a mí envueltas en un hilo de expectación sobre el futuro. Me sentía aún anestesiada. Experimentaba un llanto que era seco. Es decir, estaba ahí, era como el mar que nunca deja de caer en gracia, pero que no tenía la virtud de ser inspiración para convertirse en sol. Era un llanto ahogado, sin voz, sin cuerpo. Sentía que mi llanto ya no tenía un alma que aliviar, que no tenía espacio propio donde acomodarse; que, por ese motivo, su misticidad ya no lograba superarme; no podía emocionarme más. A lo mejor, estas palabras son difíciles de procesar cuando no has padecido la noticia de la desaparición de un hijo, no obstante, sucede.

Algunos 747, que aparcaban a lo largo de la pista, esperaban levantar el vuelo en cualquier momento para llevarnos a todos hasta nuestro destino final. Gente con chalecos amarillos y naranjas, ataviadas con cascos, se movían de un lado a otro cargando y descargando maletas. El cielo todavía vestido de oscuro provocaba que la espera me torturara. Aquello que llamamos instinto, que se despertó conmigo el primer día de mi viaje a Ecuador y al que yo no presté atención, me rebelaba que las corazonadas son las piezas de un rompecabezas que, a veces, carecen de forma pero que siempre, siempre, tienen una afirmación contundente. Mi olfato no me fallaba, más bien yo había hecho caso omiso a mi inconsciente emocional porque deseaba acabar con el pasado de *golpe y porrazo* y mientras más rápido sucediera sería mejor. Los lazos con lo caduco tienen sabor a podrido.

•••••

Escuché la voz de Brigitte gritar:

—*Majka*... mamá.

Frente a mí corría una niña de piernas largas como la de los flamencos, de piel blanca y cabellos color miel. Su carita reflejaba decaimiento. Nos abrazamos fuerte, luego la llené de besos y le dije:

—Te amo, princesa. Te amo, recuérdalo.

Su voz quebrada contestó:

—Yo también, *majka*. Yo también.

Sentí los brazos de Mislav rodearme de espaldas. Su olor característico a pino y a montana me confortó. Di la vuelta y nuestros rostros se encontraron, luego nuestras bocas se besaron. «Me has hecho mucha falta, cariño», susurró, y yo lo abracé lo más fuerte que pude. Desde que conocí a Mislav, él tenía el poder de calmarme. Sus palabras tienen la magia de ser siempre las correctas y las que me apaciguan cuando la ira o la pena me persiguen. Sus consejos siempre son los apropiados. Mi corazón, a punto del desmayo, debía asirse a su guía sabia y desenvuelta. Debía deshacerme de cualquier abatimiento que no serviría de nada al momento de enfrentarme a la historia de la desaparición; más aún, a los días venideros donde toda mi concentración sería necesaria para recuperar a Drina.

Nos encaminamos al aparcamiento. En el cuarto piso estaba nuestro vehículo familiar. Subimos enrumbándonos a casa. Nadie pronunció palabra, nos dejamos llevar por la inercia al conducir, el recorrido al y desde el aeropuerto hasta nuestra casa lo conocíamos de memoria. Viajamos muy seguido, ese es el entretenimiento familiar. El hábito de viajar nos proporciona un registro de recuerdos únicos y relevantes como núcleo familiar.

Con las actividades de todos es muy difícil reunirnos a menudo para la cena o una barbacoa el fin de semana, pero con el proyecto familiar de un viaje, absolutamente todos, nos esforzamos más por coincidir y hacer los cambios necesarios en nuestras actividades. Juntos recorrimos los Estados Unidos y viajamos fuera de sus fronteras, lo más seguido posible.

Mislav es el responsable de haber inculcado esta fuente de bienestar emocional. En su país, antes de la guerra de la disolución de Yugoslavia, su familia y él solían viajar mucho. Su conocimiento del alemán, del italiano, del croata, del árabe y del inglés le permitió enriquecer su vida y trabajar, después que la guerra acabó en 1995, como intérprete y traductor, cuando decidió venir a los Estados Unidos a forjarse una nueva vida con su doctorado en Lingüística y Literatura en inglés. Al principio, leer y encontrarnos en la biblioteca era lo más cercano a viajar, porque con su sugerencia de lectura él no olvidaba de dónde venía, y yo descubría su mundo. Así nos conocimos, en la biblioteca del condado. Viajamos juntos con un mapamundi y un café de Caribú.

Los pensamientos desperdigados en la vía Billy Graham continuaron agarrándose del paisaje al girar en la avenida West Boulevard hasta llegar a casa.

Al llegar nos esperaba Carlos, mi yerno. Cabizbajo y pensativo se encontraba sentado con una taza de café. No había ido a la universidad, el detective Marcos de CMPD, quien llevaba el caso de la desaparición de Drina, acordó pasar por casa. Quería hacernos algunas preguntas ahora que sabía que toda la familia estaría bajo el mismo techo. Apenas me vio, Carlos se levantó y me abrazó, prodigando en ese encuentro de brazos, de olores y de piel el amor de familia del que tanto estábamos orgullosos.

—La extraño, Macarena. Extraño su sonrisa y sus ocurrencias. El estudio se siente vacío sin ella y Milán, nuestro gato, no ha parado de maullar. No entiendo qué ha podido pasar, no lo entiendo...

Carlos era el amor de Drina, se casaron muy jóvenes un sábado de julio. El almuerzo por la celebración de su boda fue una reunión íntima de amigos cercanos y pocos familiares. Drina lucía verdaderamente hermosa, el vestido rosa con listón negro en la cintura y las cascadas de cabello castaño que se deslizaban por sus hombros la convertían en la novia más linda que yo haya visto. Carlos la miraba embobado al posar juntos en cada foto. Ellos dos tenían muchos años queriéndose, desde la escuela media donde decidieron que iban a unir sus vidas una vez que se graduaran del colegio. Yo me opuse a la idea de un matrimonio joven; sin embargo, Mislav me persuadió para que les diera la bendición, recordándome que nuestra hija siempre tendría nuestro apoyo en caso de que no funcionara.

Ahora Carlos estaba por terminar su último año de universidad y pronto partirían juntos a Nueva York para abrirse camino en un máster y en un doctorado. Drina había sido aceptada en NYU para su máster en leyes, eso la tenía muy contenta. Antes de irme a Ecuador, salimos a cenar las dos, me contó de sus planes y de sus proyectos a corto plazo. Sonaba tan decidida, tan contenta, que brindamos por ello acompañadas de una botella de su vino tinto favorito, Chateau Picau-Perna 2014 en el bar de Bonterra, era un pequeño gusto para el que habíamos ahorrado.

La casa se sentía igual de vacía como, supongo, el estudio de Drina. Un aura triste invadía las paredes y las esquinas. El sonido de nuestros pasos era aplastante. Los recuerdos venían como la brisa del mar, con cada viento, de momento en momento. De pronto el detective Marcos ya estaba acompañándonos. El apretón de manos del detective tenía carácter e indicaba su formación de buen individuo. Confiaba en que estaba lleno de buenas intenciones y que la oportunidad que tenía de caerme bien, con solo el protocolo del saludo, nos iba a llevar muy lejos en esta ardua y difícil tarea.

Se mostró comprensivo durante la hora que estuvo entre nosotros realizando su trabajo. La seguridad y la firmeza con la que preguntaba, hacía anotaciones y repasaba las respuestas que brindábamos a su interrogatorio de rutina me hicieron sentir que íbamos por buen camino. Me agradó; era meticuloso, al igual que respetuoso, con los tiempos. Lo analicé. Estudie sus movimientos, el tono de su voz, la posición de sus manos y hasta cómo empuñaba el bolígrafo. Yo no era la detective, no era un agente experto sobre los pros y los contras de una abducción, de lo que sí era capaz era de percibir a kilómetros el aura de las personas. La energía que emanaba de sus cuerpos me indicaba si estaba a salvo o no; si eran candidatos para ganarse mi confianza. Cuando el detective se marchó de casa, observé su caminar hacia el otro lado de la calle, su aura no era la cosa más poética, pero era lo que yo necesitaba. Era impetuosa y estaba cubierta por la valentía.

—Una madre sabe —dije al aire.

Mislav me besó en la cabeza.

—Un padre también y ese detective me agrada —respondió él.

Mi esposo, con los años, aprendió a leer mis pensamientos. Mislav pensaba lo mismo que yo. El detective Marcos era el hombre correcto para encontrar a Drina. Su aura me lo confirmaba, su sólido equilibrio era un plus para mi causa.

Los dos emitimos un suspiro, esperando que el día de mañana nos encontrase con buenas noticias.

Son extrañas las reacciones que una persona puede tener a pesar de que las circunstancias se develen incómodas, hasta el extremo de enfrentar las pérdidas temporales o definitivas, incluso la muerte. Cuando muere un padre o una madre, el dolor por la pérdida tiene un antes y un después que llega a su final. Cuando te arrancan la presencia de tu hija de tajo, en el calvario de mantener viva la fe y la esperanza, la mente reacciona junto con el cuerpo de forma distinta. Cada minuto que pasas sin saber de tu hija es lacerante, agotador, doloroso, a tal punto que todas esas sensaciones juntas modifican tu comportamiento a favor, para guardar la sanidad y continuar con el proceso de vivir para encontrarla.

Han pasado cuatro días desde la abducción de Drina. El veinte de junio una furgoneta recorrió el urbanismo. Los vecinos reportaron que la van estuvo aparcada en dos ocasiones cerca del lago que daba a la casa y que pensaron que pertenecía a una compañía de reparaciones porque el chofer los saludó, hizo el amago de bajar una escalera móvil y llevaba los zapatos cubiertos con un cubre calzado impermeable. Sin embargo, no lo vieron dirigirse a ninguna casa en específico. Lo describieron atractivo, aproximadamente de 6 pies 7 pulgadas, moreno.

Los residentes de la urbanización se enteraron de la abducción de Drina porque minutos después llegaron autos de la policía que rodeaban por completo el vecindario y los alrededores. Brigitte, quien presenció cómo se llevaban a su hermana, entre gritos histéricos entró a la casa marcando el 911. Mislav que estaba en la cocina no comprendió lo que sucedía. Los chirridos de los neumáticos fuera de casa llamaron su atención, pero, al ver a su hija en estado de histeria diciendo: «¡Se llevaron a mi hermana!, ¡un hombre se llevó a mi hermana!, ¡ayuda por favor!», comprendió que a lo que se enfrentaba era a una saga de terror.

Una oleada de calor le subió a la cara, corrió hasta el *foyer*, y no vio más que la calle que ordenaba el pequeño lago y árboles agitando ramas. Se asomó a la ventana y fue ahí cuando pudo ver una esquina de la van que se enrumbó hacia la calle Linderwood. En sus oídos y en su mente se quedó grabado el sonido de los neumáticos debido a la velocidad dentro de una zona de veinticinco kilómetros por hora. Era similar al chillido de un cerdo en el matadero; más agudo y mil veces más sobrecogedor. Las primeras cinco horas fueron para Mislav, Brigitte y Carlos un infierno en la espera. Estaban experimentando el fin del mundo. Puedo imaginar a los tres apoyándose, dándose fuerzas para no decaer y buscar la mejor manera de sobrellevar el momento, más aún, batallar con el predicamento de mi ausencia... de saber cómo transmitir una noticia de tal magnitud a una madre que estaba distante.

Al irse el detective Marcos, Brigitte corrió a encender la televisión de la cocina porque la policía y el FBI anunciarían a la prensa y a la ciudadanía lo acontecido en nuestra familia. Brigitte no paró de llorar, su cara de niña era invadida por parches rojos y sus ojos tenían signos de inflamación debido a la zozobra. Mislav se restregó las manos por lo menos cien veces. Sentado en el sofá de diseño que me había empeñado en comprar por sus tonalidades y sus líneas simples, Carlos bebía su café frío y yo, petrificada, no escuchaba ni lograba asimilar lo que se decía en la televisión.

Esa noche no pudimos dormir, a pesar de que el cuerpo nos pedía a gritos un descanso. Mi hermano llamó varias veces, pero yo no quise contestar. Para calmar su insistencia de saber por qué no había llegado con Juanjo a la casa de la playa, le escribí un texto corto: «Regresé a casa. Te llamo mañana». «¿Todo bien?», se dibujó en la pantalla del IPhone. «No», repliqué. Apagué el teléfono y me acurruqué en los brazos de mi marido, abrazando a la pequeña hija que me quedaba.

A la mañana siguiente del evento todavía no se sabía cuál sería el motivo del rapto en las noticias. Los canales y periódicos amarillistas empezaron a especular sobre la desaparición de Drina de una forma desorganizada, cruel y cobarde. A las siete de la tarde, la primera foto de Drina aparecía frente a las pantallas de los canales latinos primero y luego de los americanos. La foto la tomó su amiga Suri. Salieron días antes para ponerse al día. El fondo caramelo en el café de Starbucks en el área de Target en Rivergate contrastaba con el rojo de su abrigo J. Crew. Drina sonreía y su energía escapaba desde su boca iluminando cualquier lugar. Sus ojos y sus mejillas reventaban de alegría. Desde pequeña la sonrisa de Drina irradiaba paz, tranquilidad, alegría y reconfortaba a quienes disfrutaban de su compañía. Su risa era dueña de una larga lista de matices que reflejaban lo bueno de su alma.

La presentadora del canal 40 de Univisión mantenía la mirada fija en el prompter y describía con detalle la desaparición de mi hija. Un número de ayuda se había facilitado para recibir novedades sobre ella, sobre algún sospechoso o sobre el vehículo, en caso de que hubiese sido abandonado. Sobre el vehículo no se sabía mucho, solo que era una van negra.

—Las posibilidades de encontrar el medio de transporte, sin duda, es una idea absurda y desatinada —dije, asestando un golpe a la mesa de centro donde se ubicaban dos tazas de té.

Durante los días subsiguientes, una y otra vez los noticieros repitieron las mismas frases, la misma historia. Las cápsulas noticiosas, con el tiempo, se volvieron más cortas y esporádicas y los medios televisivos que aparcaban alrededor del vecindario nos dejaron de perseguir. A medida que los meses empezaron a transcurrir, la policía y los miembros del FBI volvieron a enfocarse en otros casos. Con esto, las horas comenzaron a alargarse, así como lo hicieron en las noches en el Hotel Orilla del Río. El silencio se volvió compañero y enemigo la mayoría de las ocasiones. Su estética misteriosa guardaba la vida de una inocente en sus espaciosidades. A veces oscuro, a veces claro, este mutismo jugaba con nosotros indisciplinadamente en un lenguaje de poema tenebroso, complicado, impreciso.

La luz de la casa era opaca, nuestras almas simulaban calma, pero era mentira. Ellas poco a poco se tornaron ariscas y coléricas. Existían ocasiones en las que, rabiosas, levantaban sus puños y golpeaban los tórax provocando sonidos monstruosos con palabras embravecidas. Unas con otras se observaban abatidas. La tranquilidad familiar se mudaba tullida a otra parte, alejándose del sofocamiento que provoca la verdad de una mentira que te dices a ti mismo. «Drina está a salvo, volverá pronto a casa», «todo está bien, todo está bien». Y después de estas expresiones volvía a la vida rutinaria de los quehaceres y de mantener a Brigitte lo más tranquila posible a pesar de la zozobra en nuestra pesadilla.

Sumida en mis cavilaciones, un día como cualquier otro, con el frasco de papelillos húmedos de cloro, limpiaba la isla de nuestra cocina. El timbre de mi móvil se escuchó remoto. Repicó varias veces y lo busqué con desgano, estaba bajo una toalla de cocina que desidiosa había colocado detrás del televisor.

—Hola, hola. —Sonidos estáticos se escucharon, repetí el saludo con fastidio—. Hola.

Esta especie de indiferencia reveló mis emociones. No sabría cómo explicar lo que sentía, creo que no pude asimilarlo en el momento. No hay palabras para enfrentarse a la desaparición de un hijo. En un principio no logras encajar todos los recuerdos que se agolpan. Las emociones se convulsionan en el presente, no hay momento en que estas te den descanso, escalas de insoportable a miserable en segundos; incluso, llegas a enloquecer cuando pasan los días, los meses y no sabes a qué atenerte. La pena también se acomoda en ti, invasora, cruel, voluntariosa; así tomes medidas para sentirte mejor por solo unos instantes, para poder organizar tus pensamientos, ella, como usurpadora de tu espacio íntimo, se adentra con su conducta agravada. Pero los sonidos siguieron ahí, luego la llamada se cortó y el largo pitido que indica la ausencia se hizo notar. Quedé otra vez con el vacío que te crea la dubitación de saber si era una llamada equivocada, una llamada que quizá no pudo entrar por una falla de la tecnología o si eran los responsables de llevarse a mi Drina. Transcurrieron algunas horas esperando otra llamada que nunca llegó. Me volqué a llorar al ver entrar a Carlos con Brigitte, a quien había olvidado recoger de la escuela.

—¡*Oh my dear*!, ¡Oh mi pequeña, perdóname! —chillé y cayendo a los pies de Brigitte me disculpé entre lágrimas, sollozos y frustración.

Carlos me sostuvo y los tres nos abrazamos dejando aflorar la angustia a través de nuestro afecto cansado y preocupado a la vez. Día tras día los pasábamos frente al televisor, los sonidos de los teléfonos nos ponían alerta, los autos de las compañías de correo y de entrega de Amazon o de cualquier otra empresa alertaban nuestros sentidos y nos convertimos casi en ermitaños, arrastrando con nuestros miedos la niñez de Brigitte.

CAPÍTULO 2

Esclavitud y encierro

«Me entenderás cuando te duela
el alma como a mí»
—Frida Kahlo—

Las cadenas que llevo en las manos y en los pies me lastiman, lo mismo la argolla alrededor de mi cuello me quema la carne. Los moretones y rasmillos sobre mis mejillas palpitan sobre la carne rosada y abierta. El olor a encierro es prácticamente insostenible. La habitación es un hueco de hormigón rasposo. A las otras chicas que estaban conmigo las asesinaron por una riña entre padrotes; es decir, una riña entre el Chino y otro mentecato que quería imponerse en las áreas que el Chino maneja. El Chino planificó un encuentro para saldar cuentas. Hubo balas perdidas, botellas rotas, puños y luego vino lo peor. La sensación que me ha quedado es terrible.

Recuerdo que el Chino se marchó y Samuel, el Tuerto y Pablo, más dos hombres, nos sacaron de la casa donde estábamos, nos subieron a una lancha, apenas había luz, cruzamos un lago y al llegar a la orilla nos hicieron alinear y las chicas que me acompañaban, una a una, recibió un tiro en la cabeza, porque cuando la «mercadería se avería, se bota o se quema», repetían los que trabajan para el Chino.

—¡Maldito Chino!, se adueñó de esas chicas, eran niñas, las encerró conmigo para darle una lección a su enemigo, ¿Por qué así? —inquirí.

Hubo silencio por unos momentos, no se cuán largo fue en ese instante. La voz del Tuerto se escuchó ordenando:

—¡Quémenlas!

Ese día lo recuerdo entre brumas, y creo que es mejor recordarlo así porque hay que seguir adelante, las vivencias crueles hay que borrarlas...la agonía es pegajosa. Me dejaron viva, aún no lo entiendo. Yo también formaba parte de la «mercadería averiada», pero me perdonaron la vida para darme una lección; eso también lo comentó el Tuerto cuando apuntaba el gatillo, de una 38 de cacha tallada, en la nuca de una de las chicas. ¡Qué ironía!, jamás se desprendía de esa arma, descansaba con ella, cuando comía la colocaba a su diestra, cuando bebía la sostenía sobre su regazo, la acariciaba, le hablaba como si tuviese vida propia y cuando el sueño se apoderaba de su cuerpo el arma descansaba sobre el pecho. Era un espectáculo ridículo y a la vez sórdido ver al Tuerto con la pistola.

La «familia» que formaban, con la que se llenaban los bolsillos de dinero, y de la cual me enteré después de llegar a Charlotte, no era para mí una familia internacional que se preocupara por la transformación del ser humano como predicaban. Había escuchado a Lola y a los dos *manos derechas* del Chino y hasta al mismo Chino decir que sus programas de éxito personal y ejecutivo tenían que explorar la liberación sin violencia. «¿Acaso lo que hacían con nosotros no era violencia?». «¡Nosotros no somos los responsables de las muertes que suceden, somos las víctimas!», me dije con angustia a medida que observaba las miradas perdidas de estas jóvenes, los piquetes entre los dedos de los pies donde el líquido tibio y efervescente de la droga que les inyectaban exigía más de ellas. Escuchar sus historias de sueños frustrados fue una acción que circulaba a mi alrededor. Les dispararon, las quemaron, y yo amarrada a un árbol fui obligada a ver las carnes que se consumían dejando un olor a disgusto. Las condiciones deplorables de sus cuerpos se incrustaron en mis pupilas sin remedio, sempiternos.

¿Dónde?, no lo sé, solo sé que el viento arrastraba hasta nosotros partículas de agua que provenían del lago.

Los recuerdos se sumergen en ese estero oscuro, las esperanzas y la confianza también. Me he quedado sola en esta habitación grisácea. Estoy todavía sobresaltada por el olor a pánico y por los sonidos provenientes de los pechos de aquellas chicas. Se parecían a lo de los tambores. Los golpeteos querían ansiosos salir corriendo en cualquier momento para huir de las negras fantasías de los ejecutores. «¿Por qué el sueño me ha removido este cruel episodio?», me pregunto lamiendo las comisuras de mi boca.

Cada minuto de la noche anterior las imágenes obscenas de esas específicas muertes me persiguieron. A medida que se llegaba a la ejecución de cada una de las jóvenes, mi cuerpo se tensaba y cuando tocó mi turno me estremecí nuevamente al revivir los instantes macabros de escuchar los disparos y al percibir el olor a carne chamuscada. ¡Qué horrible es sentir respirarte en la nuca a la muerte! Escuché el sonido del gatillo activarse, pensé que mis sesos volarían y quedarían desperdigados como el de las otras chicas a mi lado, pero no, por el contrario; en mi cabeza retumbó un sonido vacío y luego las risas de los dos malditos que se sostenían los estómagos se dejaron escuchar.

—¡Qué viva la familia! —dijo el Tuerto disparando al aire...

—¡A que sí! —le respondió Samuel moviéndose de atrás para adelante casi en trance.

Pablo me obligaba a ver ese horror sosteniendo mi mandíbula hacia el hueco a unos cincuenta metros de mí.

—¿Por qué?, ¿por qué me hacen esto?, ¿por qué las mataron si solo han obedecido las órdenes del Chino Lezama? —le pregunté al Tuerto otra vez dentro de mi pesadilla.

—Porque él es el jefe. Él es el que manda, el que paga y él es el dueño de sus miserables vidas. Sí quieres saber por qué te deja viva, pregúntaselo a él. Sus razones tendrá —zanjó de inmediato el Tuerto.

En la misma escena, Samuel sonreía limpiándose las uñas con el filo de un cuchillo pequeño, mientras le hacía señas a uno de los acompañantes a que me llevaran dentro del vehículo negro aparcado a un lado de una carretera de tierra rodeada de árboles.

El mal sueño terminaba en mi cabeza esa noche narrado por la voz de mi padre que resurgía de mi subconsciente haciendo más vivido el momento. El olor que despedía el hueco húmedo, donde los cuerpos amontonados de las muchachas era un diminuto cerro de brazos, piernas y pelos desacomodados y olorosos, se mezclaba con lo dulce del agua y el humo blanco. El olor lo llevo pegado a la nariz; no es agradable, es inquietante y a la vez no es algo que puedas describir, lo tienes que sentir. Esas mismas palabras me las decía mi padre cuando nos contaba sobre la muerte en la guerra. Ahora lo entiendo... también entiendo que esa injusta muerte tenía que ver con algo más, que las chicas murieron porque sabían algo o habían presenciado algo de lo que yo no me enteré. No hay otra razón para tan brutal muerte ni para tan milagrosa salvación.

Las siguientes noches pasaron iguales; aturdida y acompañada de mis propios gritos. Una fracción de segundo me tomó darme cuenta de que entre dormida y despierta volvía, desde la camioneta negra atada de pies y manos con trozos de cabo de plástico, a ser testigo de cómo no quedaba rastro de las mujeres. La pesadez de mi cuerpo colgado todavía producía las horrorosas llamas que consumían las ropas y los cabellos de las chicas asesinadas. El hormigueo en mi cuerpo era una sensación desesperante, la sensación imitaba las pieles de las pobres inocentes a medida que el fuego avanzaba por sobre ellas. El aire de la habitación se volvió denso y simulaba llenarse de sopor caminando amenazante hasta los ventanales del vehículo en que creía estar. Grité, grité porque quería deshacerme de ese espectáculo tenebroso que me rodeaba asfixiante como abrazo de sombra inanimada. Mi realidad era esta. Pesadillas constantes y angustia infinita.

Huele a orina, huele a humedad, a cigarrillo, a alcohol y a sudor. Sigo en este lugar y ya no tengo fuerzas para seguir peleando contra el aroma rancio que dejan las pesadillas y ser una esclava. Estoy atrapada en un velo de forma de vida que no se conoce demasiado. En este presente entra en juego el poder... el prestigio... posibilidades... elementos que deforman la verdad. Somos un relato interesante para los que nos utilizan como un elemento cómico de las clases no solo altas, sino de todas. Aquí adentro no importa el buen nombre, o que a todos nos pueda pasar el ser una víctima más porque nadie nos encuentra. Hay una conspiración paranoica por encima de todo. «¡Ja! Todavía puedo filosofar, puedo hacerlo, aunque hable de otra cosa que allá afuera no se conoce. ¡No puedo creer que solo fue una pesadilla!». Me digo, mientras las piernas me hormiguean y la espalda me duele.

Respiro hondo, lleno mis pulmones de aire vicioso. Estoy nuevamente sola. «¡Dios! ¡No me quiero quedar sola en esta pocilga!», reniego y me halo el pelo y grito y lloro, soy una niña a quien le dan pataletas. De mis manos cuelgan cadenas, su chirrido es exasperante cuando se golpean contra el cemento gris y frio. Siento mucho miedo cuando se llevan a las nuevas jóvenes a trabajar incluyendo a María y a Carmen, que no son tan nuevas ya. Hoy tengo miedo porque las pesadillas me acosan muy seguido y porque me quedo aquí sin escuchar más respiración que la mía. Se me duermen las piernas y los huesos de las nalgas parecen espinas que me lastiman hasta que el dolor me obliga a colgarme de lado, pero entonces, las manos y las piernas se duermen y el hambre y la sed se encienden como fuego brusco dentro de las entrañas. Me han vuelto a dar episodios de pánico.

Desde la época del hospital no había sucedido, empezaron la semana cuando lo de la ejecución cerca de ese lago. No me gusta quedarme encerrada, prefiero mil veces estar en las calles o en los burdeles o en esas casas bonitas donde nos llevan para ofrecer sexo, por lo menos sé que hay gente y la gente habla de sus cosas, de su vida; a veces es mejor eso que estar aquí por horas o días sin ver a nadie más que a mi sombra, una sombra debilitada, pusilánime. Tampoco me agrada esta soledad porque entonces viene el Chino y me recuerda que soy de su propiedad, que no saldré de aquí nunca y que si logro algún día escapar irán tras de Brigitte, la doblegarán para convertirla en la peor versión de mí o violarán a mi madre que, aunque es una mujer entrada en los cincuenta, puede todavía proporcionar ganancias sustanciales por su aspecto juvenil y sus carnes marcadas por el ejercicio. El ríe, ríe descaradamente para luego enviar a alguno de sus empleados a dejarme la comida que no puedo comer porque es una mazamorra insípida con pedazos de pan duro que, a pesar del deseo de llenar mi estómago, me produce náusea. No sé si hoy vendrá, no sé si estará en la ciudad. Hay ocasiones en que pasa mucho tiempo para que venga a molestarme con sus súplicas hirientes o a burlarse cuando sus métodos de presión no dan resultado para escuchar lo que él quiere que le diga. Lo veo y lo escupo, lo amenazo, lo humillo con mis frases educadas, eso lo saca de casillas, lo atormenta. Es un alma atormentada que se ha ensañado conmigo. ¡No me importa, no voy a ceder a ser suya, maldito cerdo! Aúllo, vuelvo a berrear. Grito, pataleo, lo hago para ver si el hormigueo y la punzada en las nalgas se van, pero no, no pasa nada. Todo sigue igual.

La ansiedad me obliga a provocarme el vómito, tengo hambre, pero también tengo asco y una bola agria se atasca en la garganta y me meto los dedos para que salga y me deje respirar. El nudo de agua agria sale violento y termino embarrada de bilis hasta que traen de vuelta a las demás chicas. Entre ellas veo a Carmen y a María que con paciencia me ayudan a quedar limpia del olor avinagrado. Hoy ha sido uno de esos días en los que he recordado que soy vulnerable, pero escucho a María y sus susurros me convencen de tratar de liberarme de las cadenas mentales y seguir resistiendo. El tiempo pasa descaradamente lento. Siento el agrio sabor de la bilis en la comisura de mi boca. Paso el dorso de mi mano para quitar un poco ese sabor. Oigo una voz familiar que me dice «¡Resiste, Drina!, saldremos de esto». Reconozco su rostro, es Carmen. Sé que ella no está segura de lo que dice porque puedo ver sus ojos que otean con rabia los mordiscos en sus piernas. Su voz es suplicante y si sabes poner atención, descubres que a su vez son aullidos de lobo herido entre dientes.

La escucho sin muchas ganas, sin embargo he aprendido a obedecerla también. La abrazo, vuelvo a pensar en que extraño a mi familia, me vuelven a hacer falta las largas conversaciones alrededor de la mesa y los viajes a la playa. La playa nos encantaba, a mi padre el aroma a sal y los días tibios lo envuelven en la calma. Él duerme por horas y aunque goza de un buen humor, el mar lo pone más relajado y pensativo que de costumbre y es así como pronto se sienta a escribir poemas o cuentos con su vaso de güisqui al lado. En sus ojos se refleja el verde azulado del mar de donde viene y las conversaciones sobre temas que otros no tocan se vuelven más profundas; conversamos de poesía, a él le gusta recordar a Bozidar Petrac y al poema «Mensaje sobre Chopin». Lo recito en voz alta.

Como Chopin con sus dedos temblorosos, flexibles
tocó las teclas componiendo sus nocturnos
o con sus dedos suavemente palpaba los senos
de alguna de sus graciosas amantes
también yo, como en el paraíso, quisiera mirar la
luz maravillosa que tu pureza, Clara,
la derramó por toda la Tierra como si fuera reflejo
del mismo cielo:
Nos calienta tal amor y tal ternura
que difícilmente deseamos más.

Con su dulce mirada penetra mis pensamientos mientras
en los labios se lee claramente
– libérate de tu deseo ardiente – dijo.
Con gustó me privaría de todo deseo
pero ni el espíritu ni el cuerpo son mi parte fuerte
no me son extraños las pasiones ni pensamientos ni los dedos
del frágil y delicado Chopin

Después de escuchar los sonidos acompasados de las respiraciones, continúa mi soliloquio. Ya es una mala costumbre. Estoy llena de malas costumbres y tristezas. Me entretengo contando historias o pedazos de ellas. Me hace bien... creo. A las demás no les agrada mi repertorio. En realidad, soy egoísta a propósito, no me importa si les agrada, yo tengo que mantenerme recordando para que ellas también recuerden que esto no es justo, ni lógico, mucho menos debe ser permisible este encierro. Quiero que sepan que tarde o temprano vamos a salir de aquí, sé que nos tomará algún tiempo. «¡Esta tortura no durara mucho... no puede durar una eternidad!», digo para mis adentros y me golpeo las sienes con la palma de las manos.

Por algunos momentos dejo que el silencio nos envuelva, que el vacío agite nuestras memorias, que nos recuerde que nuestras historias nos construyen, nos hacen, nos levantan y nos alejan de la piltrafa en que quieren convertirnos.

—¿Saben?, también a papá le gusta hablar de los abuelos que no conocí, pero los honra con el arroz negro y la historia de tantos peregrinos que como él llegaron a otras tierras beneficiados por el asilo.

»Me gustaba ver cómo se divertía con Brigitte haciendo castillos de arena y cómo esa diversión se dibuja en sus sonrisas sonoras mientras mi madre prepara limonada de lavanda y menta. Recuerdo que a él le agradan las noches tranquilas escuchando el golpear de las olas sobre las orillas. A mí me gusta el mar como a él, a todos en casa nos apaña el mar con su inmensidad turquesa, con su espuma deshilachada, con su arena tibia, con sus remolinos de agua salada, con sus gaviotas y los pelicanos de pico corto y de saco cóncavo que atrapan sus presas al vuelo y los drenan antes de tragárselas. Saboreo en silencio los *pancakes* de banana y avena, o los de calabaza con canela y los mojitos de coco con nuestra prima Cornelia, y siento el sabor de la pasta Sorrento hecha de garbanzos que a Carlos le queda tan bien y que hace con tomates cereza frescos y queso de búfala orgánico que busca en el mercado de domingo al aire libre cerca de casa.

»Me tranquiliza recordar los paseos en bicicleta que hemos proyectado hacer en el siguiente viaje en familia. Aunque no sé montar en bicicleta planeamos con un triciclo para adultos, moderno, con canasta para comprar pan fresco y vino local, cuando recorramos los Molinos a la salida de Ámsterdam.

Termino mi monólogo de recuerdos y río, río sola, río y escucho a mis fantasmas reír conmigo, ellos también se divierten pensando en mi padre que arrastra las *erres* y que dice *gracias* o *buen provecho* acentuando sus silabas dependiendo de la ocasión. O cuando mi madre escucha su emisora de música clásica camino hacia su trabajo y la lleva a casa a la hora de la cena porque dice que la música relaja y nos ayuda a la digestión, o cuando Carlos y yo dormimos acoplando nuestros cuerpos en forma de cucharas, abrazados el uno a la espalda del otro con la compañía de Milán a nuestros pies sobre la manta polar de color rosa.

En situaciones como estas, lo que uno quiere es sentirse a salvo y querida. Los recuerdos te sustraen por unos momentos del presente aterrador y te hacen recorrer las vías de la memoria hasta encontrar lo que te hizo feliz. En este instante daría lo que fuese por revivir las salidas con mi madre y mi hermana a nuestros restaurantes favoritos, y luego terminar la tarde de chicas en el salón de belleza con una copa de *prosecco* y una relajante pedicura con los diminutos garra rufa. Mientras lo pienso, observo mis pies, ahora son dos empanadas de masa quebradiza y de dedos deformados por las infecciones. Desde que me secuestraron solo he sabido lo que es cortarse las uñas con un alicate viejo, muy pocas veces he tenido la suerte de ir donde Bee, quien es la que se encarga de arreglarnos cuando se nos necesita en ocasiones especiales, y solo he olido el mar a la distancia. Vi una vez el cielo azul por escasos minutos y se quedaron retenidas en mis retinas las alas de dos albatros que se posaban en lo alto de un puente. Estaba tirada en la parte de atrás de la van negra. Lo salitre del mar llegó a mi nariz, restos de sal se mezclaron con mi saliva, al tragarla engullí la espuma de las crestas marinas y rompí en llanto.

Un día pude escuchar la voz de mi madre a través del móvil de Bernabé. Lo tomé de la consola de la van mientras él se bajaba a comprar un café. Tenía las manos temblorosas, las muchachas que venían conmigo me observaban asustadas y sus voces se mezclaban con reclamos o con frases de ánimo. Pensé en ese momento que si tenía suerte podríamos salir del hoyo negro de nuestra pesadilla, pero no pude decirle a mi madre dónde estaba ni con quién, hubo estática en la conexión, escuché su voz, pero yo no pude pronunciar palabra. Bernabé llegó y me dio un puño en la garganta que me noqueó. Al despertar me encontraba con las demás jóvenes en la parte trasera, amarrada de manos y con la capucha sobre mi cabeza. Como castigo, cuando llégamos a nuestro destino final, me rompieron los dedos de la mano con un mazo, tardaron mucho tiempo en sanar. Los dedos siguen atrofiados, con el cambio de clima los huesos duelen. La poca movilidad la recupero con esfuerzo.

Lo más perturbador en esos momentos era la incertidumbre. Era golpeada, torturada, acosada pero no sabía lo que realmente había hecho para merecer estar pasando por esos momentos infernales. El móvil que había usado fue destruido en mil pedazos y tirado en la carretera cerca de donde estábamos. Lo supe porque nuestro verdugo no se cansó de hacérnoslo saber y de mencionar que no podían encontrarnos así llamáramos de otro teléfono porque eran móviles no rastreables. Como si de un acto de magia se tratase, ya tenía otro e hizo una llamada a la que exprofeso no puse atención. De inmediato me sumí en un letargo que no dejaba espacio para pensar más.

Sigo hablando. Yo misma me hago las preguntas y me respondo y narro mi historia. A veces es un monólogo pesaroso, otras veces se convierte en uno que tiene tintes románticos y alegres, pero al final siempre, siempre, es una fábula maldita llena de tiempos confusos y evidencias marcescentes. Me han arrastrado por algunos estados de la nación conociendo lo amargo de la conducta humana. Sigo aquí, sigo presa. Los recuerdos son los que me salvan de morir, los que me levantan y alimentan este espíritu cansado y sometido. Paso la mano por la argolla del cuello, por los eslabones fríos de la cadena, mi mano sube y baja varias veces y de pronto ¡puf!, escucho voces que me recriminan.

—¡Basta! —grita Agnes.

Su hermana Tamara también grita:

—¡Cállate!, ¿es que no te cansas?

—*¡Shut the fuck up!* —arremete Emma— *¡shit, I am tired of your nonsense!*

Karla y Lizzy se tapan los oídos. María llora y Carmen también; les duelen sus genitales. Las han violado varias veces y Carmen, que además está embarazada de siete meses, se encoge en su colchón. Tienen miedo, como yo, y escalofríos y moretones porque no han reunido la cuota que deberían en el día. No sé qué va a ser de nosotras... ni ellas, ni yo lo sabemos a ciencia cierta. Sé que necesitan el silencio. Yo también lo necesito. Me abstraigo y empiezo mi ejercicio de recordar y hablar otra vez, pero lo hago para mis adentros.

Los llantos y los gemidos se desvanecen, observo a Carmen que en posición fetal se ha quedado dormida y luego volteo a ver a María. Ella es la pequeña bailarina rusa, mueve sus manos tratando de alcanzar una estrella, dos pequeñas lágrimas recorren los lados de sus mejillas, María, la pequeña «Paquita», la bella «Odile» de *El lago de los cisnes*, se pierde en su ejercicio de relajación. Lo hace siempre que puede, no ha dejado de hacerlo desde que la conocí. El mes pasado nos trajeron a Charlotte. Yo la conocí en Los Ángeles, ahí la lanzaron al ruedo, como se dice; la llevaron a prostituirse en un hueco de mala muerte donde éramos expuestas en el arte del *table dance*. Nos drogaban con opioides para que pudiéramos evitar la grima o la pena. Cuando María se resistió, la primera vez, la golpearon. Así tuvo que trabajar, herida en su dignidad y con los ojos manchados por los moretones. Con el tiempo ella se adaptó a ser bailarina de ese cabaretucho, lo hacía muy bien. Cuando subía al escenario se perdía en las notas estridentes de la música en alto volumen, con los giros artísticos que la suspendían por largos segundos en el tubo de aluminio de donde se sostenía. Gracia y talento desbordaban en sus presentaciones de tres minutos, terminaba exhausta, no por el esfuerzo de bailar en sí, sino por la carga que le obligaban a llevar sobre sus pequeños pies y sobre su cuerpo cuando le reservaban un privado. Una noche, después de su presentación, quiso escapar con una joven de Ucrania recién llegada, pero no llegó lejos. A la joven ucraniana la acuchillaron en el forcejeo por retenerla y a María, como castigo, la dejaron sin comer varios días. Así supo quién era el que llevaba la rienda. Era virgen y menor de edad. Yo no supe con quién se estrenó primero, pero por un comentario de Samuel y el Tuerto, me enteré de que fue un capo de la droga de Los Ángeles. Luego de su «estreno», las dos pasamos dos años siendo prostituidas en San Diego, y a las dos nos han traído aquí, a La Jaula.

Estamos encerradas en la bodega de licores. Atrás de la repisa de tequilas hay una doble puerta que se acciona con un botón y debajo del piso un túnel con una escalera que se ilumina con dos focos desnudos. Esta perrera es un poco más grande que la «caja de confinamiento» de las celdas para castigo solitario de las cárceles. Lo sé porque lo estudie en la universidad. Las celdas son de seis por nueve pies, grises, donde se escuchan ruidos de conversaciones en los pasillos. Aquí no se escucha a nadie en los pasillos. El único sonido dentro de este hueco inmundo son las aspas del ventilador grande que está incrustado en la pared y el de la rendija de tragaluz diminuta. Pensándolo bien, he escuchado los rieles del tren, pero la mayoría de las veces el sonido del ventilador es abrumador y opaca lo poco que puedo oír de afuera. He escuchado sirenas, lejanas, por cierto, si pongo atención de seguro puedo escuchar mucho más.

La policía piensa que este es solo un lugar de entretenimiento elegante y que está de moda. Eso lo he escuchado de la boca de los que nos manejan por orden de los patrones. Se burlan de la policía, no solo de esta ciudad, sino de todas en las que hemos estado. Aquí hacen que funcionen las personas y las cosas como un reloj suizo; cronometradamente, con precisión indiscutible. La policía ni quienes trabajan en La Jaula saben que estamos encerradas en este agujero de mala muerte y que nos vienen prostituyendo desde hace tiempo. Supimos que la policía había visitado La Jaula por una riña entre dos chicas que ya venían de otro lugar un poco tomadas y bajo el efecto de alguna droga. Lola, la sabelotodo y nueva mujer del Chino, nos lo dijo revistiendo su comentario con su tono sarcástico y despiadado. Ahora que lo pienso, no me cabe en la cabeza el comportamiento de Lola, ¿cómo no siente empatía por nosotras?, ¿por qué le gusta estar aquí mortificándonos en lugar de disfrutar de otras comodidades como lo hace Bee o Bernabé o los demás? La verdad, no entiendo su procedimiento inhumano y degradante. Quiero pensar, o a lo mejor quiero convencerme, que es una pobre mujer que ha sucumbido a la institución de lo oscuro del patriarcado, de la parte mala, de la satisfacción del sexo por dinero y que está infectada por alguna fuerza satánica. Ahora que lo pienso, sus collares de colores y sus rezos pueden ser rezos diabólicos.

Por varios días estuvimos sin salir a la calle, eso nos llamó la atención, pero no preguntamos. Yo, igual, no podía salir porque estaba encadenada como castigo a mi histeria, entre comillas; y para las otras fue un alivio corto pero necesario. Pudimos descansar de Lola, ella pasó tiempo fuera, suponemos que con el jefe. Los cuerpos descansaron de las duras rutinas que se repetían todas las noches, y yo no recibí baldes de agua fría, ni golpes ni jalones de pelo. Aunque encadenada, pude mantenerme un tanto tranquila cavilando nuevamente sobre mi vida que era aventada al aire y no había nadie que pudiera recoger las piezas de mi cuerpo y componerlas. Mi vida... es decir, nuestras vidas que eran un desorden donde no sucedía nada bueno. El encierro nos asqueaba, nos aturdía y nos llevaba a reflexionar sobre el ser humano, sobre la percepción de nosotros mismos, del mundo, sobre la felicidad, la maldad, el dolor o las pérdidas.

Mi pensamiento se distrajo al escuchar...

—Las pérdidas a veces no duelen —dijo Emma resignada.

—A veces duelen demasiado, como nos duele a todas —remató Lizzy.

Otra vez hubo silencio, la oscuridad cayó sobre nosotras y apagó nuestras gargantas.

Fijo mi mirada en esta habitación para evitar la condena de intranquilidad, lo que observo es el panorama de siempre, la ducha, el retrete y los viejos y apestosos colchones que se recogen de los basureros, los focos que iluminan las escaleras hacia arriba. No sé a qué hora me venció el sueño. Ha amanecido. Lo sé por la luz que se cuela por la rendija detrás del gran ventilador que nunca para de mover sus grandes aspas. Mi ropa está sucia y hiede. Quiero tomar un baño de agua caliente y lavarme los dientes. Dios sabe cuándo podré hacerlo, mientras esté encadenada y los ataques de ansiedad sigan no me soltarán, ya me lo han dicho. Yo también les he dicho que necesito mis medicinas para la ansiedad y las cápsulas para dormir, pero como no he trabajado no puedo tenerlas. Podemos bañarnos y asearnos, pero no nos dan ropa nueva a menos que sea necesario. ¡Cómo deseo tener un vestido nuevo!

Me golpeó la cabeza con los puños una y otra vez y empiezo a sentir el cansancio en los músculos de los antebrazos y de las piernas. Siento el dolor agudo en mis nalgas de nuevo; asimismo, lo siento en mi espalda baja y hasta en los dientes. Cuando duermo aprieto las mandíbulas tanto que después de algunas horas la presión terrible se convierte en un dolor que me deja exhausta. Mi cuerpo es un cúmulo de dolor, de miembros tensos. Vuelvo a posar los ojos en el ventilador de aspas grandes y me convenzo de que su ruido es el motor de una lancha que atraviesa la Isla de los Monos en la Florida, que estoy en el mar, que sus aguas me mecen a su merced en sus pequeñas olas. Imagino que los hilos de luz, distantes para alcanzarlos con las manos, son los que me calientan el espíritu esta mañana. Cómo deseo a gritos una cena a la luz de las velas y un suave masaje en los pies. Algo tan común para el resto de las mujeres sería el mejor regalo en estos momentos para mí. Es absurdo querer tener una cita de las que agendan para nosotras, pero las necesito; así podría estrenar ropa nueva y que me lleven a la peluquería de Bee, la negra de Alabama con la que hemos viajado de un lado para el otro y que hace de chaperona cuando tienen clientes de altura como los socios. Bee es también parte de la red de explotación, ella tiene a mujeres filipinas y a jóvenes caribeñas trabajando sin descanso tanto en el salón de belleza como en su casa; a todas las que alberga las coloca o vende como criadas. Lo sé porque cuando me han llevado ahí, no se cansa de repetir que las mujeres son de su propiedad y que si se les ocurre escapar sus familias acabarán muertas. Esta es nuestra realidad y la realidad se impone. Un ataque de ansiedad se apodera de mí. Comienzo por sentir que me ahogo.

—¡Me ahogo, me ahogo!, ¡auxilio, María!, Tamara, despierta, ¡ayúdame!, ¡llamen a Lola, por favor, necesito mis medicinas!

Me retuerzo en mi propio espacio, el corazón se desboca. Todas las chicas hablan a la vez, me aturden, siento que me explota el corazón. Tocan la puerta, gritan, lloran, pero nadie viene con mis medicinas. Restriego mis talones sobre el suelo poroso.

—¡Quiero mis medicinas!, ¡la voz no me sale!, ¡ya no tengo voz —le digo a María.

Ella me contesta suave:

—Sí tienes voz, yo te escucho, calma, respira despacio, ya pasará, yo te cuido.

Me abraza fuerte y yo vuelvo a orinarme.

Milagrosamente llega Lola con Bee, se dan cuenta del revuelo que se ha formado y empiezan a empujar las dos a las muchachas que siguen hablando a la vez. No puedo entender lo que dicen. Por el gesto de sus manos quiero pensar que piden por mí. María continúa abrazándome, lo hace cada vez más fuerte. Mi cuerpo tiembla, mis oídos producen un sonido extraño de ondas que disminuyen y se amplifican. Bee empuja a María y me desata junto con Lola, las dos me arrastran al baño. Balbuceo palabras sin sentido, hilos de saliva me cuelgan de la boca. Ellas me jalonean dentro de la ducha, me cubro el rostro. Lola abre el grifo dejando caer un chorro de agua fría. No grito, sé que el agua está bastante fría pero mi piel lo agradece. Me quedo en el espacio reducido, poco a poco me arrincono en una esquina para poder enjabonarme. No tengo fuerzas, María y Carmen vienen a mi rescate y me tallan el cuerpo. Observo un cuadro nublado de mujeres que limpian a mi alrededor. Cierro los ojos y empieza la película de mi nueva normalidad una vez más dentro de mi cabeza.

Cuando llegué a las manos del Chino, a quien todavía y por desgracia no le conozco el rostro, vociferaba a todo pulmón que me escaparía, que los perseguiría y haría pagar por su crimen. Les grité: «¡Mi secuestro lo pagarán!». Los que estaban presentes ese día se rieron de mí, ellos sabían que mi historia, y la de cada una de las chicas que fueron mis compañeras, era una fábula deshabitada, desierta. Ya no sé si podré cumplir mi palabra. Lo intentaré, de eso estoy segura, pero no sé cuándo recuperaré mis fuerzas y mi voluntad para poder hacerlo. Por el momento sé que quiero dormir, dormir hasta que ya no sienta ni miedo ni cansancio. Cierro los ojos y pienso que no he podido escribir en mi libreta, no puedo decirle a nadie que tengo una historia escrita para mantener un registro de las cosas y de los nombres que escucho. Algún día sé que alguien, quien busque a una de estas jóvenes, me preguntará si las conocí y quiero poder darles una respuesta.

Quiero contar paso a paso sobre mi calvario y cuándo realmente empezó. Deseo que sepan cuando me secuestraron al llegar a casa, luego cuando me obligaron a reclutar jóvenes como ahora lo hace Lola. Un día no hice bien mi trabajo. Fue al poco tiempo de que me llevaron a Georgia. Todavía no salíamos del estado que fue el primero después de Carolina del Norte al que me trasladaron. En Atlanta, específicamente, fue donde estuvimos un buen tiempo. Al hacer memoria recuerdo que me desperté en un sitio oscuro acompañada de otras jóvenes. Todo era oscuro. «La maldad es oscura», pensé... entonces lloré de impotencia.

En esa ocasión, pasé despierta hasta el día siguiente, cuando vi por primera vez a Lola, quien se dirigió a nosotros con voz autoritaria, junto con el tal Chino que llevaba su máscara negra. Repartieron trapos húmedos para la limpieza, nos hicieron vestir con ropa interior seductora y de marca y maquillarnos de forma natural a algunas, y a otras, las más jovencitas, con labiales de colores fuertes. Yo me encontraba aturdida, solo observaba el lugar y a quienes nos hablaban. El día transcurrió en sesiones de fotos y de cambios de ropa. Nos obligaron a beber agua de unos vasos plásticos con algo que producía que mi cabeza girara pesada y que mi garganta sostuviera un puñado de gritos sofocados. Después de terminar mi turno me dolía el estómago y la cabeza, tenía hambre, las tripas rugían suplicando por un buen plato de patatas griegas o de chipirones rellenos. Lo que me dieron fue un sándwich de queso.

—Esto es lo que hay, come —me dijo uno de los hombres que estaban ahí.

Eso hice, la saliva se mezclaba con las lágrimas que en ese momento eran mucho más que unas simples gotas de agua salada; eran los gritos que por primera vez no podía dejar salir. A las chicas que no seguían al pie de la letra las instrucciones las golpeaban, las amarraban y las dejaban sin el sándwich. Lo desconcertante para mí no era ser partícipe de la brusquedad y el encierro, sino ver que Lola también vestía las mismas prendas y a ella también le tomaban fotos. En un principio supuse que ella estaba fuera de la lista de mujeres que se comercializaban, pero no, ella disfrutaba haciendo lo que hacía.

Durante las largas sesiones fotográficas que duraron dos o tres días conocí que muchas de las chicas tenían antecedentes menores, problemas familiares o que sus familias habían resistido a las influencias de una congregación a la que habían seguido con la expectativa de ser mejores seres humanos, y ellas eran castigadas por su osadía de huir de la «verdad». Esa parte no la comprendí en un principio. Más adelante fui atando cabos, yo era parte de esa actividad que manejaba la ciudad y el país por medio de accesos e influencias recibiendo «favores», ¿qué tipos de favores?; fueron muchos. Otra forma de *quid pro quo* eran las víctimas inocentes a quienes la ilusión del primer amor las atacó como lo hace una enfermedad mortal. Creyeron en las palabras de su Romeo; hombres jóvenes, simpáticos y, sobre todo, sin pudor alguno, mucho menos remordimientos, que formaban parte de la organización del Chino.

Algunas chicas reconocieron a sus supuestos novios y empezaron sus súplicas; después, estas se tornaron en protestas desafiantes sin resultado alguno más que el cansancio. Las que tuvieron la oportunidad de golpearlos lo hicieron. Las escenas eran complicadas para digerirlas, mis ojos oteaban mujeres inconscientes, amarradas, sedadas y otras encerradas en bodegas. Esos hombres, a los que escogía Lola, debían no tener conciencia y manejar con mano dura a las mujeres que reclutaban si se ponían ariscas. Lola los educaba en las formas de represión y en las de conquista, ella sabía que los hombres siempre necesitaban del sexo, en especial del sexo joven porque el hombre que no tiene sexo del bueno se vuelve un ogro. Eso no lo sabía yo, no lo supe hasta que aprendí a leer a los clientes mucho tiempo después.

Recuerdo también el día que tuve que reclutar a una chica, cuando me lo dijeron me rehusé. Al hacerlo me golpearon, luego de los golpes me arrastraron a un baño y me forzaron a lavar mi cara. Luego subí a la van de mis malos sueños y me llevaron a un centro comercial, ahí me acerqué a una joven en la heladería y le dije que su novio estaba afuera esperándola y que me había pedido que la buscara. Lo hice, tal y como lo habían indicado. Recorrí el centro comercial, vi la posibilidad de huir exactamente tres veces. Tres eran las puertas por las cuales huir y no pude. Había algo que me paralizaba. No tenía compañía más que la mía propia, mis pensamientos estaban amarrados de forma invisible, quería salir corriendo por cualquiera de esas puertas y pedir ayuda y, sin embargo, no lo hice. No supe por qué. A medida que la joven, a quien fui a buscar, y yo nos acercábamos a la salida, el arrepentimiento me ganaba. Pensaba en que aquella inocente sería presa como yo de abusos y que no se lo merecía. Al atravesar las puertas la empujé con toda la fuerza de la que fui capaz. Le dije que corriera, que su novio no era de fiar, que corriera a buscar un policía. En ese momento todo pasó demasiado rápido, hubo un alarido destemplado, un grito de estruendo que provenía de la garganta de mi acompañante, y varios jaloneos y manotazos que algunos peatones vieron, pero no se molestaron en intervenir.

«Es una simple pelea de perros», le escuché decir a un chaval cuando me metían a empellones a la van.

«Los milagros hacen falta, los milagros existen, los milagros llegan», me repetí una y otra vez cuando me dejaron en manos de un bajito con cara de orangután que me violó después de no haber reclutado a la joven del centro comercial. Lola ordenó que me dieran una lección para que supiera que no estaban jugando. El Chino secundó la orden sin pena ni remordimiento. Lo sentí en su voz. Recuerdo que dijo: «¡Tiene que saber que no estoy jugando, que no tiene vida propia, su vida es mía, mía!».

En Atlanta, en la casa de paredes blancas y de jardines bien cuidados experimenté mi primera sentencia de horror, después de ese acto de terror puro en carne viva repetía:

—Quiero ir a casa, quiero ir a casa por favor, déjenme ir a casa, no diré nada, no diré nada de lo que ha pasado.

Una mujer mayor que nos cuidaba me sacudió de los hombros gritando:

—¡Estoy harta de escucharte, cállate de una vez por todas!

Desde que me robaron de mi vida tranquila, no me han enseñado fotos de mi padre o de Carlos, pero sé que los vigilan como lo hacen con mi madre y con Brigitte. Por eso trato de controlar mis ataques de pánico, porque cuando me dan no puedo trabajar y entonces me encadenan. Los ataques de pánico son terribles y agobiantes, son intensos y variables, pero claro, mis captores no lo entienden así, más bien lo catalogan como pataletas expresas, es por eso por lo que me encadenan por orden del Chino. Sí, el Chino, el jefe de este cartel de tráfico sexual. Casi cinco años y solo he escuchado su voz. Es raro, su voz es clara, profunda y grave; me recuerda a alguien, pero no sé a quién. Posiblemente es una idea vaga de esta loca que, confusa, de tiempo en tiempo quiere asirse a alguien del pasado. Sin embargo, pienso, cada vez que la escucho, que el Chino me conoce, que su rabia contra mí no es resultado de su carácter egoísta, ni de mi resistencia a obedecer, hay algo que en este largo encierro no he podido descifrar. Pienso muchas veces sobre dónde he podido escuchar su voz, no logro recordar. Bueno, no podría recordarlo, es absurdo.

Mis ataques de pánico empezaron un día que estaba con un cliente en esa casa del *cul de sac* en Atlanta. Era extranjero, le gustaba el licor fino y las drogas. Aquí en esta casa existía de todo y para todos los gustos. Comida y bebida en las habitaciones, metanfetaminas en charolas y quienes querían un porro o cocaína eran libres de traerla. Eso no lo proporcionaba la casa. En Atlanta aprendí que estos dos elementos, el alcohol y las drogas, son parte de las pequeñas debilidades de los grandes ejecutivos o políticos que se esconden tras un traje de diseñador o del poder. Otra vez vuelvo a la única arma que convierte a los seres humanos en traidores, en violadores de valores y derechos: el poder, ese que demanda, que doblega, que hace ruido y que, en ocasiones, se esconde, como el del extranjero que al enloquecer casi me mata.

En la habitación había música de Queen y retumbaba en las paredes, el hombre se metía líneas tras líneas de cocaína, estaba excitado y a la vez furioso. Forzaba a mis compañeras a aspirar la droga que estaba sobre la mesa, ninguna de ellas se negaba a hacerlo por miedo a ser golpeada. Yo trataba de pasar desapercibida y descansar la *mona* que tenía por el alcohol, no me gustaba el güisqui, pero debíamos acompañar a beber al cliente, un agudo dolor de cabeza me acosaba y la voz del hombre me martirizaba, traté de cubrir mi cabeza con la almohada al alcance de mi mano cuando sentí que me arrancarían un brazo de un tirón. De pronto sentí mi cabeza a milímetros de la mesa de noche y el hombre me empujaba a inhalar el polvillo blanco que se alineaba. Con la poca fuerza que me quedaba traté de gritar y de mantener la cabeza fuera del polvo aperlado, sin embargo, él se sentó sobre mi espalda, con las dos manos me metió cocaína en la boca y en la nariz. Como pude me solté, después de algunos minutos alcancé la manilla de la puerta y grité.

Mis gritos eran ecos que cortaban el aire en cámara lenta, mis pechos desnudos colgaban debido a mi posición, en cuatro, tratando de gatear y huir del monstruo que me obligaba a devolverme a la habitación jalando una de mis piernas y luego la otra. Empecé a sentir convulsiones, mi corazón parecía explotar, hilos de saliva espesa y blanquinosa salían de mi boca, mi cuerpo empezó a debilitarse hasta caer retorciéndose de manera horrible. Lo que recuerdo, posterior a eso, es haber sido envuelta en una alfombra y aventada como deshecho. Luego, sirenas; después, voces; más tarde, la nada.

Pasé una semana en el hospital donde solo pude dormir gracias a los sedantes. Pensé que ese era el momento en que volvería a casa, pero no fue así. El Chino envió por mí a Bee. Vestida de enfermera se acercó a mi cama, me acarició el cabello y desconectó el suero de mi brazo izquierdo. Me metió al baño, me ayudó a vestir y con su dejo sureño ordenó que me lavara la cara y saliera sin decir nada. En una silla de ruedas, salí acompañada de Bee hasta el estacionamiento. Me condujo sin miramientos hasta el elevador cercano con una confianza pasmosa y, después de atravesar las puertas principales, me obligó a subir a la van negra. Una vez dentro, me vendó los ojos y nuevamente caí en la indiferencia. «Todo me da igual», pensé. Cerré los ojos, a pesar de que el manto negro que cubría mi cabeza era suficiente para no ver nada más allá. Me perdí en mis cavilaciones sabiendo que me crucé con mil gentes... nadie se dio cuenta de que estaba siendo nuevamente secuestrada a pesar de mi mirada de ojos grandes y de mis indicaciones mudas. La gente vive muy a prisa, tanto, que no se fijan nunca en los detalles. Me hubiese gustado que una sola persona me pusiera atención, solo una... pero no fue así.

Días antes de que Bee me raptara, llegó un oficial de policía al hospital para interrogarme. No le pude decir ni siquiera mi nombre verdadero. Quise hacerlo, tenía unas ganas inmensas por decirle lo que me estaba sucediendo, pero cuando estaba a punto de hacerlo, los rostros de Brigitte, mi madre y mi padre aparecieron frente a mí. El miedo y la incertidumbre no me lo permitieron. Para mantener a salvo a mi familia me inventé otro nombre, uno que no me correspondía. Suplicante le pedí al oficial que me dejara descansar, que no recordaba nada, que no sabía qué decir. Él, pacientemente, me dijo que regresaría en unas horas, que su trabajo era hacer preguntas y que serían molestas. La enfermera de turno le entregó un documento que mostraba mis niveles de alcohol y droga, me levanté de la cama, pero ella me indicó que volviera a recostarme y me dejó una bata limpia. El oficial volvió a indicarme que regresaría pronto. Si lo hizo, yo ya no estuve para aclarar sus dudas.

En la van negra llegué a Los Ángeles, un día como cualquier otro, había perdido la cuenta de las horas. Otra de mis experiencias aterradoras empezó ahí, en esa ciudad donde el glamur de Hollywood contrasta con la realidad. Experimenté mil vejaciones con jóvenes de diferentes edades, vi cómo niños, que no eran prioridad para su familia ni para la sociedad, eran intercambiados por sexo. Encerrada los primeros días en un galpón improvisado, drogada y posando para un sinnúmero de fotografías fui consciente de que quizá más nunca podría volver a casa y que había perdido en el hospital la única oportunidad de estar con mi familia.

En mi libreta negra escribo todo lo que puedo. Quiero escribir ahora pero no estoy sola. María y Carmen están aquí conmigo y las otras son fardos desparramados en colchones mal olientes. No le puedo decir a María ni a Carmen de mi libreta. Este es mi secreto, algún día podré sacarla conmigo y entregarla a alguien. Mientras ese día llegue debo permanecer callada sobre ella, pero debo contar todo lo demás, lo que me viene a la mente porque es una prueba que saldrá a la luz. Me seco los mocos que se han mezclado con las lágrimas mudas y con el agua fría que destilan mis cabellos. Estoy sentada sobre la tapa del retrete, María está secando mi cuerpo y Carmen enjuagando los trapos sucios que llevaba puestos. Observo a Carmen con su barriga prominente y su rostro desaliñado que me brinda una sonrisa sincera desde el lavamanos. Beso las manos de la pequeña bailarina rusa que me cuida como una vez, supongo, cuidó a su madre convaleciente. Ella también me devuelve el beso y lo hace sobre mis cabellos húmedos. Siento sus labios sobre mi coronilla.

—Quiero volver a casa, y abrazar a mi madre y a mi padre. Quiero jugar con Milán, mi gato, y con mi pequeña hermana, quiero ir a la montaña con Carlos en invierno —le digo a María.

Aúllo como una niña malcriada y golpeo mi cabeza contra la pared. Ella sostiene mi cabeza y me mira con pena. Luego me abraza y yo pienso en el refugio favorito que tuvimos Carlos y yo. Le digo a María y a Carmen:

—Es una casita que alquilamos en noviembre el primer año de casados. La casa está en un risco, la habitación principal da al lago que la rodea y en las noches la brisa ligera que se pasea hace bailar las ramas de los árboles. Hay una chimenea antigua y en aquel invierno nos sentamos Carlos y yo a beber el mejor chocolate del mundo, el que prepara mi madre con chocolate negro de Ecuador. Puedo todavía saborearlo, es denso y semidulce, su textura acaricia el interior de la boca llenándola de su sabor intenso y elegante. Nos gusta hacer churros de canela para el desayuno y para la cena sanduchitos de pavo con salsa de cebolla roja acompañados de cerveza. Cuando salimos en invierno, hacemos ángeles de nieve y recogemos bayas para las ardillas que acampan cerca del pequeño balcón. Cuando es verano, pescamos y hacemos fogatas muy seguido jugando Uno o Rumi.

»Pronto cumpliremos casi cinco años de casados, ¿estaré casada todavía? —me pregunto y yo misma me respondo en voz alta—: creo que no. Nadie cuerdo esperaría estos años a alguien que no está presente en su vida, que no alimenta el romance, que no tiene un rostro real. Una fotografía no puede reemplazar a una mujer desaparecida, inexistente. Eso soy, alguien que ya no existe, que no deja huella, que no tiene voz. Seguramente he pasado a ser un rostro antiguo encerrado en el marco de un portarretrato sobre la mesa de noche, sobre la chimenea o colgado en la pared del estudio de una casa que probablemente haya sido vendida. No creo que mi familia se haya quedado rumiando mi pérdida dentro de las mismas paredes, ¿o sí?

—Ya está, ya no te atormentes, Drina —propone Carmen sujetando su vientre que parece explotar.

Las tres nos acomodamos en nuestros colchones. Me doy la vuelta hacia mi lado izquierdo para tratar de dormir porque Bee ha dejado mis medicinas con Carmen y ya he tomado las que me corresponden. Después de la crisis no estoy segura de cuánto tiempo ha pasado. Parece que ha sido una eternidad. Una voz aguda me increpa:

—Drina, ¿qué sientes cuando te van a dar tus ataques?

Es Emma, ella casi nunca habla. Me llamó la atención su pregunta, pero la contesté lo mejor que pude.

—En ocasiones siento que me falta el aire y la preocupación por respirar empieza a producirme sudoración y mareos. Cuando no tomo la medicina vienen los escalofríos, luego los sentimientos de irrealidad llegan y se prenden de mi piel; se incrustan en mi cabeza como notas rápidas con voces oscuras, pierdo el control y empiezo a gritar hasta quedarme sin voz.

—¿Puede alguien morirse por eso? —pregunta Emma otra vez.

—Supongo, no lo sé a ciencia cierta. He creído morir en estos días. Últimamente trato de no agitarme, cuando me agito la sensación de pánico aparece. Por eso narro mis historias —respondí casi adormilada.

Lizzy intervino en la conversación.

—¿Por eso Samuel o el Tuerto te sacuden contra las paredes o te echan un balde de agua con hielo?, ¿por qué quieren que te mueras?

–No lo sé, puede que ellos lo deseen como lo desea Bee o Lola, o ustedes —acoté. Al terminar la frase, London remetió:

—¡Calla, Lizzy! es mejor dormir, tus preguntas son tontas, ¡eres tonta!

—Es mejor descansar —dije con el tono de voz recio. Casi dando una orden.

—Sí, es lo mejor —comentó Carmen con su voz que asemejaba un quejido.

Coloqué mi brazo doblado bajo mi cabeza para que hiciera las veces de almohada y volví a retomar mi soliloquio para no perder la costumbre. Quería esperar a que todas estuvieran profundas para ir a buscar mi libreta, pero me quedé dormida.

En mi nueva vida todo se evapora, ya no hay sueños placenteros y tranquilos, más bien hay tormentas y lagos negros de aguas turbulentas. Muy raras veces tienen mis sueños connotaciones positivas, por ejemplo, cuando llegó Roxana a la habitación, su ropa desprendía un olor a jazmín, no era demasiado dulce, era ligero y elegante. Ese aroma me hizo recordar a mi madre y sus grandes ojos negros enmascarados de sombra chocolate y adornados por sus gafas de pasta de color ámbar. El corazón dio un brinco al pasado, ese olor me transportó a sus abrazos serenos y seguros. Después fue desapareciendo a medida que la ropa se lavaba. Roxana ya no usa ese perfume y ya no he podido recordar más sobre mi madre; excepto la vez que el Chino envió a Samuel a mostrarme una foto de Brigitte y de ella paseando por un parque. Las dos tomadas de la mano transitaban por un camino pedregoso, las ramas y las hojas de los árboles casi alcanzaban los cabellos de Brigitte. Mi madre lucía su elegancia natural. Recorrí con mis dedos sus rostros pequeños, y me hundí en sus miradas etéreas.

Me quedé dormida como otras veces, si no se trabaja, se duerme. Las horas desocupadas son un tedio. Dormíamos y despertábamos; trabajábamos y volvíamos a dormir: las horas se convertían en días y los días en semanas y a veces esperábamos largo tiempo para volver a ver la luz del día en un lugar de la ciudad. En uno de esos días, cuando el sueño se apodera de tu mente y de tu cuerpo, soñé a mi madre y a mi hermana en la misma posición de la fotografía que me había restregado Samuel por orden del Chino —que ya había aparecido en mi vida nuevamente—, solo que en esa fotografía yo estaba al final de un camino de piedras. En algún momento, cuando el sueño me venció, había dejado caer la foto y el agua la devoró dejando manchas que carcomían sus cuerpos. Al despertar, me encontré a solas y con la presencia de la nostalgia sobre mí.

«No quiero que vayan detrás de Brigitte. No soportaría saber que la robaron como a mí para prostituirla. Ella es tan noble, es tan bonita que parece una muñeca de porcelana. Me pregunto cómo estarán mis padres, ¿estarán pensando en mí?, ¿seguirán buscándome o me habrán dado por muerta como hacen los demás al no tener noticias». Volví a inquirir para mis adentros. Ese día tampoco tuve con quién hablar, a las chicas se las había llevado la *madame* Roxana, quien había ya hecho su presentación como la otra dueña del lugar. Mi pensamiento cuando la vi fue que, aparte de ser guapa, tenía mente fría y que pronto ella mataría al Chino o el Chino se desharía de ella. Su personalidad avasalladora y su voz de mando amedrentaban a cualquiera que estuviera a su servicio. Esto se convertiría en una piedra en el zapato para los que estaban con el Chino Lezama.

Pasé el resto del día pensando en la *madame,* rememoraba su paso al caminar, los colores sobrios en sus trajes, sus pañoletas y su cabello. Por alguna razón sentía que ella era mi pasaporte a la libertad, pero me repetía también que estaba desvariando. Otra vez estoy hablando sola, las demás no me escuchan, porque no están aquí. «¡Qué alivio! —digo en voz alta— si estuvieran aquí se taparían los oídos con las manos o me pedirían que ya no hable más».

Mi voz empezó a sonarme muy parecida a la de mi madre, me admiro al tener ciertos tonos elevados como los de ella a la hora de pronunciar ciertas palabras, hice una mueca de agrado y continué con la letanía de preguntas, de respuestas, de recuerdos hablados que se levantan sobre los otros olores. «Si las muchachas estuvieran aquí, seguro les arranco gemidos, pero no me importa». Repito mi historia, creo que las hipnotizo con mis palabras punzantes. La mayoría de ellas no han vivido una buena vida. Otras sí, como Agnes y Tamara que vienen de buena familia. Ellas son altas, con cuerpos de gacela, con sus manos finas como maestras de música, de ojos grises, de mentones delineados, que cruzaron la frontera mexicana como contrabando hasta San Diego. Las habían prostituido desde los doce años, sus familias posiblemente las daban por muertas, como lo repetía Lola. Las hermanas debían satisfacer casi a treinta hombres por día. Sujetos desconocidos las obligan a someterse a posiciones sexuales distintas. Comentaron que conocieron a Guillem, un francés muy atractivo quien les hizo conversación un día mientras tomaban helado, se hicieron amigos, se frecuentaron y después de unos meses el horror comenzó cuando Guillem y otros dos hombres las metieron dentro de la cajuela de un hermoso Camaro negro 1967. Anduvieron de un lado al otro. Lograron escapar de Guillem, sin embargo la suerte no les sonrió. Se encontraron con un padrote amigo del Tuerto en ese momento y las intercambiaron por material técnico de alta frecuencia para escuchar las radios de los policías, computadoras y varios teléfonos pinchados para saber los movimientos de las fuerzas del orden, que eran las más vulnerables a este tipo de espionaje. Así, el trabajo de contrabando de personas y la vigilancia a las prostitutas de Santa Ana están controlados por ellos para no mermar sus ganancias.

Fue una buena transacción para el Tuerto, había que tener variedad en la página de suscriptores por la red. A clientes que eran miembros del servicio de internet se les daba un código y un número seguro dónde comunicarse para concretar las citas y las horas. A Agnes y a Tamara se les había explicado cómo debían trabajar, el tiempo y el costo de los servicios y cómo se colocaba un preservativo. Sus pieles doradas, sus bocas carnosas, el color de sus ojos hacían el trabajo de presentación, luego ellas debían sacar el mejor provecho al servicio para pagar el techo y la comida.

En repetidas ocasiones irrumpe en mi mente el momento en que me subieron a la van, pensé que querían llevarse a Brigitte, pero no, con el tiempo me he dado a la tarea de atar cabos y no venían por ella, venían por mí; venían directo hacia mí cuando salí del auto y vi a Brigitte darse la vuelta para saludarme. La van se aparcó delante de mi auto, se bajaron dos hombres y uno de ellos apuntó a mi hermanita mientras el otro me subía a sus hombros. Recuerdo que uno de mis zapatos se cayó y quedó atascado en la alcantarilla que separaba la van de mi auto, luego se cerraron las puertas y el chirrido de las llantas, más la sacudida de mi cuerpo que se golpeaba contra los asientos laterales en la parte trasera, era lo más vívido en este encierro. No pasa un día sin que recuerde ese momento nefasto, al igual que no pasa un día en que mi verdugo se regocije humillándome, enviándome de un lugar a otro para prostituirme porque me he rehusado a ser suya. Desde el primer día lo desprecié y él me ha hecho pagar demasiado caro por mi negativa. Él puede forzarme, puede tenerme cuando desee, pero ha dejado claro, cada vez que lo intenta, que cuando me haga suya será porque yo se lo pida, no antes.

Pues, ese día no ha llegado aún, seguramente no llegará, o posiblemente sin duda esa será la última batalla que yo pierda ante el Chino. Solo de imaginar enfrentarme a solas a él, a sus deseos carnales, a su asquerosa presencia me estremece. Desde el día que llegué y que el hombre bajito como orangután me violó, me convertí en el trofeo de hombres dueños de los más bajos instintos. Eso no le importó nunca al Chino, su idea de hacerme suya doblegándome a la degradación funcionaría; decía que las heridas sexuales no lastiman solo la carne, sino que, si se quiere, se puede lastimar el alma. Y eso me había lastimado el Chino Lezama con sus continuos y egoístas motivos que me sorprendían más allá de mi comprensión natural de las cosas.

Luego del episodio del hospital empezaron a transportarme de estado en estado. Viajé como viaja el ganado, amontonada y amordazada dentro de camiones de transporte de alimentos. Iba de un burdel a otro. Las enfermedades, los castigos y las muertes estaban expuestos en el menú del día. Vi morir a mujeres por falta de cuidados médicos, a dos las mataron estranguladas después de una cita pagada para el sexo en una estación de camiones donde nos llevaron. Los gorilas de nuestro captor nos prohibieron decir nada. Las amenazas iban en contra de nuestros seres queridos. La muerte de esas mujeres se debió a que los camioneros se excedieron con la droga y el alcohol. Ellos huyeron y los gorilas las dejaron abandonadas en una zanja, en medio de la nada, en una carretera de la frontera en Texas. Las que se habían hecho adictas a la cocaína o a otro método de victimización o cuando sus cuerpos eran ya un conjunto de pellejo colgando, eran dejadas en cualquier parte de cualquier ciudad a mendigar con la mente confusa por la adicción y por la victimización mental.

Tengo pavor de terminar como aquellas mujeres con las que he compartido un espacio. Por eso apelo a mis terapias silenciosas de recordar lo que leí en mis clases de la universidad y la frase que me decía mi *majka* «el miedo es el poder del diablo sobre el ser humano». Cuando era pequeña y no quería dormir con la luz apagada la repetía; asimismo, acentuaba con voz firme pero dulce: «Si te dejas llevar a sus cavernas oscuras no sobrevivirás, pero si te proteges siendo obediente, es levemente posible que vivas un día más sin importar las condiciones». Entonces, así lo hago. Obedezco lo más que puedo, callo lo más que puedo, me someto, y lloro… y trato de resistir. A veces resistir es un trabajo despiadado.

Recuerdo que tengo mi libreta negra y voy hacia atrás del retrete. Introduzco mis manos entre la pared y el tanque, siento la cuerina delgada de la libreta y la bolsa plástica, halo una punta de la bolsa plástica hacia abajo, un tanto fuerte, y cae el paquete. Paso las pequeñas páginas hasta encontrar una que esté vacía y entonces asiento el crayón de ojos que he escondido también. Las manos me tiemblan, pero consigo ejercer presión entre el crayón y el papel y controlar mi escritura. Abro rápidamente la libreta y escribo todo lo que mi mente me dicta.

> *Como no sé ni la fecha ni la hora solo escribo lo que me viene a la mente, me tiembla el pulso de la emoción y de los nervios, escribir desde pequeña me ayudó. Mojo la punta del delineador negro que está en la bolsa plástica con un poco de saliva, el crayón corre con dificultad en las primeras letras, pero después se deja llevar por el pulso. Escribo rápidamente lo que recuerdo. A veces mis escrituras son confusas como mis recuerdos. Quiero decirlo todo, escribirlo todo, hago siempre mi mejor esfuerzo.*

Qué bueno que estoy sola, me siento mejor desde que tomé mis medicamentos y el baño. Pude descansar toda la noche sin pesadillas ni sobresaltos. No sé a qué hora se llevaron a las chicas, seguramente temprano, no sé tampoco la hora que es, pero puedo escribir en mi libreta negra, eso es ahora lo más importante.

«Tengo que escribir ahora que no hay nadie alrededor y que tengo la mente ágil», comento conmigo misma. Mientras retiraba la libreta de su escondrijo se me antojó una de esas pastillas verdes que Bee me da cuando tengo que ir a trabajar. «Si me porto bien y estoy calmada quizá pueda ir otra vez afuera y me den esa pastilla que me permite estar siempre en control de mis emociones, eso voy a hacer, me voy a controlar», pienso y escurro mi mano sobre el papel.

Al principio la pastilla me daba náuseas y me daba la sensación de tener un hueco helado en el estómago. Pero me he acostumbrado a superar esa sensación. Cuando me tomo la pastilla y tengo que abrir las piernas al primer cliente, me ayuda a concentrarme en saber que pronto el cuerpo de mi acompañante se despojará de fluidos y así ya no siento más la vergüenza. Sin embargo, es difícil olvidarse o no tener los nervios a flor de piel porque piensas en las posibles palizas que te pueden propinar, o de los momentos en que te drogaron para forzarte a tener relaciones, de las luces de neón en las calles de San Diego o del cabaré donde fui una bailarina diestra en el arte del table dance *o de los cuartos donde nos llevan o… de las primeras violaciones y del sudor hediondo que se queda con uno. Las pastillas verdes son no solo mi salvación, es la salvación parcial de nosotras a la acción de los hombres que quieren introducirse dentro de uno y eyacular lo más rápido posible. Cuando no pueden lloran como niños o te piden perdón o buscan que tú les hagas cosas que jamás pensaste que pedirían y los minutos se alargan y las paredes de tu vagina arden por la fricción angustiosa del cliente.*

Me da repugnancia la actitud de la mayoría de los hombres, pero, si no hago lo que me piden, pueden volverse violentos. A una joven que recién llegó a trabajar le partieron la mandíbula a golpes, la dejaron desangrándose en una esquina hasta que la policía apareció después de una hora y media. Nosotras, como siempre, nos encogimos de hombros a las preguntas, otras se escabulleron en las zonas más calladas y oscuras de la calle para no tener que hablarle a un policía. Algunos te miran con rabia, otros con pena. En Los Ángeles la prostitución no es penalizada, eso comentan las otras chicas, las que lo hacen en los carros o en las esquinas. Se ganan la vida haciendo blow jobs *a los jóvenes. Los jóvenes vienen seguido a querer que se las chupen. Los clientes jóvenes son menos rudos, les gana el sentimiento y la mayoría de ellos son inexpertos. Con las cápsulas bicolor ya todo te da igual cuando las tomas. No importan los otros, sino lo que tú estás experimentando. No es el disfrute del placer que alguna vez soñaste con conocer, sino el evadir tu presente con la diabólica ayuda colorida de un diminuto comprimido.*

«¡Por fin!», digo con un tono de alivio, he terminado de escribir. Abrazo la libreta. La libreta es un diario de vida, no tendrá muchos datos, pero contendrá la suficiente información sobre los involucrados que conozco. Escribir sobre el encierro, sobre los ataques de pánico, sobre las drogas, sobre mí, sobre las chicas... sobre María y porque la llaman la muñeca rusa. Quiero que el mundo sepa que estamos vivas y que queremos de vuelta nuestra libertad. Debo escribir sobre el Chino y la Yakuza. No se me puede olvidar. Entonces busco otra nueva hoja y dejo sentado lo último que falta.

No siempre sabemos dónde estamos, no sabemos si es el mismo edificio en el que estuvimos la noche anterior, o si sigue siendo la misma ciudad, no sabemos ni siquiera lo que verdaderamente significa «aquí», pero cuando una de nosotras lo sabe la noticia se riega como pólvora en el grupo. Hasta ahora tengo contabilizado siete estados en los que he «trabajado». Las chicas están comentando que el Chino pronto se unirá a la Yakuza, eso me da pavor. La Yakuza sería una alianza diabólica. Las chicas que están conmigo no saben de ella, yo sí. En la universidad, en una clase de derechos humanos, hablamos sobre la Yakuza y leímos artículos e historias sobre el negocio de tráfico sexual, me llamó la atención en ese entonces la historia de una modelo mexicana y de la industria de sexo de lo que se denomina Joshi Kosei. Es como aquí, la industria más prolífera es esta, pero es clandestina; a diferencia del mundo de los nipones donde se hace más fuerte. Si el Chino se alía con la Yakuza, alguna de las jóvenes que están conmigo nunca más volverán. El «riture» y el «osampo» son invitaciones inocentes, pero en el fondo yo sé qué llegan a hacer para doblegar voluntades. ¡Todo será más complicado para salir de este hueco inmundo! ¿Será que la ciudad se convertirá en una réplica de Shibuya? no quiero ni pensarlo...

Me jalo el pelo con las dos manos hacia atrás, el cuero cabelludo se estira y causa una sensación de alivio al dolor de cabeza que empieza a aparecer porque nuevamente me pongo a trabajar en el rompecabezas de mi rapto, entonces se despiertan las necesidades de saber por qué estoy cautiva. Pienso que las cosas que me suceden no tienen lógica, no han tenido una secuencia de acciones cambiables conmigo; más bien es una especie de venganza inminente, perturbadora y no logro descifrar el porqué. «¡Arrg! Quiero una de esas píldoras verdes», aúllo estirando más mis cabellos. Pienso en la Yakuza y me veo vestida de colegiala nipona haciendo muñequitos de origami en Shibuya mientras vejetes necesitados de compañía me desvisten a su antojo con la mirada de sus ojos rasgados llenos de lujuria.

Se escucha la voz de Lola, su hablar a gritos me descompone. Escondo la libreta lo mejor que puedo, la rapidez con la que la escurro hacia arriba de la pared entre el retrete me preocupa. Si se escurre y Lola la descubre, será mi fin. No quiero que me disparen o que me quemen como lo hicieron con las otras chicas. Me incorporo rápido, las piernas me hormiguean un poco por la posición en que he estado escribiendo, esa sensación es molesta. Me levanto, me estiro y descanso mi cuerpo en la pared moviendo las piernas en forma de marcha. Una por una entran arrastrando los pies y se tiran en sus colchones. Lola habla y habla y no se calla. Las demás la escuchan sin poner atención porque de seguro están bajo el efecto de algo que no son las pastillas verdes. María es la última que entra a la habitación ayudando a Carmen que parece no poder más el día de hoy. Oteo las piernas de Carmen, están demasiado hinchadas.

María me mira y hunde su cara entre sus manos delicadas. Se quiebra y se desata una queja larga y angustiosa

—¡Estamos vigiladas las veinticuatro horas del día, los siete días de la semana!, ¡ya no puedo más!

—Yo sé cómo se siente. Así me sentí yo el primer día —acoté con un gesto leve de sarcasmo involuntario.

María continuó:

—Yo estaba perdida en mis propias conjeturas y asustada con el rumbo que estaba tomando mi vida al momento que me trajeron aquí.

—Nada es fácil, nada tiene sentido, lo sé, pero no debemos perder la esperanza —dijo Agnes.

—Los niños desaparecen aproximadamente cada seis minutos, recuerdo haberlo leído para mi clase de Tráfico Ilícito de Migrantes y Trata de Personas. ¿Sabías eso, María? —le pregunto.

Ella no me responde, sigue rumiando su desgracia junto con sus largos y agudos sollozos. Continúo hablando como si les hablara a mis compañeros de universidad en la exposición de una clase. Adopto el papel de *magna cum laude* e imagino estar defendiendo mi tesis otra vez. María, Carmen, Agnes, Tamara, Carlota, Ilse y las otras muchachas son mis compañeros de clase, son las personas que yo quiero convencer de que esta forma de esclavitud, sin lugar a duda, es una forma cruel e indigna que se practica en todo el país y de la que no siempre se tiene consciencia de que le puede pasar a cualquiera, sin importar la edad, la raza o el estatus social. Aquí estamos María y yo, por poner un ejemplo, edades distintas, complexiones diferentes y un estatus social que no nos otorga ningún tipo de privilegios. Nada es justo, nada es correcto. No quiero sonar catedrática, más bien quiero despertar su conciencia apelando a sus sentimientos, cualquiera que estos sean. Quiero que me ayuden a huir o que huyamos juntas.

—Solo tengo diecisiete años, quiero ir a casa de mi tía, es la única pariente que tengo en el mundo —me dice María con voz apagada y nerviosa. Rompe en llanto y mis oídos empiezan a rechinar provocando un nuevo dolor de cabeza al escuchar la perorata de Lola y su maldito hablado caribeño. Lola y Bee se marchan. Otro día pasa con los ruidos del tren, del ventilador y con la apocada luz que regala la bombilla desnuda sobre las escaleras.

Tomo mi medicamento para evitar una recaída, el pecho me duele. Veo las cadenas y la argolla al lado de mi colchón. Observo la argolla, la acaricio con la punta de mis dedos. La imagen de esta alrededor de mi cuello me hace remover los momentos en que no me permitía toser con libertad. Escucho a Carmen toser. Con esfuerzo me levanto de mi colchón y gateo y toco su frente, tiene temperatura. Está perdida en su burbuja de mirada hundida, su cuerpo es frágil, tiene el colorete de labios esmirriado. En su estado de gestación y con el trajín, es lógico que haya atrapado un virus. «No puedo creer que la expongan a la venta de sexo, ¡es una aberración!», me digo en voz baja, con coraje. Acostándome a su lado la abrazo.

Estoy tratando de que la angustia no me invada. Sé cuándo quiere venir la incertidumbre a robarme la tranquilidad. Aunque he tomado mis medicinas, siento que hoy será otra de esas noches en duermevela. Ver a Carmen que está atrapada en esa burbuja donde se quiere olvidar que el cuerpo ha sido carne de cañón, posiblemente me altera. Yo he experimentado ese estado, he querido que mi cuerpo ya no sea deseable, para que así me dejen en una zanja o me olviden en las calles de alguna ciudad, abandonada a mi suerte. Lamentablemente para mí, y para las demás, el cuerpo es lo que es, una fuente vacía donde los hombres escupen sus deseos porque pagan, y piensan que pueden hacer con nosotras lo que quieran.

La mentalidad de quienes pagan por sexo es muy distinta entre hombres y mujeres. Ellos deciden por unos cuantos pesos; ellas, las mujeres, pagan más y te ven como un ser humano. A veces, las mujeres que nos procuran no quieren sexo, pagan solo por ser escuchadas, por compartir un momento romántico, sea con cerveza o vino, pizza o comida china. Cuando las mujeres requieren de tus servicios te proveen cuidados y son recíprocas en el placer. No te ven como lo hacen los hombres; como una máquina de follar.

Sé que soy una esclava sexual, una de esas mujeres que se las traga lo desconocido, según las historias que se cuentan, una vez que no regresan a sus casas. Escuché a Lola decir, cuando entró a la cueva, que mañana será día de San Valentín; este día es el peor día para una servidora sexual. Creo que si Carmen empeora, mañana me tocará hacerle frente a esta celebración. No me siento contenta de que Carmen esté indispuesta, tampoco quiero trabajar en esta celebración. Me trae memorias desagradables. Una de estas mismas fechas, en Alabama, me senté en una escalera fuera de la estancia donde estábamos a fumar un cigarrillo. Llevaba varias horas en un cuarto con olor a sudor y a sexo, a través de la ventana de esa habitación se podía ver la noche, era clara y con muchas estrellas, el cuerpo me dolía tanto que no sabía si podía resistir otro cliente más, pero el cigarrillo y la noche me ayudaron a continuar; me sobrepuse al asco, al dolor, al cansancio y después de respirar el aire fresco de la noche entre arrastrando mi bata felpuda de Walmart a tomar un trago de algo que raspaba la garganta y a dejarme follar de un animal en celo. Esa bestia me golpeó la cara, sus manos atravesaron mi rostro de un lado a otro gritando que era una frígida. Que acostarse conmigo era acostarse con un muerto. Cuando mi cliente se quejó, me hicieron trabajar más allá del amanecer, lo hice sin chistar hasta que mi vagina sangró. Fue una noche desagradable y una de las peores noches que he tenido. Quiero salir de aquí, escuchar el sonido de los neumáticos girar sobre el pavimento. Percibir el aire de la cafetería que se encuentra cerca, huele a mantequilla y a café. A veces huele a sándwich de queso. No sé dónde está ubicada, pero está cerca porque el perfume de los biscochos llega a cualquier hora cuando se está allá afuera. También me agrada escuchar las vías del tren. Pensar que, si en semanas normales se trabajan alrededor de cuarenta horas, esta semana de celebración se tornará demasiado lúgubre. El dolor en los genitales, los llantos de los clientes, el encierro entre cuatro paredes y el deseo fingido con los diferentes hombres acaban con la poca energía que a uno le queda.

Después de hacer memoria de esta historia, ya no hay gemidos. Se han quedado dormidas las demás y hasta Carmen. A gatas me devuelvo a mi colchón, me acomodo y cuento despacio porque estoy percibiendo una recaída. «Uno, dos, tres», me equivoco y empiezo otra vez; «uno, dos tres, diez, cincuenta...». Siento la calma otra vez, «es bueno que venga la calma», me digo a mí misma con los números que salen detrás de mi lengua y que no encuentran salida audible, sino que se van al cerebro y sucede que se convierten en figuras de colores y aparece el Conde Contar a terminarlos. Por fin logro balbucear mientras el cuerpo se relaja sintiéndose liviano.

La noche transcurrió silenciosa. El tiempo se alargó, unas veces el tiempo nada en el presente y otras, muy pocas, en el pasado, pero el tiempo desespera y también ayuda. Ayuda a no doblegarse y a seguir pensando que voy a escapar. Me despierto con la piel de gallina, la pared está fría como lo están mis calzones y mi interior. Me levanto y voy a ver a Carmen.

—Carmen, oye, Carmen, ¿te sientes mejor? —No responde.

Vuelvo a llamarla y esta vez la tomo del hombro, su cuerpo se voltea y está con los ojos abiertos. Sus labios están pálidos, su pecho no sube ni baja. Un chillido sale de mi garganta, luego un grito.

—¡Esta muerta, está muerta! ¡Despierten, carajo!

El silencio fue un himno de despedida para Carmen. María la limpió con la toalla que teníamos en el baño y le acomodó el vestido. Le cerró los ojos, luego la cubrió con la colcha rosa que me había prestado días atrás. Su muerte fue una muerte más para los que nos tenían prisioneras. No fue hasta más tarde, cuando vinieron a darnos de comer, que se llevaron el cuerpo de Carmen, así... sin más.

Al aproximarse la noche nos llevaron a una casa cerca de Lata Plantation. Me di cuenta por el letrero. Siempre que nos dejan viajar sin capucha me entretengo viendo los letreros y las direcciones que tomamos. Tengo en mi cabeza que Bernabé o Bee o cualquiera de los empleados del Chino, como el guatemalteco de Pablo, cometerá un error y podré huir. El mutismo dentro del vehículo me permite concentrarme en los lugares por donde vamos. Hemos pasado una escuela —pero no distingo el nombre— y un escampado lleno de árboles. Bernabé sigue hasta una calle angosta que no tiene nombre. El camino es oscuro, la única luz que se ve es la de los faros de la van. A pocos minutos de camino nos hemos detenido frente a una casa amplia de dos plantas. Hay luces, camionetas y autos.

—Aquí será la celebración, ¡a trabajar! —dice Bee.

Entramos por la puerta de la cocina, huele delicioso, huele a tamales. Me encanta esta casa, me pregunto, ¿de quién será?, hasta María ha sonreído. Veo entre los invitados a la *madame* Roxana, deduzco que es su casa porque en el salón hay un retrato pintado de ella. Miro a mi alrededor, se ve que es una casa con detalles elegantes y de gusto bastante sobrio. Hay mujeres también en esta fiesta, son gringas.

—Son lesbianas, a algunas de ellas las conozco —comenta Ilse.

—Hay hombres apuestos también —ríe Agnes fingiendo felicidad.

Ningún invitado está interesado en nosotras por el momento. Eso me pone nerviosa pero también me tranquiliza. Paseamos por la casa sin decir mucho. A Roxana no le gusta que hablemos si no nos preguntan. Aprovecho para degustar algunos bocadillos que están en la mesa. Hace tiempo que no probaba nada tan delicioso como los canapés de pavo y de camarón. Hay champaña, tequila, *gin* y ron. Las otras chicas están alrededor de las mesas de dulce.

Roxana nos observa con compasión. Odio su mirada lastimera, ella lo sabe y sabe que la desafió con la mía también. Veo que se acerca al centro del salón, hace un brindis e indica a sus invitados que pueden disfrutar de nosotras, de los placeres de la carne. Que esa noche la casa invita.

—Por ti y por esta gran familia internacional —grita uno de los invitados. Es mexicano, por su acento lo identifico.

—Por estas bellezas que nos acompañan —comentó otro de los invitados.

Nos miramos unas a otras, porque estábamos seguras de que habría una orgia. No me gustan las orgias, a veces terminan muy mal, pero por otra parte podemos comer. El olor a tamales me recuerda a una compañera en la universidad. Su mamá era de Chihuahua y hacía unos tamales deliciosos para la celebración de la Candelaria. El olor de los tamales es inconfundible, los tamales mexicanos huelen a gloria. Lola no ha venido con nosotros, claro, es la querida del Chino y se ha ido con él. Mejor así, no tenemos que escuchar sus comentarios ni su risa de hiena.

—Me preocupa que no volveré a ver a Carmen, ¿qué habrán hecho con su cuerpo? —le pregunto a María que se acerca junto a mí.

—Estaba con temperatura ayer en la mañana, Bee le dio dos Advil y le dijo que hoy le permitirían descansar. Pero ya ves, ella se fue antes que nosotras.

–Huyó de esta vida de mierda —respondió María con los ojos aguados.

Empezaron los hombres a llevarse a Emma, luego a Ilse y a Tamara y dos mujeres nos escogieron a María y a mí. Otra vez cerré los ojos, suspiré hondo, con resignación, y pedí que este encuentro terminara lo más pronto posible. Las conversaciones se referían de manera exclusiva a las inversiones en los talleres de transformación y en los retiros donde cientos de horas las dedicaban a la superación personal. No entendía cómo se relacionaban la dichosa congregación y las formas en que se abrían centros en base al libro de los secretos, con nosotras y el sexo. Llevaban muchos años haciendo lo mismo, con víctimas diferentes, que satisfacer la idea de construir un mundo mejor no me sonaba nada cuerdo, pero escuchaba y memorizaba lo que podía, si era algo que consideraba de interés.

En esos momentos me engañaba a mí misma, lo hacía siempre que podía. Pensaba que, si no interactuaba y me quedaba en un rincón, me haría invisible a estos perturbados mentales. No era así, eventualmente mi falta de interés los atraía como moscas a la miel y terminaba enredada en sábanas ajenas. Sabía que la fiesta no sería como los anteriores encuentros de San Valentín y de alguna manera lo agradecía, sin embargo duraría muchas horas. Sexo duro, desgastante, desagradable.

Labios, saliva, besos, lenguas ávidas de sexo, olor a piel recién perfumada y alientos a licor caro me invadieron por horas. Hubo líneas de coca en las mesas, gemidos ardientes y gritos de placer que podían estremecer a cualquiera. Dedos que entraban y salían de tus orificios húmedos y abrillantados con *Lulu Luv Art* y estimulados por los infaltables K.Y. vibradores que se meneaban al ritmo del cha-cha-cha, de la rumba o de la samba según la preferencia. Era Sodoma y Gomorra en un espacio tranquilo donde nadie más que los que estábamos ahí sabía lo que ocurría. Me levanté con la boca seca, necesitaba agua a gritos. Piso con cuidado evitando despertar a las mujeres a quienes servimos. En la sala, cuerpos desnudos yacen en las alfombras y sobre los muebles. Me llegaron arcadas hacia la mitad de la garganta, me tapé la boca para no hacer ruido, tropecé con mesas y sillas hasta llegar a un baño. Abrí la llave del lavamanos dejando correr el agua y me lavé la cara, mojé una toalla de manos que estaba sobre el mesón y la puse en la nuca sentándome en el retrete. Un chorro de orine grueso y largo corrió de la vagina provocando el sonido de una cascada de río. Tenía la vulva inflamada y me dolía el vientre. Me limpié y abrí la llave de la ducha. Qué alivio fue bañarme en esa casa. El jabón líquido era seda sobre mi piel. Olía a cedro y mandarina. Quería quedarme ahí, bajo el agua todo el tiempo que restara en esa casa. No quería más de lo mismo. No quería que me tocaran, ni que me dieran o exigieran placer. Para mí era una tortura. No había podido acostumbrarme a la vida de esclava.

No era lo mismo ser una esclava que una prostituta o una dama de compañía. «¡Nada es lo mismo!», me dije y cerré la llave. Secarse con toallas limpias y no con retazos de toallas viejas y raídas se sentía bien. Buscaba un cepillo de dientes en los estantes del baño y escuché voces. Entreabrí la puerta y vi a Roxana despidiéndose de uno de los caballeros con los que pasó la noche. Cuando vi que ella salía del salón abrí la puerta y me dirigí a la cocina. Había tomado una bata del baño y unas pantuflas, no sabía si estaba bien o mal, pero no quería disponerme a salir de ahí desnuda. Con cuidado, al llegar a la cocina, abrí la puerta. No sé en qué estaba pensando, solo abrí la puerta y eché a correr hacia el portón que había visto la noche anterior al llegar. Corrí, corrí y al alcanzar la aldaba la puerta me encontré con que estaba cerrada. Azoté la puerta con mis manos y me dejé caer en el piso. Al darme la vuelta vi a la *madame* que me miraba fijamente desde el balcón de un primer piso frente a mí y supe que mi intento de libertad había sido una tremenda equivocación.

Nuevamente encadenada, otra vez mi cuello inmovilizado por el aro de hierro. Pienso que en ocasiones el capítulo de nuestras vidas es una sesión continua de fuegos pirotécnicos que tienen, como parte de la celebración, el objetivo de satisfacer las más bajas pasiones de los seres humanos. En este caso, proveer sexo coartando la libertad de cientos y miles de mujeres y niñas por dinero.

En Los Ángeles tenían un galpón lleno de niños que dormían sobre colchones viejos como los nuestros, y los mercadeaban para trabajos manuales delicados. La mayoría eran niños que cruzaban las fronteras entre México y Estados Unidos. Algunos llegaron en contenedores desde China... Contenedores... pienso en los cuerpecitos azotados por las temperaturas; unos cuantos muertos entre los vivos, los sobrevivientes llegando a los puertos, sedientos, asustados. Sus imágenes continúan atormentándome, siguen asustados, están hambrientos, se abrazan unos a otros y cierran los ojos al escuchar las voces histéricas de los cuidadores. En otro espacio no muy lejos había niñas y mujeres jóvenes embarazadas. Era como estar en un «Súper Center» y encontrar lo que buscas. Como allá no estaba aislada podía enterarme de ciertas cosas. En ocasiones, Samuel y el Tuerto pensaban que estaba dormida, pero no, apenas podía, pedía permiso para que me llevaran al baño y merodeaba por los corredores de esos galpones, buscaba ventanas, contaba puertas y, cuando me demoraba, regresaba a los baños y ponía como excusa estreñimiento o infección urinaria, para alargar mi tiempo a solas. En esa búsqueda por la libertad, en mi razonamiento no existía un patrón lógico para las cosas a las que me había enfrentado.

En un momento era una esclava sexual en una ciudad a cuatro horas de la mía, y en otro regresaba a la misma ciudad de donde había desaparecido. En ocasiones podía saber dónde estaba y en otras sencillamente el nivel de confusión creaba desconcierto. La perplejidad de estar consciente de que solo sucedía conmigo creaba más aturdimiento y desasosiego. El alboroto que se formaba en mi cabeza, casi siempre, ocurría porque trataba de descifrar mi vida y la de mis padres. Algo debía relacionarlos con lo que me sucedía. Casos de conspiración deambulaban en mi cerebro, todo esto que ocurría lo había analizado una y otra vez durante horas. Nada funcionaba como se suponía. El máster de Carlos y mi doctorado se encontraban en el limbo, incluso mi propia vida lo estaba.

Quiero escribir otra vez, pero estoy encadenada por querer escapar de la casa de Roxana. Tengo compañía, London está resfriada por lo que puedo escuchar. Tose mucho, tose hasta que le dan arcadas. Veo como escupe en un tachito plástico.

London se tira boca arriba, cansada de escupir. Ella me mira y comenta con voz engalillada

—Cúbrete, Drina, estás con temperatura y hoy el cuarto está helado.

—Sí, gracias —respondo lo más amable que puedo, arrastrando el remedo de cobija.

—El frío, en los meses de invierno en Charlotte, no es demasiado denso como en otros lugares de la costa este; sin embargo, cuando estás expuesto a vivir con escasez y a dormir sin un cobertor decente, el frío es el peor compañero —comento con sorna.

En ocasiones el sarcasmo era una forma de mantener mi juicio ágil y asegurarme de no olvidar que era dueña de una mente privilegiada. Poner atención a los pequeños detalles, y escribir sobre ellos, es otra manera de no callar nunca, de poder respirar, de comprender... Escribir me ayuda a poner las cosas en perspectiva. No quiero obviar que hay muchos nombres importantes en la lista del cartel del Chino, ni los nombres de sus amigos en otros estados y hasta en otros países.

—Odio a Lola —dijo London tratando de hacer conversación. Ella se ha convertido en compañera del Chino, porque es santera, y el Chino, a pesar de vivir en una contradicción, cree en su religión y en sus collares —remató con fastidio.

—Todos creemos en algo, ¿tú no? —pregunté.

—Antes sí, ahora no —respondió mi compañera—. Estoy harta de lo mismo, de ir y venir, de creer también.

—En algo tenemos que creer, London —insistí desganada, colgué mi cabeza hacia adelante y arrastré las cadenas que me ataban las manos y los pies hacia mi cuerpo haciéndome una bola para que la cobija me cubriera los pies.

En esa posición empecé a temblar, los dientes me castañeaban y entre el temblor y el castañeo volví a pensar que casi cinco años son demasiados. Hay demasiado dolor reprimido, demasiado en juego. Sé que estoy a disposición de una red, no solo de turismo sexual, sino de una organización que tiene millones de ojos y brazos y que también compran mujeres para tener hijos en otros países o para que los hijos que tienen aquí sean vendidos. La «familia» internacional del Chino y sus secuaces. No se habla mucho sobre qué hacen; se refieren a ella solo cuando tienen invitados importantes y nos dan instrucciones de servir. Ahí observo al Chino, con su rostro cubierto, estudiar a cada uno de los que asisten. Habla poco, estoy segura de que no se siente cómodo entre ellos. Cuando se despiden, a veces el Chino hace referencia a frases de la biblia que los otros escuchan con agrado. Me he dado cuenta de que con estas frases hechas manipula a esta gente con reflexiones comparativas de lo que predicaba Jesús. No logro entender la dinámica, pero sí logro estar clara de que el Chino necesita ser invisible al mundo, pero no para ellos.

Mi mente se desvía y pienso en los pasaportes que traen para las que viajan a otras fronteras; los facilita un hombre de Pakistán y los entregan a mujeres que semejan estar embarazadas —llevan droga dentro de sus barrigas falsas— en caso de que existan redadas. Los aliados mexicanos proporcionan los opioides, los colombianos la mejor cocaína y los de la comuna de Lorena el éxtasis que llega a New York; también transportan la droga en los tacones de zapatos que diseña Roxana.

«¡Esta gente tiene alcance!, son de temer y debo andarme con cuidado», me digo. La completa idea de invisibilidad es otra búsqueda a la que debo poner atención. ¿Dónde canalizan este dinero, ¿a quién subsidian?, ¿qué clase de actividades adicionales reclama la «familia» del Chino bajo su código secreto? Francamente, él tiene un rol para esto. En ocasiones sus palabras han sido que él usa vasijas imperfectas para sus obras perfectas. ¿Se referirá a nosotras?, ¿o hará alusión a alguien más? Estas incógnitas están presentes todo el tiempo y no logro juntar las piezas del rompecabezas.

La madrugada me alcanza como lo hace el sueño. Mi oración de fe, la que me ha acompañado desde niña se escurre entre mi boca y me escucho rezando.

«Oh, Good Saint Anne, you have, for many years, welcomed,

listened, and guided numerous pilgrims, so I humbly present myself to you. Intercede for me so that I may not extinguish, in my heart, the fire of the Holy Spirit. I trust to your care, Saint Anne, those who are dear to me».

«Nuestra Santa es la que se encargará de mi destino, mi suerte está en sus manos», me digo en voz baja apoyando mi cabeza hacia la pared de cemento y me voy hundiendo en nuevas formas de sueño.

Llevo tres días imposibilitada de ir al baño, me he orinado sobre mis calzones a consecuencia de los baldes de agua que me lanzaba Samuel cuando, en mis ataques de pánico, empezaba a emitir gritos descontrolados.

El Chino le ha ordenado a Samuel que no me suelte a ver si así aprendo la lección, «ser amable con los clientes y no morder la mano de quien te da de comer». Veo su cara de pocos amigos demasiado temprano. Lo observo parado frente a mí, desafiante.

—¡Sí, efectivamente los clientes son los que pagan, pero nosotros no tenemos vida propia! —espeto y vuelvo a gritar—: ¡Aaaaarrrggg! —Grito tan fuerte que mi estómago tiene espasmos. Grito para sacarlo de casillas.

—¡No sé porque no te matan de una vez, perra! —me grita Samuel, siento su aliento caliente y a la vez dulce sobre la nariz.

Me quita las cadenas y la argolla, a pesar de estar mejor, aún no me envía a trabajar. Lizzy está en recuperación. Mal o bien nos han traído sopa caliente y té, y nos han dejado Advil y una galonera con agua. También han enviado al médico para que nos revise. El médico, con su cuerpo desgarbado, ha estado merodeando por aquí. Lo he visto con su cara pálida y larguirucha de nariz regordeta y dientes manchados por el cigarrillo auscultar nervioso a mis compañeras. No sabemos su nombre porque le dicen «El Doc». Con disimulo le pregunto:

—¿Qué día es, Doc?, dígame la fecha ¡por favor!

Él tose, pone su estetoscopio en el pecho, se acerca con sigilo y me dice:

—Febrero 17... dos mil veinticuatro.

No me ha dicho el día, pero la fecha es importante también. Cuando ha venido está nervioso, le sudan las manos y la frente. De seguro lo tienen amenazado con su familia, o con algún secreto que él guarda. Así se mueven estos cerdos disfrazados de hombres.

Me levanto haciendo un esfuerzo por el dolor infame que tengo en las nalgas. Voy al baño, me cuesta caminar, me duelen las extremidades por falta de circulación. Es un alivio poder deshacerme de la argolla en el cuello y de las cadenas. Me miro en el espejo arriba del lavabo y mi rostro es un crucigrama de arañazos. Me siento en el retrete y orino chorritos intermitentes. No hay papel higiénico así que me subo el remedo de calzón. Una vez de pie miro a un lado y al otro y me doy cuenta de que las enfermas están profundamente dormidas, entonces me agacho despacito y escurro otra vez mi mano entre el retrete y la pared para jalar la bolsa plástica donde está mi libreta.

•••••

Febrero 17 del 2024

He recordado a Carmen, su colchón sigue vacío.

Ella era una niña ya embarazada. Era dueña de un cuerpo mucho más desarrollado que cualquiera de su edad, pero una niña inocente al fin. Lola trajo a Carmen a «La Jaula» hace un año. A los pocos días de que María y yo llegamos, supimos que Lola con el Tuerto subieron a la niña con engaños al auto que manejaban. Ella había salido de la escuela. El bus escolar recorría la parte sur de la ciudad hasta llegar a su casa en un barrio a dieciocho minutos más allá de donde yo vivía con mis padres. Todas las tardes a las cinco ella descendía del bus justo en la avenida Youngblood RD. La tarde que la raptaron, Lola abrió la puerta del auto, se acercó a Carmen para solicitar de ella una información que era inventada, entonces, cuando vio su cara angelical y sin malicia, sus ojos claros y su hablar cándido e inocente permutó y algo dentro de ella salió de lo oscuro para ensañarse con la pequeña. De un jalón la metió en la cajuela. No había niños a su alrededor, la única que se apeaba en esa calle solitaria era Carmen, así que no existieron testigos de su desaparición a manos de una marcadora.

En el cartel del Chino existen muchos espíritus intranquilos, los más inquietos son los que reclutan, los que siguen la música del dinero. Uno de ellos había «facilitado» a Carmen. Los dos se conocieron en el supermercado, frente al centro comercial de Rivergate a pocas millas. Un día que salió de compras con sus amigas, este joven apuesto de estilo desgarbado y de sonrisa genuina se acercó al grupo de muchachas en la heladería del centro comercial. Su intención era pescar a la candidata correcta para asegurar su estatus como «marcador». Se presentó como Lucky, sus atractivos le supieron a Carmen a jalea de miel, en especial la sonrisa, pero la pequeña se equivocó. Detrás de la sonrisa amigable se escondía el arte de la manipulación y el horror. Lucky lanzó el anzuelo a ver cuál de las muchachas se rendía a sus atributos y, como arte de magia, la niña de pómulos levantados y ojos felices cayó en sus redes convirtiéndose luego en un ser sumiso y miedoso. Cuando María y yo llegamos a la habitación inmunda, atrás del sótano de los licores, encontramos a Carmen llorosa y asustada en una esquina.

Nadie se imagina en mi ciudad que el peligro asecha y que somos, por azar del destino o designios del demonio, marionetas en manos de proxenetas que, como muchas mafias, te amenazan y terminan explotándote día y noche. Cuando se es joven y virgen generas más ganancia, una ganancia jugosa, pero cuando no lo eres, puedes ser solo una prostituta de calidad para tus «marcadores» que son los soplones que tratan con la plana mayor de la prostitución o puedes ser esclava del sexo como nosotras. De una u otra forma, jóvenes, adultas, vírgenes o no, somos una paradoja, una voz que desaparece, una lógica de transacciones infinitas.

No pude evitar que Carmen fuese otra presa del sistema de tratas, al menos murió sin dolor. Se quedó dormida, se fue apagando mientras a las demás nos devoraban nuestras propias rutinas y desventuras, se fue huyendo de esta mierda en una partida de la que no se despidió de nadie. No puedo tampoco evitar que María se sienta desgraciada y deprimida, mucho menos que las otras chicas que están con nosotros olviden la necesidad de consumir drogas para poder seguir a medio vivir. A veces yo también las consumo. Consumo alcohol o marihuana; una que otra vez he tomado las pastillas verdes. He ido dejando su compañía por obligación, ha sido difícil, muy difícil. Me he revolcado en mi propio vómito cuando empecé a prescindir de ellas, la sensación es indescriptible y a la vez aterradora. El cuerpo se comprime, otras veces, todos tus miembros se convierten en nudos, la cabeza la sientes pesada, parece un globo que se llena de aire y quiere explotar, los oídos te zumban, sientes que un millón de hormigas caminan dentro de ellos… y caminan… caminan y con sus patas peludas te rozan. Es desesperante, porque para acallarlas te golpeas, los dedos no son suficientes para evitar la piquiña. Ahora trato de controlar más mis ansiedades, sin embargo, no logro el efecto de tranquilizarme del todo.

Nadie sabe lo que se vive aquí adentro, ni siquiera yo imagino lo vasto de esta horrible pesadilla. Cuando estaba en la universidad hablando sobre mi tesis en la clase de derechos humanos o en las conferencias, la pregunta recurrente que la gente se hacía era: «¿Por qué no escapan?». Si pudiera regresar el tiempo les diría: «porque es difícil romper las cadenas con la mafia, te amenazan con atacar a tu familia, te golpean y poco a poco la misma convivencia con mujeres heridas, nerviosas, es más dura. Tu vida se limita a una existencia con reglas estrictas donde tus horas de trabajo son más de doce al día o donde debes pagar tu cuota así no trabajes porque te baja el periodo o simplemente estás agotada y no puedes más. Hay un millón de formas de estar presa, no hay manera de describir con palabras el calvario. Y a quienes se preguntan el porqué se drogan, la respuesta, ahora lo sé, es porque tenemos que aprender a sobrevivir a una vida que desconocemos, a disciplina y a horarios, a frustraciones, a la dureza de sentir los desgarros de tu sexo, de no poder sentarse por tener magulladuras en tus partes íntimas, a los recuerdos de inicios violentos y duros». Nosotras nos hemos hecho estas preguntas varias veces y la respuesta nunca es una sola porque hay otras verdades detrás de ella.

Los malos recuerdos son lo más difícil de manejar, están ahí, te taladran la cabeza y aparecen para recalcar que el dolor es difícil de evitar. Es aún más difícil cuando recuerdo a mi padre y su filosofía: «Es bueno vivir una vida honesta, la vida no es solo de uno, es la de la familia». Con esto en mente trato de sacarle provecho a este dolor. Trato de convertir mi dolor en una herramienta que me mantenga viva, que no me hunda en sensaciones fantasmas.

Para mí, el dolor es bueno, es tan bueno como las «vitaminas» que nos dan, que no son otra cosa que metanfetaminas. A las otras les gusta el efecto rápido e intenso de una picada intramuscular, porque el peso de las cargas del cuerpo es arrollador y el del alma, sin esa inyección, se convierte en un lastre endiablado. El dolor que siento ahora me recuerda que debo asirme a mi pasado. El pasado al que voy a volver, al de mi estudio que huele a peonías o a limón, al de los pancakes *de avena, al que tiene sabor a chocolate espeso y amargo, al de los brazos de mi padre y mi madre, al que está lleno de Brigitte. Sé que posiblemente no estaré regresando al pasado de Carlos porque el amor cambia, a veces se muda a otra ciudad o país, quizá solo regrese a ese pasado seguro que conozco; el de mi familia sin Carlos, sin su* spanglish, *sin sus conversaciones nocturnas comiendo una manzana o sin sus brazos alrededor de mis caderas al dormir. Sé que allá afuera las preguntas continuarán: ¿Por qué no esto o lo otro? Las respuestas no son fáciles de encontrar mientras no estás dentro del juego de regentes de prostíbulos, de madamas o de los tratantes secundarios que no dejan de ser menos valiosos para que los piñones de la rueda funcionen.*

Mis preguntas continúan como continúa el trabajo forzoso, el consumo de drogas, los sollozos y el control que paraliza y que trasciende más allá de todo. La fiebre también continúa en ascenso y la sal de la orina lastima mis partes y mi entrepierna. Las mujeres entran y salen de la habitación cada tres horas. Ciento ochenta minutos son los que me separan de cada una de ellas. Ciento ochenta minutos de esclavitud moderna, ciento ochenta minutos donde Carmen fue explotada aun embarazada y María lo sigue siendo a diario sin ninguna estrategia de combate de mi parte o de parte del mundo. Ciento ochenta minutos transcurrieron cuando me violaron hasta que mis entrañas sangraron la primera vez. Esos ciento ochenta minutos son inextinguibles para quien está encerrada como yo. Le abrimos las piernas hasta a veinte hombres al día y lo único que te mantiene viva es la obsesión de salir del lado oscuro de un drama silenciado con la droga que te obligan a consumir.

—El frío arrecia —dice Lizzy, quien desde que está con nosotros se ha adueñado de la esquina izquierda del cuarto. Ha hecho de este espacio su hogar; lo limpia, lo cubre con su colchón y lo decora con caricaturas de mujeres que sonríen y a quienes las rodean mariposas. Las ha dibujado con una tiza que encontró en un basurero.

—Sí, es insoportable, yo también lo siento —le contesto desde el baño. Me escabullo y vuelvo a esconder la libreta y el crayón dentro de la bolsa plástica y lo empujo hacia arriba en el espacio designado para guardarla. London sabe que estoy escribiendo, pero no dice nada. Se encarga de que Lizzy no se mueva y no descubra lo que escondo. Le acaricia la espalda y conversa con ella.

—No me siento bien, hoy no creo que podré resistir el olor añejo y nauseabundo de algún cerdo sobre mí. Quiero irme a casa, como lo quiere María —dice London.

De inmediato ese quejido se convierte en el quejido de Carmen antes de morir. Ella dijo: «no quiero este bebé». Fue una sola vez que la escuché renegar de su vientre. Muevo la cabeza para desaparecer el sollozo de Carmen porque sé que está muerta.

Un llanto taciturno sale de la garganta de Lizzy, Emma la acompaña con gemidos lánguidos y London e Ilse me miran conteniendo el deseo de acompañarlas. Como un hechizo equivocado, los sollozos hicieron que la puerta de nuestra tétrica habitación se abriera y entrara Lola para informarnos a London y a mí que los clientes no esperan, que mañana la agenda estará llena.

—¡Vamos, mis niñas, que hay que trabajar mañana! —Trona los dedos con una mano y sosteniendo dos prendas diminutas con lentejuelas que deposita en nuestras manos vuelve a adherirse a su repertorio—. ¡Hay que devengar el plato de comida y las medicinas! —Segundos después Lola se dirige a mi—: ¡Carajo, hay unas que nacen con suerte, aunque la suerte las deje locas!, ¡no trabajas!, quién como tú, ¡perra! ¡Puaj! —Un escupitajo y una mirada de odio fue su firma.

London la miró suplicante, pero Lola no hizo caso y siguió tronando sus dedos, dejándose escuchar altiva, egoísta, acostumbrada a la vida de aprendiz de *madame* que le estaban encomendando. Tenía un aire a Roxana, la mujer que manejaba La Jaula, ella también es altiva, egoísta y sobreviviente. Roxana es una *madame*, se ha refinado, usa ropa de marca y pañoletas de seda pura. No viste como se supone viste una «fulana»; se acicala con mucha clase. Lola quiere ser ella, quiere vestir como ella, caminar como ella; sin embargo, es una mala imitación, será siempre una mala imitación.

No me pude quedar callada, antes de que se marchara tenía que restregarle mi ira, lo hice con toda la rabia que sentía hacia ella y le dije:

—Te falta roce, te falta cuna, te falta estrella, ¡puta! Me puse a su nivel, la ataqué. La furia le subió al rostro, quiso golpearme; sin embargo, cerró los puños y se abstuvo de lastimarme saliendo de prisa.

Volví a mi esquina y sentí el frío como las otras chicas lo sentían. Un frío que quema por dentro; el mismo frío que quizá se sienta en el infierno... bueno... estaba en el infierno. No me hallaba sola, pero el frío era ese mismo que Dante describió en su obra, para hacernos sentir lo que implica esa odisea. Estoy segura de que Lola podía engañar al Chino, a Samuel y al Tuerto; más aún, sabía que, como yo, sentía miedo y su zafiedad era resultado de sus propios conflictos. El Chino era su conflicto mayor. Al igual que otras, ella había sido engañada por él, la había enamorado, le había prometido el oro y el moro; ella, como hija de una familia desvencijada y disfuncional, había contribuido a que las promesas del Chino le hicieran tomar la decisión de huir. En pocos meses era parte del círculo de la «congregación» —por llamarla de alguna manera— que el Chino y sus amigos habían formado. Era una pieza importante en la transformación del espíritu, según decía. Con la ayuda de ellos, ella se mezcló entre gente importante aprendiendo a interpretar deseos, necesidades y hasta qué tipo de ayuda buscaban quienes se inscribían en cualquier aventura que proponía la nueva empresa de superación. Pronto empezó a viajar y a pulirse bajo la supervisión de Hager y Bartel y a disfrutar de los libros que el Chino le pedía leer. Cuando servíamos en esas fiestas, desayunos o almuerzos descubríamos cuán emocional y genuina era la interacción entre todos ellos, los invitados y las cabezas, en especial Lola; dentro de ese círculo era completamente otra persona. Su comportamiento era inusual y hasta cierto punto interesante para mi diversión. La vestimenta y peinados estrafalarios que usaba activaban mi curiosidad, al punto de reír con agrado al cuchichear con las otras chicas. En esas ocasiones no servíamos sexo, más bien estábamos a la disposición para ser una especie de «damas de llaves». Nos asignaban tareas como la cocina, la lavandería, la supervisión de los atuendos, de las bebidas, de los tocadores y esas cosas.

La historia de todas se sabe, con omisiones o exageraciones. Las que estamos aquí hemos formado una hermandad, sabemos que a veces contar sobre nosotras crea un vínculo, necesitamos algo que nos mantenga vivas en la mente de las otras en caso de morir o de salir del encierro. No sabemos, en realidad, cuál es nuestra intención al repasar los duros momentos de cómo llegamos aquí; en el fondo, creo que se pretende una sanación. En uno de esos escasos y raros momentos de complicidad que existió entre Lola y nosotros, nos contó que, como las demás, fue sometida a las perversiones del sexo a través del único hombre que dijo amarla. Su padre. Su padre la violaba desde que tenía ocho años; su madre lo sabía y nunca lo denunció, su psicóloga también lo sabía y tampoco lo delató. Cuando la noticia estalló en la familia, su abuela tuvo a bien decirle que eso se olvida, que ella había sido violada por un tío y que había vivido con ello. Lola se crio sin ilusiones y se endureció. Nos dijo en esa ocasión que no tenía salida, y que no tenía más a que aferrarse que a la vida que le ofreció su hombre y que por eso ella sabía que el dolor era uno de los sentimientos más efectivos para renacer de las cenizas. Lola nos insistía constantemente en que nosotros no éramos víctimas, sino instrumentos, y guiados por ellos íbamos a empoderarnos, porque Dios nos había creado bellas y nuestra carne era parte de ese empoderamiento.

Estábamos en una cruzada guiada por gente enferma. El Chino le hacía creer a Lola y los demás que era una persona supremamente ética y que sus habilidades y su suerte eran un regalo de la gracia divina.

Cuando la escuchaba quería desvanecerme y no estar frente a ella. Le tenía lástima a veces, y en otras ocasiones le tenía rabia, la quería matar. ¿Qué tenía que ver la esclavitud sexual con la gracia divina? Era una estupidez a todas luces.

Antes de ir a la cita voy a escribir otra vez. No sé la hora, pero es de día. Lo sé porque siempre la rendija que está tras el ventilador de aspas ruidosas y grandes deja colar los hilos de color matutino. Es un día gris, pero no tanto para no saber que es de día, quizá es un poco más de media mañana, porque se escucha el tren más seguido. Hago la misma operación para conseguir la bolsa que esconde mi libreta negra. La retiro de la bolsa plástica y empiezo a modelar las letras que cuentan otro día en este infierno de hormigón.

•••••

Otro día cualquiera.
Me siento de mejor ánimo. Los medicamentos para la ansiedad y para dormir me hacen bien. Me encuentro mejor porque sé que hoy quizá me dé Bee, por orden de madame *Roxana, una cápsula bicolor, o una verde. Me gustan más las verdes. Como mencioné antes, las verdes me hacen mudar de piel, elevarme en el firmamento y no me alteran como las otras que he probado. Aunque no me ha costado dominar la necesidad de ingerirlas, no ha sido difícil, desde hace días siento ganas de que se deshaga una de ellas debajo de mi lengua.*

A María la ponen, por el contrario, frenética. Sabemos que ha consumido una cuando empieza a quejarse por el olor de la habitación, ¡quién no!, no la puedo culpar por llorar y argumentar cada cierto tiempo sobre la limpieza. Cuando llega de sus citas clandestinas vomita, se frota con el cepillo de dientes las encías hasta hacerlas sangrar y restriega su cuerpo con vehemencia loca hasta que en la piel asoman manchas rojas. Lola la castigaba dejándola sin comer. A ella no le importa no comer, le importa más que no la golpeen en las piernas o en los pies porque de lo contrario no tendrá cómo bailar o cómo correr el día que huyamos de aquí. (¡Vamos a huir!, ¡como sea lo vamos a lograr!) Hay que aceptar que somos propiedad del Chino, por ahora, y que Lola hace las transacciones con quienes requieren de nuestros servicios.

Ya me las arreglaré para regresar a casa. Es raro, a veces me siento tan desgastada que olvido que ha pasado largo tiempo y que no sé si lo logre, y otras veces, como hoy, vuelvo a pensar que pronto tendré la oportunidad de librarme de los abusos y de las cadenas. Lo intenté hace poco en la celebración de San Valentín sin mucho éxito, pero no me daré por vencida, no hasta que alguien se descuide. Hoy quiero hablar sobre la bailarina rusa. No la he visto. María no tiene que estar aquí, ni Carmen tuvo porque estarlo (su recuerdo sigue fresco en mi cabeza), ni las otras chicas que no llegaron a trabajar por decisión propia. María tiene mucho potencial como bailarina de ballet, *su madre fue bailarina en Rusia, nos contó. Cuando su madre enviudó se volvió a casar y su padrastro, Seth, fue su desgracia. Seth es un traficante de poca monta, le gusta el juego en los casinos y así como gana lo pierde todo. Cuando la madre de María murió a causa de un cáncer de ovario, Seth saldó su cuenta de juego con la pobre inocente. María terminó siendo mesera en un burdel al sur de Los Ángeles para luego ser entrenada como prostituta callejera por el Chino para trabajar en el Boulevard Sepúlveda de dos a seis de la mañana. Cuando la policía comenzó a hacer redadas y el FBI se hacía pasar como parte de la clientela blanca de los llamados «johns», María fue encerrada en un galpón cerca del Valle de San Fernando, y empezaron a comerciar con ella a través de la red de prostitución en línea —como lo hicieron con Agnes y su hermana... y también conmigo—, inmediatamente después de que intentó escapar con la ucraniana a quien asesinaron a cuchilladas. Nuestra amistad se formó en el laberinto de la prostitución callejera. A veces creo que me estoy volviendo loca, a veces pienso que es mejor morir para volver a empezar de nuevo. No sé si estoy soñando o estoy despierta. Los tiempos se entretejen calientes en el reposo de aún tener un nombre dejándome mentalmente extraviada.*

María le da valor a lo poco que puede ofrecer, con sus pasos de baile puede olvidar la inmundicia alrededor, practica las rutinas lentas y de técnicas pulidas de Paquita o de Coppelia con sus Pas de deux y sus adagios en silencio. Su mente vuela y su presente se frisa entre sus memorias brillando en la oscuridad de sus sueños y lo rugoso del piso donde nos encontramos. Veo que las lágrimas contenidas se escurren sobre su rostro cansado y los sollozos melancólicos salen vivos junto con la respiración agitada. Así es María, se siente mejor dentro de la danza, aunque esté verdaderamente alejada de la misma, de los daños de gordos belicosos, de hombres que pretenden ser santos, de otros que con su generosidad nos dejan en girones. Las dos compartimos muchas cosas en el pasado. De ese tiempo existen abstracciones en mi cabeza de códigos para vendernos. Si éramos latinas teníamos uno, europeas otro, asiáticas otro y así. Existen también retratos de baños con estampitas de la Virgen de Guadalupe o de santos y de cuerpos, muchos cuerpos, y de hombres que manejaban pistolas y que torturaban también. La tortura de la muchacha ucraniana, a quien mataron a cuchilladas, fue aberrante. La golpearon, le arrancaron la ropa frente a nosotras, la violaron y procuraron que siempre tuviera presente que si no obedecía, su hijita de siete años sería la siguiente en saldar su deuda por venir a los Estados Unidos a perseguir el sueño de ser una famosa modelo. Hubo muchas jóvenes ucranianas que pensaron alcanzar la fama acudiendo a una sesión de fotografía en su ciudad y cuando llegaron aquí fueron repartidas entre Hollywood y San Diego; a algunas las llevaron a Nueva York y a otras las han llevado tan lejos como a Dubái y a Manila. Estas son las memorias con las que vivo todos los días, ilusiones de tiempos desteñidos.

CAPÍTULO 3

El Chino Lezama

«Una persona que quiere venganza
guarda sus heridas abiertas»
—Sir Francis Bacon—

La cárcel albergó al Chino a una edad donde aparentemente todavía todo era injusto. Carecía de madurez emocional y necesitaba ayuda por parte de su tía para enfrentar sus propios conflictos. El Chino deseaba desarrollar un sentido de pertenencia que no lograba; esa necesidad de identificación fue la base para que poco a poco se inmiscuyera con las pequeñas tribus urbanas. Él fue hijo único de una pareja normal, auténtica y trabajadora de Santo Domingo en República Dominicana. Su padre era periodista; cuando lo mataron estaba investigando un caso relacionado con la extraña desaparición de un inversionista extranjero en un resort de todo inclusivo. Dos jóvenes de buena familia eran las sospechosas del crimen. El padre del Chino y el fiscal tenían puestas todas sus cartas en la justicia. La noche en que el Chino llegó a su casa de la mano de su vecino, vio a su padre caer ametrallado al pie del portón. Con escasos nueve años su vida dio un giro para siempre. A su madre se le acabaron las ganas de vivir y, ahogada en su depresión, dejó al pequeño en manos de su única tía, quien lo trajo a Estados Unidos para evitar que le hicieran daño las pandillas o el propio sistema de su país.

A pesar de los esfuerzos, la paciencia y el amor de madre que Odelle le profesaba a su sobrino, este se dejó envolver por sentimientos equivocados y dinero fácil. El resentimiento hacia la vida, por la falta de su padre y de su madre a temprana edad, lo hizo llegar hasta una celda de paredes blancas y de trajes naranjas. Al cumplir los veintitrés años se le torció la suerte. Un «narquillo» lo sentenció al encierro, porque los secretos entre dos solo funcionan cuando uno de los implicados está bajo tierra o inutilizado, y él fue inutilizado por no cumplir con las reglas en el mundo del narcomenudeo.

«Si hubiese sido más precavido no estaría aquí», comentó el Chino a sus amigos de celda mientras repasaban, cada uno, su pasado, fumando un cigarrillo en el patio de la prisión. «Aquel día en que fui descubierto con posesión de marihuana y cocaína, discutí con un *rookie* porque no le entregué el dinero que debía y fui directamente a hacer negocios con su superior. No me lo perdonó». Los demás lo observaron con atención, en sus palabras no existía arrepentimiento por saltarse las reglas. En esos momentos ellos sabían que el Chino tenía que pasar página y concentrarse en el presente y en lo que vendría. Mirando al infinito, le dio una calada profunda a su cigarrillo y zanjó su monólogo: «Tengo una cuenta pendiente con ese carajito; los años que pasaré encerrado no serán tan malos, pero esa persecución que me puso el pelado me la voy a cobrar», declaró sin remordimiento.

La sirena de la cárcel sonó para indicar que el descanso había terminado. Su audiencia recogió los vasos plásticos llenos de escupitajos y colillas sucias, despidiéndose de él con palmadas en la espalda y otros con frases de apoyo. Las últimas esferas de humo se las llevaba la briza de otoño, y la garúa que empezaba a brotar de las nubes lo trasladaba al mismo momento en que puso un pie dentro de ese monstruo de concreto. Recordó el pasado; se vio a sí mismo al salir de la universidad, la policía lo paró por pasarse una luz roja. Mala suerte. La policía del condado de Mecklenburg realizaba controles de seguridad esporádicos. Los hispanos estaban en la mira todo el tiempo, pero en este caso, el Chino vio su destino inmediato sellado en la esquina de Sharon Amity Road por un descuido o, más bien, por una cuestión de validación propia.

Pasarse una luz roja no hubiera sido tan grave como lo fue la requisa de su mochila que, dentro de la cajuela de su auto, fue encontrada por el oficial *güero* y de hablar country que lo requisó.

En su obsesión por cobrar esa deuda repasaba con voz interna el momento de su desgracia. «La adversidad es amarga, pero nunca estéril» se dijo, a la vez que una sonrisa irónica se dibujaba en el rostro. Apagó el pucho de su cigarrillo en el poste de luz que le servía de apoyo a su espalda y luego se dirigió por el largo pasillo a su celda. «Supe, desde que salí de la universidad que ese día no sería mi día. El pitazo fue de ese pelado con el que hacía negocios. ¡Perro desgraciado!, me las pagará tarde o temprano». Golpeando las paredes del corredor con su puño derecho, se llenaba de valor alimentando su rabia con la memoria de quien había sido el responsable de su encierro.

Al encontrarse dentro de su celda acarició las fotografías que tenía sobre su escritorio. Ese día era un día donde la nostalgia lo había invadido de una forma cruel. Se sentía vacío y afligido por los recuerdos, rabioso y frustrado por el encierro y tenso por la presión que ejercía su único familiar, la tía Odelle, que hizo el papel de madre. Su visita lo ponía de mala sangre por el trato que ella le prodigaba cada semana. Las consecuencias de la visita temprana lo llevaron a tomar una simple decisión; prohibirle que fuera a la cárcel. No soportaba, a pesar del gran amor que le tenía, la voz apocada, suplicante y llena de parábolas bíblicas que ella le ofrecía en sus conversaciones; literalmente, lo sacaban de quicio. Después de la muerte de sus padres se alejó radicalmente de las creencias católicas impartidas en su hogar y detestó, una vez en Estados Unidos, el domingo impuesto por su tía Odelle y su esposo americano; odiaba ese día lleno de horas interminables dentro de la iglesia como voluntarios y maestros de la biblia.

Siguió observando las fotografías, las hojas impecables de color blanco sobre una carpeta manila de papel y el amarillo del lápiz que yacían esperando ser utilizados. Se sentó e intentó garabatear algo en la primera hoja. Sus esfuerzos fueron infructuosos, ya no tenía a quién escribirle. Había resquebrajado en mil pedazos el corazón de su única tía, además, no sabía cómo pedir disculpas; así que dejó el lápiz y el papel abandonados a su suerte. Empezó a repasar desde que se mudó a los Estados Unidos —como lo hacía con la oración a Yemaya, a Yewa y a Elegua— las declaraciones de testigos fabricados del novio de una de las acusadas en el caso de su padre, de los inversionistas de la firma hotelera involucrada, las manipulaciones de la verdad y de quienes no deseaban perder buenos negocios, tratando de unir cabos y esperando que la justicia le devolviera la paz que le habían robado. Recortes de periódicos reposaban en otra carpeta manila donde «El caso Santo Domingo», como lo había llamado la prensa, descansaba en primera plana. Cerró esa carpeta. Era consciente de que esta obsesión manchó su inocencia volviéndolo un joven ausente, rencoroso, agresivo e impetuoso; más aún cuando los culpables de la muerte de su padre y los presuntos asesinos se hicieron invisibles, como tantos otros a quienes dejan libres porque el poder y el dinero hablan.

Después de muchos años, incluso en el encierro, esa obsesión era lo único que lo mantenía vivo. Mientras pasaba revista a los recortes de periódicos, otra vez la voz suplicante de su tía aparecía en sus oídos y el recuerdo de su responsabilidad en la relación deteriorada de su tía Odelle con su esposo americano se mostraba clara, como culpa pesada e imprudente. «El americano fue bueno», recordó. Ahora se daba cuenta de que la presencia de sus fantasmas era densa y le estaban cobrando su ingratitud a su único familiar. Él no sabía disculparse, no sabía cómo empezar una nueva vida o hacer lo correcto; esto también lo sumía en el coraje y el remordimiento. «Es tarde para eso», se dijo con tono recio; así que volvió a cambiar de opinión en secreto, en silencio se abandonó a merced del tiempo, de la memoria, de la cordura que ofende, que sobra o fallece por la soberbia del pensamiento.

Se acostó descalzo sobre la cama de su aposento a tratar de tomar fuerzas para regresar a ese modo de vida que generaba dudas severas sobre el futuro. Tenía muy presente que no tenía tiempo para rememoraciones ni para lamentos, ya su destino estaba sellado. En tres años apelaría a una reducción de pena por buen comportamiento, según lo que había podido entender por parte de su abogado. No podía solicitar «libertad bajo supervisión», debido a que en base a la ley nueva, él, como detenido por delito federal, debía cumplir su condena. Sin embargo, una reducción de pena significaba mucho para él en este caso. Diez años bajo la misma rutina lo volverían loco, él no lo soportaría, se conocía demasiado bien y sabía que era capaz de matarse.

Cavilando sobre sus malas decisiones, sobre su rencor hacia la justicia y su mala suerte por la sentencia a quedarse encerrado, sintió que su cuerpo no se relajaba, más bien se corrompía inquieto junto a su cabeza, que era una caldera de retratos que lo desviaron hasta llegar a Estados Unidos. Recorrió las tensas imágenes de sus padres muertos, uno asesinado de forma horrorosa y el otro por el dolor y la vergüenza. El ejercicio, desde siempre, era una buena terapia; incluso en la cárcel se tomaba el tiempo para cultivar un cuerpo atlético y fuerte. Las planchas que repetía dos veces al día moldeaban sus músculos. Sus ojos dormidos daban paso a los otros ojos, los que recorrieron las condiciones de las fotografías en su cabeza; no solo quería ver la sensibilidad a la luz a la que se enfrentaban, sino los detalles: las calles, el peregrinar de las personas alrededor, la sinergia. Su mirada buscaba engendrar una sensación no adversa, sino positiva. No fue posible. Abandonó el camino de las fotografías posándose en sus propios suspiros entrecortados; estos lo acompañaron por segundos semejando otra boca, una boca negra que se contraía por los conflictos llenos de sangre seca y polvo gris de la niñez. Un grito le salió ahogado como efecto de los recuerdos desafiantes.

«¡Aaarrrgg!, no puedo permitírmelo, no puedo doblegar mis emociones», se quejó y se dejó caer en el suelo, esta vez observando el techo de su celda. Pensamientos, reproches, la angustia atorada en el estómago; llevaba pocos meses en la cárcel y sabía que no podía bajar la guardia, tenía que ser fuerte. «Las decisiones que una persona hace tienen un costo y hay que pagarlo, aunque se caiga al vacío, a la nada». Fueron sus propias palabras las que lo obligaron a darse vuelta sobre su cuerpo otra vez. Se quedó dormido sobre el suelo áspero.

El sueño lo meció entre el pasado y el presente. Su arresto no fue fortuito, sino un trabajo realizado con meticulosidad. Después de una investigación de por lo menos diez meses, ocho de su banda —incluyéndolo a él— enfrentaban cargos federales por participación en una red de distribución de drogas en el condado de Mecklenburg. Desde que había llegado a ese lugar de barrotes y uniformes naranjas, continuamente, se veía a sí mismo protegido por la fiel idea de no caer en la tentación de ser un soplón para sobrevivir. La cárcel tenía sus cultos, sus reglas y sus códigos de honor. El ejercía la regla de *San Saru* que le había enseñado su madre cuando era pequeño: «No veo, no oigo, no hablo». El saldría pronto, se lo aseguraba todos los días desde el mismo día en que el Fiscal General de Carolina del Norte dio una rueda de prensa después del dictamen de la fiscalía. Diez años le daban a él, y más de veinte a los otros que tenían una suma de cargos adicionales por lavado de dinero internacional a través de transferencias provenientes de las drogas que venían del Estado Mexicano. No supo en qué momento perdió el norte, lo que sí supo fue que había traicionado la confianza de su tía y del esposo de ella.

Iban y venían momentos discontinuos en su inconsciente, observaba su imagen en los laberintos del sueño donde su palabra era venerada, sus decisiones respetadas y sus alianzas válidas; eran sueños premonitorios. Seguramente sus dioses yorubas, que también fueron los de su padre, le aseguraban desde el más allá que se abría paso a grandes reverencias cuando se despertó. En el suelo de su celda iniciaba otra mañana, otras doce horas sin hacer más que pensar, leer y ver televisión. No era día de visita y tampoco contaba con amigos que lo visitaran; sin embargo, lo que él estimó como una premonición lo haría tener un mejor día. Se lavó los dientes en el lavabo de acero inoxidable, volvió a hacer sus ejercicios y se alistó para la ducha y el desayuno.

En esos corredores, sus pasos serían los que respetarían, no sería catalogado como un delincuente más, ni como uno que pasaría sin pena ni gloria. Él se propondría ir armando un plan que lo llevaría hasta la cima, fuera como fuera. «Esa cárcel lo curtiría», pensaba al dirigirse a las duchas. Seguía con vida y eso era lo importante. Se estremeció un poco al rememorar que la única visita que lo mantendría al tanto del mundo exterior sería la de su amigo Mani, un joven menor que él, originario de Covington en Georgia. En muchas ocasiones disfrutaron juegos de fútbol juntos. El chico tenía talento para el deporte y era su vecino, y aunque sabía que su amistad no era del todo sincera para con él, le haría bien escucharlo y escuchar sobre aquella muchacha que lo atormentaba en silencio, aquella que lo había rechazado varias veces por razones que no lograba comprender y que en la actualidad salía con Mani.

Después de la ducha seguía el desayuno pastoso y desabrido. Se le antojaba un plato de queso frito, panecillos de coco o los *yaniqueques* que su madre preparaba con una taza de café con leche. En ese momento se arrepintió de no volver a ver a la tía Odelle, pero se los pediría a Mani. Sonrió con malicia de niño, tanto por la ocurrencia como por saber que le ocultaba a Mani su deseo hacia su novia, «pero ¿quién no guarda alguna vez un amor platónico en su corazón?», pensó. Se rascó la cabeza y se sentó a comer dos huevos duros y una colada dulzona. Pensando en la novia de su amigo se convencía de que ella posiblemente hubiese sido la que sanara todos sus odios y su resentimiento si se hubiera propuesto conquistarla de verdad. A lo mejor, ya no estaba tan seguro, ahora estaba en la cárcel y tenía que jugar el juego de los reos en recuperación para que las paredes no lo aplastaran con el peso del encierro.

Los primeros meses en la cárcel no fueron fáciles, quizá no sería nunca fácil manejar el hecho de estar privado de la libertad y de mantener una rutina monótona con otros reos muy diferentes en ciertos aspectos a él. Durante su estadía en la cárcel nuevos delincuentes se unieron a su grupo. Dos de ellos eran Samuel

Bartel y el Tuerto Hager, quienes por primera vez se enfrentaban a la realidad de pagar por un crimen que no cometieron a la luz pública, sino agazapados en la oscuridad y bajo las influencias del consumo desmedido del alcohol y los opioides. A estos dos compañeros de cárcel, la suerte los abandonó, pero por un corto tiempo. La historia de ellos, al contrario de la del Chino, era el resultado de la desatención de sus padres y de la falta de disciplina con ellos. El Chino los analizó y se comparó al escuchar comentarios que hacían sobre la muchacha que habían ultrajado.

A la hora del descanso en el cuarto de televisión, el Chino se volvió a encontrar a Hager y Bartel

—*What's up, bro* —dijeron al unísono Samuel y el Tuerto

—*Hey, men* —respondió el Chino sin mucho aspaviento. Por el momento él no estaba interesado en hacer buenas migas con ellos.

—Estamos esperando la visita de nuestro abogado —dijeron los nuevos tratando de hacer conversación.

—Qué bien, suerte —respondió Lezama sin mucho interés.

Hager y Bartel se miraron y lo obviaron, concentrándose en su conversación sobre el farragoso curso del sistema judicial para poder apelar ante el nuevo juez y desestimar la declaración de la víctima.

—El dinero es el refugio del vivo y del muerto, el reino infinito del dinero compra la paz y la vida de los demás —les dijo a sus compañeros cuando se terminó el programa de televisión y el guardia les anunció que su abogado los esperaba. Después de esa frase, los tres se dieron cuenta de que cada uno tenía lo que el otro necesitaba y empezaron a frecuentarse en la sala de descanso, ya fuese para ver sus programas deportivos o para jugar póker, ajedrez o *backgammon*.

Bartel y Hager en sus interacciones con el Chino supieron cómo él había llegado a la cárcel y lo que había sucedido con su padre y su madre. También sabían del pensamiento de este sobre la justicia y de cómo se obligó a vivir una vida paralela a la que vivía bajo el techo de su tía Odelle y su esposo americano. Nunca dejaba de nombrarla. Tampoco dejó de reconocer que su sed por saldar la muerte de sus padres y su carácter recio lo arrastraron a buscar nuevas aventuras, a sentir la emoción incómoda de la adrenalina que, como la droga que él comerciaba, lo invadía.

Una conversación llevaba a otra; ideas, experiencias, confesiones y especulaciones llenaban las horas de estos tres presos. Como en la cárcel el Chino no podía comercializar ni con cigarros, ni con mentas, ni con chicles, ni con condones, mucho menos con tarjetas telefónicas, porque estaba en una cárcel de Estados Unidos y no una de esas cárceles tradicionales de su antigua República Dominicana —donde tienes que acostumbrarte al hacinamiento y a evitar ser electrocutado por un cortocircuito— se dio a la tarea de ir a averiguar a la biblioteca cómo aprovechar para hacer una carrera desde ahí dentro. En las penitenciarías solo se les permitía recibir cartas, libros y algún que otro póster de su banda de *rock* favorita, pero con las medidas y especificaciones que no podían obviarse. Hacía un mes no tenía noticias de su abogado y eso lo preocupaba. Su plan inmediato era empezar a trabajar y a estudiar dentro de la cárcel. Debía demostrar, al momento de su apelación, que había decidido enderezar su camino y ser un ente productivo en la sociedad.

Después de un mes y medio de ausencia, su abogado apareció. El doctor Castañeda acostumbraba visitarlo el primer sábado de cada mes. Ahora que lo tenía frente a él, le pidió de favor que intercediera para ubicarlo en la cocina o en la lavandería de la cárcel.

—Necesito ocuparme en algo, doctor Castañeda, esta rutina me está consumiendo —le dijo el Chino a su jurista rascándose la cabeza.

—Déjame hablar con el director de la cárcel, muchacho, veamos qué podemos hacer —fue la respuesta del abogado.

—¿Y los estudios?, aquí hay un buen programa de arte, me ha dicho tu tía que eres muy bueno —comentó el doctor Castañeda.

—Sí, sí, tomaba clases electivas en la universidad. *I'm all right* —apostilló el Chino todavía no muy convencido sobre el tema. Él tenía en mente seguir con finanzas, pero estaba consciente de que esa oportunidad no se le presentaría en la cárcel.

—No tengo nada nuevo para comentarte. Tu caso tiene que seguir su curso —continuó su representante.

—*That's ok*, lo sé, gracias por venir —zanjó la conversación el Chino estirando la mano para estrechar la de su abogado.

—Muy bien, muchacho, haré lo que pueda y por el momento no olvides darte tiempo para averiguar sobre esas clases de arte. —El jurista, mientras estrechaba la mano de su representado, le daba unas palmadas en el hombro.

El Chino se quedó sentado unos minutos más esperando que el guardia le abriera la puerta para dirigirse al otro lado del corredor hasta su celda. El doctor Castañeda era un buen hombre con él y lo agradecía. Tenía consciencia de que no era necesario que lo visitara tan a menudo porque su caso era lo que era; un caso que se tenía que trabajar demostrando que él, como reo, tenía el deseo férreo de ser devoto a un futuro productivo y sano. Lo que le preocupaba era la monotonía que lo estaba enloqueciendo. Deseaba que su jurista le consiguiera la oportunidad de trabajar; si no, no sabría qué más hacer con la cantidad de horas que tenía disponible. Su mayor dificultad era ajustarse a las normas del encierro. Desde que había entrado en el monstruo de concreto estaba condenado a espacios temporales y a la interminable soledad. Cierto grado de estrés lo consumía en ocasiones, la tensión de estar encerrado, de volverse sumiso y vegetativo no era algo que él deseaba. Tenía conciencia de que su error lo tenía que pagar, lo sabía. Romper con su pasado delictivo y con la monotonía del encarcelamiento era una prioridad por la que debía luchar a brazo partido. Su personalidad y su autoestima eran lo único que tenía para mantener el sentido de autocontrol. Desde su llegada a la cárcel había perdido el apetito; su peso se reducía debido a las pocas horas de sueño, y la confusión de sus sentimientos y decisiones a veces lo deprimían. No había otra opción que tener control de una rutina diferente.

A sabiendas de que la paga en las cárceles era una verdadera miseria se quedó pensando, con la mirada fija en la pared, que tenía que empezar por alguna parte. Ya fuese en la lavandería o la cocina, trabajar le acortaría las horas que pasaba sin hacer más que ejercicio y mirar la televisión.

En la primavera del 2008, alrededor del mes de abril, empezó entre sartenes y cucharones y luego se ocupó de hacer voluntariado en la diminuta biblioteca, donde pudo enterarse de que existían programas de estudios para los reos a través del boletín del BOP. No era tonto, en la escuela no había sido una lumbrera, pero si se hubiera esforzado quizá hubiese alcanzado la fortuna de ser abogado y pelear él mismo el caso de su padre. No sabía cuál plan de estudios escoger, mientras observaba las pocas opciones que se desplegaban en la información. No había algo que le llamara la atención, los cursos que se dictaban no tenían nada relacionado con finanzas ni con leyes.

—¿Qué te gustaría estudiar? —Escuchó una voz ronca detrás de su espalda. La pregunta la hizo quien parecía ser el encargado de la biblioteca.

—No lo sé. Posiblemente me incline por el aspecto del arte —contestó no muy entusiasmado.

—Es un buen programa y está por empezar; los dueños del museo lo financian —le respondió el hombre a quien no había visto todavía.

—La verdad es que no pierdo nada, en la universidad tomé clases de arte como clases electivas, no pierdo nada.

—Muy bien. Te espero mañana. Aquí tienes el horario y los materiales estarán esperándote en tu asiento. Solo tienes que acompañarme para llenar un formulario.

El Chino se volteó y le dio una imagen a la voz que le hablaba. Un rostro de roedor estaba a pocos centímetros de él. Sin decir más, completó el formulario y al terminar lo dejó sobre el escritorio del hombre que lo había interpelado minutos antes.

—Mucho gusto, Chino Lezama. Soy el Topo.

—Mucho gusto, Topo. Nos vemos pronto.

Se dio media vuelta llevándose la información sobre los horarios del taller de arte visual y se dirigió a la sala de televisión donde Hager y Bartel lo esperaban para una de sus consabidas partidas de póker.

Mientras jugaba su partida diaria de cartas se dio cuenta de que crecía una rara amistad con Samuel y el Tuerto. También pensó, al intercambiar miradas y cartas, que el Topo, a quien recién había conocido, podría ser de gran ayuda. «Empezaré a intercambiar ideas y conversaciones sobre los menesteres del arte, estos chamacos son estudiados y son lo bastantes pilas. *There is something in them that I like*», se dijo, dejando esbozar una media sonrisa al ganar la primera partida.

–*Com'on man*, siempre ganas —reclamó Bartel, que hablaba un español con acento madrileño.

—Shit, shit, shit —refunfuñó Hager en voz baja, porque no podían dejarse escuchar en los alrededores ni malos modos ni malas palabras.

—Ya, ya, uno es quien es, mis amigos. Yo soy el príncipe de las tinieblas —rio el Chino.

Los angelinos le propusieron jugar otra partida, pero el Chino les contestó:

—Mañana es domingo, mejor mañana jugamos un partido extra. Ahora quiero ir a leer una información sobre las clases de arte.

Retirándose de la sala de juegos se dirigió a su celda y sobre la cama empezó a leer el folleto que el Topo le había entregado.

El domingo llegó. Después de la rutina de aseo y de tomar el desayuno volvió a su celda. Realizó su acostumbrada limpieza y una vez terminado el hábito de ejercicios impuesto por él, se retiró hacia la sala de juegos y esperó a que en su programa de deportes estuvieran pasando las últimas noticias del *hockey* y el avance de las Panteras de Florida.

El día pasó de manera fugaz y se convirtió en noche. La rutina del orden y de ejercicios era el *pan nuestro* del Chino, no podían existir demasiados cambios en ella; sin embargo, la idea de trabajar y de ir el día siguiente a las clases de arte lo entretenía. Se durmió pensando en que su plan tenía que dar buenos frutos.

El Museo Betchler anunciaba la primera gran exhibición de las obras de los reos que bajo la supervisión de sus artistas instructores había llegado a albergar, durante el fin de semana del mes de noviembre del 2009, una cantidad extraordinaria de visitantes, e incluso de compradores de arte. En la entrada a mano derecha y al fondo de la sala principal dos obras de 48x48 tenían el cartel que indicaba que habían sido vendidas. Sus líneas coloridas y sobrias dejaban ver a una mujer joven vestida de rojo y la otra de azul con el rostro de color oro. Los ojos en estas obras no se dejaban ver, estaban cubiertos por una franja negra, que causaba intriga entre los asistentes, aunque lo majestuoso era la combinación de colores y la sonrisa que desplegaba el trabajo. La prensa y la televisión alabaron el proyecto del museo y también lo hicieron con las obras expuestas sin dejar de mostrar fotografías de la joven que inspiraba la obra del recluso que no había querido que se mencionara su nombre.

En la sala de televisión, los compañeros del Chino, Hager y Bartel, y el Topo lo felicitaban por tan magnífico trabajo y por la suerte de haberlas vendido en los primeros dos primeros días de la exhibición.

—Te dije que serían un éxito —comentó el Topo sin dejar de masticar un palillo de dientes que llevaba en la boca.

—*Thanks Bro* —contestó el Chino. Me siento bien de haberlas vendido. Ese dinero lo necesito.

—¿Sabes en cuánto las han vendido? —preguntó Bartel.

—Quitando la comisión, los dos en veinte mil dólares —comentó el Chino lleno de emoción.

—¡Wow! —cerró la conversación el Topo, quien durante todo el año había incentivado al Chino a no decaer.

El reconocía el talento, lo había cultivado a través de su madre, quien dictaba clases de arte en un colegio técnico en la Florida y le agradaba dar vueltas por los pasillos de aquel instituto. Su madre había sido maestra de pintura en los programas denominados «After School» de una pequeña escuela elemental en el área de

Hialeah y también en el condado de Broward, en ese colegio de carreras cortas. Una vez que se hizo oficial de correccionales, al principio, y se mudó a Charlotte años más tarde, cada vez que el tiempo se lo permitía se daba sus escapadas para escuchar sobre las nuevas técnicas y tendencias de las que hablaban los distintos residentes del museo Betchler que estaban dictando el taller en la cárcel. El Topo fue el oficial responsable de llevar el proyecto hasta los oídos del director de la cárcel; el Chino lo sabía porque en la cárcel no existían secretos.

El timbre que anunciaba que las luces se apagarían para dar paso al conteo de reos antes de ir a sus celdas en la noche, se hizo oír. El Topo apagó las televisiones e indicó a los que estaban en la sala que debían ir a sus celdas para el conteo antes de dormir.

—*Guys, the party is over, chop, chop.* El Topo palmeó con sus manos para que se fueran a alinear. Después de tantos años como oficial en la cárcel, se sentía orgulloso de que uno de los reos se estuviese abriendo camino en lo que él consideraba una terapia y una oportunidad futura.

—*All clear here,* muchachos —comentó el Topo a los oficiales que se encargaban de apagar las luces en las secciones que él supervisaba. Se persignó y salió del cuarto de televisión para dirigirse a hacer el conteo con los otros oficiales.

El corazón del Chino retumbaba dentro de su pecho. Había acumulado veinte mil *baros* con su arte. Veinte mil no era mucho dinero, pero mientras escuchaba las voces de los oficiales pasando lista fuera de las celdas, él iba sumando ese promedio durante los años que continuara el proyecto de arte del museo en la cárcel. Si ese proyecto se mantenía activo y él continuamente era invitado y sus obras escogidas, acumularía lo suficiente para borrar su pasado. En su cabeza las imágenes de la novia de Mani giraban en dorado, azul y rojo destellantes por las luces de las cámaras de televisión que habían descubierto sus pinturas a la ciudad. Se preguntaba: «¿Quién compró mis pinturas?, ¿Soy tan bueno que valieron todo ese dinero?». Tenía más preguntas que hacerse, cuando escuchó su nombre y tuvo que entrar a su celda. Sabía, mientras conciliaba el sueño, que tenía que mantenerse lejos de todo lo malo dentro de la cárcel. Tendría que controlar el temperamento, que en ocasiones lo asaltaba, y mantenerse alejado de los puños. El mundo de afuera lo esperaba, sus alianzas con Bartel y Hager, de una forma u otra, le traerían buenos negocios. Los padres de ellos conocían a mucha gente y si se mantenían juntos más obras podría comercializar. Pensaba, asimismo, en el dinero que ganaba trabajando en la cárcel. Su colchón era su caja fuerte; sin embargo, no sería segura por mucho tiempo, no todos eran de confiar ahí dentro.

Si la apelación que interpondría su abogado era aceptada podría salir por buena conducta. «Tengo que salir, tengo que salir a como dé lugar», se dijo y cerró los ojos para hundirse en el sopor del sueño. La noche era su mejor compañera, ella lo abstraía, lo obsesionaba a ser ajeno a otros problemas y mantener como única idea el momento exacto de ser libre. Mientras tanto, la palabra *SALIR* era la única, con letras mayúsculas, que le inyectaba fuerza. Lamentablemente la codiciada libertad demoraría en encontrarse con él.

Varios años transcurrieron, exactamente cuatro. Su primera apelación fue negada, lo mismo que dos años después la segunda y así la tercera. Las apelaciones para lograr su libertad por buena conducta fueron negadas a rajatabla. Según la ley, él debía cumplir su condena. Poco a poco su carácter impulsivo y rebelde emergió de las sombras provocando rabia y amargura, la pérdida de peso y el insomnio volvieron a atormentarlo deteriorando su salud mental. Se volvió retraído y selectivo con sus compañeros. Hablaba poco, incluso con el Topo quien lo apreciaba. Lo único que lo mantenía enfocado era que sus obras de arte se vendían cada año con éxito en el museo Betchler. Sus piezas eran más enigmáticas, no solo por la habilidad que demostraba en el uso de distintos materiales, sino por el misterio del personaje a quien pintaba. Siempre la mujer joven de ojos cubiertos con el rostro bañado de oro era representada a través del paso del tiempo y cambio de tonalidades. Quienes adquirían sus obras lo sugerían como un artista atormentado por los movimientos de la figura principal y de los efectos borrosos que distorsionaban los contornos en los fondos de los cuadros. Hilos de luminosidad, colores sobrios, manchas en negro, incluso, sobresaltaban la sonrisa de la mujer a la que el tiempo mantenía bella. Su fuero interno le indicaba que ella debía ser suya tarde o temprano, sea como fuese, aquella joven debía saber de él cuando saliera de la cárcel. Ya no era joven, estaba caminando sobre los treinta años. Su amigo Mani ya no había regresado desde que se casó y su tía Odelle solo se limitaba a escribirle cartas para su cumpleaños y para año nuevo. Había obedecido sus deseos de no visitarlo.

Desde el 2005 había estado preso. En el 2009 había cumplido cuatro años en la cárcel y pasado su cumpleaños veintisiete trabajando en sus pinturas, ya pronto cumpliría su sentencia, un año más y recibiría el 2015 fuera de las rejas que lo habían mantenido suspendido en el anonimato de ser el mejor pintor «atormentado» de la última década. El Topo, Hager y Bartel lo habían acompañado durante los momentos más álgidos. No tenía nada más porque vivir, sino por su arte, debía buscar cómo limpiar su nombre revistiéndose de una vida nueva. Debía descubrirse ante el mundo y ganar terreno en el mundo pictórico. «Una cosa lleva a la otra», se dijo mientras escuchaba detrás de sí los cucharones contra las ollas y el sonido de los cuchillos picando los vegetales para el almuerzo de ese día.

Tenía rabia, rabia contenida. Diez años había pasado coartado de su libertad. Todo el trabajo que había organizado y planificado para demostrar que era digno de perdón, para salir antes de lo previsto del encierro, no había tampoco servido de mucho. La juez, quien le negó tres veces su apelación, no consideró su caso ni sus esfuerzos. El doctor Castañeda le comentó en una de sus visitas que en esas mismas tres ocasiones la juez dijo: «tiene que cumplir su condena, no pierda su tiempo porque la apelación no va a suceder». Las mismas palabras pronunciadas por su jurista lo seguían a ritmo de cuchillo, tenedores y cucharas. Lo mantenían fastidiado. Una vez más la justicia había hecho de él un ser desagradable. Sus buenas intenciones de cambio ya eran historia pasada. Estaba herido, cansado, resentido y descreído. Todo al mismo tiempo.

El Chino escuchó la voz del capitán de cocina, esta lo despabiló de sus pensamientos, miró hacia la pared donde un calendario arrugado por el vapor y manchado por salpicaduras de comida colgaba y vio el círculo con marcador rojo que él había hecho. Faltaba un mes más y el 2015 llegaría. Empezó a tirar los pedazos de verdura sobre el agua condimentada y sintió que el día pasaría demorado como al principio de su estancia. Sus amigos Hager y Bartel ya no estaban con él. El año anterior sus abogados los habían venido a llevar a Los Ángeles. Lauren, la muchacha a quien habían violado, había llegado a un acuerdo económico con las familias. Sus compañeros se habían ido, y a él lo rodeaba lo mismo de siempre.

El día que salió de la cárcel, el Chino se encontró con una gran sorpresa. Sus amigos Hager y Bartel lo sorprendieron con chofer, limusina y un avión privado en los hangares para aviones privados en el aeropuerto Charlotte Douglas. El Tuerto y Samuel no se habían olvidado de su compañero de cárcel, quien muchas veces sacó la cara por ellos en esos años donde el único entretenimiento que compartían eran los juegos de póker y de *backgammon*, los programas deportivos de *hockey* y luego, cuando el museo Betchler le dio la oportunidad de exhibir obras de arte visual en sus instalaciones, los reportajes de cultura tanto impresos como televisivos de su amigo.

—No te íbamos a dejar solo, esto es momento de celebración —lo recibió Samuel Hager con un abrazo dentro de la limusina.

—Eres un artista consolidado, aquí tienes algo de ropa —comentó Bartel, quien señaló una muda elegante para su compañero—. No esperas recibir la libertad *so wratchet.*

Se abrazaron con palmadas sonoras y con los puños como lo aprendieron en la cárcel.

—Bartel, *Bro*, no sé si es pregunta o aseveración lo que me dices, pero se agradece. La verdad es que necesito urgente un cambio de imagen. —Sonrió y pasó la mano por su cabeza donde los rizos apretados de su cabello lucían desaliñados.

Una nueva aventura lo recibiría con los brazos abiertos en Los Ángeles, sus obras serían trasladadas a galerías en Rodeo Drive y también a New York. Sus amigos, a pesar del escándalo de la violación que los había ensombrecido por algunos años, seguían contando con el apoyo de sus millonarios y bien conectados padres y a él no le disgustaba el rumbo que tomaría su vida. Quería dejar esos diez años escondidos en una parte recóndita de su memoria y empezar de nuevo. Lo primero que quería hacer era conocer la ciudad, visitar los museos, las exposiciones de arte y hacerse de un nombre para poder disfrutar de lo que había construido desde los barrotes de la cárcel. Mil proyectos se discutían en las vías hacia una nueva vida, las calles de Los Ángeles más la compañía de sus dos amigos le auguraban una vida a la que él se acostumbraría pronto.

Así pues, llegaron las fiestas, los juegos de azar, las continuas ventas de sus cuadros que iban poco a poco alcanzando valores extraordinarios gracias a su anonimato. Con ello, nuevamente, el consumo de drogas y la idea de formar una empresa de superación personal. El plan de este imperio sería no solo personas que trajeran mujeres atractivas e inteligentes que pudieran reclutar a otras y que a su vez inyectaran capital, sino hombres poderosos con ambiciones. El sexo, la esclavitud, y la perversa fantasía de ser omnipotentes sería la base de esta campaña de introspección. El Chino, poco a poco, se convirtió al juego. La idea de hacerse de poder, desde siempre lo había interesado y con la intervención de sus amigos nada podía salir mal. Además, ansiaba salir a la luz con una historia en la que sus transgresiones del pasado lo hicieran más bien un ser, a los ojos de otros, magnánimo.

A medida que los meses transcurrían, el Chino empezó a trabajar en una guía sobre una filosofía específica dentro de una congregación, donde las limitaciones en las carreras eran descubiertas a través del primer libro que escribió. Este libro se convirtió en la guía para atraer a personas que pagaban entre quinientos y tres mil dólares por sesiones de ayuda. La celebración de envolver a otros con la idea de que alcancen un desarrollo personal más avanzado y se conviertan en los amos de sus propias decisiones. A Hager y a Bartel los atraía el pegue económico a tal punto que ellos también desarrollaron programas que llevaran el mensaje de que los tres eran genios y no seres dañinos.

Para la celebración de fines del año 2018, el Chino se había mudado a New York y había abierto un centro de autoayuda que acogía a artistas de todos los géneros. Había conocido a Lola, una jovencita que jugaba a ser su novia, ella era una de las piezas principales en el área de reclutamiento. Lola era la primera mujer de veinte años que había sido responsable en pocos meses de traer a casi mil nuevos miembros a la congregación. Estos miembros, específicamente, no sabían qué era lo que se profesaba, pero se sentían bien y se aferraban a los talleres y a los viajes de confraternización. La filosofía, el libro de los secretos, las escarapelas de seda, que indicaban progresos en el transcurso del avance espiritual, eran los elementos con los que los fundadores de esta congregación aseguraban a los demás que ellos podían entender de una manera especial la forma humana que los elevaría a líderes y a convertirse en seres más felices.

De un momento a otro el sonido de las teclas del computador desde el escritorio dejó de escucharse apareciendo la voz del Chino, que se adueñaba del espacio donde él y Lola estaban.

—Lola, hay que fortalecer a las mujeres, ustedes deben crecer y hacer más fuerte esta iniciación a un espíritu más elevado. Necesitamos de ustedes, ustedes son poderosas, pero todavía no lo entienden —sugirió el Chino masticando la cabeza de un lápiz.

—Está bien, yo me encargo. También lo pienso así, debemos unirnos para fortalecer la congregación —asintió Lola sin dejar de poner atención a lo que hacía.

—¿Estás segura? —demandó él, con aire superior, viendo que ella no lo miraba.

—Sí, no te preocupes, lo haré. ¿Cuándo te he fallado, cariño?

Esta afirmación era parte de convertirse en la mejor versión de sí misma ante él. Lola quería demostrar por qué su reputación dentro de la organización dependía de la validación del hombre que le hablaba. Ella sabía que las mujeres se convertían en alfiles sobre el juego de ajedrez que jugaban el Chino Lezama, Samuel Hager y el Tuerto Bartel. Pero, para ella la esencia de ser mujer, era algo positivo como individuos únicos.

Sentado en su escritorio se dirigía a Lola sin verla. Le hablaba de forma pausada, pero con autoridad.

—Los talleres de trabajo que organizamos transforman, evolucionan de una forma pura. Quiero que comprendas esto. Debemos llevar a las reclutadas a entender que como mujeres jóvenes no deben conformarse, más bien deben emerger, pero ser sumisas.

—Lo entiendo, Chino, confía en mí —respondió Lola. Era una contradicción que ella estaba experimentando. De una manera u otra sentía que esta dualidad la reconstruía y participaba de los pensamientos del Chino sin cuestionarlo.

—Me alegra, ustedes deben reconstruirse con lo que en el segundo libro de los grandes secretos que escribo les será revelado —comentó el Chino.

Lola lo observaba embobada. Antes de conocerlo su vida era ansiedad, agitación y problemas. Ahora todo lo maravilloso que le podía suceder, le estaba sucediendo con él, tanto así que pronto se llevaría a cabo su gala de iniciación con el tatuaje con el que sería parte de este imperio.

El Chino volvió a concentrarse en su escritura, tecleaba con rapidez los últimos capítulos de su nuevo libro de secretos para la congregación que había creado con sus amigos. Todo marchaba sobre ruedas. Su arte, sus frases, su libro, su empresa estaban creciendo gracias a la capacidad de experimentar el dolor y sobreponerse a las consecuencias. Un aura de éxito rotundo lo iluminaba. «¡Ajá!, me agrada escribir sobre este pensamiento de dolor y de consecuencias, ¡vamos a ponerlo!», se dijo recordando la manera en que se retorció cuando sellaron su carne con la versión de un dragón que separaba su cuerpo y su débil espíritu y la pintaron con colores dorados azules y rojos. Cuarenta y cinco minutos duró el dolor; al final, lágrimas de satisfacción rodaron por sus mejillas masculinas. En esos momentos se sintió perdonado y revelaciones de nuevos caminos hacia su crecimiento lo invadieron. La depresión desapareció desde que formó su congregación y las lecturas de sanación le permitían insistir un poco más en lo que lo entusiasmaba: el poder.

La importancia de la compañía que él y sus dos amigos manejaban requería del valor de su propia inteligencia. Había aprendido a manipular. En sus escritos, como en el de ahora, era necesario proyectarse de una manera más efectiva. Mientras Lola hacía sus llamadas y concertaba citas y reuniones para dar a conocer los talleres en Charlotte, Los Ángeles y Delaware; en Ohio, Florida, Canadá y México se conformaban más lugares donde el mensaje de disfrutar la felicidad en la vida estaba creando efectos interesantes, sin precedentes dentro del estado de New York. Lola observaba al Chino que escribía sin parar en su computador. Ella sabía cuando él se inspiraba, a tal punto que solo sus palabras eran pruebas fervientes de su propia disonancia cognitiva que, al momento, ninguno de ellos reconocía. Las palabras llegaban a internalizar ese sistema de creencias que habían puesto en marcha. En poco tiempo, a la sociedad que manejaban con frases como: «Necesitas creer», «apóyate en tu maestro», «nuestras experiencias son compartidas sin egoísmo, con ellas vas a alcanzar el respeto y ser la mejor expresión de ti mismo», «esto te permitirá alcanzar el nivel de máster», se movían dentro de esta crueldad de pensamiento porque muchos de ellos, con el tiempo, se dejaban abusar y explotar sin tener en claro que quienes estaban detrás conquistaban su voluntad.

Al Chino, cada vez que escribía sus pensamientos, una energía indescriptible lo invadía. Se sentía conmovido porque a través de este imperio —que era ya validado orgullosamente por políticos, *tycoons* y mujeres del cine y la televisión— reconocía en su horizonte que pronto podría conquistar el corazón de aquella mujer que pintaba. Él iba ahora detrás de esa única misión. Enamorarla y conseguir que lo reconociera como un ganador y no como el pobre chico huérfano venido de República Dominicana. Este sería su máximo triunfo. El sería para ella el hombre que le podía dar todo lo que existía desde el cielo a la tierra y más. «Estoy seguro de que ella ya no se referirá a mí como un fracasado. He logrado todo lo que me he propuesto, a Mani lo apartaré de mi camino», comentó casi en un murmullo poniendo punto final al capítulo con el que cerraba la edición de su segundo libro de secretos de su congregación de familia internacional.

Los rezos, de una manera u otra, eran parte de las rutinas de los tres; el Chino con sus rezos yoruba y los judíos con sus plegarias, se hacían más fuertes. Este trío no era fiel a Dios ni a sus principios ni a las leyes de sus religiones e iglesias. Ellos eran fieles a la imposibilidad y a la imprudencia, a sus trastornos y manipulaciones, a la tendencia de provocar el miedo. En realidad, eran seres confusos que no cumplían con las leyes sagradas de sus propios cultos. Ser yoruba o ser judío no era relevante para ellos como religión, sino más bien una eterna búsqueda de sensaciones que justificaban sus acciones erráticas y desordenadas.

Estuviesen juntos o en la distancia, a diario se comunicaban para mantener una sesión de rezos y de meditación; compartían por dos horas sus revelaciones, plegarias e ideas. Esto era parte de sus nuevas vidas. También tenían tiempo para reírse de la gente que reclutaban y que los llamaban sociópatas resistiéndose a participar en su empresa.

—Cuando los burlones regresen, ¡ya saben!, Deben monitorearlos. El cumplimiento y la conformidad de estos reclutados deben ser sinceros. Deben concientizarlos sobre que las acciones que tomemos como penitencia por no creer, serán parte de su crecimiento —ordenaba el Chino.

—Claro, así su transformación a ser un ser más elevado se hará por medio del dolor —comentó Bartel en tono pasivo y obediente.

—Las reuniones son para esto, para crecer con las aportaciones —mencionó Lola.

—Sí, los cuatro somos las piezas fundamentales de esta primera esfera de puntos cardinales —afirmó el Chino.

—A los que se han burlado de nuestra buena voluntad y que son padres de hijas mujeres, deberán experimentar penitencia a través de ellas. La penitencia nos hace libres —comentaba Samuel con los ojos cerrados.

Ese día su reunión había terminado fructífera después de que el Chino Lezama tecleó las últimas frases en el computador.

Pasaron las últimas horas de la tarde y le dirigió una mirada soberbia a Lola, que ella supo interpretar de inmediato.

—Los horarios sobre los talleres que nos faltaban están establecidos —dijo moviendo su melena—. Lo mismo con el personal que nos va a asistir con el asunto de la reunión en La Belle Helene. El edificio del nuevo club nocturno está marchando como lo esperabas, así como la adquisición de teléfonos, cámaras, computadoras y seguridad.

—¡Muy bien! *yeah, you got everything rolling girl.* Eso me agrada mucho.

Un beso en los labios selló la conversación y le hizo recordar que nunca había sido tan fácil todo lo planificado. La gente correcta en el momento correcto y el lugar apropiado no solo le ayudaban en su empresa, sino también en otras que no eran tan decentes, pero que igual *a la hora de la hora*, los involucrados no las veían tan mal. Entre beso y beso rememoró a las muchachas que lo seguían en su juventud, a las que querían estar con él hasta el punto de acosarlo. «Solo tuve ojos para una, solo tengo ojos para la novia de Mani, ella será mía», replicó para sí, avivando el deseo que surgía en su entrepierna.

El mes de mayo fue historia cuando llegaron a Charlotte. No necesitaban estar físicamente ni en Los Ángeles, ni en las otras ciudades donde la congragación creaba lazos; se vinculaban y a su vez unían fuerzas. Otros los representaban en México, en Colombia, en Canadá y en la pequeña comuna francesa de la región de Lorena donde el «éxtasis» se producía en establos aislados y donde los japoneses de la Yakuza tenían amistades. Japón era una nueva alianza para el Chino, sus obras de arte habían sido un *hit* en el último año. Uno de sus compradores había pagado una fortuna, la misma fortuna que lo llevaba a convertirse en un aliado con lazos familiares ficticios. Japón, para esta congregación llena de políticas dudosas, interpretaciones proféticas y talentos sexuales, constantemente, traía aportes económicos de todo tipo; por esa razón el Chino se consideraba una revelación, un profeta que ya tenía una familia internacional que nadie identificaba como una de las cabezas de su ordenamiento sin precedentes. Todos alrededor aceptaban sus doctrinas y seguían al pie de la letra lo que decían él y sus otros dos fundadores. Lola, meramente, era una pieza de su ajedrez que sabía manipular a su conveniencia. El Chino, Hager, Bartel y Lola se encontraron de manera discreta en su departamento ubicado en South End.

—Los creyentes estarán bajo tu poder, amigo profeta —comentó Hager con una sonrisa burlona.

—Gracias a las confesiones escritas de sus transgresiones y las fotografías familiares que nos han proporcionado, los que han regresado nos aseguraran su devoción —dijo Lola.

—El Chino y el Tuerto Bartel cerraron sus puños e hicieron su saludo acostumbrado a manera de triunfo.

—Dentro de poco nos reuniremos con la querida Roxana Sebastián. Por hoy, eso es todo. Necesito pensar sobre otros asuntos si me lo permiten —terminó diciendo el Chino y les señaló la puerta.

Se retiraron los tres, dejando al Chino sentado en su sillón de cuero. Con sus mentes, dominadas por la idea de que la penitencia era un atajo para la superación personal de todos, Lola, Hager y Bartel se movían rápidamente haciendo alianzas y amasando sumas extraordinarias de dinero vía telefónica, mientras el Chino se dedicó a pensar en el momento en que su ángel de rostro dorado, su inspiración, estuviera en sus brazos. Los pensamientos de trabajo ya no lo preocupaban. Para eso tenía afuera a sus manos derechas.

Su mente, poco a poco, se entretuvo con sus macabras formas de penitencia. Se preguntaba: «¿Será fácil llevármelas?, ¿cuánto tiempo podrán trabajar para nosotros?, ¿los muchachos que hemos entrenado en este tiempo darán la talla?» El sinnúmero de preguntas dentro de su cabeza terminó por dormirlo. Rostros, playas amplias de arena dorada adornadas de palmeras lo persiguieron junto con sus padres en una carrera hacia el océano; juegos de pelota, las aulas vacías de su infancia feliz y la catedral de Santa María de la Encarnación con escasos rayos de luz —pero que se dejaban ver como en una película colonial—; luego el cuerpo de su padre al pie de su casa marcado por un charco de sangre espesa y su madre derrumbada en la cama de su habitación con un frasco vacío de pastillas antidepresivas, lo ahogó en su siesta.

Cuando se despertó, el estudio estaba a oscuras, no había más ruido que el de los autos en la avenida principal. Se sirvió un vaso de la botella de ron de doce años que tenía a un lado, se paró frente al amplio ventanal y caviló en silencio: «Charlotte es una ciudad de control y dominación, aquí la educación y la salud sexual no tiene cabida... yo voy a formar otro pequeño imperio». Otra sonrisa afloró de sus labios mojados por el ron que consumía, mientras que las luces y los autos subían y bajaban por South Boulevard ajenos al entendimiento de sus ciudadanos. Su mente seguía pensando que el turismo sexual se daba al interior de todas las ciudades. Él se percató de esto cuando llegó a Los Ángeles después de salir de la cárcel. A las mujeres que se resistían las drogaban, y a las que se prostituían por gusto las premiaban con departamentos, joyas y autos caros.

Él estaba aferrado al poder, su empresa de sanación personal funcionaba a la perfección. Había sido una gran idea ese truco. Recordaba las palabras de su compañero Pablo sobre cómo el sexo movía grandes cantidades de dinero. También recordaba las advertencias que hacía el Topo cuando los escuchaba hablando del tema. Él no iba a pedirle perdón a la sociedad, esta ya le había cobrado diez años de libertad. Ahora no iba a permitir que nada ni nadie destruyeran lo que había construido en tan corto tiempo. Su siguiente paso era cobrar su deuda con el pelado soplón, luego se rodearía en Charlotte de gente que se pasaba la ley por donde ellos querían, pero como él lo indicara.

Su tiempo en la cárcel le había servido para conocer las maneras irregulares como procedían sus nuevos aliados; no solo los ricos o los poderosos que avalaban sus escuelas y talleres de transformación, sino los que por el otro lado hacían el trabajo sucio de su otra empresa. La ciudad cabía en su mano, con cada sorbo de ron. Hizo el gesto de ser su dueño absoluto con la mano izquierda fijando la vista en los negocios, en los nuevos apartamentos y en los restaurantes que hacían parte del perímetro donde se encontraba él en su residencia.

Los negocios legales del Chino que crecían en Charlotte y donde sus socios eran prestanombres, lograban que personalidades del golf, del futbol americano, del *hockey, rugby* y básquet, especialmente de los equipos radicados en Atlanta y en New York encontraran diversión de altura en su nuevo entretenimiento. Él estaba seguro de que en especial el equipo de *hockey* de la liga americana y los de la NFL iban a disfrutar de venir hasta La Jaula; en primer lugar, porque el treinta y tres por ciento del equipo de *hockey* era europeo y los europeos se basan en la percepción y disfrutan con frenesí de la extravagancia; y el segundo, porque les gustaba especialmente disfrutar de buen sexo de forma anónima. En la Ciudad Reina ellos podían disfrutar de un buen ambiente, de un buen espectáculo y, luego, de una buena compañía a través de un clic desde sus teléfonos bajo el código o códigos asignados. El aspecto del negocio estaba manejado de tal manera que existiera placer las veinticuatro horas del día. El placer de la carne.

La Jaula, ubicada en la avenida séptima ente la biblioteca y los rieles del tren, se levantó radiante y seductora al finalizar la primera semana del mes de junio. Los trabajos se venían adelantando de manera acelerada desde un principio, a distancia. En ocasiones, Samuel y Bartel viajaban a Charlotte para supervisar la obra y sus detalles finales; en otras oportunidades era Lola quien se encargaba. La contratación de personal *marcador* y de los incriminados en la seguridad de las jóvenes que conformarían el pequeño nuevo imperio eran de confiar, ella los había estudiado a conciencia. Pablo, el guatemalteco amigo del Chino, desde la cárcel los había asesorado; y muy pronto, él mismo sería uno más del grupo como confidente, chofer y *butler* de su compañero de encierro. El seis de abril siguiente saldría para siempre del hueco lleno de barrotes y podría volver a hacer su vida sin respirar miseria y depresión.

Planificar la visita a sus instalaciones el día después de su inauguración, le aseguró que su éxito era producto de una bendición divina. Su voz sensual se convirtió en la única sinfonía que Lola, Samuel y el Tuerto escuchaban con agrado y devoción.

—He sido el elegido para cambiar sus vidas —dijo sin vergüenza apuntando a los pechos de cada uno de ellos. Mi devoción a mis dioses me guía y a ustedes, los suyos también,

—Tu inclusión, amigo profeta, nos hace más poderosos, somos entendidos gracias a ti y a nuestras religiones para cambiar las mentes del mundo —respondió el Tuerto Bartel.

—Ustedes lograrán, con su obediencia, complementar mi idea de crecimiento a través de la penitencia y el dolor.

—Deben entender que son medidas drásticas, pero necesarias para renacer de las cenizas —acotó Lola con voz transformada.

—Si los llevo a la muerte, morirán para luego pasar al plano celestial como mártires y como hijos obedientes de su Dios. Él quiere que los millonarios aporten al crecimiento de las masas, pero también que disfruten de la belleza y del sexo porque el sexo es divino —dijo el Chino, mientras Samuel se mecía en una de las sillas, como forma de tener una vívida recolección de eventos que sucedían en su cabeza.

Luego de su intervención, el Chino los abrazó y los besó en la boca. Evidentemente, él estaba asegurando su puesto en la organización que formaban. La música de Queen, de Beyonce, de Bad Bunny y hasta de Alice Cooper se escuchó por largas horas, entre los efectos de pequeñas dosis de éxtasis que llegaba a través de sus conexiones en New York y se repartían en los tacos elegantes del calzado diseñado por Roxana Sebastián, a quien esperaban como la última pieza importante de su equipo.

A la par de la apertura de La Jaula, en Manhattan y Soho se abrían restaurantes. En Los Ángeles y San Diego, *spas;* y en Delaware, lugares de manicura. Se hacía dinero en forma discreta, con citas organizadas con gente tan capaz como Roxana. Ella cubría el frente principal por su talento, visión empresarial y mano dura. Era una mujer capaz de mantener el negocio a raya y a flote.

Roxana Sebastián tenía un pasado como los demás, era oscuro, triste y lleno de mucha culpabilidad, pero su infinita sed por sobresalir y por hacerse de una vida cómoda, al punto de estar rodeada de lujo, la hicieron invertir en la empresa de superación del Chino. No porque ella creyera que él tenía la respuesta a la felicidad, sino porque su relación con gente pudiente y poderosa le convenía para seguir incrementando su propia riqueza y asegurar su salida digna del mundo de *madame*, que manejaba paralelo al de diseñadora de calzado y de comerciante de arte. Su percepción del Chino no era del todo buena, pero mientras se respetaran sus ideas y sus haceres, y ella no cruzara otros terrenos, todo marcharía como ambos lo habían planeado.

Sabiendo que el negocio de las esclavas sexuales tendría muchos frentes, debía estar segura de que la gente de la que se rodeaba conociera sus límites y supiera que la discreción era la única regla que no debía romperse. Los demás, los otros —como los llamaba despectivamente—, eran los que no debían sospechar de sus negocios. Por ese motivo ella se había asociado con el Chino, él era el mejor en esto de atraer la felicidad y ella reconocía que se había asociado con los mejores.

Roxana era la mujer que manejaba información valiosa, sobre todo en los niveles empresariales. Su reputación como mujer de negocios y como *madame* de los círculos pudientes en New York la precedía. Era discreta y sagaz. Sus armas de manipulación, aparentemente inofensivas, las usaba para lograr imponerse frente a los que iba considerando sus adversarios. Esto era bueno para La Jaula. Sin embargo, no tan bueno para las ciudades donde se movían. Sus hijos desaparecían cada seis minutos, unos eran presa de los asesinos en serie y a otros los atrapaban las largas manos de la «familia» del Chino Lezama.

Los habitantes de Charlotte no tenían idea de que entre sus calles se albergaba un monumento a la prostitución y a la esclavitud. La Jaula, un edificio con vitrales altos y coloridos, ventanales victorianos y paredes de ladrillos seguía iluminando, con su música sensual de pop y de jazz, las noches de encanto de las que disfrutaba la concurrencia. Mujeres educadas atendían a los comensales en el bar, en las mesas de coctel las meseras estilizadas y hermosas con sus trajes Le Paláis Vintage de 1950, de Feme en Noir y de Femme Fatale le daban el toque europeo que sus dueños habían pensado. Las bailarinas con sus pasos seguros y miradas atrevidas mantenían a la gente emocionada; igualmente, disfrutaban de sus quince minutos de fama sin darse cuenta de que en los pisos de abajo, en la profundidad de la tierra y atrás de la bodega de licores empezaban a haber mujeres cautivas que se vendían en citas clandestinas o en las calles de la comunidad latina. Los hombres solicitaban servicios que empezaban desde los treinta y cinco dólares hasta los cien. Muchas de estas nuevas mujeres se alquilaban apartamentos similares al concepto de Airbnb. Venían de todas partes, incluso de condados cercanos a la Ciudad Reina. Todo lo que sucedía en la vida empresarial de los socios quedaba bajo la más absoluta clandestinidad.

CAPÍTULO 4

El gato jugaba ahora con el ratón

«Peligroso es despertar al león, mortal el colmillo del tigre, sin embargo, el más terrible de los horrores es el hombre en su locura»
—Friedrich Schiller—

—¡La vida es mendiga! —gritó el Chino a modo de sarcasmo cuando le trajeron a la causante de su orgullo herido—. Pero dentro de todo lo malo la vida te da sorpresas, carajo. —Su sonrisa blanca y brillante se dejó ver en el lugar donde llevaron a su víctima.

Cuando la vio desgreñada, descalza y asustada se sintió reivindicado en su hombría. El rostro sudoroso y el cuerpo cansado de la joven le inyectaban júbilo.

—¡Ay, ¡mamacita!, no llore, no gaste pólvora en gallinazo, tranquilita —le habló el Chino bajito al oído.

Una vez cerca, se acordó de que ella lo había basureado, que lo había visto como un ser inferior, sin futuro y que la admiración que él le profesaba solo se quedó en los pasillos de la escuela tiempo atrás, ahora la tenía humillada a sus pies. El recuerdo condenaba. Él mejor que nadie lo sabía, su víctima no tenía por qué enterarse jamás de que este acto era venganza pura.

—¿Quién eres?, ¿qué deseas de mí?, ¿por qué estoy aquí? —Las preguntas se le entrecortaban y la saliva le salpicaba la máscara al Chino.

Su víctima tenía contenida la rabia, pero también estaba volviéndose loca tratando de reconocer el timbre de voz de su victimario desde el mismo momento en que él pronunció la primera frase. Él la agarró del pelo y ella lo escupió, él se limpió el escupitajo y la tomó del cuello con su mano de palma amplia y de dedos largos para pronunciar:

—Yo soy tu dueño, soy quien decidirá tu destino de ahora en adelante.

—¡Arrrrg!, ¡suéltenme¡, ¡déjenme ir!, ¡no me toques! ¡Aarrg! —gritaba Drina.

—Sshh, sshh, no te desgañotes gritando. Aquí solo yo te escucho. —La apretó contra él y se prendió de su cabello dándole el beso que tanto deseó darle tiempo atrás.

El sudor, lo salado de las lágrimas, el amargo de la bilis se mezclaba con el olor del desodorante que huía desde los sobacos de su captor hasta la nariz, cuando el maldito la sostenía para restregarle la lengua en el rostro.

—Cuando te considere un estorbo no me temblará la mano para volarte la tapa de los sesos —murmuró el Chino, asegurándose de que su presa lo respirara por cada poro de su piel. La empujó y tronó los dedos dándole órdenes al Tuerto para que se la llevara a la habitación contigua, que no era nada más que una habitación desocupada en una casa que no reconocía y que se encontraba quién sabe dónde.

Al salir se quitó la máscara y acarició con vehemencia los seis collares yorubas que había bendecido Lola tiempo atrás. Un hueco le creció en el estómago. Su perfil psicológico apuntaba a que los eventos traumáticos de su niñez y el rechazo de esta mujer, que estaba a casi cincuenta metros cerca de él, le alteraban el carácter.

El camino que lo llevaba desde donde estaba ella hasta la sala de su nueva mansión lo transportó directo al día en que había invitado a cenar a Drina, a sabiendas de que Carlos se había ido fuera de la ciudad a hacer arbitraje en un partido de importancia para él. No regresaría hasta después del fin de semana. Era la oportunidad que había anhelado: estar a solas con la mujer de su amigo Mani.

La comida que se estaba organizando en La Belle Helene tenía que salir tal como lo había planeado. Un boceto que había hecho en la cárcel años atrás, justamente para sus clases de impresionismo al estudiar a Monet, la dibujaba a ella en las afueras de Paris. No conocía Francia en ese tiempo; sin embargo, libros de Voltaire, Rousseau, Monet, Renoir, Degas... le despertaron el ingenio en la cárcel, pudiendo convertir su falta de recorrido del mundo en algo hermoso y palpable. La percepción del arte, que él podía comunicar con el pincel y las paletas, era un símbolo sugerente y casi religioso para quienes empezaron a enseñarlo. Recordaba, mientras cubría el boceto con papel de empaque, que a Drina le gustaba; que Francia y que Monet eran sus dos absolutos favoritos. El sonido del papel entre sus manos lograba transportarlo a esos tiempos, a la época después de su encierro, cuando había logrado conquistar el mundo del arte con sus magníficas obras y ver con sus propios ojos los lugares que le mencionó su musa. En estos momentos ya no eran tan desconocidos, él se encargó de hacerlos suyos y de una manera obsesiva adueñarse de los rincones de ese mundo tan lejano. El dinero que ganaba con su arte y con sus nuevos emprendimientos se lo permitieron.

Acomodaba el lazo dorado con torpeza pero con delicadeza al mismo tiempo. «¡Qué difícil se me hace esto!», rezongó. Una vez que terminó con el obsequio se sacudió las manos, que portaban diminutos puntos de escarcha, con un pañuelo. Los hombres en la actualidad no usaban pañuelo, ya no era una costumbre; sin embargo, él continuaba portando uno porque le gustaba a Drina, y le recordaba que el padre de ella mencionaba que el usar pañuelo no era un capricho ni tampoco una tendencia, que era solo y exclusivo de los caballeros. Este recuerdo lo llevó a comprar pañuelos tan largos como un *foulard* y tan diversos como el *pochette* que él mencionaba con aire majestuoso cuando Lola lo criticaba por usarlos. El Chino ansiaba ser el caballero de su mujer de rostro angelical.

—El pañuelo la va a impresionar de seguro —se dijo mirándose al espejo.

—Y tu perfume va a ahuyentar tu cita de negocios —menciona Lola entrando en la habitación mientras su hombre rociaba gotas de Dignified en sus manos para llevarlas al mentón y a la solapa de su traje azul marino.

Una mirada de reprobación fue directa hacia Lola, que sin hacerle mucho caso al Chino se acostó sobre la cama a leer una revista.

—Cuidado con el obsequio. Me ha llevado un tiempo lograr que quedara como lo deseo —dijo el Chino recogiendo su IPhone y su billetera de la mesa de noche.

Lola sabía que tantas molestias no se tomaría el Chino para cenar con un hombre de negocios, mucho menos esmerarse en untar en su pañuelo la fragancia que le costaba lo que costaba su departamento, pero se hizo de la vista gorda, porque no iba a pasar hambre ni se iba a quedar sin un peso después de que el imperio que manejaba con su hombre la mantenía cobijada con lujos y un techo más que decente sobre su cabeza. Ella disfrutaba de las comodidades, tenía una filipina que hacía la limpieza de lunes a domingo y un chofer 24/7. Ya no era una pobre diabla, ahora tenía esclavos, disfrutaba del lujo y del sexo violento que le brindaba su hombre. Sabía que se iba a podrir en ese mundo, pero se pudriría disfrutando de su nueva fortuna.

Lola dejó la revista y miró su reflejo en el espejo, su mal gusto a la hora de vestir y de maquillarse era notorio; se daba cuenta, pero no le importaba. Se acarició el cuello y vio sus pechos firmes, pasó sus manos sobre el vientre plano y luego, acercándose al espejo, siguió deleitándose en su belleza.

—Soy hermosa y caliente. La calentura lo tiene a mis pies, este Chino sabe que yo le doy lo que me pida.

Una sonrisa maléfica escurrió por su garganta y una caricia libidinosa recorrió sus nalgas hasta llegar a su vagina. La empuñó como se empuña un arma y luego volvió a reír pensando una vez más en que la comodidad y el arrastre que tenían los negocios de su macho, como solía llamarlo, la beneficiaban sobremanera. Lo demás, por el momento, le era secundario. Ni siquiera pensaba en cómo terminaría su vejez, cuando sucediera estaría lejos y rodeada de lo que antes no pudo disfrutar. Ahora lo que anhelaba era complacerse al máximo con lo que le ofrecían. No iba a volver al colchón mugroso del cuarto en el edificio de Harlem, ni a los brazos de hombres nauseabundos. Por algo los caracoles, sus rezos para Ochun, Oya, Yemaya, Changó y sus demás deidades la curaban de sus males junto con el aroma, los cantos y el sacrificio de una gallina. Los caminos al placer inmediato y a la fuerza, con la que ella atraía al Chino, eran un mal necesario que sobrepasaba sus propios límites.

El traje azul con su pañuelo de ribetes del mismo color, su aroma masculino que llenaba el salón de La Belle Helene, junto al regalo, le otorgaban la seguridad de que Drina y él pasarían una velada agradable. El champaña sobre la mesa era el detalle perfecto para cuando su invitada llegara junto al hermoso lazo dorado que hacía juego con el color brillante de la bebida. Esa noche la celebración sería recordada por ella, el momento sería inolvidable.

—La señora invitada está aquí. —La voz de la *hostess* fue lo único que escuchó porque sus ojos se posaron en Drina, quien lucía unos largos aretes de perlas y su cabello liso. Su vestido color esmeralda la hacía lucir espectacular. La joven que él había deseado toda la vida se encontraba frente a él, y la escena era tal como él la supuso en esos largos días de escritura, encuentros, proyectos y planeaciones.

—Gracias. —Fue la única palabra que pudo pronunciar.

Durante muchos años había esperado esta oportunidad, pero en estos momentos que la tenía frente a él, sus ensayos delante del espejo, sobre mil y un temas que podían compartir durante la cena, se esfumaron. Una copa de champaña fue servida para ellos de la botella que descansaba en la mesa de manteles blancos.

Otro *gracias*, se escuchó a dúo.

—Me has tomado por sorpresa, la verdad, no esperaba esta recepción tan privada —comentó Drina para romper el hielo.

—Toma asiento, por favor —respondió el Chino retirando la silla.

—No te preocupes, no me quedaré. Vine porque considero que sería de muy mala educación rechazar una invitación por teléfono después de tanto tiempo sin vernos y porque mi esposo te ha apreciado siempre —zanjó Drina dejando la copa de champaña sobre la mesa.

—No te vayas, quédate —suplicó el Chino.

—Lo siento, es mejor así —acotó Drina. Este acto le dejaba claro al Chino que las intenciones que él tenía para con ella, cualquiera que fuesen, no serían secundadas. Dejando la copa de champaña servida sobre la mesa, se apresuró a dirigirse a la puerta.

El Chino guardó silencio. Sin hacer aspavientos recogió el obsequio de la mesa y al salir se lo dejó a la *hostess.*

—Quédeselo, usted es una mujer hermosa —dijo, tratando de mantener la calma.

—No puedo, señor, es contra la política del restaurante. Me pueden despedir —murmuró la joven con recelo.

—No se preocupe, yo hablaré con su jefe. No aceptaría que me rechazaran por segunda vez —zanjó el Chino y se marchó cargando la humillación entre pecho y espalda.

Camino a South End, el Chino, herido en su orgullo, se desquitaba con las calles. Las ruedas de su coche deportivo sonaban con cada cambio de tracción. Al llegar a la esquina donde se ubicaba su edificio de apartamentos giró quemando los neumáticos derechos; luego, al entrar al estacionamiento, los neumáticos izquierdos también rechinaron y una estela de humo lo siguió hasta donde le correspondía estacionarse.

Subió a toda prisa hasta su apartamento, se dirigió al estudio y sostuvo la espada samurái que colgaba de una de las paredes para descorchar una botella que sufrió las consecuencias de su rabia contenida. La espada cortó el cuello de la botella de ron con exactitud, de la botella saltaron unas cuantas gotas del líquido añejo mojando la alfombra. Esta acción lo relajó por unos minutos. De pie todavía, miró a su alrededor sosteniendo con una mano la espada samurái y con la otra la botella abierta. «Lo tengo todo, todo, y ella no me dio ni siquiera la oportunidad de hablar. ¡Juro que me las pagará! ¡Lo juro!», se dijo.

Empinando la botella empezó a beber a tragos largos el ron de doce años que venía de República Dominicana. Se ahogaba con él, el líquido le quemaba la garganta y el esófago.

Perdiéndose entre la rabia y el alcohol y recostado sobre sus finos muebles, sacó el pañuelo de ribetes azules que guardaba en el bolsillo al lado de la solapa y se limpió la boca. Los ojos se le llenaron de agua y en el parpadeo una cayó sobre la mejilla izquierda. «Sabrás de lo que soy capaz, Drina Stojak, esto no se queda a medias tintas», esas fueron sus últimas palabras y las pronunció con el rencor que la vida le produjo. Con el rencor por la muerte de sus padres, con el mismo que guardó en la cárcel por el soplón que lo delató a la policía y con el que Drina le había proporcionado al dejarlo plantado en la mitad del salón del restaurante sin siquiera darse cuenta de que el local había cerrado para agasajarla a ella, a su belleza. En ese momento, el destino de dolor, no solo de Drina sino de la familia Stojak, empezó a gravitar en la orden de un nuevo mundo que ellos no conocían y del cual el Chino sería el único gobernante.

Lola se despertó, como de costumbre, a preparar dos tazas de café. Al no sentir en su cama al Chino, pensó que se había quedado a dormitar en el estudio como siempre lo hacía para no despertarla. Así pues, se calzó sus pantuflas y se arropó con su bata dirigiéndose hasta la cocina. La filipina que los atendía preparaba el desayuno en completa prudencia y silencio porque a su patrona no le gustaba escucharla mientras ella no le indicara, con disimulo, que podía pronunciar palabra. Lola se dirigió al estudio y abrió la puerta con discreción. Al ver al Chino en el estado en el que lo descubrió, se dio cuenta de que la conquista por el trono que ella ahora disfrutaba estaba en peligro. Existía sin duda una mujer. Su hombre, al que oteaba desparramado en el sofá del estudio abrazando la botella vacía de su ron favorito, estaba sufriendo por una hembra que ella desconocía o quizá no. Pero de que era una fémina que lo había devuelto así a casa, lo era.

La cena que él le había asegurado que era con un futuro cliente y que ella no se lo había creído no transcurrió de la manera planeada.

Conocía al Chino y sus manías, esto la ponía en desventaja, aunque se dijo sin miramientos; «sea quién sea esta fulana, no te voy a facilitar una tregua conciliadora. No me tientes, amorcito, porque no tendrás paz». Cerrando la puerta se apoyó en la única carta que tenía por el momento a mano, su seguridad. Se repitió sorbiendo el café que ella sabría cómo sortear los obstáculos. Su última frase mientras procedía a desnudarse para tomar una ducha fue, «No me queda otra opción que ir allanando el camino con mucho cuidado porque, por lo que me he dado cuenta, los narcisistas tienen a alguien que haga sus apuestas».

•••••

El timbre del *pent-house* en el área de South End, donde las nuevas parejas jóvenes tenían sus residencias, sonó discreto. El Chino supo quién llegaba por aviso de Bee; se levantó de su lecho de ofrendas de rosas y frutas y se despidió con un beso de Lola.

—Espérame un rato, mi negra, tengo asuntos que tratar —dijo, dándole dos palmadas en el trasero voluptuoso y desnudo y se alejó atravesando la sala hasta llegar al estudio donde la nueva Drina lo esperaba con ojos de susto y admiración al ver la elegancia de los pisos de mármol y de los cristales finos y modernos del estudio al que la habían llevado cuando le quitaron la capucha, así como lucían los de las cofradías españolas.

Drina intuyó que esa área era la de South End. Desde que la habían secuestrado de la casa de sus padres, donde vivía junto a su esposo Carlos, el sentimiento de reconocer el lugar la colmó de ímpetu, seguridad y a la vez de mucha nostalgia. Una muchacha filipina le abrió la puerta de la residencia y la condujo hasta el estudio sin emitir sonido. Drina la reconoció, esa joven menuda y de cabellos oscuros había estado trabajando donde Bee, ahora atendía a su captor y a Lola. Una vez dentro de la estancia admiró lo que había a su alrededor, de pronto la puerta del estudio se abrió y la figura fuerte y alta del Chino se asomó cubriendo su rostro con la misma máscara con la que ella lo había visto en escasas ocasiones.

La mirada del Chino la puso nerviosa; sentía que le quemaba el cuerpo, su presencia la incomodaba sobremanera. Aunque había ido con una idea fija, el encuentro la ponía intranquila.

Él la observaba atónito. Oteó sus ojos, su cabello, sus piernas torneadas a pesar de la vida que llevaba. «No nos separan muchos años con respecto a la edad, nos separan esos años de encierro, de súplicas, de agresiones verbales y de odio que siento en sus palabras cuando la visito y sufro porque no pide estar conmigo», pensaba a medida que la recorría con la mirada. Su rebeldía y su asco le provocaban rabia. «La odio y la venero al mismo tiempo, es bella. El tiempo no hace mella en ella. Es extraordinariamente bella», se dijo a sí mismo. Largos minutos los acompañaron en silencio. El Chino bebía su ron de doce años, se había servido un trago para aplacar el estremecimiento que le provocaba estar cerca de ella. Hacía un recuento para sus adentros: «Hoy está aquí, sé a qué ha venido, quizá hoy se decida a ser mía por deseo propio. Puedo tener a cualquier mujer, la prueba de ello es que tengo a Lola, pero Lola no es ella. Puedo oler la fragancia de jabón barato que le proveo, también el olor a encierro a pesar de sus prendas limpias.

»Casi cinco años, y todavía puedo recordar el día en que ordené la subieran a la van de Bernabé y la trajeran a mí, logro sentir la sensación de su piel caliente por el sol de verano y sudada por la preocupación de saber dónde estaba al pasar mi lengua. Me conoce como el Chino Lezama, pero no ha logrado ver más allá de mi rostro cubierto. No reconoce mis manos, ni mi voz; es mejor así, el misterio de ser conocido por unos cuantos me da la ventaja de seguir intentando, por medio de la penitencia, que su espíritu se doblegue y así sepa que yo soy el único que la mantendré a salvo y feliz o doblegada a una vida miserable y en la oscuridad».

—A lo que has venido —le dijo, mientras terminaba de sorber el último trago de su vaso con ron y se sentaba en una butaca de piel de tonos dorados y caramelo.

Sus piernas largas se estiraban hacia ella y el torso desnudo le dejaba a la vista un abdomen de músculos delineados. Los seis collares yorubas se movían ligeramente a medida que él se acomodaba para hablar con la mujer que aparentaba ser un dragón. Los ojos maquillados de metálico, el corte punk que acentuaba sus pómulos y su figura pequeña pero atrevida, de piernas bien torneadas y trasero firme como el de una manzana, lo tenían perplejo. La mujer elegante de gustos discretos que él conoció ya no existía, él la había cambiado, él y su poder controlaban cada milímetro de la piel blanca de su víctima. No le importaba que otras manos y otras bocas se hubiesen posado en ella, al final estaba con él. Le pertenecía, la burguesita de Drina estaba ante él dispuesta a humillarse.

—Eres una hermosa mujer, ¿sabías?, hizo una pausa y suspiró.

—Gracias —contestó Drina con firmeza.

—¿Para qué carajo quieres verme?

—Es una locura, pero quiero que me dejes trabajar como bailarina. Haré lo que me pidas. Iré donde quieras. Trabajaré en lo que necesites, solo déjame salir de ese mugre cuarto donde me tienes. Ya no aguanto el olor. No resisto ver a esas mujeres que llegan con todo el maquillaje esmirriado y drogadas u oliendo a alcohol. No aguanto el olor a vómito, por favor. Hago lo que desees, pero déjame salir.

—¡Dime que me amas! —dijo, levantándole la cara para que lo mirara de frente.

—¡Te amo! —contestó. Era una pregunta estúpida. ¿Cómo ella podía amarlo?, ¿cómo era posible que él siquiera lo pensara?

—¡Dime que me amas, Drina!, ¡convénceme! —exigió.

Un minuto después ella le respondía con la frase:

—¡Te amo! —lo volvió a mirar con sorpresa y hastío contenido. Se mostró sumisa, arrepentida de su rebeldía.

—¡Sé que me estás mintiendo, pero me amarás! ¡Ya verás!

Él la miró deleitado, con los collares que le vestían su pecho depilado, y le hizo señas para que se acercara. Lentamente, Drina caminó hacia él, obedeció a sus labios que buscaron lo suntuoso y atractivo de los suyos, se dejó meter las manos en las nalgas y permitió que los dedos masculinos jugaran con su clítoris. Había aprendido a disimular como profesional los gemidos entrecortados que llevaban al placer a sus parejas. Él la olía, la guiaba para sí, la invadía con su deseo malsano y ella se dejaba hacer tragando saliva una y otra vez para no dejar que el asco se transformara en vómito. Mientras la idea de retirarla de sí le rondaba en la cabeza al Chino, sus brazos y sus dedos como sueños de movimientos propios jugaban con la intimidad de su víctima.

Lola tocó la puerta. Sabía con seguridad que debía ser un asunto importante para el Chino si lo atendía en su casa. El tintineo de los nudillos en la madera se escuchó cauto.

—Pase, ya hemos terminado.

—¿Qué hace esta aquí? —fue la primera frase que escupió Lola abriendo los ojos que irradiaban su furia.

—Estos son mis asuntos y no te debo explicaciones.

—Yo soy tu mujer, yo cuido de ti y no voy a permitir que esta escoria venga a sonsacarte —aulló como loba herida.

—Retírate de aquí, mañana continuamos con lo que está pendiente —ordenó el Chino a Drina.

Lo que Drina había decidido: buscar la atención del Chino a cualquier precio, para luego salir de ese encierro, la llenaba de una leve esperanza. La idea de ganarse la confianza de su captor hasta el límite de poder alcanzar una oportunidad, por pequeña que fuese, para huir, le hacía pensar que con seguridad ese experimento sofisticado en la que Bee la había convertido —sin que la misma Bee se diera cuenta de lo que pretendía— en realidad le daría resultado.

La luz de la tarde ondulaba sobre los techos de los edificios de enfrente, y sus destellos fosforescentes se posaban imponentes alrededor de la pieza que apañaba tres seres humanos rotos por dentro y por fuera. La asustaba la confusión que se desprendía de su cuerpo. Quería matarlos a los dos a golpes, podría usar cualquiera de los pesados adornos de cristal, sabía que su coraje no era suficiente por el momento; sin embargo, la oportunidad de deshacerse de ellos llegaría así le tomase más tiempo. No confiaba, tenía el veneno de los años perdidos y de la dignidad mancillada que reverberaba. Con un pequeño nudo en la garganta se despidió, no sin antes fijar la mejor de sus miradas seductoras sobre la figura esbelta del hombre que la tenía presa.

—Como digas, Chino. No te arrepentirás de darme la oportunidad.

El cuerpo de Drina, que ya era inmune a las miradas lascivas y a los pensamientos bochornosos, caminó hacia la salida bamboleando sus redondas caderas con seguridad. Una vez fuera del departamento cerró la puerta y se dijo con voz asustada: «tengo que manejar mi ansiedad». Sintió que el sudor brotaba de su frente, temió que su única esperanza se esfumara.

Bee, quien la había llevado y era la responsable de su transformación, la esperaba al final del pasillo cerca de los ascensores. Su cantado sureño recibió a su obra maestra.

—¡Lista!, ¡bravo!, luces como un dragón triunfante. *I am sure* el Chino *is going to give you a* chance. Toma esta oportunidad y no la cagues —exclamó Bee.

En el auto, Drina era consciente de que se jugaba su última carta en esa visita. A pesar de haberse asegurado de escribir en detalle en su libreta lo que vivía y escuchaba, si el Chino la dejaba salir del agujero donde la tenía, sus posibilidades de conocer sobre toda esa red y escapar aumentarían. Podría ser que la famosa misión de cambio no funcionara al final, no obstante, su acto de valentía o estupidez era una pantalla que le permitiría descubrir donde más y cómo movían nuevas empresas o propiedades, cuál era el cronograma específico de rutas de traficadas y de droga. Se enteraría de los escondites de quienes eran los cabecillas de la venta de niños. A título personal, ella tenía más que derecho a influenciar cualquiera de las decisiones de su captor con respecto a su libertad y a esa manía de expandir y divulgar la idea de una nueva vida basada en conceptos de superación personal. Primero, porque su libertad había sido coartada y la necesitaba como el aire que respiraba, y segundo, porque era una obligación con la sociedad del mundo.

El odio que caminaba en las calles era el odio con el que Lola la miraba, este iba a ser un impedimento, pero si se aseguraba un cambio de actitud pronto destaparía la olla de grillos que se cocía frente a las narices de todos. «Si mi idea de escapar está en proceso de arrastrarme, que así sea, y si tengo que arrastrar gente para lograr mi libertad, que así sea; lo haré a cualquier costo», se dijo, mordiéndose los dedos.

El tiempo que había perdido no lo volvería a recuperar, Drina estaba consciente de esto, pero por lo menos recuperaría el derecho a decidir sobre ella misma. No solo estaba en juego su vida, sino la de mucha gente. Tenía que esforzarse en hacerle creer al Chino que ella se estaba rindiendo a sus pies, al obedecer a Roxana y a Bee. Una vez que él le diera la respuesta que esperaba al día siguiente, tendría ganada una parte de la batalla que pensaba empezar en su contra. Se deleitaba pensando en el sabor de su venganza mientras Bee y Bernabé la llevaban de vuelta a la guarida de La Jaula.

«Mi artimaña tiene que ser tan tácita como la sumisión y las apariencias», se repetía mientras observaba el corte rebelde y atrevido de su cabeza y el color rojo metálico de sus labios, que los volvían más carnosos, reflejados en el retrovisor de la van. Bee la había maquillado definiendo una nueva e intensa personalidad.

•••••

El día siguiente la espera fue en vano. El Chino jamás apareció. Por el contrario, la que me visitó fue Lola, quien borracha vomitó frases incongruentes. Su melena bien cuidada y sus tacones de marca no conjugaban con el actuar de la Lola que tenía frente a mí. La Lola de ahora, ante mis ojos, era una mujercita empequeñecida por un ataque de celos mal representado. Sí, yo la conocía, había conseguido saber hasta dónde podía llegar. Sabía que a Lola nadie le ablandaba el corazón. Los nuevos abusos que se cometían por órdenes de ella, el traslado de nuevas mujeres que llegaban en grupos, la limitación de espacio en la habitación y los más de ciento ochenta minutos a que nos exponía al sexo, se repetían sin descanso a causa de sus mandatos, produciendo extenuación, tanto en nosotras como en los empleados que nos transportaban. Sabía que su carácter agresivo junto a su extraordinaria belleza eran sus dos únicas armas, pero no conocía su debilidad de dejarse llevar por los celos. Su estampa ante mí era la de una pobre e insegura señorita. Si bien, los demás miembros del cartel la obedecían sin chistar porque sabían que era la mujer del patrón, ya no era la *piruja* que tuvo la suerte de acomodarse a su vera; esta actitud la degradaba un poco, incluso a mí me producía lástima. En la actualidad todos los empleados, además de clientes y asociados al Chino, se referían a ella como «la señora del jefe». No era la patrona; ese título a fuerza de sociedad y trabajo lo había adquirido Roxana.

Lola, con el maquillaje chorreado y bastante descompuesta, me daba un discurso de tráfico sexual que a la vez yo asimilaba por partes como una información privilegiada. Sin embargo, era una *jalada*, porque era un discurso que pude haber escrito yo misma en la universidad o en mi práctica de leyes con la confesión de cientos de culpas.

—¿Sabes?, *there is no loyalty in life* —empezó diciendo con un aleteo de manos—. Poco a poco crímenes de tráfico sexual se cambian por información y dan paso a la inmunidad. Esta inmunidad la tenemos todos los que nos beneficiamos del contrabando humano. Por el momento es un módulo de diligencias operativas donde la escena del delito, la captura en flagrancia, los planes de investigación y la denuncia en sí, no llegarán jamás a obtener un castigo. —Al terminar la frase se limpió la boca con el dorso de la mano, sacó una caminera de su bolsa, se descalzó y continúo—: ¡hum, hum!, en este asunto, no existe el verdadero esfuerzo de la comunidad. ¿Por qué? Porque la única lealtad es la que dicta el dinero, ¡sí señor!, el billete. La vida está llena de riesgos y yo tomaré todos los que sean necesarios, ¿me escuchas, perra? —aulló Lola.

—No sé a qué viene tu comentario, mejor que nadie sé que es muy común mantener prostitutas en las calles. Que las llevas a los bares donde se regenta el sexo a plena luz del día. Que nos esclavizan —le contesté al remedo de mujer que se apoyaba sobre la pared cerca del baño—. Esto no me lo ha enseñado la universidad, me lo han enseñado ustedes y el encierro —respondí sin más, tragando con dificultad la saliva que se había anudado en la garganta porque quería gritar y jalonearla de los pelos para desquitarme por la ausencia de palabra del Chino. La frustración me carcomía por dentro, la rabia reverberaba, sin embargo, me mantuve *cool*.

—¡No disfrutarás la libertad, maldita! Así sea lo último que haga. Tú, bruja de mierda, no romperás las cadenas de este imperio —dijo Lola con rabia mientras su dedo índice me señalaba acusador e hilos de baba le chorreaban por la comisura de la boca debido al estado de ebriedad—. Yo sé qué pretendes... ¡no lo vas a conseguir! —espetó con ira y cayó de nalga sobre su propio peso.

Bajo esta premisa, supe que mis intentos por alcanzar mi libertad habían fracasado. Desde el mismo instante en que Lola se hizo presente en ese estado deplorable, pensé que yo era un caso que no tendría justicia. No existían pruebas exactas del porqué de mi abducción o en caso de muerte, del porqué de esta. Día con día, las historias de la familia del Chino continuarían engañando a los demás con sus enmarañadas filosofías de cambio. Cinismo, llantos, súplicas y aberraciones están detrás de él y de su empresa millonaria.

Vi desmoronarse a Lola. Chillidos, gemidos, palabras inconclusas y frases incoherentes atrajeron la presencia de Bernabé, de Bee y de Roxana.

Bernabé se llevó a Lola subiéndola en brazos por las escaleras y Bee los seguía cargando los zapatos y la cartera de la consorte embriagada. Las otee perdiéndose hacia arriba, con el haz de luz de la bombilla desnuda. La puerta de metal rechinó. Mi mente grababa en cámara lenta a medida que Roxana hablaba desde su IPhone con el Chino.

—¿Te enteras, *Dear*, que tres es multitud? Tu mujer ha montado una escena desagradable en el sótano de La Jaula. Llevo muchos años en este negocio. Si no estableces normas y reglas, nuestro negocio peligra —dijo casi a gritos Roxana.

—Ahora no, Roxana, ahora tengo otras cosas que resolver —se escuchó al Chino comentar por el altavoz del celular.

—Chino, *Darling*, que tu mujer mande en su casa y en tu cama, pero aquí no, porque las hormonas se alborotan y después los platos rotos ya no se pueden pegar —respondió, todavía alterada, Roxana.

Con sus palabras, Roxana le aclaró al Chino que Lola no era bienvenida en los negocios. Que podría él hacer lo que quisiera con ella para mantenerla contenta, pero nunca inmiscuirla en las decisiones de socios, porque sería una futura mala idea y esto no se lo podía negar. Lola era buena para sus rezos yoruba, para la cama, para el reclutamiento; pero no lo era para lidiar con su carácter y con los celos. El negocio que se construía en la clandestinidad, él no lo podía poner en riesgo. Todo lo que habían alcanzado con su empresa anónima, los celos lo volverían añicos.

—De acuerdo, por ese detalle no te preocupes. Lola será instruida al respecto —fue la respuesta que le dio el Chino cortando la conversación de inmediato.

•••••

Estoy escribiendo en mi libreta. Es una libreta negra y pequeña que tomé del auto que me transportó con Bee el día que me reuní con el Chino. De regreso a La Jaula, Bee se bajó a comprar un café en un Starbucks. La libreta se dejaba ver desde donde yo estaba sentada. Es una libreta delgada y bastante pequeña. La tomé sin pensar en las consecuencias de poseerla. La escondí de manera sigilosa dentro del calzón que cubría parte de mi cadera derecha. El delineador con el que escribo me lo dio Carmen un día que se maquillaba por orden de Bee para salir a trabajar. Me lo dio porque el color del lápiz resaltaba el iris de mis ojos, decía. Ese día Bee estaba apurada con otros encargos de Lola y Roxana; así que, sin pensar dos veces y sin que se percatara, lo tomamos. La bolsa plástica estaba en el baño cuando llegamos, eso sucedió otro día (me refiero a un día y al otro y otro porque no sé exactamente las fechas) solo sé que fue así como sucedió, escribo «otro día» en mi afán de descifrar el tiempo. A veces no sé si es lunes o martes o viernes o fin de semana. Lo sé o, más bien, lo sabemos si tenemos suerte de que algún cliente nos lo diga. Los clientes no quieren hablar, sino follar. No quieren escucharte, sino escucharse ellos y cuando hablan es también una pesadilla porque ellos mismos se preguntan y se contestan y te denigran hasta que eyaculan.

Quizá la bolsa la olvidaron por error al dejarnos el jabón, el papel higiénico o la pasta de dientes. Me acuerdo de que la libreta la tenía pegada a la piel. La saqué hace pocas horas, no sé cuántas horas han pasado desde que se fue Roxana, de lo que estoy segura es que este será mi diario de vida. Me pregunto, ¿cuánto puedo escribir aquí? La idea de empezarlo me emociona tanto, que antes de comenzar uní las tres piezas en mis manos y busqué con los ojos donde las podía esconder. Enseguida recordé las películas de detectives en Netflix donde los malhechores guardan el dinero de sus ganancias en el tanque del servicio higiénico. Eso voy a hacer, me dije.

Roxana se fue no sin antes advertirme algo con una seña incómoda. Su dedo largo, de una pulida, me indicaba que teníamos una conversación pendiente. Algo sin duda la molestaba y no solo era el desagradable momento que tuvo que presenciar gracias a Lola cuando estuvo aquí. Empiezo a observar cómo vivo en una familia disfuncional. Terriblemente, nos hemos convertido en una especie de clan excéntrico. En estos momentos los que descargan la mercancía están fumando. Las instrucciones son de no hacerlo, a Roxana le molesta. Sin embargo, a ellos les tiene sin cuidado que a la patrona no le agrade. Llevan toda una vida en su negocio de a cuatro pesos por hora que, supongo, el cigarrillo es un incentivo para que sus horas de trabajo pasen rápido. Se escucha desde aquí, el clic- clac de las botellas y el ronco sonido de los kegs de cerveza que arrastran hasta la esquina de la bodega. La bodega es grande, está cubierta por una maya de metal fino, parece una jaula para animales de las que hay en los zoológicos. Reconozco las pisadas de Bernabé con sus botas de constructor de punta de acero, él cojea, por eso sé que entre pisada y pisada hay un espacio que he aprendido a descifrar.

El inventario lo está haciendo él, de seguro. Debe hacerlo antes de que lleguen los mixólogos, las meseras o los músicos y bailarinas. Aquí existen horarios para todo, restricciones, reglas y castigos si no obedeces. Si está haciendo inventario quiere decir que es miércoles, todos los miércoles a la una traen los licores, la cerveza y las gaseosas. He pasado aquí un día y medio. Sí, si mis cálculos no me fallan el lunes fui donde el Chino, hago cuentas por el horario de Starbucks, era casi hora de cerrar cuando Bee se bajó a comprar su café. Ella mismo lo mencionó. Sí, más o menos un día y medio. Tengo que poner en el encabezado que es miércoles, tengo que buscar una forma de contar las horas...

Otro miércoles pasa.

El olor del cigarrillo me provoca una tristeza incontrolable. Me recuerda a mi madre quien se escondía detrás de los tachos de basura en el patio de la casa para que no la viera papá o Brigitte; a ellos le disgustaba el olor a cigarrillo dentro de casa. majka, con sus collares coloridos y sus cejas oscuras que enmarcan sus ojos pequeños, miraba *hacia el lago. Mientras oteaba hacia el lago en dirección a la copa de los árboles, hacia el verde y oscuro hueco que se formaba al final del bosque del barrio, imaginaba cómo sería perderse en esa selva cercana a la casa. Yo la observaba desde la ventana que daba al baño, su pose era pegajosa, yo quería ser ella en esos momentos y tener esa mirada de descubrimiento, sorpresa y curiosidad que la caracteriza.*

Las voces de los cargadores de mercadería se escuchan remotas, pero el humo dulzón del tabaco se escabulle por la puerta y yo imagino, mientras escribo, cómo viaja a mi encuentro, enroscándose a mi alrededor como lo hace el aura. Recuerdo las reuniones bulliciosas en casa, las amigas de mi madre con sus esposos discutiendo de política migratoria, de movimientos activistas, del sentido común, de las ballenas y la vida en el mar. Recuerdo cómo, hasta en esos momentos tan ocupados y queridos, ella se escabullía y aspiraba el cigarrillo de colores importado que guardaba en la caja de puros para los invitados. Así, vuelvo a perderme en los recuerdos, con ese humo lánguido que les da forma a las escenas de mi vida, como cuando nos echábamos en las poltronas en la playa y en las nubes se formaban flores y figuras y mi hermana y yo descifrábamos sus contornos. El aura se bañaba de humo y yo pensaba en mi familia dentro de una maldita cárcel de cemento que se había convertido en mi hogar permanente. Las figuras desaparecen de pronto.

Bee es ahora a quien veo bajar por la escalera. No escuché abrirse el candado de la puerta. Escondo la libreta y la deslizo atrás del pie del servicio higiénico. Disimulo que estoy orinando, me mira y les dice a las chicas que están en sus colchones que se despierten. Palmea fuerte. Ha venido por orden de Roxana a llevárselas. María, Agnes, Tamara y London son las más solicitadas, ellas se han acostumbrado a esta vida más rápido de lo que yo esperaba, desde los últimos tiempos ya no hablan conmigo ni se muestran piadosas.

Para ellas, es momento de velar por su propia seguridad y están convencidas de que este encierro empieza a ser su casa de verdad.

Bee me mira con disgusto y también con lástima. Se encarga de hacerme sentir miserable, inestable. Me castigan de una forma... me dejan ver la luz del día, las avenidas, la noche, los lugares y de pronto cubren mi cabeza dejando que la oscuridad se convierta en un globo que me asfixia. A veces me llevan a trabajar y otras veces me dejan entre estas cuatro paredes.

—¡Eres mucha carne para dejarte dañar aquí! —dice con su acento sureño y su cantado en español entrecortado. Su humor amargo y pesado lo siento como una daga en mi estómago. Su voz es destructiva al igual que la ira que acarrea.

Bee me toma de la cara y estrujando mi mentón, clava su mirada parda.

—No sé qué se trae el Chino contigo, ¡puaj!

—Por qué lo dices —apostillo un tanto asustada.

Pero no dice nada. Sus palabras retumban en mis oídos como las olas que rompen sobre las Murallas de Dubrovnik de donde viene mi padre. Te producen vértigo no solo por su belleza, sino porque su entorno tiene manchas del pasado violento que dejó la historia del bombardeo de los años noventa. La voz de Bee siembra en mí la certeza de que yo soy accesible para cualquiera que pague y que si yo no pongo de mi parte me hallarán muerta como un perro callejero en cualquier zaguán.

Mi lucha interna era molesta, poco a poco empecé a odiar mi cuerpo. La depresión y la ansiedad me provocaban este comportamiento agresivo y autodestructivo. No me mutilaba con cortes, como vi en Los Ángeles, en San Bernardino o en Santa Ana hacerse a una de las muchachas, pero me revelaba y los castigos a que me sometía el Chino me hundían en severos trastornos de sueño. Por envidia, autocomplacencia o despecho, el Chino se adueñó de mi vida.

Las prioridades del Chino eran dos, yo las había descubierto después de tanto darle vuelta a su comportamiento errático conmigo. Una de ellas —y la primordial— era mantener el poder a costa de lo que fuera, acumulando fama y fortuna dentro de los carteles de tráfico y creciendo como profeta moderno junto con el Tuerto, Samuel y Lola; y la otra, cerciorarse de que yo nunca viera la luz del día en un ámbito libre como el que estaba acostumbrada. Era poseída por otros y vapuleada en mi dignidad de ser humano gracias a sus órdenes, pero a él no le importaba. ¡Claro! Qué le iba a importar, lo que deseaba era humillarme y lo hizo sin detenerse. Muy en el fondo yo estaba segura de que lo que le movía era el orgullo ultrajado, y su única manera de resarcirse era exponerme a las vilezas de hombres que por carne fresca pagan lo que sea.

•••••

El Chino, después de su encuentro con Drina, decidió supervisar sus negocios legítimos que albergaban ganancias fraudulentas. Trataba de no doblegarse a la belleza de su musa en el arte y a su tormento de vida, no quería exponerla a que alguien la reconociera, la quería para él, la deseaba dentro de sus límites a cualquier costo. Si él no la podía tener, nadie más la podía tener por amor. A veces ella le provocaba una rabia volcánica, las confrontaciones que tenía en su presencia eran furiosas, verbalmente violentas y psicológicamente frenéticas. Sabía lo ilógico de sus apetitos; no obstante, él era el dueño de Drina. En el viaje que emprendió se dedicó a recorrer en Brooklyn los alrededores de Sunset Park donde la vida normal de los neoyorquinos se desvanecía al caer la tarde y su cartel tenía jóvenes trabajando como servidoras a los *johns*. Se abrió paso como uno más entre los mortales mientras comía un *hot dog* que Pablo había comprado en una de las estaciones de servicio momentos antes.

La voz gangosa de Pablo, quien había salido de la cárcel, lo atrajo al presente. Sus pensamientos se habían entretenido más allá de Brooklyn. Estaba mentalizando sus nuevas estrategias dentro de la familia. Cada mes se veían incrementos sustanciales tanto de seguidores como de dinero y eso lo inspiraba a escribir nuevamente sobre las reglas y las vías para ser próspero a través de sus palabras.

—Jefe, ya fui al Bronx, Manhattan, Soho; todas las *palomitas* llegaron a sus nidos —comentó Pablo. Los chulos las han traído de Pensilvania, de Connecticut, de Delaware y de Chicago. La sugerencia del Cholo y sus conexiones no fallaron.

—Son fáciles de seducir, con la palabrería dulce y los encantos de tus muchachos vienen como moscas a la miel; una vez bajo tu mando aplicas mano dura —comentó el Chino— ¿Dónde conociste al Cholo, Pablo? —preguntó limpiándose las manos con una servilleta de papel.

—Chino, pues era mi *homie* allá en Guatemala. Los dos cruzamos la frontera hace muchos años. Antes de que lo metieran preso, él era quien manejaba el área alrededor del Yankee Stadium con *palomitas* de por ahí —dijo Pablo con su sonrisa de medio lado y mostrando orgulloso su diente de oro.

—No quiero problemas con la nueva mercancía, suficiente tengo con Lola que se ha puesto a beber y con Drina que no termina de aflojarse —acotó el Chino.

—No te preocupes, *patojo*, que a la que no obedezca la encerrás en las jaulitas a pan y agua, verás que dos o tres días amarradas a las cadenas las hacen reflexionar. Al principio la situación se pone bien *yuca*, pero todo se soluciona. Eso sí, no mostrás el cohete, y nada de *pijazos* porque maltratás la mercancía —respondió el guatemalteco.

Los dos caminaron hacia la Escalade que se aparcaba a unas cuadras de donde supervisaban los negocios. El Chino se deleitaba en sus pensamientos de que en cada barrio de New York, rico o pobre, su mano amasaba dinero a través del sexo. La etnia para su negocio era una gama amplia de colores, miradas, de pieles, de voces que hacían perder la razón a quien compraba sexo, a quien lo introducía, a quien lo guardaba como un brillante sangrante que brotaba de las minas de los africanos.

¿Los cornetazos de los vehículos hicieron salir a Pablo del mutismo en que se encontraba mientras conducía y preguntarle a su jefe:

—¿Qué hacés tú para cuando una putita se te sale del carril?

—A mí no me tiembla la mano, Pablo, me deshago de lo que me estorba. ¿Cómo crees que pasé a ser el dueño de la ciudad? Yo no me ensucio las manos, yo apelo a otros trucos, recuerda esto, *patojo*, el conocimiento te da poder, el poder viene con sangre y sacrificio.

Pablo no respondió, volvió a sonreír y se rascó la cabeza en señal de confusión. El Chino lo miró y se rio de buena gana.

—Ja, ja, ja, ¿confuso, mi Pablito? —preguntó sarcástico el Chino.

—Un poco, mi *homie*, mucha palabrería fina me confunde. Pero eres el jefe y sabés lo que hacés. Yo solo hago mi trabajo y cobro mi dinero.

En su nuevo recorrido, el Chino movía las piezas de su tablero. Los chulos contratados eran instruidos con nuevas disposiciones y Samuel y el Tuerto, quienes también ponían su grano de arena en este escabroso negocio que se realizaba tanto en el día como bajo la oscuridad de lo cruel y lo frívolo de la noche, fueron destinados desde ese momento a fijar su residencia en Los Ángeles, como en un principio.

—*Bros*, ustedes van a encargarse de este mercado incluyendo las áreas cercanas a la Bahía de San Francisco. Los servicios clasificados según los sectores no deben descuidarse —concluía el Chino.

—Todo estará bajo control, como siempre, *bro* —respondió Samuel.

—¿Seguiremos aportando en los talleres de la «familia»? —preguntó Bartel.

—Su participación en la producción de los talleres es de su responsabilidad exclusiva —zanjó el Chino cortando la comunicación.

El tráfico desordenado y ruidoso de New York lo mantuvo inmerso en los movimientos de sus piezas en el tablero. Los alfiles, las torres, las reinas y el rey. Cada uno es importante y había que saber cómo se movían y cuánto valían, pensaba el Chino. Fue así como en cada atasco dentro de la metrópoli, hasta su destino final a las afueras del área metropolitana, iba considerando que él junto a Roxana, Lola y Pablo manejarían New York y Carolina del Norte y el Cholo estaría destinado a los espacios en Chicago y Delaware. Canadá y México se atendían solos, como Japón. Cada uno jugaba el juego a su manera, eso sí, la instrucción especifica era mantener la reputación y el crecimiento de la «familia» sobre todas las cosas. De eso dependía la expansión del negocio y la inviolable privacidad del Chino Lezama. La «familia» era la fachada perfecta junto con sus exhibiciones de arte.

La voz severa que surgió entre el caos de la ciudad dentro de su auto se escuchó hipnótica, y el Chino se encontró diciendo; «mientras más poderosos e influenciables sean, más relevante será mi dominio».

CAPÍTULO 5

El tarot es el que triunfa

«En la jornada de la vida,
tu intuición es tu único maestro»
—Osho—

Macarena había pasado casi cinco años buscando a su hija sin descanso. Sus ataques de ansiedad y las pesadillas seguían acompañándola en un recital de quejidos desde que Drina había desaparecido; era como si otra persona se adueñara de su ser. Ya no se dibujaba en ella la sonrisa de su juventud, esa que había enamorado a Mislav. Ahora su sonrisa estaba marchita, era una mueca que dibujaba angustia y dolor. Disimulaba delante de su hija Brigitte y hacía su mejor esfuerzo para no limitar las actividades. Brigitte había crecido, sus piernas torneadas y largas distaban mucho de ser aquel par de carrillos largos. El cuerpo le estaba cambiando y la voz infantil tenía tonos maduros. Brigitte no la había tenido fácil tampoco. El constante miedo de ser secuestrada, como lo fue su hermana, la dejaba a merced de actividades dentro de su hogar, pocas salidas con amigas y sumida en un mundo de libros y series de detectives.

Macarena preparaba los *pancakes* de avena y canela; el invierno se había ido y empezaba otra vez la primavera a asomar en las flores moradas y amarillas del patio que se observaban a través de la ventana de la cocina. El café humeaba sobre la jarra de diseño mexicano en dibujos azules y el candente sonido de las tiras de tocino les abría el apetito. Mislav, portador de cabellos cenizos, exprimía el jugo de naranja a la antigua y Brigitte terminaba de poner la mesa cuando escucharon la puerta del estudio.

—¡Buenos días, familia! —exclamó Carlos con voz quebrada.

—¡Buenos días! —replicaron todos al unísono.

—Sírvete una taza de café, está recién hecho —dijo Macarena.

Pero Carlos la miró y al escuchar ese tono de voz agrio, lo rechazó.

—Gracias, pero no, es mejor que les diga de una vez y sin más que he decidido marcharme al extranjero. Aquí dejo las llaves del estudio, me marcho en pocas horas.

Macarena sintió que le asestaban un golpe en el estómago, se sostuvo del mesón de granito de la cocina y respiró como si la última bocanada de aire que estaba por inhalar le salvara la vida. Brigitte dejó caer los cubiertos y se retiró en una carrera hacia arriba de las escaleras. Ella sabía que se *armaría la de Troya,* como solía decir con su hermana cuando los problemas se veían venir. Mislav lo miró sin pronunciar palabra alguna. En realidad, no sabía qué contestar. Siguió exprimiendo las naranjas y esperó a que Carlos dijera algo más para poder así darse tiempo a buscar las mejores frases que le quitaran el dolor de verlo partir.

Carlos era parte de su familia, pero estaba consciente de que no lo podía culpar por querer empezar una nueva vida lejos de todo lo que le provocaba angustia y tristeza. Desde la desaparición de Drina, su yerno había sido escudriñado, incriminado, sospechoso y no era fácil para un muchacho tan joven aún vivir como él había vivido. Para ellos, Carlos había sido un apoyo en esos momentos duros para la familia, sin embargo, él merecía vivir, cambiar de aires, olvidar la pena de no saber nada de su esposa. Esto le costaba mucho a Mislav, pero lo entendía; en cambio, Macarena no. En el fondo ella quería que Carlos se quedara aguardando con ella el regreso de Drina; su ausencia sería como terminar de desgarrar el etéreo velo de la esperanza.

—¿Cómo se te ocurre de buenas a primeras venir a darnos esta noticia?, ¿Es que acaso somos unos desconocidos? ¡Carajo!, somos tu familia, merecemos un mínimo de respeto y consideración. ¿Te vas así?, ¿sin más? como un fugitivo, ¡mierda! —espetó Macarena.

Carlos atinó solo a abrazarla, a sujetarla lo más fuerte que él podía y a llevarse el olor de ella, de la cocina en los desayunos de domingo, del aroma entero de ese hogar que ya no sentía más suyo. La abrazó, Macarena sollozaba, lágrimas como monedas de diez centavos rodaban por sus mejillas, sus manos pequeñas agarraban la mochila de cuero de las espaldas de Carlos tratando de detenerlo. Mislav los observaba, callado, lejano. Los recuerdos de Carlos y Drina recién casados, celebrando en el patio de la casa su matrimonio, las fotos que él hacía con la cámara del abuelo y Macarena sirviendo la comida a los invitados sobre la mesa vestida de lino color crema con flores bordadas en magenta, era lo que se venía a la mente mientras la despedida se sentía fulminante.

Carlos se desprendió de Macarena y estiró la mano derecha para despedirse de Mislav, un suegro que a pesar de su seriedad era un pan de Dios y que había llegado a respetar y a querer más que a su padre. Mislav le tomó la mano y lo acercó hacia él prodigándole un fuerte abrazo.

—Esta sigue siendo tu casa.

Carlos salió del hogar de sus suegros, el hogar que tuvo durante casi cinco años desde su matrimonio con Drina. Nada lo ataba a su pequeño estudio, bueno, quizá sí, su gato que era lo más cercano a Drina, pero él no se lo podía llevar. Brigitte estaba muy apegada a Milán y la familia también, así que optó por dejarlo con ellos; llevarlo al refugio para animales no era una alternativa.

El desayuno de domingo se vio invadido por un aire triste. Después de la dolorosa escena nadie pudo probar bocado. El día se tornó insoportable; el silencio cortaba el aire y cada uno se encerró a rumear sus angustias o sus desengaños. En cualquiera de las dos situaciones, Macarena sintió que su idea de la felicidad estaba cambiando de concepto. Luego los días pasaron. Para todos eran días largos, agotadores y tediosos. La rutina, la misma: la escuela, el trabajo y la casa. La búsqueda, los recuerdos y al final... la nada; el vacío que descubría la necesidad y la ausencia de los seres queridos.

Milán ronroneaba sobre el nuevo estante de la colección de libros. Macarena lo acarició por unos segundos y con su mirada recorrió el lugar que albergó a Carlos y a Drina. Creó un nuevo ambiente a la partida de Carlos. El estudio de la segunda planta se trasladó a la habitación y en sus exteriores se colocaron las repisas con libros, acetatos, su tocadiscos antiguo y la fonola moderna que había comprado en una exhibición de arte en Asheville. Dejó el segundo piso exclusivamente para las habitaciones y el nuevo cuarto de tareas y pintura de su hija menor. Milán necesitaba un lugar que lo acogiera más como su casa y no como una habitación fría y vacía de calor humano.

La música clásica guardaba el equilibrio que ella tanto necesitaba entre las cuatro paredes, el móvil sonó varias veces y saliendo de su trance se dispuso a contestarlo ya que estaba sobre el estante al lado del felino. La voz de Evelyn Vivante se dejó escuchar entre ruidos que parecían de ciudad; voces de fondo y el tintineo de aires que entraban por una ventana le daban por sentado que la psicóloga y tarotista estaba en un lugar concurrido y desde ahí la llamaba para confirmar su cita algunas horas más tarde.

Macarena tenía un pacto con su propio yo, era lo que ella consideraba el único aliado clave que la había ayudado a sobrevivir tantos momentos tenebrosos. Desde el abandono de su madre, pasando por el acoso de su padrastro y por el abandono de Sergio en plena iglesia San Francisco —donde quedó en manos de los ángeles, de los santos y de las palomas de Castilla que revoloteaban fuera disfrutando del banquete de alpiste que la caserita, con anacos y alpargatas, les compartía— su yo, ella creía, era lo único en lo que podía confiar.

Ahora la desaparición de su hija le indicaba lo que una vez le había enseñado su madre: «las promesas siempre valen más y siempre cuestan menos». Esa promesa se la debía a ella y a su hija. A ella, porque sabía que a su matrimonio y a su familia les quedaba poco. Los peldaños que había subido con Mislav se tambaleaban, su hija menor sufría al vivir bajo la sombra de su hermana mayor, y por Drina, porque a pesar de lo que estuviese pasando con ella, la fortaleza que le había inyectado desde que nació no era un sentimiento que se podía fragmentar. Conocía a quien había criado y la había visto enfrentarse desde pequeña a duras pruebas. La búsqueda de Drina no era un capricho, más bien era una necesidad, aunque sonara egoísta. Como madre tenía la urgencia de agotar todas sus fuerzas a pesar de sentirse inválida y consumida. La consulta con Evelyn y Sergio eran las dos últimas fuentes que le quedaban por agotar para que el papel de ser madre no le quedara grande.

Ella necesitaba que la escucharan, y que no la trataran como una mujer enceguecida por el quebranto. Necesitaba sentirse apoyada. Sobre todo, necesitaba que alguien creyera en sus instintos y en esos sueños malditos que la perseguían, pero que en el fondo le permitían vivir. Tenía que aprovechar el tiempo y hacer las paces con el de arriba para no ir al infierno, no descansaría hasta encontrar a Drina, así fuese su cuerpo para enterrarlo. Había que cerrar el círculo de las angustias y de las lágrimas mudas, todo estaría bien cuando Evelyn le confirmara lo que ella tanto ansiaba descubrir.

Evelyn llegó a las seis de la tarde, ella siempre se jactaba de ser puntual. Macarena la invitó a pasar después de recibirla con un abrazo fraterno.

—¿Te gustaría algo de tomar? —inquirió—. Tengo café, té o si prefieres algo más fuerte házmelo saber.

—Sí, te acepto un café, gracias —respondió Evelyn con el tono de voz pausado que la caracterizaba.

Macarena se apresuró a preparar el café y Evelyn fue percibiendo, a través de los retratos y de su tacto sobre las paredes, que la casa tenía muchos recuerdos amables, pero que también lloraba. A diferencia de lo que la gente puede creer, las viviendas se llenan de la energía de sus habitantes. Se sentó en una de las sillas de la isla de la cocina sin esperar a que la anfitriona la invitara. Siguiendo con su auscultación, se daba cuenta de que la familia era disciplinada, vivían para disfrutar de las cosas sencillas; los libros y la música eran sus entretenimientos. La comida ejercía un poder especial, eran buenos conversadores, pero por sobre todo eran respetuosos de la autoridad. La autoridad del padre y la madre eran importantes para los miembros menores de la familia y esto lo observaba en cómo estaban acomodadas las fotografías, las sillas en la mesa redonda de la cocina y los vasos sobre la charola de la encimera. Su sesgo cognitivo le ayudaba a interpretar la realidad más acertada antes de hacer las preguntas y distribuir sus cartas de tarot.

—El aire, a pesar de estar perfumado ligeramente con una esencia a hierbas dulces y frescas, está cargado de penas y preocupaciones —empezó diciendo Evelyn antes de sorber la taza de café que le ponían enfrente.

—La desaparición de un hijo empaña hasta el aroma de las flores. No solo lo acalla la incertidumbre, sino el caos que va entrometiéndose en la casa —respondió Macarena con expresiones suplicantes.

Evelyn se daba cuenta de que la mujer que tenía frente a ella no era la mujer segura que se reflejaba en las fotografías que existían sobre los muebles, al igual que los rostros de su esposo y su hija más pequeña.

—La angustia te ha convertido en un ser aprensivo, Macarena. Esto también en una bomba de tiempo que puede explotar provocando daños irreparables.

—No deseo una psicóloga, Evelyn. Deseo pagar por tus habilidades con el tarot —respondió con voz monótona Macarena.

—Me alegro de que me hayas llamado. Has dado el primer paso porque necesitas ayuda. Has perdido a una hija, te entiendo. Iremos al grano, como deseas. Háblame de tus sueños, Macarena.

Macarena empezó a relatar a Evelyn lo que de una u otra forma eran mensajes de Drina que trataban de atravesar las barreras impuestas. Oscuridad, gritos, voces apagadas, molestas, hostiles, jadeantes; lágrimas, muchas lágrimas.

Evelyn la escuchaba atenta, anotaba con un lápiz en una libreta magenta, dejaba el lápiz por momentos y sobre sus manos echaba agua bendita, lo que se reflejaba por la estampa de la Virgen de

Lourdes en el frente de la botella de cristal.

De forma discreta le indicaba a Macarena, con los movimientos de sus propias manos, que introdujese su mano derecha en una bolsa con cristales de ágata para aclarar su mente.

—Cuando estés lista, Macarena, corta el mazo frente a ti con la mano derecha —le pidió Evelyn—. Yo soy un medio, una alternativa para interpretar la desaparición de tu hija.

Macarena asintió y sacó del mazo nueve cartas acomodándolas una a una desde su centro a la derecha. Luego de la indicación de Evelyn, empezó a abrir las cartas, entre las cuales se mostraban sotas, bastos, e iban embellecidas por diseños atrayentes. La primera carta que devolvió le provocó susto; era la carta de la muerte. Le siguió a esta, la carta de la princesa, el cinco de espadas, el cinco de bastos, la carta del diablo, la carta de la luna, la reina de copas, la carta de la torre, la de la justicia y, la última, la carta del mundo.

Los ojos de Macarena estaban desorbitados por la creciente curiosidad que le despertaba la carta de la muerte; se preguntaba, asimismo, si sus miedos serían confirmados. No quería pensar en la muerte de su hija Drina. Su pensamiento la traicionó y empezó a mostrarse nerviosa. Se restregó las manos, tomó la servilleta de papel y se limpió las comisuras de los ojos, las mejillas succionaron el pálido rosa del ligero rubor que llevaba a esa hora del día y con voz trémula le preguntó a su amiga si eran ciertas sus sospechas.

—Lo siento, Macarena —empezó diciendo Evelyn.

—¡Nooo!, ¡no!, ¡no! —respondió Macarena con un bramido tartamudo.

—No, tranquila, Macarena, la carta no habla de la muerte del cuerpo, es una carta que habla de transformación. Quiero que entiendas esto antes de seguir con la conversación. Escúchame, no te voy a mentir, la carta que le sigue es la de la princesa, esta es tu hija, ¡está viva! ¡Créeme! —afirmó Evelyn mientras pasaba sus dedos sobre las demás cartas tratando de interpretarlas lo mejor posible—. Aquí, esta nos indica que hay batallas internas y sentimientos de lucha. Esto puede referirse al estado familiar, incluso a las voces que escuchas en tus sueños, nos quiere decir que hay una situación en donde ella se defiende de varias personas o de una en particular. Porque mira... esta, esta lo dice. Hay alguien conocido por ustedes que tiene acceso a ella, que la retiene. ¿Hay alguien a quien recuerdes con estos atributos que describe esta carta? Fíjate bien, querida, es importante.

—Lo entiendo —aclaró Macarena, sosteniendo su taza con café humeante—. Siento que me estoy perdiendo y que en este camino estoy arrastrando a lo que me queda —contestó con voz de madre y esposa atormentada a la primera lectura donde salieron los sentimientos de lucha—. No conocemos a nadie quien quiera hacerle daño a Drina, no hemos sabido de problemas en el trabajo y Carlos no sería capaz —continúo hablándole Macarena a su amiga.

—Okay, okay, lo que veo en estas cartas es que este personaje la tiene cautiva o sabe de ella. Aquí habrá justicia; sin embargo, el camino seguirá siendo sinuoso hasta llegar a saber la verdad. La carta del mundo nos indica la constancia, la realización y los nuevos comienzos que el mundo nos promete —comentó Evelyn tomando las manos de Macarena con afecto.

—Entonces, ¿está viva mi hija?, ¡dime que está viva por favor! —suplicó Macarena.

—Sí, sí, me atrevo a decirlo con firmeza, la posibilidad de encuentro es segura. Aunque al final este reencuentro solo depende de ella —afirmó Evelyn recogiendo las nueve cartas que se habían dispuesto para la lectura.

Al ocultarse la tarde, las dos mujeres habían sostenido una conversación que no dejaba duda alguna de que la hija desaparecida era víctima de algo que estaba a la luz, pero se ejecutaba en las sombras y era intencional. La posibilidad de trauma, de reencuentro, generaba misterio.

—¿Quién lo hizo y por qué? —se volvió a preguntar Macarena.

—Eso no lo puedo responder, déjaselo al detective y a tu amigo, solo sé que dejará de ser incógnita. Lo verás, querida. Drina tiene la carta del triunfo junto a ella. Su ubicación se sabrá —respondió Vivante.

—Evelyn, ¿tú crees que puedo seguir viviendo en este infierno? Ya no puedo cargar esta angustia, vivir con ésta pena y con la incertidumbre; todo... todo me está confinando a la soledad. Mi esposo está cansado, veo en sus ojos que la tristeza lo consume, y mi pequeña Brigitte también es víctima de todo esto que nos rodea que, como una telaraña, nos atrapa y nos está convirtiendo en presas para ser consumidas.

—Macarena, ustedes como familia han hecho lo que está a su alcance y más. Buscar a Sergio y permitir que el detective Marcos continúe ayudando en la búsqueda de tu hija es un acto de buena fe y de valor. Hay madres que sucumben al olvido y dejan de buscar. Pero si no haces algo por ti y por el resto de tu familia, tus temores de quedarte sola se van a hacer realidad, porque lo que estás haciendo es vivir en tragedia y no tratar de darle espacio a los que te quieren para sanar esa herida.

»Tienes que tomar en cuenta que independientemente de que si tu hija está viva o no, que si la encuentras o no, las acciones para tener su historia visible a casi cinco años de su desaparición es que no te has rendido y ha ayudado también a otras familias a entender que la policía y las autoridades deben llegar hasta las últimas consecuencias y que como comunidad debemos reportar lo que sucede, intervenir en casos de violencia. No solo limitarnos a filmar con celulares, sino a intervenir y salvaguardar si alguien es agredido en la calle. Las vigilias han ayudado a otras víctimas a entender que deben hablar, que el quedarse callado no es la solución. Quiero que entiendas que has hecho lo que has podido y que, si no obtienes los resultados que pretendes al final del plazo que te has impuesto, debes aprender a vivir con esta cicatriz. Recuerda que la reunión final entre ustedes deberá obedecer la apetencia de tu hija.

Lágrimas corrieron sobre las mejillas de Macarena, el café se había enfriado y un raro diluvio se adueñaba de la ciudad. Gotas enormes se dejaban caer como alfileres fríos a través de las ventanas. Era una lluvia copiosa y violenta en plena noche de verano.

Entre los descansos que se dieron para tomar café y seguir armando el rompecabezas de los sueños, recordaron cómo se conocieron. Se burlaron cínicamente de la edad y de cómo las personas se tornan desconocidas o cómo aparecen según el juego del destino. Recordaron el panel en las que las dos habían participado, auspiciado por la ciudad, para alertar y comprometer a los ciudadanos a apoyar campañas de prevención de tráfico de niños que estaban en su apogeo en los centros comerciales en Texas, en especial en San Antonio, donde los niños estaban siendo persuadidos para irse con extraños a cambio de chocolates, juguetes o helados. Lo mismo sucedía en Charlotte, pero enfocándose a mujeres jóvenes en las áreas de supermercados o, al igual que en otras ciudades, en centros comerciales a cambio de oportunidades de trabajo, modelaje y grupos de lecturas de la Biblia. Este último fue captado por la ciudadanía en las redes sociales, ya que muchas jóvenes se habían visto en peligro. A pesar de que no se levantaron denuncias formales, se avisó a la policía, quienes estaban alertas, proponiéndose redoblar la vigilancia en estos lugares, al igual que se comprometieron los dueños de locales en los centros comerciales.

Ahí estaban las dos como parte de la comunidad, una se enfocaba en encontrar a su hija a través de testimonios y fotografías, y la otra a brindar consejería a las víctimas o a los familiares. La conversación se tornó más cálida y no accidental para ellas. Un vínculo que estaba flojo empezó a estrecharse por medio del espíritu.

—Recuerda que Dios no hace caso omiso de nuestras súplicas —diciendo esto terminó la conversación. Cubriéndose con su *pashmina* salió de la casa con las gotas de lluvia a cuestas, al igual que con la esperanza de que esta mujer, que ya no era más una desconocida, encontraría a su hija con la templanza de su lectura.

La madrugada llegaba a La Jaula, los haces de luz se reflejaban en los vitrales y en los cientos de botellas en el bar. Roxana y el Chino contaban el dinero de sus negocios clandestinos que era lavado entre cocteles y bailes.

—Este es el mejor negocio, Roxana: ¡Glamur!, ¡*the night life*! y ¡mujeres talentosas haciéndonos ricos!

—El poder da felicidad —respondió Roxana mientras sacaba un fajo de billetes de la caja fuerte.

La sonrisa cínica del Chino se dejó escuchar y sus ojos verdes ámbar brillaron inquietos ante el rostro seductor de una mujer que, como él, había logrado estar en la cima. Roxana, la mujer madurada a la fuerza, la que había empezado a cansarse de esa vida de pobreza, la que se había refinado con los libros en la biblioteca de su condado, la que había trabajado en lugares de comida rápida y que para pagar su colegiatura aprendió a bailar en un *table dance* en Chicago era ahora una mujer que se daba los gustos de una reina. Repudiada por su madre, huérfana de padre, violada por su padrastro y vista por debajo del hombro por sus compañeras de universidad decidió, al igual que el Chino Lezama, que jamás volvería a pasar hambre y que usaría a su favor su belleza y su inteligencia.

—Así es, mi Chino bello, así es. No hay mejor perfume que el olor a dinero contante y sonante —añadió golpeando sobre la mesa los últimos fajos de billetes. De repente, se movió como una pantera hacia las entrepiernas del Chino. Seductora y deseosa de sexo deslizó su vestido rojinegro y le metió la mano en el pantalón. Él la acarició con sus manos fuertes, la apretó contra su cuerpo y la ayudó a montarse sobre él en la silla que lo acogía esa madrugada. Los alientos se calentaron dando paso a besos ardientes y mordiscos sensuales.

A medida que los labios del Chino la recorrían, ella, con los ojos cerrados se transportaba a su pasado y mientras lo hacía disfrutaba recordando sus *pininos*. Esto la excitaba, la mantenía ardiendo en deseo. Roxana sabía cómo seducir, y sabía que la seducción era una de sus mejores armas. Alta, curvilínea, elocuente, de mirada profunda y coqueta podía derretir hasta al más cruel con sus encantos. Su suspicacia e inteligencia la habían convertido en una mujer altiva, segura y a quien se debía temer. Su pasado no la perseguía, más bien ella lo utilizó para llegar hasta donde estaba. Su matrimonio con un policía corrupto, muerto a manos de un compinche en un callejón oscuro y mugriento de Chicago, le dejó como único salvoconducto una libreta negra con los nombres de personajes importantes que se dedicaban a los negocios ilícitos de drogas y sexo. Ella, como el Chino, utilizó la fuerza de su pasado para convertirse en *madame*. Sus primeros pasos fueron reclutar a amigas y vecinas en su barrio de Chicago para lucrar con el trabajo más antiguo, el de la carne. Como les decía a sus empleadas: «¿Por qué usarlo una vez si se puede lavar y volver a utilizar?, si este es el mejor regalo con el que Dios nos dotó a las mujeres. Yo ofrezco, ellos pagan y todas ganamos».

A medida que ella se hacía de un nombre y dinero, financiada por políticos y altos ejecutivos de empresas multinacionales, dejó de ser una *scort* y pasó a ser una mujer de negocios. Se casó y se divorció, se volvió a casar y enviudó y con el dinero del divorcio y del seguro de viudez se educó, nunca olvidando que su MBA se lo debía al placer que ella les daba a otros. Poco a poco invirtió su dinero en la fuente de la juventud: la belleza. Mantenerse bella era la clave de su comercio. En sus tiempos libres se dedicaba al diseño y gracias a sus amistades empezó a diseñar calzado femenino; así abrió una tienda en Chicago y otra en Florencia. En ocasiones, la falta de liquidez la obligó a vender piezas de arte, herencia de su viudo, incursionando poco a poco en este mundo y volviéndose comerciante de arte. Las peluquerías, los *spas*, las tiendas de ropa y de pocas pero exclusivas marcas de maquillaje eran un medio para continuar en la cima como empresaria. La compañía femenina para el exclusivo círculo varonil en el que ella se movía también la proveía con discreción. El sexo era un punto a favor por el cual los encuentros con sus damas de compañía eran pagados sin oposición al precio bajo ningún concepto. Discreción y buen gusto la precedían y ella amaba la atención y el respeto que su posición le otorgaba. Roxana no ponía todos los huevos en la misma canasta, los tiempos malos le habían enseñado a ser previsora y muy cuidadosa.

Ella sonreía y disfrutaba mientras el Chino amasaba sus pechos y mordía sus pezones. Roxana lo montaba como si no existiera un final. Los dos se corrieron juntos entre gemidos y carcajadas de placer.

El Chino llegó, como llegan las buenas casualidades, a la vera de Roxana y se asociaron formando un imperio de tráfico sexual. Había de todo, para todos los gustos, para todas las necesidades y de todo precio. Sexo de altura que enviaban a Japón, sexo para los menos afortunados económicamente y hasta sexo pornográfico para las industrias en Florida, en Los Ángeles y en Europa. Las niñas y las jóvenes de hasta veinte años tenían una tarifa especial, Roxana le enseñaba al Chino, en sus encuentros candentes, que a las mujeres maduras había que cuidarlas tanto como a las vírgenes porque son buenas prostitutas. «A ellas hay que tratarlas con pinzas porque les gusta sentirse atractivas, y como están conscientes de que la competencia es fuerte no se les da mucho esto de las "crisis de conciencia", por ende son más honestas consigo mismas y con el negocio», este fue el consejo que expresó una de las noches cuando distribuían el dinero del lavado y lo repetía siempre que podía.

A las demás las usaban como prostitutas callejeras o como esclavas en fábricas de ropa. Todas eran útiles. Roxana era la piedra angular del negocio, ella sabía que su belleza estaba en el clímax de la madurez, sus cabellos se estaban tiñendo por los años y las arrugas más la gravedad le impedirían seguir siendo quien era. En estos encuentros de negocios en el bar de La Jaula su sexualidad se cobijaba en los brazos del Chino Lezama. Un aliado en la cama no le caería mal, cuando llegara el momento de alejarse a descansar, ella ya tendría gracias a él una fortuna que le permitiría, junto con la inversión por el negocio en el porcentaje de ganancias que acordó, retirarse sin problemas a cualquier lugar del mundo que deseara.

Sus planificaciones con respecto a los negocios no eran

meramente un plan, en ellos existían las ganas de satisfacer sus necesidades con el placer de su cuerpo joven y macizo —como el de su socio— y de valerse de la «familia» que la mantenía al tanto de las últimas noticias en la política y en el arte de lo cual sacaba tajadas importantes, lo mismo que favores como *jets* privados para sus viajes de placer, invitaciones a lugares exóticos, encuentros con la realeza (miembros de la corona, algunos tan mortales como ella, a quienes les llamaba la atención el apetito carnal joven y desordenado), inversiones en la bolsa de valores y otros más que iba cobrando a medida que las situaciones lo permitían. Pero, la «familia» era una entidad con criaturas ávidas de poderío a pesar de que pretendían lo contrario.

Como en cada encuentro, el Chino la dejó satisfecha, su centro latía de deseo todavía, pero la madrugada daba paso a un día despejado y el equipo de limpieza empezaba a estacionar sus camionetas a lo largo de la avenida séptima y ellos debían ir a descansar. El Chino la besó en el pecho y la ayudo a vestirse, ella se dejó llenar de besos y de caricias que todavía se pegaban a las manos de su joven galán. Con su cuerpo voluptuoso pegado hacia la pared repetía con voz sensual y ardiente: «Somos los dueños y dioses de la ciudad, somos los dueños del mundo».

Jadeos, murmullos, besos sonoros escuchaban las paredes. Mientras su hombre joven le respiraba en el cuello, y sobre su piel paseaba su lengua caliente, también le repetía: «Ninguna me prende como tú. Tú no tienes igual, Roxana».

Al ver a los empleados entrar, se alejaron del ventanal, tomaron el resto del dinero que yacía sobre la barra y se fueron a la oficina.

•••••

Las llamadas por teléfono del detective Marcos todavía seguían repicando en la casa de los Stojak. A pesar de no tener algo seguro, mucho menos pistas nuevas, el hombre del aura limpia seguía acompañando a Macarena en la búsqueda de su hija. Dos cajas con documentos sobre indagaciones, testimonios, videos de seguridad de la casa y otras pruebas como la de los neumáticos, de casi mil doscientas furgonetas con las descripciones similares a la que se había llevado a Drina, estaban sobre una mesa esquinera en la casa del detective.

En la actualidad, Marcos León estaba casado con su profesión de detective. Primero, se casó con su profesión de policía al llegar de Puerto Rico a Charlotte, de eso hacía treinta y un años. Pensaba jubilarse a los treinta y cinco años de servicio porque el *cuero* como él decía, no le daba para más. Era un apasionado de su trabajo. Su determinación por convertirse en un salvaguarda de la ley lo hizo detective, el mejor de su generación. El día que murió su hija pidió que se le otorgara el presupuesto y lo consideraran para manejar la Unidad de Tráfico Sexual y Tráfico Humano. Para conseguirlo tuvo que tocar muchas puertas y valerse de conocidos que podían garantizarle que sobre él no habría nadie más y que solo él podría elegir su equipo de trabajo. El caso de Drina se lo había impuesto por honor y porque cuando lo cerrara él podría perdonarse a sí mismo el no haber podido ayudar a su hija, ahora muerta.

Llegando a su oficina, irónicamente balbució: «La tierra se la ha tragado, Señor», le dio un manotazo al volante y apoyó su cabeza que le estallaba, al igual que un cañón de guerra, tratando así de retomar fuerzas para un día cargado de trabajo.

Una cerveza sudada yacía sobre la mesa de centro y un sándwich de pavo a medio comer eran los compañeros de Marcos. Él era un detective de investigación de la división de Charlotte Mecklenburg que llevaba muchos años tratando de atrapar a todos los delincuentes de tráfico sexual o de tráfico de humanos. Su hija, la única que había concebido en su matrimonio, había sido expuesta a esta vida miserable de esclava al punto que la droga la había vuelto un guiñapo y luego, la falta de esta había terminado con ella en su propio departamento. Para él, Drina era una tabla de salvación, volvía a tener algo que lo intrigaba, las sensaciones extrañas que levantaba este caso lo ponían a trabajar en él en todo momento.

Revisaba fotografías, declaraciones escritas, los videos de la casa, reportes de casos de abducción, pero no lograba encontrar algo que despejara las dudas del caso Stojak. «Tengo que encontrarte» se repitió dándole un sorbo a la cerveza. Volvió a posar sus ojos cansados en la fotografía de Drina ataviada con su saco rojo de invierno y su sonrisa contagiosa y pacífica.

El detective se dio vuelta y prendió la televisión en el canal de las noticias, los engranajes de su cerebro repasaban los pros y contras de su trabajo, pero su cabeza ya no daba para más esa noche con el caso de Drina. Decidió acomodarse en su silla reclinable y terminar lo que le quedaba de la cerveza.

En esos momentos su mente parió a la mujer mexicana que una vez encarceló por prostitución, su cara de miedo ante el descubrimiento de un nombre falso y una antigua ficha por el mismo cargo, develó la verdad que él imaginaba, «la mujer está amenazada», se dijo en esa ocasión. Recordaba que esta víctima lejana mencionó el pavor que tenía de que su proxeneta, que habían fichado esa misma noche, al salir la matara o les hiciera daño a sus hijos. Después de muchos años de no pensarla, la imaginó destruida. La imagen lo estremeció parándole los vellos de la espalda de punta. Se preguntó: «¿Qué habrá sido de ella?, ¿será que pudo rehacer su vida con su nuevo esposo y sus hijos pequeños?» Se pasó las manos por la cabeza, exhaló un suspiro de cansancio y continúo revisando la montaña de archivos añejos sobre Drina Stojak.

Observando nuevamente la foto de Drina que tenía sobre la mesa le hizo la pregunta «¿Te tienen secuestrada con otra identidad como a aquella mujer mexicana?, ¿te sacaron del país, muchacha?». En un acto de inconformidad dejó la foto sobre una pila de papeles, emitió un suspiro que se quejaba de su vida solitaria. Minutos después volvió a emitir otro suspiro de inconformidad y, sin saberlo, se quedó dormido.

Marcos se despertó a las 9:51 *a.m.*, hacía tiempo que no se levantaba a esa hora. Su cargo le exigía levantarse temprano y estar en su oficina con los primeros rayos del alba. A las ocho daba su *briefing* sobre los casos pendientes en la unidad y luego empezaba a recorrer calles de la ciudad a llamar a puertas, a viajar a condados cercanos, a cooperar con la unidad de homicidios y a parar a la hora del almuerzo en la morgue para hablar con los forenses que le reportaban cadáveres de jóvenes que podrían ser un *match* para sus trabajos pendientes. Él estaba atento a desafiarse a sí mismo con esa última búsqueda. Al salir de su departamento, ligeros hilos de luz a través de la ventana de su auto se reflejaron persuasivos sobre un productivo día. Se subió a su auto sedán y luego de manejar unas cortas millas, paró en la ventanilla de *takeaway* del McDonald para comprar su desayuno predilecto, mientras esperaba que tomaran su orden agarró la copia de la foto de Drina que había guardado en su visor volviéndole a preguntar, «¿dónde estás... dame una señal»?

Día y noche recorría las calles de Charlotte y los barrios frecuentados por las prostitutas. Una vez creyó ver a Drina, se guiaba por otra fotografía que llevaba en la visera de su auto. Manejaba por la avenida Woodlawn hacia la Billy Graham cuando decidió visitar los alrededores de un club masculino que a pocas cuadras se encontraba, era un club de *lap dance,* que estaba lleno las veinticuatro horas del día. Entró, dio una vuelta, enseñó la foto de Drina a bailarinas y *bartenders* como lo llevaba haciendo hace tiempo, se tomó un trago por cortesía de la casa y salió hacia las intersecciones más adelante. Esos hoteles eran sitios donde se las llevaban los que compraban favores sexuales. Marcos visitaba la zona de vez en cuando a ver si alguna de sus informantes le podía proporcionar un dato nuevo. En su época de policía iba poniendo orden más por obligación que por convicción, su frustración era que la zona se gobernaba sola. «Nada cambia aquí», replicó removiendo su pasado de policía. Él había sido testigo de cómo ese barrio se había contaminado de la noche a la mañana. «!No existe el presupuesto! Voy a ver si al final del año fiscal dicen lo mismo los de arriba», mencionó para sus adentros, y algo parecido a una mueca se dibujó en su rostro.

En el espacio comercial del 4320 de Nations Crossing Rd. la noche cambiaba de color por las lentejuelas, las cabelleras rubias y los tacones de punta. Actividades sexuales se ejecutaban en los autos, o en lo oscuro de la calle y hasta detrás de la iglesia pentecostal que estaba en el sector. El detective lo sabía y su inconsciente lo llevó hasta ahí. Tomó a la derecha en W. Exmore y oteó a tres mujeres fuera de un Audi siendo acompañadas de hombres morenos, grandes y fornidos, una de ellas se volteó, iba con la mirada perdida, daba tumbos al subir la acera, las otras dos se descalzaron y corrieron cruzando la calle llegando al estacionamiento de uno de los hoteles. La joven de cabellos oscuros desapareció cuando él al dar la vuelta para verificar su identidad no la volvió a divisar. Se grabó como iba vestida, dio otras dos vueltas alrededor del edificio. Él estaba seguro de que la muchacha que llevaba un traje de lentejuelas negras, unos zapatos rojos de tacón y su cabello con el corte Bob, que usan todas las jóvenes modernas, era la joven que estaba buscando. No podía hacer nada hasta el día siguiente para catear las propiedades. «¿Bajo qué delito puedo sugerir el cateo?, quizá estoy demasiado obsesionado», pensó.

En su camino habitual se forzaba a recordar la imagen de la joven que recién había visto. Comparaba sus rasgos en cada luz roja contra la fotografía de su visera de su sedan «el maquillaje era demasiado fuerte para distinguirla». Varias veces repasó la fotografía, sin embargo, terminó diciéndose: «no es ella, imposible, estoy cansado y veo monos con trinchete». Se alejó de su auto con paso lento al llegar a su domicilio, pero le quedó la sensación de que a lo mejor pudo haber sido ella y que hubiera sido preferible haber hecho algo más para confirmar sus sospechas y no llegar hasta su casa con la sensación de que posiblemente estaba volviéndose viejo o su *súper mojo*, estaba dejando de funcionar. Abrió la puerta de su departamento y se dejó caer en su reclinable con otra cerveza en mano.

Macarena parecía sufrir de lo mismo que sufría Marcos, de constancia y anhelo. La sensación de no rendirse y conservar la esperanza era la única inversión que tenían para no abandonarse a la incertidumbre; asirse a sus deseos era una necesidad imperiosa.

Una madre sabe cuándo su hijo o hija siente dolor o está en peligro. El día que desapareció Drina, a kilómetros de distancia ella lo había sentido, no sabía con exactitud lo que la angustiaba, pero las voces y la pesadilla repetitiva eran signos de que algo no marchaba bien. Ella se guiaba por los instintos, pero en esa ocasión no le hizo caso a su voz interna y todo en su vida se convertiría en un sin retorno amargo.

«Nocturno» sonaba en el tocadiscos antiguo del estudio de Macarena, esa melodía que había sido su favorita era la única que la conectaba a Drina. Rodeada de fotografías, medallas, su título de universidad y pequeños *souvenir* de viajes a los que no había podido acompañarla, decoraban el pequeño cuarto. Tomaba su taza de café y posaba sus ojos pequeños sobre la ventana que daba al lago frente a su casa. Mislav y Brigitte dormían y ella sacaba copias de la última foto que se había tomado Drina junto con una amiga de la universidad. En la foto su hija había cambiado sus facciones; un poco, gracias a que habían recurrido a un sistema de reconocimiento facial el cual proveía datos exactos de los individuos desaparecidos y de su futuro rostro en cierta cantidad de años.

Así se había hecho un antes y un después de Drina y en esos momentos estaba siendo impresa en hojas blancas de un gramaje específico para colocarlas nuevamente en los murales de los supermercados, entregarlas a la policía del condado y de los alrededores, a los periódicos de la comunidad latina que se habían sumado a la causa de su búsqueda y a las entidades sin fines de lucro que ayudaban a rastrear personas perdidas. Igual que cada viernes, Macarena se acercaba a la oficina del congresista Mathew Murray para pedir que no la abandonara en esta cruzada. Mientras el congresista Murray se escondía detrás de las paredes de su oficina, su asistente le hacía frente a las largas horas de espera de Macarena, quien finalmente se iba como había llegado: con las manos vacías y con la misma promesa que no se cumplía.

—Señora Stojak, el congresista no está en la ciudad —le contestó la secretaria de Murray al verla llegar.

—¿Cómo le va, señorita?, he venido, como de costumbre, sin cita. Lamento molestarla otra vez —le respondió Macarena con voz serena pero firme. No quería perder la cordura, sabía que no llegaría lejos si hacía reproches.

—¿Puede decirle al congresista que es imperioso que me atienda?, he venido todos los viernes a la misma hora, por cinco meses, desde que él tomó el cargo y no he recibido de él ni una llamada. —A Macarena su fuero interno le obligaba a contener su frustración y su rabia. Había votado por él, su esposo también y cada miembro de la comunidad latina lo había hecho porque su lema era: «Ni una más, las queremos vivas». Mathew Murray les había vendido una mentira a los latinos y ella ya no creía en él, pero necesitaba que no se olvidara de que ella no descansaría hasta que la escuchara. Macarena quería agarrar del pelo a la secretaria y obligarla a abrir la puerta de la oficina, ella estaba segura de que el congresista Murray estaba, si no en sus oficinas, en las instalaciones.

—Claro, señora Stojak, será un placer, como siempre —le respondió con voz seca la flaca de voz gangosa aporreando las teclas del ordenador delante de ella.

—Gracias —zanjó Macarena tragándose nuevamente los insultos que se le agolpaban en la boca. No podía caer en provocaciones sin sentido. Su esposo y ella no eran desconocidos para el círculo de Mathew Murray. Un sobrino y un hijo de él cursaban clases que dictaba Mislav en la universidad y ella misma preparaba órdenes para celebraciones o para juntas de la esposa de Murray o de su oficina. En cinco meses él le había dado a ganar dinero con sus pedidos para festividades y champañas. Pero se sentía cansada, utilizada y perdida. El FBI no había dado con su hija, la Interpol no tenía pistas de ingreso a otros países, la policía y la Unidad de Tráfico Sexual y Tráfico Humano tampoco. Sentía que su familia también estaba cansada, pero ella no podía darse por vencida. Si el congresista no la atendió en esa ocasión, ella seguiría yendo hasta que pudiera gritarle en la cara a Murray su desprecio por negligencia hacia la necesidad de ciudadanos como ella que tenían las esperanzas de una comunidad segura.

De camino a tomar el tren de regreso para llegar hasta su auto, las lágrimas se le agolpaban en los ojos. Todo lo que ella ganaba con su negocio propio como chef y como intérprete del CMC y CMS lo utilizaba en tener visible a Drina. Su corazón le indicaba que estaba viva en algún lugar de esta patria de los Estados Unidos. «Mi marido y yo pagamos impuestos, debemos ser apoyados sin excusas», se dijo. De inmediato le escribió un texto a su esposo que él leyó con la misma indignación que sentía su mujer: «Lamentablemente no tuve suerte, Murray está fuera de la ciudad, estaré en casa en veinte minutos, voy en el tren». Apagó el móvil y se quedó con la mirada perdida en los rostros y en las paradas. Quería desahogarse de forma violenta, patear, gritar y golpear a alguien. Tenía la garganta inundada de coraje. A pesar de sus sentimientos llenos frustración no quería que las personas a bordo la observaran con pena. Por eso contenía su llanto, el mismo que le provocó hipo.

Cada vez que aparecían en televisión congresistas y senadores repetían la misma frase que se habían aprendido de memoria, «sí se puede». Pero esta frase que ella catalogaba como ilusión a la verdad no solucionaba ni la ausencia de su hija, ni la de tantas mujeres que habían desaparecido a lo largo de casi cinco años en Carolina del Norte. Ni siquiera la reconfortaba, ya que el congresista Murray se estaba haciendo negar y en cada encuentro la evitaba haciéndose de la vista gorda. No tenía ganas de seguir persiguiéndolo, sin embargo, su hija lo merecía y no se iba a rendir tan fácil, mucho menos, pronto. A medida que el tren rodaba haciendo chillar sus pesadas ruedas sobre los rieles, Macarena pensó que como madre no iba a poder olvidar nunca la «ayuda» que el gobierno estatal le había ofrecido en las visitas de los últimos años; le habían hecho la espantosa sugerencia de que comprara un nicho para tener donde llorar a su hija. «Si Drina estuviese muerta, ¿cómo la podría llorar en un nicho vacío?, ¡qué estupidez!, además está viva, Evelyn me confirmó que lo está», se dijo con la voz entrecortada sonando su nariz con un tisú que encontró en el bolsillo de su cartera.

La recomendación descabellada la acompañaba desapacible; el olor de la ciudad se adueñaba de sus pensamientos de tanto en tanto, las fisonomías radiantes se convertían en signos de interrogación indicándole que cualquiera podía dejar un espacio desocupado en su familia a cualquier hora del día. La marcha del tren disminuyó y ella descendió. Su caminar lo sintió desmotivado, siempre se sentía así cuando regresaba de la oficina de Murray. Solo pronunciar el apellido del congresista la derrumbaba por momentos. En el aparcamiento de la estación de Arrowood llegó hasta su auto. Con sus dos manos se apegó a la ventana del conductor y volvió a pensar en la palabra *nicho*. ¿Cómo le podían sugerir semejante cosa?, su hija no estaba muerta, ella lo sabía, ella, como madre, lo sentía y no iba a permitir que ningún senador, congresista o diputado insinuara que la familia no volvería a estar junta.

Dentro de su auto, con la nariz húmeda y una que otra lágrima que rodaba por sus mejillas, repasaba las frases de sus conocidos políticos, «Estamos haciendo lo posible», «sabemos de su dolor y lo compartimos», «seguimos en contacto con las fuerzas del orden», frases huecas, repetidas, gastadas, increíblemente absurdas eran las que escuchaba en su cabeza y le provocaban náuseas y escalofríos. Ya en la autopista, toda ella era un cúmulo de nudos por la rabia de no poder encontrar otra salida para, de una vez por todas, cerrar el capítulo de su hija. De una u otra forma quería acunar en el fondo de su alma un hilo de esperanza, pero también se sentía agotada. Odiaba llegar con las manos vacías, sentarse en el sofá y saber que no había logrado nada, que su búsqueda no avanzaba, que a medida que los días se convertían en meses y luego en años nadie había reportado ni una sola vez a su hija. Ni siquiera con la fase de «proyección de edad», que se había realizado en dos ocasiones, se había tenido suerte. La vida de Macarena y de su familia era un sube y baja de emociones contradictorias. Días bien, días mal, días que se alargaban *sin pena ni gloria* como solía decirse.

Recordó, al girar en la entrada de su urbanización, que su hija Brigitte le había dicho que las redes sociales eran una herramienta que serviría de enlace con las comunidades de distintas ciudades; las páginas localizadoras de personas también eran una opción que le había mencionado su pequeña y a la que no había acudido a pesar de que le insistió muchas veces. Marcos, el detective devoto, y Mislav habían coincidido con la policía y el FBI en que no utilizaran estos medios al principio de la investigación, ya que pondrían sobre aviso a los captores en caso de que quisieran negociar. Luego, cuando descubrieron que no era un secuestro en el que pedían rescate, dijeron que era mejor dejarlos trabajar con las pistas que tenían. Los archivos de investigación pasaron de unos cuantos, a unos cientos, e incluso un agente del FBI estaba casi convencido de que el esposo de Drina tenía algo que ver. Se obsesionó a tal punto que convenció a la policía local y a sus demás compañeros que debían cavar un hoyo en el lago frente a la casa de los Stojak. Nunca encontraron nada, no hubo un cuerpo ni dentro de la tierra ni en las profundidades del pequeño lago artificial. Lo que encontraron fue la nada y con ella la certeza de que Drina había desaparecido entre una capa de aire fina, sin pistas ni fecha de retorno.

Entró a su casa, se escuchaba música balcánica de fondo. Supo de inmediato que Mislav estaba trabajando y las notas de la trompeta de Brigitte retumbaban desde el piso superior. No hizo ruido, se quitó los zapatos, preparó un café y se sentó en la silla alta de la isla de la cocina. El tiempo pasó y su mente siguió rumeando las frases anteriores que la llenaban de impotencia. Después de estar como un zombi viendo al infinito y de beber lo último que quedaba en su taza del café negro, le ordenó a Brigitte que se vistiera y la acompañara.

—Mamá, estoy lista. —Esas palabras la sacaron de la pesadumbre que la embargaba. Ella se sacó el uniforme en la cocina y se puso la franela y un jean desgastado que Brigitte le entregó. Sin dar explicaciones a Mislav, lo abandonaron a merced de su música y de su trabajo para calificar. Salieron por el barrio a pegar los nuevos volantes. La ruta que siguieron incluía los supermercados y las dos estaciones de policía, una en la calle Beam y otra en la intersección de Westinghouse y South Tryon.

La desaparición forzada de Drina creó una obsesión en Macarena. Siempre llevaba consigo, a cualquier cita de trabajo, volantes con información específica sobre Drina y no perdía oportunidad de repartirlos en las gasolineras y en las oficinas públicas de cualquier ciudad cercana donde tenía que ir en caso de trabajar como intérprete de español. Cuando su trabajo como *caterer* se lo permitía, pedía autorización a sus clientes para dejar algunos volantes en los murales de boletines de las instalaciones, para conocimiento del personal, y unos cuantos para que fuesen repartidos en las oficinas de los ejecutivos. Cuando iban a la playa en el verano o de viaje, por asuntos de trabajo de Mislav, Macarena hacía lo mismo. Ella no perdía la oportunidad de hacer visible la cara de su hija mayor por donde quiera que fuese. En ocasiones, se daba cuenta de la carita desencajada de Brigitte y el sentimiento de culpa le remordía la conciencia, entonces dejaba de repartir volantes y se dedicaba a ella, a brindarle seguridad y amor y a hacerle entender que su prioridad era también su bienestar. Entonces, madre e hija se dejaban llevar por lo hermoso de las playas o por el cantar de las aves, se dejaban envolver por los colores de las ciudades y los ruidos de los autos y las gentes que caminaban o entraban a los cafés o restaurantes. Almuerzos verdes o hamburguesas gordas les llenaban la boca y otra vez volvían a sonreír sin culpa. Toda la experiencia duraba lo justo, luego una expresión, un olor o un lugar las encadenaba a las lágrimas de la pérdida.

Brigitte entendía lo que sucedía, se unía al dolor de sus padres y apoyaba lo más que podía a su madre. A pesar de la desaparición de su hermana, su vida seguía; quería que su madre se diera cuenta de que ella también crecía y tenía necesidades. Estaba bien no dejar la esperanza de lado, pero ella también anhelaba un descanso de la tragedia familiar. No tenía amigos, no salía al centro comercial y no iba al cine con jóvenes de su edad. Le tenían prohibido las pijamadas, los cumpleaños al aire libre, o cualquier otra actividad en donde sus padres no pudieran asistir. La sobreprotección la ahogaba, la ponía de mal humor. Su vida se había convertido en una cárcel donde sus acompañantes más cercanos eran su diabetes y sus dos instrumentos musicales: la guitarra y la trompeta.

Una tarde, en ausencia de su madre, bajo todas las seguridades posibles, se encargó de crear la página de Facebook, Instagram y Twitter bajo el nombre de su hermana e incluso navegó en otras páginas que servían para encontrar a personas perdidas, y hasta buscó en la *NNDB Mapper* que era una web que no solo conectaba a individuos a través de sus gustos políticos o de entretenimiento, sino que se podía explorar mucho más allá. Al decir mucho más allá, Brigitte pensaba en todos los grupos de conspiración que vivían en las sombras que las noticias mencionaban. Su ingenio le hizo saber a su madre que si puedes buscar información sobre... también podrías encontrar a alguien que conoce a otro que te ayude a encontrar a quien perdiste. Creó una cuenta de *Go Fund Me* y un blog donde ella podía contar las vicisitudes causada por la desaparición de su hermana mayor. Se limitó solo a poner fotos de Drina, para centrar la atención solo en ella.

No se dio cuenta de que su madre ya había retornado a casa y cuando volteó su madre la sorprendió trayendo consigo una pizza de coliflor humeante, una ensalada verde con todos los vegetales imaginables y latas de Coca Cola Cero. Macarena soltó la bandeja cuando vio en la pantalla la foto de su hija mayor en Facebook

—¡Qué has hecho, Brigitte!

—*Majka*, déjame explicarte, no te molestes —respondió entre dientes.

—Pero dime, ¡qué conseguimos con esto!, te he dicho que estas cosas las manejo yo.

Las palabras de Macarena fueron una lanza en el corazón de su pequeña que la miró con sorpresa. Ella solo estaba ayudando, la tecnología llegaba a más personas en el mundo de manera más rápida que los volantes y las súplicas al gobierno y al congresista Murray que se negaba a ver a su *majka*.

—En casi cinco años no has conseguido nada, *majka*, hemos salido a repartir volantes a todos los lugares que conocemos y a los que hemos ido de visita y nada sucede, ¡nada, *majka*!

Otra vez lágrimas recorrían las mejillas de Brigitte a modo de riachuelos sobre sus delgadas mejillas. Macarena sintió remordimiento, se sintió miserable y desagradecida. Su fijación con encontrar a su otra hija la estaba volviendo un ogro y ya no cuidaba sus palabras, sino que las dejaba salir a manera de una bocanada de fuego lastimando a sus seres queridos. Hizo acopio de su fortaleza, aspiró el aire con mezcla de condimento y colonia de niña y se acercó a su pequeña Brigitte prodigándole un abrazo tierno en el cual volcaba sus disculpas.

—No dejaremos que el enemigo nos debilite, al ataque *lutka*; venzamos la condición de nuestros genes —dijo Macarena después de su abrazo y con el tenedor en alto hizo la mímica de ser una Juana de Arco moderna enfrente de su pequeña.

—Al ataque, *majka* —sonrió Brigitte limpiándose las lágrimas e imitando a su madre con el tenedor.

Se sentaron una al lado de la otra, después de los primeros bocados Macarena le preguntó a Brigitte:

—¿Cómo te ayudo, hija?

—Ya no hay más que hacer, solo esperar, las redes sociales lo hacen todo, es un mundo intrigante como dicen los adultos de la televisión —respondió, dócil, Brigitte,

Macarena sintió por primera vez en mucho tiempo que esta batalla no era solo de ella. Empezó a recapacitar y a darse cuenta de que a través de los años nunca estuvo sola. Que el apoyo de su núcleo familiar había estado presente a pesar de cualquier omisión. Luego de escuchar el sonido de los mensajes en la computadora se dio cuenta de que en pocas horas ya tenían seguidores, comentarios e historias que de una u otra forma se parecían a la suya. Algunas con finales felices y otra con finales tristes, unas con frases de apoyo y otras con comentarios disonantes y grotescos hacia el dolor de la familia.

Su nueva rutina empezaba después de su típico desayuno familiar con la lectura de los mensajes de las redes sociales que había abierto Brigitte. Esa mañana había decidido hacer caso omiso de los motivos agrestes de personas que se escondían detrás de una pantalla para vomitar la maldad del ser humano cobarde, y enfocarse en analizar los comentarios en los que advertían la presencia de una van negra. Las dos se habían pasado, los días anteriores, horas frente a la computadora leyendo historias tenebrosas, pero sin suerte alguna sobre el dichoso vehículo.

En las historias compartidas en línea, la mayoría de las jóvenes desaparecidas, en circunstancias similares, fueron asesinadas; algunas pocas fueron identificadas después de encontrarlas desmembradas o enterradas. Estos eran crímenes con sellos de violencia de género que no eran fáciles de digerir para ella. El horror en estos casos siempre la descomponía. A pesar de contar con la esperanza de tener una pista que aportar en su situación, empezar la mañana de esta forma rigurosa y radical de una manera u otra la agotaban. Su poder de persistencia se sobreponía a la ansiedad de los cuentos tenebrosos. Pensaba, mientras leía, que aceptar el destino de las víctimas de buenas a primeras por la sociedad y por los cuerpos del orden había dejado a estas víctimas sin un nombre propio. La gente las catalogaba como «casos desafortunados», pero eran seres humanos, para sus familias todavía existían y el clamor de justicia era lo único que no podían negarles.

Las semanas anteriores Brigitte y Macarena habían separado estas historias en archivos bajo nombres distintos para entregárselo al detective Marcos. Ellas confiaban en él porque no se había dado por vencido. Macarena confiaba ciegamente en su temperamento decidido y en sus capacidades; para ella, él era el que sabía cómo estudiar el *modus operandi* de las mafias de traficantes y de los asesinos en serie.

Después de casi tres horas sin encontrar algo relevante, se preparó otra taza de café y se dispuso a escuchar música en su nuevo estudio. Milán meneaba su larga y esponjosa cola frente a la puerta de salida lateral mientras ella se dedicó a acomodar los libros y revistas tirados en el piso y a sacudir un poco el polvo. La idea de sorprender a su marido con una tina con sales y una buena película la animó a tratar de recuperar momentos de intimidad con su familia. Su mente siempre estaba ocupada en Drina y de alguna manera se debía a su marido, que con paciencia y silencio la apoyaba. Mislav no era un hombre de muchas palabras, más bien era un hombre callado y muy familiar. No le agradaba el conflicto y no reaccionaba muy bien ante él. Los silencios por parte de él no ayudaban, así que su esposa lo quería consentir.

Mislav llegó a casa después de un largo día de trabajo. No esperaba encontrar a Brigitte y a Macarena despiertas, pero las dos mujeres de su vida lo esperaban con un caluroso recibimiento. Al verlo cruzar el *foyer*, Brigitte, bajando las escaleras, se lanzó hacia el cuerpo de su padre, de pecho amplio y brazos fuertes. Lo besó en los ojos como solía hacer desde pequeña.

—Te amo, mi *otac* —le dijo con su voz melosa.

Macarena también lo besó a la altura de la mejilla y lo abrazó por detrás aspirando su perfume.

—Yo también las amo y las he extrañado mucho. —Rieron los tres.

Brigitte lo llevó hacia el baño donde lo esperaba una tina de agua caliente. Esa noche cenaron juntos y luego los tres se acomodaron en la cama matrimonial y se quedaron viendo una nueva serie de televisión histórica. Esa noche no existieron pesadillas, ni reclamos silenciosos. Fueron una familia normal sin sentir culpa.

Semanas después de esa noche calmada, cuando los aullidos de lo inalcanzable y lo incomprensible los dejaron descansar, la voz de Drina volvió a despertar a Macarena. Se acercaba nuevamente el inicio de semana, la rutina específica que había implantado continuaba su curso: internet, trabajo, escuela, volantes, llamadas y trazos en el mapa que tenía en una de las paredes del estudio.

En las noches la ansiedad se escurría entre su habitación abalanzándose sobre el cuerpo de su esposo y de ella; sentía que la oscuridad la atrapaba desde los pies y se metía dentro de su piel hasta llegar a su cerebro provocándole sueños donde el dulce aliento de su hija estaba presente, su voz suave pero firme la llamaba. Veía un rayo de luz diminuto que se colaba por una rendija de ventilación, las aspas golpeteaban provocando un sonido molesto y una ráfaga de aire húmedo se mezclaba con el olor rancio de ropa mal seca y orine. Las paredes que apañaban el portillo de metal eran grises, eran de un gris pálido, sin vida, aburrido y deprimente. Le dio tristeza al escuchar la voz de Drina a quien no podía encontrar desde donde ella estaba. La voz se hacía presente en cada rincón de ese lugar al que sintió impregnado de maldad. Los olores y esa luz eran trozos de hielo que laceraban el pecho. «*Majka*, no me abandones», repetía la voz sin rostro.

Majka era la forma en que Drina llamaba a Macarena. Nunca la había llamado mamá o madre, solo *majka*. De repente, la mirada bonita de Drina se le apareció ante los ojos y ella se sintió desmayar en el sueño. El rostro de su hija se perdió junto con su voz y los sonidos de un tren que se deslizaba sobre sus rieles.

—¡Drina... Drina... Drina! —gritó Macarena, el pecho se le incendió entre el temor y la maldad. Sintió miedo. Mislav la calmó con sus abrazos cálidos. La voz tierna de su marido fue un bálsamo en la angustia que la asechaba.

Después de esa calamitosa pesadilla no pudo conciliar el sueño, la bella mañana de abril le resultó sin gracia. Brigitte y Mislav salieron de casa al trabajo y a la escuela. Ella se quedó pensando sentada en su escritorio con la mirada fija a su computador. La idea de buscar a Sergio, su novio de juventud, se le vino a la mente. Su rostro se asomó de improviso entre la maraña de pensamientos confusos que la tenían atrapada. La última vez que supo de él fue el día en que se marchó a Israel, estaba muy enamorada de sus ojos acarbonados que parecían convertirse en líquido cuando la miraba. Como si un espíritu se hubiese adueñado de sus manos, Macarena empezó a marcar el número de amigos en común buscando información sobre él. En una ocasión había escuchado a sus conocidos que Sergio pertenecía a una especie de fuerzas especiales y que hacía poco uno de ellos se lo había encontrado en Fairfax muy cerca de Washington D.C., cuando el presidente de Israel vino a reunirse con el nuevo mandatario de los Estados Unidos.

Un amigo le dijo que seguía igual e incluso le enseñó una foto donde los años no habían pasado por él. Al verlo lo encontró buenmozo y reconoció esos ojos hechiceros que una vez la enamoraron. Conservaba la ternura y el aire de misterio. Recordó su voz fascinante y sintió pena.

«¡Mosad... si!, ¡eso es!, un mosad es igual a Intel. Intel es lo que necesitamos. Sergio debe tener personas en quién confiar, a quién cobrarle favores. Eso es lo que hacen los de inteligencia en los gobiernos. Él definitivamente es ese alguien que puede descubrir qué sucede aquí. Sergio es un mosad, él puede traerme de vuelta a Drina», se dijo con ímpetu y desesperación.

De inmediato emprendió su búsqueda de Sergio Soloman. Se pasó toda la mañana haciendo llamadas y enviando correos electrónicos. No pensó en Mislav ni en el resentimiento que sentía hacia Sergio. Lo que ella ahora necesitaba era encontrar a ese mosad que con sus habilidades le ayudaría a dar con el paradero de Drina. «No voy a permitir que mi hija se quede como un episodio de *Archivo sin resolver*». Su hija no pasaría a ser una estadística.

El hombre, desconocido para ella, a quien hacía poco le había escrito, ahora la llevaba de vuelta a la vida que vivió con él. Se recostó en la silla del escritorio y fijó su mente en un punto distante del bosque que se reflejaba a través de la ventana del estudio. Vivió momentos sublimes, apacibles, descomplicados y, más que todo, divertidos con el mosad que ahora buscaba. Recordó cuando se entregó a él, todavía la inocencia no estaba perdida; las ilusiones se reflejaban en las palabras de los dos cada vez que conversaban. Ella nunca le contó sus penas ni sus tribulaciones, con él solo quería conocer lo que era amar, sentirse protegida y querida. Macarena no quería que la lujuria se interpusiera. Esperó aquel momento y sin afanes se entregó, así como cuando nacen las frutas de los árboles, por etapas. Deseaba que cuando ese amor se transmitiera en la carne se quedara siempre así, en los poros y bajo la dermis para siempre.

Sin embargo, el azúcar y la sal se mezclaron un día y el fuego cruzado entre el amor y el deber traicionó la promesa que Sergio le hizo una vez. Vestida de blanco, Macarena se quedó en la iglesia San Francisco. Las palomas de Castilla, las caseritas vestidas de colores con sus anacos y alpargatas, los santos y el Cristo fueron los únicos compañeros de Macarena aquel trágico día. Su madre la repudió por la afrenta y el almuerzo familiar terminó cancelándose. Sergio nunca se presentó. Él le regaló un anillo de pequeños zafiros azules que semejaban una corona, lo había comprado en la joyería de uno de sus amigos Zevallos, eso fue el único recuerdo con el que se quedó Macarena del hombre que aprendió a amar. Una semana después supo de su embarazo cuando sufrió una hemorragia y estaba en la universidad. Sentada en la cafetería repasaba los cuestionarios de sociología con varios compañeros, un dolor agudo en el bajo vientre la asaltó aguijoneándola por ambos lados y empujándola a doblarse. El quejido que brotó de ella fue de tensión y de suplicio. Sangre profusa escurría de entre sus piernas. Sudor y dolor. Quejidos agudos, retortijones, súplicas discontinuas escuchaban los presentes sin saber qué hacer. Un compañero empezó a gritar: «¡Llamen a una ambulancia!, ¡una ambulancia, rápido!»

Macarena perdió el sentido. No se levantó hasta el tercer día. Su madre la observaba en silencio parada frente a ella como un animal. Elegante, altiva, vestida de blanco, sosteniendo su cartera de mano negra, parecía maldecirla por la vergüenza de no solo ser abandonada en la iglesia, sino de no ser casta y pura como la sociedad lo requería.

—Te han hecho un legrado, la pérdida ha sido involuntaria —pronunció su madre—. La fiebre que tenías se debía a la infección del bebé muerto fuera del útero. Saldrás mañana por la tarde y ahí hablaremos largo y tendido —zanjó Cayetana dando pequeños golpecitos con su cartera de mano sobre los rieles de metal de la cama.

El médico que divisó al lado derecho de su cama confirmó con una breve intervención.

—Como médico me es difícil decirlo... hum, hum. —Tosió el galeno llevando su mano en un puño a la boca—. Usted no podrá tener, hum, hum, hijos. Lo lamento, hubo complicaciones y se han comprometido sus órganos reproductivos.

El médico salió luego, despidiéndose formalmente de su madre.

Macarena no pronunció palabra. No salieron lágrimas de sus ojos, no sintió vergüenza. Estaba vacía por completo en esos momentos. Las noticias que su madre Cayetana y el médico le dieron la dejaron confundida y deprimida. Pensó en su retorno a casa, suspiró y este simple hecho de aspirar aire y expulsarlo la llenaba de tribulación. «Será inaguantable vivir contigo, Cayetana, eres sediciosa, porfiada. Esta afrenta a tu nombre no me la perdonarás», se dijo Macarena sin censura.

Los reproches y las palabras hirientes llenas de sarcasmo de su madre la consumían a tal punto que dos meses después se marchó a otro país con la intención de nunca más volver.

Cuando conoció a su esposo, Mislav, supo que por lo que ella había pasado eran procesos de vida. Su marido le enseñó a caminar libre, sin rencores, ni odios. Eso se lo agradecía infinitamente, lo mismo que les agradecía a sus hijas que le limpiaron la pena y el odio del cuerpo, es por eso por lo que cuando las bautizó juró perdonar los errores de todos quienes le habían faltado. El no tener hijos propios, no le arrebató su fuero materno. Mislav y ella decidieron adoptar y darles un hogar a dos niñas. Drina y Brigitte Stojak se convirtieron en sus proyectos de vida. El sentido de hogar que se les dio tenía un corazón palpable y lleno de cura para las injusticias. Un hijo no solo era el que salía del vientre propio, sino también el mejor regalo que Dios le podía dar a una mujer, a un ser humano, a ellos. Macarena sintió que ser madre era un derecho propio y no iba a renunciar a Drina. Había que encontrarla y ella sabía que alguien tendría que saber algo, que las personas no se desvanecen así porque sí. Siempre existe una huella, una palabra, un interrogatorio donde algo se ha dejado pasar por alto. Si esto era verdad, Sergio Soloman le daría las respuestas. En el fondo y a pesar de todo, ella estaba segura de que alguien tendría que saber algo y él tenía la capacidad de autocontrol y autodeterminación. Ella sabía que había llegado el momento de cobrarle la deuda de su pasado. Se levantó de la silla, cerró las cortinas del estudio y se encaminó a dormir.

Pasaron los días, las heridas que Macarena llevaba por dentro y cargaba en el corazón se volvieron a hacer presentes cuando un *beep* la despertó de sus obligaciones y la condujo directamente a los mensajes internos de su computadora que estaba sobre el mesón de la cocina. Era Sergio.

—¿Qué gusto, Macarena. Mi Macarena del alma, ¿cuánto tiempo ha pasado?

Yendo directo al grano respondió:

—Necesito que me ayudes. Mi hija está desaparecida desde hace casi cinco años, eres la única persona que me queda para pedir auxilio. Sé que eres mosad, y sé que tienes los medios para hacerlo. Solo tienes que decir que sí. —Directa, sin poses y simple fue la propuesta de Macarena.

Un silencio incómodo se escuchó. La distancia hablaba indistintamente en las cabezas de cada uno. Cada uno esperaba escuchar algo diferente, pero no existió más que un silencio largo y una que otra tos por parte de la madre demandante.

Al otro lado de la pantalla un desvelado Sergio leía incrédulo las palabras de Macarena. Tardó en contestar el mensaje, lo leyó varias veces y regresó a la foto que aparecía en los iconos de su computadora. Seguía siendo bella, aún con su mirada sublime. Sus ojos vivaces lo paralizaron, su sonrisa, la que siempre lo atrajo, lo conmocionó hasta la médula. No había sabido de ella en veintitantos años. El destino, Dios o esa bendita providencia que sabía nombrar su madre le provocó parálisis momentánea. No sabía qué decir, ni qué contestar, sin embargo, el sentido de súplica que se dejaba entrever entre las líneas del mensaje lo obligaron a teclear de inmediato.

«Macarena, ha pasado mucho tiempo, ojalá que me puedas explicar lo que sucede directamente. Facilítame un número telefónico donde llamarte».

En segundos sonó de nuevo el beep proporcionándole el número de contacto de su celular.

Macarena respiró con dificultad al ver la llamada en su móvil. Tel Aviv estaba muy lejos y la diferencia de horas era bastante grande, el trabajo que Sergio desarrollaba en el Instituto de Inteligencia y Operaciones Especiales era el único que podía ayudarle a seguir esta pista intuitiva. Sergio, al igual que Macarena, se encontraba un poco nervioso. Cuando Macarena quería conseguir algo, se las ingeniaba. Utilizaba sus encantos y no dejaba títere con cabeza hasta obtener lo que se proponía. Desde la desaparición de Drina había movido cielo y tierra para ubicar a su hija; sin embargo, todos sus esfuerzos fueron en vano. Cada vez que esto sucedía, ella se repetía: «Una madre sabe, y yo sé que Drina está viva».

A las pocas semanas de la conversación telefónica, una avioneta llevaba a Macarena y a su familia a una cabaña en la Bahía de Chesapeake en Maryland, a pedido de Sergio. El acuerdo era bajo estricto control de seguridad, por eso Mislav lo había aceptado, aunque no estaba tan seguro de querer conocer a este mosad nacido en una familia pudiente de América del Sur, quien había formado parte de la vida de su amada esposa. Nunca había sentido celos de las amistades masculinas de Macarena, jamás una idea malintencionada se le cruzó por la mente, ni siquiera cuando ciertas amistades, en ocasiones, hablaban del mosad en esas reuniones donde los amores del pasado salían a relucir. Cuando alguien mencionaba a Sergio, el rostro de Macarena solía tensarse. Mislav era el único que lo notaba, claro, los demás no sabían el secreto que guardaba la corta historia de amor de la madre de sus hijas. A pesar de su seguridad y de la fidelidad de Macarena hacia él y hacia todo lo que ella consideraba prioritario y correcto, Mislav sentía que le temblaban las piernas al descender de la avioneta y oler el aire a algas y a agua turbia que se estancaba en el terreno. La distancia entre la pequeña pista de aterrizaje y la entrada principal de la casa a la que se dirigían no era grande, sin embargo, parecía que iba a enfrentarse a una guerra sin cuartel.

La cabaña lucía como gran buque mercante en medio de lo verde y de lo cristalino de la bahía, el sonido de las aguas golpeando las orillas alrededor de la casa lentamente lo atormentaban como las sombras decadentes de cadáveres desconocidos. Sergio era un mosad y tenía todas las armas necesarias para descubrir el paradero de Drina, a lo mejor las sensaciones que se adueñaban de su cuerpo grande y hasta de sus cabellos lo traicionaban, quizá estaba cansado de mantener las ilusiones de ver a su hija regresar a sus brazos. Esas sensaciones miserables serpenteaban bajo sus pies a cada paso, reptaban como lo hacen las anguilas en el fondo del mar alimentándose de los cuerpos de los animales muertos. Macarena sujetaba su mano y Brigitte la de ella. Los tres subieron las escaleras que los llevaban a la entrada principal donde el hombre que provocaba sus celos los esperaba vestido con un pantalón caqui y una camiseta verde militar. El cuerpo de Sergio se erguía serio, al verlos acercarse a la puerta su figura desapareció del ventanal y volvió a aparecer frente a ellos con un saludo básico que sonaba forzado.

—Bienvenidos. Pasen por favor.

Haciéndose a un lado, estrechó la mano de Mislav, y luego se fundió en un abrazo con Macarena, quien no dejaba de darle las gracias por haber aceptado ayudarla.

—Gracias, Sergio, gracias —repitió—. No tengo más palabras para decirte que esta acción tuya significa todo para nosotros.

—Lo entiendo, no tienes nada que agradecer, un hijo es lo más preciado.

Los ojos de Brigitte veían la escena y aferrada a la mano de su padre esperó hasta que los invitaran a entrar por completo. Sergio desprendió de su cuerpo a Macarena y los dirigió a una sala amplia, la casa era lujosa pero fría. Se acomodaron en un sillón de cuero beige, bajo sus pies una alfombra tejida los recibía. En la mesa de centro había una charola de plata con una jarra de agua y vasos de cristal tallado, también otra donde reposaba una de café y tazones grises con diseños que complementaban el decorado limpio y lineal de toda la casa.

Macarena se sirvió una taza de café. Sin preámbulos, Sergio le pidió que le contara lo sucedido sin obviar ningún detalle, entonces, Macarena empezó a relatar la historia de la pérdida de Drina y luego lo hizo Mislav. Sergio tomó notas en su libreta y por algunos momentos se detuvo en el timbre de voz de Macarena, le pareció que seguía teniendo el tono suave y sensual que él recordaba. Notó que sus ojos pequeños y vivaces no tenían el brillo de los años anteriores, pero seguían siendo atractivos a pesar del cansancio en su mirada. El tiempo había pasado, sin embargo los había unido después de muchos años.

Por supuesto, su historia con ella ya no tenía cabida, la veía enamorada de su esposo, a pesar del dolor que ella como madre pasaba. Sergio observó cómo Macarena miraba con ternura a Mislav y se aferraba de su mano al hablar. Repentinamente se sintió extraño.

Hubo un silencio largo, Brigitte dormía con la cabeza apoyada en las piernas de su padre, Macarena apoyaba la cabeza en el hombro de su eterno acompañante de vida y sostenía un Kleenex con el que se limpiaba los ojos y la nariz, pues las lágrimas provocadas por el recuerdo de la ausencia de su hija mayor y revolver detalles desde el día de su desaparición le agriaron el corazón. Sergio se sintió incómodo, era la primera vez en su vida que sentía que su corazón era tomado por inmensos bloques de cemento que lo arrastraban a un fondo donde una corriente de sensaciones de vulnerabilidad lo atrapaban. Un ligero mareo lo atacó y pidió disculpas, retirándose por unos cortos instantes.

Mislav intuyó que Sergio estaba cruzando un campo lleno de explosivos. Su intuición masculina le indicaba que ese hombre desconocido para él, con un pasado doloroso para su esposa y una vida de servicio a un país donde pertenecía desde su mayoría de edad, acababa de descubrir que su mujer, Macarena era lo que los mortales llamaban «Amor Eterno». Pero él no estaba ahí para permitirle descubrir esa bocanada de aire fresco, él estaba ahí para valerse de todas las habilidades que Sergio tenía para traer de vuelta a Drina. Si Macarena percibía que su hija estaba con vida, Macarena tendría razón, la intuición de una madre es como la voz del propio Dios. Ellas no ceden un ápice, más bien arden dentro de los pulmones y se estrellan en la noche hasta salir a su superficie. Drina estaba viva. Regresaría porque su madre era una catedral infinita de esperanza.

Al ver alejarse a Sergio por un corredor al otro lado de la sala, Mislav tomó a Macarena en sus brazos con extrema delicadeza y la condujo suavemente hacia su pecho.

—No sé si hemos hecho bien en confiar en este mosad, pero si tú confías en que es nuestra última esperanza, yo confiaré también.

Macarena miró a su esposo con esa dulzura que él despertaba en ella. Se aferró a su cuerpo como tabla de salvación. Así, esperaron a que su interlocutor regresara.

—Y, ¿qué es un mosad, *majka*? —pregunta Brigitte

—Ser un mosad no es algo que le calce a todo el mundo, ni con solo desearlo pueden convertirse. Un mosad va mucho más allá de hazañas al estilo de los superhéroes de moda, hija.

—¿Un Sherlock Holmes o DI Lewis de Blue Murder?

—Aaa... Algo así, él ve más allá de lo invisible, él convertirá lo imposible en posible, ya lo verás —contestó Macarena.

Mientras tanto, en el baño, Sergio se dijo a sí mismo, «Qué me sucede?», con la voz temblorosa. Mirándose al espejo vio que su rostro había cambiado. Un dolor intenso acuchilló su ojo derecho, se sostuvo en el mesón y cerró los ojos esperando que lo nublado de la vista se disipara. Mientras eso sucedía, dentro de su cabeza las ideas iban en diferentes direcciones. El relato de Macarena y de Mislav resonaba en los laberintos de sus oídos de forma desordenada, algo no estaba bien y él lo intuía. Pensó en Drina... «¡No puede ser!, no hay duda, Drina es mi hija», murmuró. Un golpe se dejó caer en el mesón del baño y el sentir de un padre ausente lo quemó por dentro. Haciendo acopio de su fuerza y de su compostura, salió directamente al encuentro de sus invitados.

—Disculpen, el viaje me cansó un poco.

—No se preocupe —contestó Mislav—. Solo deseamos saber si usted podrá ayudarnos —concluyó con voz firme.

—Haré lo que está a mi alcance, Mislav. Tengo todo lo necesario para empezar a indagar, pero desde ya les digo: no es fácil. Voy a contactarme con el detective Marcos que han mencionado y voy a revisar los documentos que él tiene. Por el momento no puedo hacer más que pedirles que esperen mi llamada.

»Tres cosas me han llamado la atención. La primera, la forma como se llevaron a su hija; la segunda, que nunca apareció en ninguna de las vías la van que el despachador del 911 reportó; y por último, que no pidieron rescate alguno ni al momento de la abducción ni dentro de las setenta y dos horas después. Lo otro que he podido captar de su relato es que han investigado a colegas, vecinos, amigos suyos y de su hija, pero no lo han hecho con las amistades de Carlos, el esposo.

—Carlos es un buen chico —replicó Macarena en un tono defensivo—. Él ha sufrido tanto como nosotros, jamás le haría daño a Drina, ella era su razón de ser.

—No todo es lo que parece, Macarena, me disculpas si soy así de directo, pero hay que agotar todos los recursos.

—Lo entiendo, Sergio.

—¿Recuerdan quién manejo la investigación? —inquirió Sergio.

—Sí, Marcos León, el detective que ya le mencionamos —respondió Mislav.

—Aquí está su tarjeta y sus números de contacto. Él sigue visitándonos. No ha encontrado en estos años nada que pueda servirnos, pero por lo menos no se ha dado por vencido —acotó Macarena.

—Gracias —dijo Sergio tomando la tarjeta y guardando la información en su móvil.

—Pueden disfrutar de la cabaña el fin de semana, yo me retiro a Washington para entrevistarme con ciertos amigos que me puedan dar una mano. Te llamaré apenas tenga algo que podamos discutir. Esto toma tiempo así que te voy a pedir que no te desesperes.

—Te lo agradecemos, Sergio, gracias infinitas por acudir a este llamado. Sé que los años han pasado y que nuestra despedida no fue en los mejores términos, pero gracias nuevamente.

—Ni siquiera nos despedimos, dijo Sergio con un suspiro amargo. Al tiempo que la abrazaba y se despedía de Mislav y Brigitte levantando la mano.

Sergio tomó su maletín y se dirigió hacia la cochera, un Nissan Rogue color plata esperaba fuera, se montó, giró el coche y salió de la residencia dejando a la familia iluminada por el resplandor de un nuevo día en la pequeña población de Fishing Creek.

Los días posteriores a ese encuentro con Sergio Soloman fueron como todos los días pasados. La rutina se imponía día con día, cartas franqueadas por las entidades que administraban el consumo de agua, de gas, de luz y de deshechos de basura llegaban a la residencia de Macarena y Mislav. El verano traía consigo el calor insoportable de las altas temperaturas y las horas se hacían extremadamente largas para Brigitte que no lograba convencer a su madre de darle un poco más de libertad. Entre las clases de francés, las lecturas de verano, las visitas a la biblioteca y las clases de pintura, sus experiencias quinceañeras distaban mucho de las que sus amigas tenían a esa edad. Ir a McDonald's, al cine o al centro comercial era un asunto de estado mayor y de una lista de precauciones que la atormentaban. A veces solo por no discutir desistía de ir con sus amigas y se quedaba horas viendo la televisión o dibujando en su IPAD. Brigitte deseaba que el verano terminase, que las clases, aunque aburridas, eran mejor que estar rumeando la pena de la desaparición de su hermana día y noche. No es que no quisiera que su hermana apareciera, por el contrario, la extrañó desde el primer día, pero sus padres no se habían dado por vencidos en la búsqueda, y en los esfuerzos por encontrarla parte de su vida se estaba yendo a la porra.

Brigitte miraba al lago, su habitación era paralela al cuarto de estudio de Macarena en la misma planta y con la misma vista. Los pinos altos y enjutos y el agua del pequeño lago estaban mudos, el calor alejaba a los patos salvajes y lo único que se escuchaba eran los pequeños pajaritos que tenían un nido cerca de su ventana. Vio a un pajarito robin, al que llamó Charlie, revolotear en la copa del árbol a unos cuantos pasos de ella, asimismo a Antonia, la pequeña ardilla que subía y bajaba como posesa del árbol de donde caían hojas viejas para dar paso al verdor de los nuevos brotes a causa de los cambios de estación. Esos dos animalitos de nombre propio eran su única distracción cuando estaba a punto de volverse loca encerrada en casa. Los autos de los vecinos esporádicamente pasaban frente a su calle, ella conocía a todos sus dueños, los había visto pasar una y otra vez, por las mañanas y por las noches, sabía que su vecino de al lado tenía una camioneta Ford roja y una van blanca similar a las que se utilizan en las construcciones y que la esposa manejaba un auto gris de dos puertas, también reconocía el auto de los vecinos del *cul de sac*, el hijo mayor manejaba un Mustang azul, la madre un Nissan sedan blanco y el padre una Escalade negra, y las familias cruzando la avenida a la izquierda tenían un Camaro, un Fiesta y una moto en la cual el padre paseaba el fin de semana, por los alrededores, ataviado de casco y botas de punta de metal.

No se veían niños andando en bicicleta como el verano pasado, algunas de las familias vecinas se habían mudado desde la desaparición de Drina. El barrio se había «contaminado», le escuchó Brigitte decir a una vecina que caminaba con su perro samoyedo a otra que ejercitaba junto a ella. Era verdad, el barrio estaba contaminado, apagado, se había convertido en una prisión para ella. Suspiró y dejó el IPAD sobre la cama, se puso su antifaz rosa y se dispuso a hacer una siesta, ese día se había levantado malhumorada y no quería saber que su madre la llevara otra vez a repartir volantes. Abajo escuchaba a Macarena picando sobre la tabla de la cocina los vegetales que disponía para la ensalada de la cena, hasta arriba subía el olor a piezas de salmón teriyaki que a ella le gustaban, su padre estaría por llegar. Era sábado, los sábados Mislav llegaba a las seis para disfrutar con ellas de una película en el cine cercano. Se lo había prometido a Brigitte, él se daba cuenta de que su hija menor crecía y que esa búsqueda incesante por Drina la estaba afectando.

Mientras Macarena picaba los vegetales, Brigitte se hundió en un sueño tranquilo al principio, pero, poco a poco, amenazadoras manos la alcanzaban. Voces con lenguajes grotescos se dirigían a ella, aunque no veía rostros, solo escuchaba voces y la rendija de un edificio con ladrillos grises sonaba clic-clac-clic-clac. Continuamente la rendija se movía en un vaivén agitado y la luz mínima que se colaba por ella reflejaba círculos en los pequeños ladrillos. Voces y luego gemidos, gritos y palabras inentendibles, manos sudadas y pegajosas se adueñaban de sus piernas y por fin el rostro de Drina, demacrado, con círculos negros alrededor de los ojos, se acercaba a ella y le pedía: «¡Ayúdame a salir de aquí!», el lugar de donde salían las voces, la luz en círculos y las manos que querían apoderarse de sus piernas largas la hacían vivir un infierno.

Brigitte no lograba ver la habitación por completo, solo pequeños detalles en lo que parecía un espacio suficientemente amplio pero atosigado por olores desagradables. «Estoy cerca, ayúdame a salir de aquí, dile a *majka* que estoy aquí». Esas palabras, entre aleteos y picoteos de pájaros que les urgía salir de su jaula, retumbaron en su cerebro.

Gritos agudos se dejaron oír hasta la cocina. Macarena subió de dos en dos las escaleras, atravesó la habitación y se lanzó a abrazar a su hija, la acunó como cuando era bebé y la besó en los ojos y en la frente.

—¡Todo está bien!, ¡estás en casa y a salvo mi pequeña!

—¡Soñé con ella, *majka*! ¡La vi!... ¡Pedía ayuda, *majka*! ¡Nos pedía ayuda! —repitió, sollozando, Brigitte.

—Está bien, te creo, todo está bien. Cálmate por favor que papá está por llegar. ¿Qué te parece si hablamos de esto más tarde?, ¿después del postre?, ¿está bien?

—Sí, *majka*, tomaré una ducha antes de la cena y bajo a ayudarte.

—Está bien, pequeña, te espero en la cocina —concluyó Macarena y vertió sus caricias de madre sobre el rostro empapado de su otra hija.

Macarena descendió las escaleras despacio, se llevó la mano a la boca, apoyó el cuerpo sobre la pared a su izquierda y detuvo un sollozo que exaltado viajaba desde sus entrañas, parecía un alarido de pena y a la vez lleno de rabia contenida y de frustración. Su hogar estaba llenándose de dolor y de oscuridad cada año que pasaba sin su hija mayor.

Macarena se dijo: «Una madre sabe cuándo su hija está viva. Esto es una señal, Drina está viva, no hay duda de ello». Tratando de manejar la compostura, antes de que Brigitte se enrumbara a tomar la ducha, cerró los ojos y luego los abrió despacio. Bajó los escalones que le quedaban con lentitud, sintiendo que su cuerpo se manejaba solo.

Respiró profundo inhalando los olores veraniegos, los aceites de las hojas de albahaca que hacía unos momentos había triturado en su mortero. Pensó en que tenía que calmarse y seguir preparando la cena, vertió el chorro de aceite de oliva y el queso parmesano en el mortero y esparció la mezcla sobre los tomates amarillos y rojos y el resto de los vegetales cortados bailaban en la bandeja honda traída de Montenegro en el último viaje. Este era uno de los platos predilectos de Mislav. Mientras tanto las palabras que Brigitte le contó martillaban su cabeza: «No me abandones, *majka*, estoy aquí», un fuerte dolor se incrustó en el pecho, y heló su sangre. Los ojos profundos de su hija perdida con aureolas oscuras surcándolos la devolvieron a lo sombrío de la ausencia. Macarena volvió a repetirse: «La sangre llama, la sangre sabe, la sangre condena, pero en este caso, la sangre avisa. Sergio tiene que encontrarla».

•••••

Sergio le había hecho una promesa a Macarena, esta vez no podía fallarle, la culpa de lo que sucedió en el pasado tenía que enmendarla de una u otra forma con aquella mujer de cabeza pelada y ojos pequeños que no encontraba sosiego. Él se sentiría igual o quizá peor si uno de sus hijos desaparecía. Ese era un miedo que lo atormentaba a diario. En su línea de trabajo todo quedaba sobre la mesa y los más vulnerables eran los miembros de las familias. Por ese motivo había decidido, con su esposa, enviar a sus hijos a estudiar a Europa. Todos los miembros de su familia inmediata tenían claro que el trabajo de Sergio no era un trabajo cualquiera, y por dicho motivo se debían manejar con discreción y sin aspavientos sociales. Su familia era hermética y así él lo había querido. La única que seguía en Israel, viviendo en Belén, era su madre que, a los ochenta y ocho años, todavía se manejaba de manera independiente y era saludable.

Su cabeza albergaba la idea de aquellos tiempos cuando él abandonó Guayaquil para unirse a la Inteligencia de Israel. Calculó la edad que tenía Drina, la hija de Macarena y Mislav. No cuadraba en sus matemáticas la suma ni la resta de los días, pero si era verdad lo que él presentía, debía encontrarla para hacer las paces consigo mismo. Las emociones, las memorias y las culpas habían renacido una vez que tuvo a Macarena en sus brazos. Algo se desencajó en su vida metódica y ordenada. El sobre con los diez mil dólares que le habían entregado los Stojak y los ojos vidriosos de una madre que había doblegado su orgullo e indagado en el cielo y en la tierra para incorporar a su vida a su primogénita desaparecida, hurgaron en su conciencia para descubrir sentimientos que consideraba desaparecidos.

Mientras sorbía su vaso con *gin* en las rocas, repasaba las notas que había tomado cuando se suscitó la reunión en la cabaña de Fishing Creek. Tomó el teléfono y llamó al detective Marcos.

–¿Hola? —una voz madura y carrasposa le contestó al otro lado de la línea.

—Marcos, necesito hablar con usted. Soy amigo de Macarena. Me llamo Sergio Soloman y fui contactado por la familia Stojak para indagar sobre el caso de su hija —dijo Sergio de forma directa.

—No sabía que Macarena había contratado a alguien. Ha pasado ya mucho tiempo —replicó Marcos un tanto extrañado.

—Somos amigos y quiero ayudarla —apostilló Sergio sin más.

Ante estas palabras, Marcos bajó la guardia y en tono amable le dijo:

—Mañana, 9:30 *a.m.* Centro comercial en Audrey Kell. Starbucks.

—Nos veremos, seré puntual. Muchas gracias —respondió Sergio y colgó la llamada.

Sergio se dejó caer sobre la cama del hotel, se limpió la boca y cerró los ojos. No tenía sueño, pero quería descansar de la lectura a la que le había prestado toda su atención durante la mayor parte del día. Sin salir de la habitación del hotel había trazado un plan de operación que no tenía ni pies ni cabeza. Las posibilidades de encontrar a Drina eran mínimas, había transcurrido una semana desde el encuentro con Macarena y Mislav y en sus manos, a pesar de haber buscado información, no tenía nada contundente. En una de las paredes del cuarto donde se hospedaba, había un mapa de fotos de la familia, amigos cercanos de los padres, los vecinos y nada más.

El silencio circulaba en la habitación y el ruido del aire acondicionado lo arrulló hasta caer en un adormecimiento. En el sueño empezó a experimentar ansiedad severa, sintió una fuerza que lo empujaba desde la espalda y vio mujeres con pancartas con cuerpos retorcidos, amordazados, estampas de mujeres atadas de manos y pies y luego otras mudas y muertas. Banderas verdes con proclamas sobre la justicia donde se leían consignas en contra de la violencia de género.

Él había liquidado a personas y no tenía remordimientos, no era un mercenario, pero tampoco un santo. Hacía lo que se le indicaba y se manejaba bajo un régimen de honor y silencio. A pesar de todo esto se sintió frágil y raramente confundido. Se dio la vuelta sobre su lado izquierdo, aún con los ojos cerrados se interrogó, «¿desde cuándo le estaba madurando la conciencia?», y la respuesta la encontró en el perfume de Macarena en la Bahía de Chesapeake.

Eran las nueve y quince de la mañana, Sergio pedía un cappuccino venti con extra-café y leche de almendras. Le tomó la orden una joven con el timbre de voz gangosa y casi molesta. No había podido dormir bien y además de estar cansado se sentía irascible porque no entendía esa fuerza silenciosa que lo ponía incómodo. A la hora en punto hizo su entrada triunfal el detective Marcos, su caminar pausado y su voluminosa barriga lo comprometían en cualquier operación, pensó Sergio. Se acercó y se presentó con amabilidad después de haber ordenado café americano.

Conversaron de cosas triviales mientras esperaban sus pedidos, Sergio notó una argolla gruesa de matrimonio que parecía apretujar la carne de sus dedos haciéndolo lucir como un salchichón. Marcos era un hombre alto y fornido, a pesar de su estatura y peso, su mirada de hombre confiable lo tranquilizó y el tono de su voz firme y segura le advirtieron a Sergio que era de fiar. Los cafés arribaron en sus acostumbrados vasos desechables y a medida que sorbían de los líquidos provenientes de aquellos envases que le cambiaban el sabor natural a la bebida, como llegaron a comentar el uno con el otro, dos carpetas dejaron ver su interior con documentos que guardaban detalles sobre las investigaciones hechas en el caso de Drina Stojak.

—Sergio, creo que este acto no tiene nada que ver con un secuestro común y corriente, si me permite —dijo Marcos.

—Yo también lo pienso, Marcos —replicó Sergio—. He revisado algunos de los documentos que me envió Macarena Stojack, y una a una las fotos de todos los involucrados, por así decirlo, en el día de la desaparición de la hija de mi amiga Macarena. No hay un motivo que lo determine como algo personal hacia la familia. Más bien, considero que alguien cercano a la joven lo hizo.

–Sí, afirmó Marcos, al llevar el envase desechable a la boca. Luego absorbió el café en un acto largo y discreto.

—¿Por qué no se interrogaron a los amigos del esposo de Drina?, ese es un punto que me tomó por sorpresa —mencionó Sergio.

—Carlos tiene pocos amigos, los cuales son los de su equipo de fútbol de la universidad. Se tomaron declaraciones a quienes consideramos más cercanos. Usted sabe que en este caso debíamos enfocarnos en el esposo. No encontramos nada.

—Hum… ¿y el FBI? Sé que vinieron y sé que acosaron al esposo de Drina hasta ensañarse con él —comentó Sergio.

—Así es, ya sabe cómo son los del FBI —le respondió Marcos.

Los dos se llevaron la mano a la barbilla en señal de duda o de aceptación, pero después de discutir puntos irrelevantes sobre las declaraciones de los vecinos volvían a la primera idea sobre lo sucedido. No existía nada que involucrara a la familia en esta pérdida irreparable. Era como uno de los tantos casos que existían en las ciudades, la gente era víctima de actos crueles y sin sentido por estar en los lugares equivocados en los momentos equivocados.

—Los Stojak no son una familia pública, los padres tienen trabajos normales, de pasado limpio. Su único gusto excéntrico es viajar —murmuró Marcos antes de sorber su café.

—¿Marcos, usted cree que es una red de traficantes de mujeres la que se llevó a Drina? —cuestionó Sergio—. Es la idea a la que apunto.

—Es lo más posible, Sergio —respondió el detective sin mucha seguridad.

—Lo que no encaja es ¿por qué a ella?, ¿por qué así de buenas a primeras?, ¿si tenían como un objetivo a la niña?, ¿o a las dos?

—Esa es la pregunta que me he hecho desde que me entrevisté con la familia —respondió Marcos.

—He revisado las declaraciones, los motivos… esta investigación me lleva a que Drina tenía un enemigo cercano, y hay que descubrir quién es. Este acto de desaparición no sigue los patrones de un secuestro normal.

—Yo también lo he pensado; sin embargo, a pesar de que he enviado a seguir a su exesposo y a su grupo íntimo de amigos, no hay nada que nos lleve a una pista certera —agregó Sergio.

—Me reuní con una persona que trabaja en la agencia Healing, Restore and Inspire que se dedica a proveer cobijo y seguridad a las víctimas de tráfico humano, en especial a mujeres. Quise entender cómo trabajaban las redes de corrupción y esta persona me entregó una lista de condiciones y características de quiénes son *targets* fáciles de ellos y pues... estamos equivocados. —Marcos tomó una hoja y se la ofreció a Sergio—. Tome, Sergio, quizá aquí está la respuesta a una de nuestras preguntas.

Sergio extendió la mano y tomó la hoja que le ofrecía con las ocho reglas para entender el tráfico de humanos y leyó la lista. En su pensamiento surgió la idea fija de afinar su olfato y hacer lo que fuese necesario para darle paz a Macarena.

Marcos terminó su café y miró su reloj de pulsera, carraspeó y se despidió de Sergio.

—Aquí tiene mi tarjeta, mi número privado está al reverso. Las dos cajas con documentos sobre el caso están en mi departamento, si necesitas algo más no dudes en pedirlo.

—Lo haré —respondió, amable, Sergio estrechándole la mano.

Sergio decidió cruzar la puerta del establecimiento y subiéndose al coche volvió a pensar en Macarena, en su rostro bronceado y sus cejas perfiladas y negras, en su boca rosa y en su aroma que se había quedado con él como una leyenda urbana, enterrada entre ecos sutiles de risas jóvenes y telarañas que el pasado acumula en los sueños.

Lo despertaron unos golpes en su ventana, una mujer de mediana edad le insistía que abriera la puerta o bajara la ventanilla. Se sintió molesto por la insistencia. De mala gana bajó la ventanilla y la mujer le indicó que su neumático estaba pinchado. Con un suspiro de resignación y de formalidad agradeció, descendió del auto y se propuso cambiarlo con agilidad. A Sergio la paciencia se le estaba acabando, debía seguir adelante costase lo que costase. El mes de agosto llegaba a sus días finales y con él, el verano. Pronto debía volver a su vida normal, su trabajo y su familia lo esperaban. Tenía que moverse rápido por la ciudad para descubrir una pista importante que le llevara a saber dónde se encontraba Drina Stojak.

Un mismo suelo gris y caliente apañaba las rodillas del agente Solomon que cambiaba un neumático viejo por otro, su mente analizaba evidencias reiterando que la información recopilada era de utilidad pero insuficiente. Su instinto no lo engañaba. Algo importante faltaba. En escasos veinte minutos el auto arrancó y se dirigió al centro de la ciudad. Recorrer la avenida South Tryon y dejar el auto en uno de los parqueos públicos a pocas cuadras del edificio del periódico del Charlotte Observer, que estaba siendo demolido, le dio la oportunidad de recorrer la ciudad en el *trolley*, de hacer preguntas como un turista más a los choferes de estos. Luego de bajarse en la estación de bus recorrió sus instalaciones poniendo toda tu atención a la asediada vía férrea invadida por estudiantes y por transeúntes que subían y se apeaban para llegar a sus destinos. El escenario era una trama de película, multicolor, con signos de postes que habían ido desapareciendo en los pilares de 2nd Street. Al llegar a la esquina de 7th Street se detuvo y vio cómo un tren se acercaba y otro se iba, se escuchaba agua que corría por una de las cañerías cercanas que estaban reconstruyendo y mucha más gente.

«Drina, ¿dónde estás?, ¿qué ha pasado contigo?», esas fueron sus preguntas. Un ademán de cansancio lo hizo recostarse sobre un carrito de ventas de comida árabe «Halal» y su mirada se elevó hacia el celeste de un cielo a fines de agosto. «No me queda mucho tiempo», volvió a repetirse. Buscó en el bolsillo de su bluyín su cajetilla de cigarrillos mentolados, deslizó uno entre sus dedos y se lo llevó a la boca. Caminó por los corredores del edificio y bajó hasta la siguiente avenida principal. Todos podían ser traficantes de drogas o de humanos, y todos eran víctimas potenciales, de acuerdo con el papel doblado que llevaba en el bolsillo. Las posibilidades de la explotación sexual palpitaban en cada esquina. Su experiencia le decía que en cada rincón habitado era posible que se encerrara el mal. Entre calada y calada meditaba cómo el mal medía fuerzas con el bien, cómo nos observaba, cómo analizaba nuestra inteligencia; jugaba con nuestra cordura y se divertía con nuestra impotencia.

«Está ahí, cerca de nosotros, a nuestro alcance, no vemos al demonio de la carne, jamás lo vemos hasta que el destino nos pone frente a frente», pensó y tiró la colilla.

La tarde se le fue en caminar, entró y salió de restaurantes y de bares. Habló con la gente local, empleados, *jupies*, vendedores ambulantes, acerca de lugares donde podría pasar un momento agradable. Muchos le recomendaron ciertos clubes nocturnos en el área; otros, los bares de los hoteles más prominentes; muchos de ellos le dijeron que estaba de moda «La Jaula». Ese nombre le llamó la atención, preguntó por qué se llamaba así, y le dijeron todo tipo de especulaciones del nombre. Sin dudarlo se encaminó hacia «La Jaula» y se impresionó al ver el edificio portentoso que se elevaba al cruzar los rieles del tren, pasando una de las bibliotecas de la ciudad.

A pocos pasos podía dejar a los transeúntes caminar saboreando un café o un helado o sencillamente sacudirse el calor del verano que los sentenciaba con un ultimátum. El aparcamiento de la calle séptima y la biblioteca iban quedándose solos y, al cruzar los rieles del tren, el entorno insistía en convertirse en un área de intrigas, de pequeños favores y de resistencias particulares. Su intuición no le fallaba, esa área era un lugar prometedor para los que propinaban golpizas en la noche, haciendo del robo algo sin razón, o para cargarse una prostituta. Vio a familias y estudiantes transitando.

La noche fue cayendo, consumir un sándwich y una cerveza en Public Market le permitió medir el flujo de turistas y de locales en los alrededores. Luego, el paseo en carruaje y, por último, el regreso hasta el estacionamiento a pie, le mostró una ciudad vibrante con su encanto sureño y su toque moderno de esplendorosos monumentos. La ciudad lo envolvió al recorrer sus calles, el centro de la ciudad lo dejó sin aliento. Sintió que esta metrópoli tenía espíritu propio, atrevido y hasta apocalíptico. Otro cigarrillo se deslizó entre sus labios secos y partidos por el sol. El viento caliente y bochornoso no lo dejaba pensar más allá de las llamadas que tenía que hacer, al llegar al hotel, a algunos amigos que le podían echar la mano con ciertas pistas en una ciudad a la que poco conocía y a la que encontraba enigmática.

•••••

Entretanto, a trece millas del estacionamiento de donde salía Sergio, Macarena y Mislav Stojak cenaban junto a su pequeña Brigitte. La rutina pesaba, en ocasiones ya no tenían nada en común como temas de conversación, la hora de las comidas se tornaban grises e insoportables y el silencio se dibujaba más peligroso que las palabras. Mislav observaba a su esposa. Seguía siendo atractiva ante sus ojos, pero sentía que el amor se estaba rompiendo. La desaparición de su hija poco a poco los había sumido en un drama familiar. La posible hipótesis de si su hija estaba muerta era un tema embarazoso y del que Macarena se escabullía cuando Mislav quería hablarlo. Brigitte lidiaba con sus cambios de humor y la sombra ingobernable de la transgresión mortal que se había cometido contra ellos.

—Papá —dijo Brigitte con su voz angelical e inocente—, ¿podemos ir al cine mañana?

—¡Claro!, mi princesa, claro que podemos. Elige la película y la hora y me lo confirmas.

—Y, ¿a mamá no la invitan? —se inmiscuyó Macarena para no sentirse excluida.

—No, *majka*, quiero salir con mi padre. Es una cita de papá e hija, siempre estoy contigo y quiero pasar tiempo con él.

Mislav le guiñó el ojo a Macarena y acarició su mano como tratando de evitar una de sus frases irritantes a las que últimamente estaban expuestos.

—Bueno, bueno, disfruten ustedes que yo descansaré un poco, siento que entre el trabajo, la casa y ahora la visita de Sergio estoy agotada. Me siento terrible.

El silencio se apodero de ellos, y la cena transcurrió en aparente armonía, reprimiendo de manera forzosa la frustración que cada uno sentía.

Mientras Mislav y Brigitte jugaban una partida de *scrabble*, Macarena le daba vueltas a las posibilidades que le brindaba el haber recurrido a Sergio, y al mismo tiempo le daba entrada a los recuerdos. La recriminación por el resentimiento del pasado se diluyó al saber que, sin excusas, se había hecho cargo de investigar la desaparición de Drina. De momento sintió un fluir de esperanzas en medio de su angustia. Buscó su celular en el bolso que colgaba sobre el perchero cerca de la salida al patio. Una pequeña tarjeta de presentación asomó su esquina sobre el bolsillo del que sacaba el móvil y el nombre de Evelyn Vivante se hacía presente anunciando su profesión como psicóloga y tarotista.

Esperó a que su esposo y su hija se marcharan y telefoneó a Evelyn. La fantasía de saber a ciencia cierta qué significaba el sueño y las voces de Drina —que en las últimas semanas la envestían por la noche al igual que lo estaban empezando a hacer con Brigitte—, le urgía a llamarla. Marcó el número que tenía en la tarjeta. Al otro lado una voz madura y seria contestó. Macarena, sin más explicaciones, fue de inmediato a lo que deseaba:

—Mis sueños se hacen más frecuentes, Evelyn. Quiero pedirte que te encuentres con Sergio y conmigo mañana al mediodía en Amelie's de la avenida 51 y Carmel RD, ¿te parece bien?

Al otro lado de la línea Evelyn respondió:

—Sí, está bien ahí estaré puntual, *Dear.* Pero ¿qué quieres que le diga? —preguntó.

—Lo mismo que me dijiste a mí. Explícale cómo funcionas, cómo sabes lo que sabes —suplicó Macarena.

—Sí, sí lo hare, lo que tienes que recordar es que la mayoría de los que nos dedicamos a este trabajo no somos de fiar para los que trabajan en inteligencia —replicó Evelyn Vivante.

—Lo entiendo, Evelyn, aunque él también tiene que entenderme, él tiene que escucharte. Te veo mañana, ¿irás? —volvió a preguntar Macarena.

—Ahí estaré, *Dear* —dijo Evelyn y colgó la llamada.

Otra ventana se abría para Macarena, otro hilo de esperanza se dejaba ver de entre la madeja revuelta que como un laberinto de mala suerte sobresalía del hueco sombrío y confuso. Ella tenía que presionar al universo, las cosas tenían que volver a funcionar a marcha forzada. El detective Marcos y Sergio debían escuchar a su amiga Evelyn y ella no se cruzaría de manos. Las demás estrategias que había utilizado no arrojaban ninguna nueva pista.

•••••

La primavera azotaba con chubascos intermitentes y humedad apabullante. Evelyn esperaba a Macarena en la cafetería Amelie's de la avenida 51 y Carmel Road. Era un poco antes de mediodía, pero los comensales no se habían hecho esperar y llenaban las mesas. Madres con hijos, jóvenes universitarios, ejecutivos modernos, mujeres bulliciosas y ella, con su taza de té en un rincón alejado de la entrada que, sin embargo, le brindaba la oportunidad de poder divisar a su amiga al momento de su arribo. Tenía curiosidad de saber cómo lucía Sergio Soloman, quizá él estaría allí primero esperándolas. Haciendo tiempo se abstrajo del ruido y se dedicó a saborear el té y a descubrir sus cartas. Evelyn daba la impresión de ser una mujer cualquiera, no tenía nada de excéntrico en su vestimenta y mucho menos en su maquillaje. Llevaba el pelo recogido en un moño alto que estilizaba mucho más el largo de su cuello blanco, un collar con un pendiente singular lucía sobre la tela del vestido gris. La argolla de matrimonio en su mano izquierda y un anillo de plata de piedras azules sobre la derecha era todo lo que la adornaba. La idea de que la médium o las tarotistas eran excéntricas no se conjugaba en ella.

Sergio la buscaba entre la muchedumbre, pero no daba con la supuesta tarotista. Tuvo que llamar a Macarena para confirmar a quién debía buscar y asegurarse de si ya ella estaba en camino. Dio la última vuelta por el local y logró descubrir en un rincón sobre el ventanal a su derecha a una mujer que a pesar de sus años lucía muy atractiva. El movimiento de sus manos con las cartas lo convencieron de que ella era la amiga de Macarena. Dio dos pasos a la derecha esquivando mesas y meseros que portaban grandes tazas de café y té y se dirigió a la mujer frente a él.

—¿Evelyn Vivante? —preguntó Sergio.

—Sí, soy yo. ¿Quién es usted? —increpó Evelyn.

—Soy Sergio, Sergio Soloman, para servirle —le respondió, extendiendo su mano en espera de la de ella.

Cuando Evelyn extendió su mano derecha él la besó, como en los tiempos antiguos. Este detalle la descolocó porque los hombres no solían hacer eso en estos tiempos. Con una agradable sonrisa se dirigió a él:

—Es muy atento, Sergio, por favor siéntese.

—Macarena está en camino. Me comentó que usted es psicóloga y médium —apuntó Sergio tratando de romper el hielo.

—Así es, soy psicóloga, ayudo a quien lo necesite con una amplia gama de técnicas que aplico de acuerdo con la necesidad de cada persona. Pero me dedico específicamente a dar apoyo a las familias de mujeres traficadas y de niños desaparecidos. Soy médium y tarotista —explicó Evelyn en tono armónico.

Macarena llegó apurada, saludó a cada uno con un beso en cada mejilla.

—Disculpen la tardanza, ya saben, el tráfico es imposible a estas horas del día —dijo justificándose.

—Estábamos conociéndonos —comentó Sergio tomando las manos de Evelyn y posicionando su mano derecha sobre las de ella.

—Bueno, ya que he hecho mi presentación voy a comentarle a los dos que ser médium no es algo de lo que me avergüenzo. No, más bien soy... digamos... hum, una persona que tiene un don o una facultad para comunicarse con la parte energética del mundo —acotó Evelyn para dejar en claro lo que Sergio necesitaba saber antes de entrar de lleno a la lectura que había tenido para Macarena.

Sergio observó a Macarena sin entender muy bien el porqué estaba ahí. Evelyn intuyó el malestar de su acompañante y de buenas a primeras le comentó:

—*Dear*, esto necesitaría de algunas copas de *bourbon* en

casa, pero como no hay tiempo te voy a decir a bocajarro que mis cartas me dijeron que Drina está viva. —Sorbió de su taza de té y parpadeó suavemente esperando que Macarena la secundara en la conversación.

—Yo no soy creyente de médium, ni videntes; ni entiendo las cartas del tarot, ni las bolas de cristal. Mi trabajo es explícitamente de investigación y mi objetivo es recopilar datos verídicos para su uso adecuado; en este caso, resolver la desaparición de la hija de mi amiga —comentó, incómodo, Sergio.

—Su ciberinteligencia, la capacidad tecnológica que utiliza, el equipo, armas y demás son herramientas. Estas cartas que ves aquí son las mías. Así como usted utiliza la lógica, yo también lo hago. Cada quien sus pinches pedos —dijo Evelyn, y con su sonrisa angelical dejó en claro que sus facultades eran tan válidas como las de Sergio.

Macarena oteó a ambos, limitándose a escuchar a sus dos últimas esperanzas. No quería sentirse perdida en ese momento. Deseaba que Sergio escuchara y entendiera que la intuición de madre era un don como el que él tenía para su trabajo y como el de Evelyn, que le había confirmado lo que tanto deseaba saber.

—Sergio, dale a Evelyn la oportunidad de trabajar junto contigo y con el detective Marcos. Yo confió en ella. Tengo la seguridad de que sus facultades son válidas —dijo Macarena.

—No soy novata en esto, *Dear* —confirmó Evelyn—, las cosas no salen a veces como uno desea y en mi caso me he visto en la necesidad de demostrar que no soy una charlatana. Nunca he afectado a nadie, he sido capaz de ver más allá del propio dolor y del orgullo. La energía que desprendemos mientras vivimos existe, y eso es un hecho. Drina Stojak, aunque no está salvo, está viva. Hay alguien cercano que se la llevó de su casa y ese alguien está aquí en esta ciudad.

Sergio no pronunció palabra. Volvió como al principio a besar las manos de Evelyn y se despidió de Macarena con un abrazo.

—Espero quitarte este peso de encima —le murmuró a Macarena.

Las dos mujeres lo vieron alejarse esquivando a las gentes que llegaban en pequeños grupos zigzagueantes al local de café.

•••••

Una hoja en blanco sostenía Sergio frente a él; el bolígrafo era un juguete al que asentaba y aupaba en sus manos y hacía bailar entre sus dedos a la espera de que Marcos terminara de leer por centésima vez los documentos que habían desperdigado por la habitación del hotel. Sumergido en sus pensamientos, no daba crédito a su estancia en Charlotte, nunca había pensado que el destino le pondría a prueba regresando a la mujer que tiempo atrás había amado.

Sergio comparó Charlotte con Tel Aviv. No era distinta; la gente en las ciudades más congestionadas habla alto, la cacofonía general de la ciudad es difícil de sobrellevar, pero en Charlotte el alegre sonido de los pájaros o la lluvia torrencial que se escurría por los ventanales tenía un significado musical al tocar los cristales.

—Pasaría el resto de mi vida con esta lluvia que tiene tono melancólico —comentó Sergio en voz alta.

Marcos se llevó un pedazo de pizza fría a la boca.

—No me gusta esta lluvia, la verdad es que prefiero la arena y la playa y... ¿por qué no?... unas cuantas margaritas. La lluvia me desata el hambre y la tristeza —zanjó la conversación el detective haciendo una mueca.

—El tiempo corre.

—Entonces mejor piense qué es lo que vamos a hacer para cumplirle la palabra a Macarena. Esa pobre mujer lleva una vida de perros desde que desapareció su hija. Imagínese usted, no tener dónde llorarla, no saber qué fue de ella. Si para un padre es duro, aun teniendo donde llorar a su muerto, para una madre como ella, que solo vivía para su familia, debe ser atroz.

Mientras Marcos se deleitaba comiendo con la boca abierta y haciendo ruidos desagradables, Sergio recordó a su madre, que a punta de manotazos le enseñó buenos modales.

—Me da pena el sufrimiento de esa mujer, me recuerda el mío por mi hija muerta —dijo Marcos.

Sergio lo miró nuevamente, no dijo nada y continuó con el juego del bolígrafo y la mirada en el ventanal donde las gotas de agua golpeaban sin control inundando todo a su alrededor. Después de que la lluvia hubo cesado, Sergio se dio a la tarea de poner en orden sus apuntes y fue cuando se le ocurrió ir esa noche con el detective a «La Jaula».

Cuando llegaron al lugar se impresionaron al observar la decoración de gusto exquisito. Los espacios amplios, brillantes y coloridos le daban un ambiente interesante. A la entrada, el *foyer* invitaba a deleitarse con las flores naturales colgando de una base *vintage* semejaban a los centros de mesa europeos del siglo XIX. Pero a medida que recorrían sus espacios, La Jaula los atraía. Los dos en sus cabezas se hacían a la idea de cuánto habían invertido los dueños del lugar. Sin duda alguna, la mano de decoradores especializados le daba vida al edificio que por fuera solo era una construcción de ladrillo que formaba parte de la historia de la ciudad.

El nombre no era el apropiado para un lugar de la categoría de teatro burlesque, donde se hacían distinguidas y sensuales presentaciones de música en vivo y bailes. A Marcos le sonó como eso, como un lugar donde los narcos o los mafiosos iban a ver mujeres encuerarse. La sorpresa que los dos se llevarían sería una de las que jamás se podrían recuperar. El local los envolvería con elegancia y demasiada clase para llevar un nombre tan campechano y de mal gusto.

Sergio se asombró al ver a gente elegante y al fino personal que atendía a los comensales ofreciendo tapas internacionales y licores de primera. Miró las dos cartas que le ofreció una joven con un tatuaje diminuto en su dedo medio en colores dorados azules y rojos.

—Los precios son accesibles —le comentó Sergio a su compañero.

—Para la clientela que frecuenta el lugar, supongo que está bien. Aunque aquí está lo que nosotros no podemos pagar —Marcos hizo referencia a los precios señalando con su dedo regordete el valor de las botellas de güisqui, vino y champaña de la carta exclusiva para las horas de la noche donde celebraciones de parejas o de personal corporativo cerraba negocios.

Sergio siguió observando el lugar, La Jaula era un lugar respetable ante sus ojos; sin embargo, los ojos se dejan engañar muchas veces y obvian lo cierto en algunas ocasiones. La música de Black Violín se incrustaba en las paredes del recinto con su clásica combinación intrigante de hip hop y tonos soul que hacía que el aire se tornara cadencioso e interesante.

Marcos y Sergio, para no despertar sospechas, pidieron dos copas de vino rojo y aperitivos recomendados por la casa.

Pasaron un buen rato sin pronunciar palabra entre ellos, sus sentidos se concentraban en las entradas y salidas, en los personajes del bar, las meseras y los visitantes que departían en el salón. Para las ocho de la noche el lugar estaba completamente lleno, mujeres hermosas y hombres bien vestidos se mantenían entretenidos en sus propias conversaciones, nada fuera de lo ordinario excepto la apariencia de una mujer de cuerpo exquisito y talle apretado que usaba una pañoleta con un broche dorado en forma de dragón. Ella daba instrucciones y vigilaba las mesas desde una esquina.

—Voy a buscar donde saludar a mi amigo —indicó Sergio a Marcos señalándose su miembro—. Necesita evacuar todo el líquido retenido desde el hotel. Ya es hora de que le dé su sacudida.

Marcos se sonrió y lo palmeo en el hombro.

—Vaya, vaya, cuidado se le revienta y luego su esposa lo reclama como nuevo —le respondió el detective, llevándose luego a la boca una barquita de pan pita con puré de berenjena. Sergio se encaminó hacia los baños y él pidió otra copa de vino.

Drina esperó pacientemente en el agujero inmundo donde dormía a que el Chino mandase por ella para terminar la conversación que creyó tenían pendiente. Esperó de la misma manera que esperaba cuando niña a que su papá la llevara a tomar helado o cuando su madre le prometía que irían de compras al centro comercial o cuando Carlos le regaló su mascota. La espera era algo a lo que estaba acostumbrada; sin embargo, la sensación de expectativa la superaba y la ponía de mal humor. Sabía que debía controlarse, que en ocasiones esto podía llevarla a sufrir los malditos episodios de ansiedad. Empezó a respirar, respiraba tratando de que los latidos de su corazón sonaran más bien a las notas graves de un tambor y no a esas notas cortas y agudas que se le agolpaban en la garganta y luego salían solas sin dirección convirtiéndose en gritos y aullidos. El día brotaba con la típica luz que se colaba por la rendija de metal en la esquina de la pared gris.

A veces, Drina se concentraba en los pequeños vientos generados por el ventilador que estaba detrás de ella; entonces era cuando su imaginación practicaba al tiro al blanco con todos los rostros que de vez en cuando se dejaban ver a través de la puerta medio abierta cuando venían a llevárselas. Solo aquellas personas implicadas en el trabajo sexual sabían que atrás de la bodega de licores estaba la habitación doble donde tenían encerradas a las mujeres que se ofrecían. Drina se sentía inquieta, no era la acostumbrada ansiedad que ella conocía, ni tampoco el miedo al que ya estaba acostumbrada. Esas sensaciones las sabía descifrar. Este sentimiento era diferente, se dejaba ver en él una mezcla de expectativa, la misma que le indicaba que alguien la estaba buscando. Quizá ella misma estaba provocándolo porque su plan no había dado resultado. No escuchaba la música en el lugar; sin embargo, podía imaginarse a las bailarinas mover sus cuerpos al ritmo de la música javanesa. Emma le comentó una vez que ella pudo escuchar la música y que Bee le decía a Bernabé que el espectáculo era cautivante, que las chicas que lo ejecutaban no dejaban nada al descuido y lucían como Mata Hari. Emma le preguntó si sabía quién era Mata Hari y ella le había contestado que sí, contándole la historia de la mujer que era espía y bailarina a la vez.

«Mata Hari, quisiera ser ella ahora y bailar, bailar», se dijo, apoyando su cabeza en la pared. Entrecerró los ojos para concentrarse quizá en alguna nota que se escabullera hasta llegar a ella; sin embargo, no hubo más sonidos que los de sus intestinos. Los jugos gástricos recorrían las paredes de sus tripas hambrientas y el sonido ensordecedor del ventilador, al que estaba acostumbrada, la acompañaba mientras las demás dormían. «¿Me estarán buscando?, cómo quisiera confirmarlo, no podemos saberlo porque no tenemos ni una radio ni una televisión. ¡Uuhh!, estoy perdiendo energías y tiempo en darle cabida a mis atormentados pensamientos, creo que mis padres me piensan muerta», caviló.

Mientras Drina no daba crédito a su suerte, en uno de los pisos superiores Sergio y el detective Marcos trataban de descubrir si en un lugar como La Jaula se podría encontrar un indicio de cómo empezar a concretar la búsqueda de los responsables de la desaparición de la joven Stojak. Por el momento se encontraban interesados en Roxana, quien parecía manejar la batuta en la organización del lugar. La Jaula era el reflejo del buen gusto de esa mujer con pañoleta. Sus cabellos platinados la hacían más exótica de lo que verdaderamente era, pensaba Sergio a medida que sorbía de su copa el vino de Borgoña que le sirvieron.

—Disculpe —dijo Sergio a la mesera que los había recibido tiempo antes.

—¿Desea otra copa, señor? —inquirió la joven de cabellos cenizos y tatuaje en el dedo.

—Olvidé su nombre —respondió el.

—Jazmine, me llamo Jazmine –dijo con voz amable y una sonrisa.

—La señora que luce el pañuelo, aquella de cabellos platinados, ¿quién es? —preguntó Sergio.

—Roxana Sebastián es una de las socias y prácticamente la jefa —dijo Jazmine a su interlocutor, excusándose al percatarse de que otro de los clientes necesitaba rellenar su copa.

—Bueno, ya tenemos un nombre por dónde empezar algo, aunque no sabemos de qué nos puede servir Roxana Sebastián —comentó el detective Marcos con la boca llena de comida.

—Marcos, efectivamente no tenemos nada, tenemos un montón de papeles viejos con inconsistencias, tenemos al FBI ocupado en otros casos más importantes para la seguridad nacional, según ellos, y tenemos la aseveración de una psicóloga, tarotista que no se cansa de confirmar que Drina Stojak está viva y que está en esta ciudad. ¡Por algo tenemos que empezar! —zanjó Sergio y bebió el resto del líquido de un solo trago.

—Hum... si tú lo dices, Roxana Sebastián será escudriñada.

Marcos tomó su celular, hizo una llamada y ordenó que le tuvieran en su escritorio todo lo que pudiesen encontrar sobre la mujer que tenía frente a él. Su pasado, sus negocios, sus amantes y hasta el color de su bata de dormir si era necesario.

CAPÍTULO 6

La demencia y la sanidad

«No hay olvido que valga.
Tú guarda los sentimientos que
yo guardo los recuerdos»

A través de la rendija se cuela una mínima luz; llega a través de un hueco diminuto por el ducto donde se colocó el extractor que hace tanto ruido que al principio no me dejaba dormir. El ruido del tren en ocasiones me lleva a la locura; el silbato se escucha claro y los crujidos, que a veces arrullan musicales después de una jornada larga, hacen clac, clac, clin. María piensa que el tren pide auxilio como nosotros, pero no somos escuchadas porque el lugar donde estamos tiene un desnivel y los gritos jamás se escuchan. Creo que los gritos se confunden con la bulla de los alrededores, incluso en la noche desaparecen con la música y los sonidos continuos de los equipos de energía. Los vehículos, cuyas maquinas producen desequilibrios repetitivos en especial los fines de semana, amortiguan la presión sonora de mi voz. El ventilador que está ubicado al lado de la rendija es también el culpable de que afuera no puedan sospechar sobre el componente insignificante que somos para esta mafia vestida de gente respetable aquí en el palacio gris que es la habitación número tres.

Pasaron algunas semanas desde que Drina habló con el Chino y del reclamo de Lola. Otras chicas llegaron a hacerle compañía y a las que se había acostumbrado ya no estaban. Los días transcurrían custodiadas, aburridas de la misma rutina un día sí y otro no. Fiestas sexuales, viajes, calles, clubes de mala muerte. Al principio no se decían nada, solo gemían en la oscuridad de la celda gris. Drina no soportaba volver a lo mismo, es decir, a volver a enseñarle a las demás a acostumbrarse, porque ella no estaba del todo acostumbrada.

Las nuevas muchachas no sabían exactamente si era de día o era de noche, solo estaban seguras de que pronto vendría lo peor. Drina empezó a decir su nombre como ejercicio de memoria. Cuando nadie más la seguía, ella, suplicante, gritaba. «Me llamo Drina Emilia Stojak, mi madre se llama Macarena y mi padre Mislav. Tengo un esposo y un gato, una hermana, ella tiene un perro de peluche que se llama Paco y vivo en Charlotte».

•••••

Puede ser cualquier día.

Me he acordado de mi libreta. Sé que he dejado pasar mucho tiempo sin escribir. Hoy; sin embargo, me han vuelto las ganas. Las chicas nuevas han comentado que Samuel y el Tuerto viajan dentro de Los Ángeles, que el Chino viaja al lado de Lola sellando alianzas y expandiendo los brazos del negocio a otras latitudes. Otro de mis miedos, el de la Yakuza, se ha hecho realidad. Ahora, los brazos de la prostitución forzada son administrados en Asia. Roxana y Bee se han quedado a cargo de condicionar el trabajo de nosotras, «las palomas». La ubicación de una nueva casa de guardado se ha estado cocinando en conversaciones esporádicas. Trato de poner atención a todo, pero estoy cansada, más bien exhausta. El verano ha llegado azotando su calor y es difícil obtener oxígeno.

Más mujeres están ingresando a las filas de esta organización en las distintas ciudades donde el cartel se mueve con el Cholo y bajo la supervisión de Pablo. Bee le dijo a Roxana que hay información de que mujeres están desapareciendo muy seguido en la ciudad y en sus alrededores, lo mismo que niñas de sus escuelas, de sus colegios o de los sectores aledaños a sus hogares. Que la ciudad está empezando a ser empapelada con estas noticias de los periódicos locales. Bernabé también comentó que eso no importa porque las condiciones de búsqueda no son óptimas y que los «marcadores» están avisados y bastante bien entrenados. Además, que el delator, amigo de la mujer policía, dice que los casos siguen siendo archivados por la policía. Me asusta que la policía esté involucrada, o ¿será que solo es un chismoso, pero que esta oficial no está enterada? Nunca se sabe... Creo que Roxana está tomando precauciones. Katarina, una de las nuevas, dice que Roxana está muy molesta con el Chino y que si siguen desapareciendo más en la ciudad nos van a tener que mover de lugar. (No quiero irme de aquí, estoy cerca de mi familia).

Han pasado semanas desde que lo vieron por aquí. Desde que viajó a Japón no se sabe mucho de él. A Roxana no le gusta eso de la desaparición en la ciudad. Ha dicho que puede despertar el interés del FBI y empezar a hacer redadas o poner infiltrados como lo hicieron en Miami y en Houston años atrás. La muerte de un ejecutivo en New York y el caso del tycoon *Jareth Eccleston casi los han puesto en la mira. No sé mucho qué tienen qué ver esos dos hombres, pero parece que si descubren las relaciones de ellos con Roxana pueden desenmascarar al cartel. Roxana se nota ansiosa. Ella nunca pierde la compostura, pero para molestarse es porque algo la pone alerta. Esto que estamos viviendo es una locura. Ha sido una completa locura desde hace casi cinco años. Aislamiento, cadenas, episodios violentos...*

¿Cuánto más tendré que presenciar y vivir?

La oportunidad de escapar no llega, casi desnuda me paseo por la habitación número tres. Hace demasiado calor. Me he mirado los pies y las manos, cientos de veces para entretenerme en algo distinto. ¡Qué absurdo! La esperanza de huir no muere, aunque a veces se disipa por un tiempo o por gusto propio. Las muchachas empiezan a llorar, me aturde el llanto. Extraño a María. ¿Dónde la habrán llevado?, ¿seguirá bailando? Hay tantas cosas que me pregunto, pero no vienen a la mente ahora. Estas noticias me sumen en ansiedad y siento que la depresión va a llegar de visita. Hay días en que me duele tanto el pecho que pienso que voy a morir en esta habitación gris y caliente como un animal sin dueño. En especial cuando recuerdo la escena en donde el Chino me dijo algo como «No compliques las cosas, muñequita, yo voy a jugar contigo, aquí vas a podrirte conmigo y acuérdate, yo contigo todavía no he terminado». El tono de su voz no ha cambiado ni siquiera en el recuerdo, la rabia lo sigue carcomiendo al tenerme enfrente y no obtengo respuesta para su rencor.

Voy a esconder la libreta, ya he escrito suficiente.

Escucho el accionar del cerrojo de la puerta de licores, luego la puerta falsa se abre y veo entrar a Bee y a Roxana.

—Tengo un dolor en el pecho izquierdo, es como aire comprimido —les digo.

Masajeo fuerte alrededor del seno, siento los músculos maduros y la respiración corta.

—No vas a morir todavía, tómate un calmante de esos que te da el *doc* y se te pasará —responde Roxana.

Tiene que ser algo bastante importante para que las dos llegaran juntas, el cuerpo voluptuoso de Bee, sus pestañas postizas, sus cejas delineadas, sus ropas estrechas la hacen más grande y ridícula. Roxana, tan delicada, tan propia, tan distinguida que nadie allá afuera creería que es una víbora que destila el veneno de la desgracia, al caminar me observa.

Creo que la visita no es solo eso, una visita de rutina. Algo se traen, tanto tiempo y las conozco ya. Sigo apretando los músculos del seno, en realidad me duelen. «Vienen a algo, pero a qué», me digo. Me escudriñan, de buenas a primeras me levantan los brazos, me miran detrás de las orejas, me abren la boca. Yo me resisto.

—¡Mmm, mmm! ¡Qué hacen! —grito.

—¡*Open it*!, abre la boca, perra —dice Bee con su acento insoportable.

Roxana con su hablar pausado y su cinismo de preferencia me dio un puntapié tratando de llamar mi atención. Sabe que su actitud me saca de casillas, pero debo demostrar que he cambiado, que mi docilidad es verdadera o, por lo menos, intentarlo con más gracia.

Mientras Bee me sacude los brazos y luego me deja tranquila para iniciar su proceso de tomar nota en su móvil. Me pongo de pie ensayando mis poses con humildad.

—Dígame, Roxana, ¿para qué le sirvo hoy —digo posando mi mirada en los ojos perfectamente maquillados de Roxana. Tengo que dejarle creer que la dueña de la situación es ella.

—*Darling,* tenemos que enviarte a que te arregles, tenerte descuidada no es algo que me agrada, soy tan socia como el Chino y necesito que trabajes conmigo de lleno. Sabes que la vida es corta y la inversión de tu cuerpo es como la prioridad de aprender a apreciar una obra de arte. —Roxana suspiró y se miró la manicura, luego pasó ligeramente la lengua por sus labios y tronando los dedos le dio la orden a Bee de llevarme con Bernabé—. Haz que la bañen, la perfumen, la vistan de acuerdo con la ocasión y envíala a donde hemos quedado. El cliente la espera, debe cobrar por adelantado. Luego tú y yo nos reunimos para coordinar la agenda. Lola tiene vuelto un bobo al Chino que ya no se acuerda que hay un negocio que cuidar aquí también.

Sin chistar sigo como un perrito faldero a Bee y a Roxana, con discreción escondo el pedazo de chicle que mastiqué momentos atrás. Detrás de mí se quedó la habitación de 60 x 60; la culpa, la ira y el poder son también mis incondicionales. Lo que más me angustia son los intentos que maquino en mi cabeza y que por diversas circunstancias no he podido darles vida. La noche es mi compañera, el día me cuesta sentirlo, todo en esa vida ha sido alrededor de la oscuridad, del encierro, de los olores corrompidos y las situaciones lamentables.

Caminamos por el pasillo que me había aprendido de memoria. Afuera el día era soleado, podía darme cuenta de la luz intensa que se colaba por los arcos del estacionamiento, era verano, un verano con ráfagas de viento.

El verano puede percibirse tan distinto en dos lugares de la misma ciudad. Encerrada pocos minutos atrás el calor me producía falta de oxígeno y aquí ya no existía humedad, sino luz refulgente y brisa. La libertad es esto para mí: brisa. Brisa, en los corredores de la universidad; brisa, en los pasillos del supermercado; brisa, cuando viajaba en el Mitsubishi Eclipse de Carlos en nuestra época de novios. El sonido del tren se escucha otra vez. He paseado por estas mismas avenidas. A solo pocos pasos está Brixx, la biblioteca y Public Market, estoy tan cerca y a la vez tan lejos de mi casa que solo de pensarlo me enloquezco. Quiero correr, perderme entre la gente y, ¿si lo hago ahora? ¡Voy a correr!

La furgoneta, que como siempre aguarda con la puerta abierta y en encendido, me espera. El pensamiento de correr desaparece porque Bee me empuja al interior del vehículo. No sé qué pasó, quise correr y no pude. Me dejo caer en posición fetal y empiezo a contar las paradas en los semáforos, a percibir los olores cercanos, a descubrir los sonidos y los ruidos. Mi oído lo he afinado. El sentido de orientación es mucho más difícil por las demasiadas vueltas que da el vehículo. Termino mareada. Me falta el oxígeno, mi cuerpo suda, el sudor recorre mi piel, tengo el cabello pegado en las sienes y las manos están acaloradas y pegajosas. Un chorrito de aire sopla dentro, me acomodo cerca del ducto del acondicionador de aire y me refresca la cara. No puedo ver por las ventanas porque son oscuras, se ve oscuro afuera también. Distingo figuras borrosas de edificios y árboles. Hemos entrado a la autopista. No estoy imposibilitada de sentarme, más bien no quiero hacerlo, tengo desgano.

Es lo mismo, la misma ruta a la casa donde Bee tiene su nuevo local de embellecimiento y eso nos llevará treinta y cinco minutos desde que hemos pasado el último semáforo que separaba la autopista de lo ruidoso del tren. Me entretengo contando los minutos de acuerdo con las palpitaciones de mi corazón, lo hago como una manera de calmar mi ansiedad. Me abstengo de distraerme, no porque esto me cause gracia, sino porque es la única forma de memorizar los lugares en donde pudiera tener la oportunidad de escapar algún día.

En realidad, disfruto de estos momentos. No me molestaba el perfume de Bee, ni el olor a sudor agrio de Bernabé, no me molestaba la música country que toca la radio; por el contrario, me hacían falta estos momentos; aunque tristes, me hacen bien. Todavía recuerdo, tengo memoria. De entrada, le agradezco a Roxana que me utilice en sus planes. Claro, todo debe ser despacio, debo ir haciendo puntos. Debo ser diligente. Cualquier oportunidad servirá para irme de esta vida que me cabrea. «Las cosas cambiarán, todos van a caer, de eso me encargo», me repito dentro de mi espacio tranquilo, mientras, en el camino, escucho los sonidos con cortes de música country.

Cuando llegamos al nuevo establecimiento de Bee me ordenaron bajar de la furgoneta e ir con la vietnamita que la esperaba y había visto algunas veces, era diminuta, la habían traído sus tíos de Hanoi hasta Alabama. Al perder su tío el trabajo la puso a trabajar con Bee para ellos poder estar más holgados; una boca más que alimentar era muy costoso en esos momentos. Bee se ofreció a cuidar de ella como a una hija. Lo que no sabían los tíos de la muchacha era que terminaría de esclava de su propia amiga y ellos no verían nunca ni un dólar por el trabajo de Ly.

La saludo inclinando mi cabeza, ella me apura.

—Vamos a limpiarte. Bee necesita que estés presentable, *com'on, walk fast*—indica Ly señalando la entrada a la sala de baño.

Una tina con agua tibia perfumada y con espuma me esperaba. Asimismo, me tenían una hora de masaje, pedicura, manicura y tratamiento de cabello. Ly me desvistió y se llevó mi ropa a lavar. «La ropa debe estar limpia para Drina y depositada en el interior de la furgoneta dentro de una bolsa plástica transparente», le habían indicado a Ly.

—Ropa lavándose. Entra en la tina, mujer, hay que estar limpia rápido —dijo Ly.

•••••

Drina se fijó en la bañera y entró en el agua sin chistar. Mientras la restregaban pensó que Bee no dejaba de ser un peligro. «Esa negra es peligrosa y rejera, viene de un mundo en el que no se perdona una traición o una desobediencia. Ella, quizá es la más temible. Su codicia puede llevarla a cambiar de bando en momentos de necesidad. Es mejor no tentarla», meditó. Tuvo presente algo que su padre decía: «Al enemigo se lo tiene cerca, así se lo conoce». No es fácil, pero hay que tener paciencia, y obtenerla es trabajo de carpintero. A veces se te va la vida en ello.

Observaba el lugar. Las manos de Ly la despertaron a la vida junto con el aroma en el cuarto. Reaccionó con un ligero escalofrío a la idea de que ni a Bernabé ni a Bee les molestaría matar, ya lo había hecho Bernabé cuando sucedió el episodio del lago, donde las chicas fueron incineradas. Ella también estuvo ahí y su rostro impávido al apretar el gatillo y cavar la fosa no se le podía olvidar.

Tenía como plan no buscar a su familia si lograba salir de la cloaca donde estaba. Temía por ellos. En especial por Brigitte. No sabía qué haría en un principio, pero regresar donde ellos sería imposible; los pondría en riesgo. Sin recursos no sería tan fácil. «Las cosas van a cambiar, me lo prometo, todo va a cambiar». Drina se repetía esto mientras la espuma y el agua tibia le limpiaban toda la porquería que llevaba encima.

El baño terminó. Luego siguió el masaje que le dejó la piel tersa.

Después vino el arreglo del cabello; una vez que lo secaron ya no exhibía el mismo color, ni su largo. Había sido moldeado por el corte y la tintura. Ella se miró en el espejo y vio una mujer sensual, distinta, madura. Era una figura que, a pesar de estar agrandada por los excesos de maquillaje, emergía con una magia que se conservaba en el alma. Bee aplaudía y felicitaba a Ly y a sus empleadas por el trabajo.

—¡Bravo! ¡Bravo! Se han ganado una comida china —les dijo, palmeando sin cesar.

Ella estaba ahí, lista, elegante, reluciente; sin embargo, su mirada en el espejo no era hacia su figura, sino hacia su pensamiento de adueñarse de un escape perfecto. El Chino Lezama no le había hecho caso y la condenó al aislamiento mientras resolvía su vida con su moza. Roxana era el nuevo capítulo que ella escribiría, a la que no le negaría nada. No podía poner sus esperanzas solo en el Chino, ya una de sus ideas no había funcionado. Él se había burlado de sus súplicas de ser bailarina en La Jaula. Aunque su presente era oscuro, ella saldría libre muy pronto. La voz de Bee la despertó de su plan.

—Ahora tú, *go to the* van, que Bernabé espera. Tu cliente es un banquero importante. A comportarse. De esta noche depende que *madame* Roxana te eleve de esclava a *scort*.

—Como digas, Bee, así lo haré —respondió.

Dentro de su mente Drina se hablaba. Era la costumbre. Más aún ahora que no tenía con quién más hacerlo. A medida que se acercaba a la furgoneta y veía a Bernabé masticando su acostumbrado tabaco, recordaba que un amigo de su padre, profesor de psicología, había mencionado en una conversación en casa que hablar con uno mismo no era cosa de locos, que las voces que suenan en la mente juegan un papel fundamental en nuestro pensamiento; nos ayudan a motivar, regular y evaluar nuestras conductas y emociones; que hablar con uno mismo es gratificante porque es parte de nuestra conciencia. «Entonces, yo hablo conmigo misma a la vez que observo a Bernabé», se dijo, gesticuló una mueca de agrado por el pensamiento mordaz y se quedó parada esperando que le abrieran la puerta trasera.

Bernabé se acerca, y Drina se dice: «Luce como un *elf*, enano, regordete y pesado. Siempre huele a marrano y sus dientes amarillos lucen particularmente desgastados hoy». Drina lo mira y Bernabé le devuelve la mirada, abre la puerta gruñendo entre dientes y le muestra la capucha.

•••••

Bee grita: «*Hey, you, dont mess the hairdo*»

La capucha negra viste mi cabeza.

—Existen instrucciones precisas de que nadie más que el chofer y su acompañante sepan la dirección a dónde vas. El cliente lo especificó y Roxana Sebastián tiene que cumplir, pa-lo-mi-ta —terminó diciendo Bernabé.

Una ráfaga de brisa pasa junto a él y me sorprende que huele a jabón, también me sorprende que lleva ropa limpia y bien planchada. Todo el tiempo hablo conmigo; uno, para no olvidar; dos, para acompañarme; y tres, para no desquiciarme. Otra vez comienzo mi plática, platico y me muerdo las membranas internas de la boca, es una mala costumbre. Vuelvo a decirme: «La revelación de Bee me toma por sorpresa, he esperado demasiado tiempo para salir de la pocilga donde estoy. Roxana Sebastián tenía nuevos planes para mí. Eso significa que mi preocupación por dinero para escapar estará resuelta. No quiero demostrar sorpresa ni otro tipo de animosidad. Prefiero seguir con mi comportamiento humilde, sumiso y agradecido. Me cuesta mucho fingir, pero tengo que hacer mi mejor papel»

•••••

Drina otra vez se concentró en sus palpitaciones para controlar el tiempo. Así se le olvidaron los nervios de irse a encontrar con lo desconocido. El acondicionador de aire estaba puesto y la furgoneta olía a limpio. El aroma a podredumbre y a sobacos no le llegaba. Olía a lino fresco y eso era extraño porque Bernabé era un cerdo salvaje. El cliente debía ser alguien muy importante para que se tomaran todos ellos demasiadas molestias. Con un baño y ropa decente habría sido suficiente en otras ocasiones.

La actitud aprensiva y agresiva del chofer la disgustaba, Bernabé pasó quejándose y profiriendo maldiciones desde que habían salido del establecimiento de Bee. Esto la desconcertaba en su esfuerzo por estar tranquila.

«De todas maneras, la gente siempre tiene obsesiones, y el servicio que yo brindo es lo que este misterioso cliente necesita, por decir lo menos. ¿Será apuesto? ¿Por qué buscar a alguien como yo si hay mujeres allá afuera que lo harían sin cobrar?, ¿será un enfermo?». Se truena los dedos, se acomoda los zapatos a ciegas, la capucha le molesta al respirar, trata de no moverse demasiado, no quiere que el vestido se arrugue. Está quieta con la cabeza inclinada hacia el lado izquierdo de la furgoneta, apoyada sobre su hombro, Ya no hace calor, el ducto del acondicionador de aire está calibrado para mantenerla sin sudar. Durante el recorrido, Drina acudió a su diálogo interno: «A los clientes de esta categoría, supongo, les disgusta sudar o tocar a alguien que transpire. Exactamente, no tengo idea de a qué vengo. Me han arreglado antes, pero no de esta manera tan elegante. Se nota que el vestido lo ha escogido Roxana. Bee sería incapaz. ¿Faltara poco para llegar? Este trayecto me sirve para analizar lo desagradable de conocer al ser humano, y confirmo una vez más que los humanos somos capaces de ser creadores y destructores a la vez. Podemos ser como Jack el Destripador cuya vida en el Este de Londres le sobrevivió al sentimiento de manifestación fúnebre. ¿Mi cita será ese Jack de la literatura, y yo seré una de sus víctimas?». Con estos pensamientos, Drina confirmaba lo dicho por el amigo de su padre, sus conversaciones por dentro eran barreras contra el olvido, salvaguardas de la cordura y la voluntad de vivir.

Me siento distinta, no puedo dejar de pensar en este hombre. Esta experiencia ha resultado agradable, ha sido una forma de juego de deleite puro y perfecto. No tiene la menor importancia este momento donde me han vuelto a colocar la capucha, o en el que vi al *elf* de Bernabé esperarme fuera del baño. Regresar a mi cautiverio no sé si se convertirá en una tortura más agresiva, espero que no. Deseo que mi cliente de cabello castaño vuelva a pedir verme. Tiro mi cuerpo sobre la colcha que han puesto en la furgoneta. Me saco los zapatos y la cartera de mano la acomodo como almohada. La radio ha cambiado de música country a jazz porque Bee está con nosotros, a ella le agrada el jazz y a mí también, un poco. Es divertido escucharlo como ahora. La distancia se me ha hecho demasiado corta. Bernabé abre la puerta, me quito la capucha la luz de los faroles me lastima los ojos. Me coloco las zapatillas que me han dado y la bolsa plástica con la ropa que Ly lavó temprano. Coloco los zapatos y el pequeño bolso en una esquina del vehículo. Bee lo ha ordenado así. Ella viene conmigo porque recogerá el vestido una vez que me haya dejado en la pocilga. «El sueño de Cinderella ha terminado», me digo, y entramos a La Jaula.

Se escucha el ruido de los aplausos por el corredor, de seguro los aplausos y la música son para las bailarinas. Quisiera verlas, conocer el ambiente de allá arriba. Se abre la reja de los licores, lo mismo que se abre la pesada fauces de la puerta y luego Bee hace una venia al abrir el candado de la puerta lateral que da a las escaleras. Me quito el vestido y se lo doy. Ella se va meneando sus glúteos redondos acompañados de su cachazudo caminar. Me siento en la taza del baño abro mis piernas colocando mis pies en puntillas, levanto la pelvis y meto mis dedos dentro de mi vagina. Duele, soplo y los meto más adentro, extraigo el rollo de dinero que me dio el hombre con el que estuve. Retiro el condón y pongo los billetes dentro de la bolsa plástica. Me lavo las manos y tomo la libreta negra para dejar sentado un recuerdo agradable dentro de todo lo miserable que he tenido que vivir.

Todo cambió cuando conocí al hombre al que me habían vendido por otros eternos ciento ochenta minutos. Su rostro era el rostro de un hombre extraordinariamente guapo, barba rasurada al ras, barbilla partida, piel bronceada, cabello castaño y cuerpo de Adonis. Al verlo parado en la puerta extendiéndome la mano para entrar a su casa me recorrió el cuerpo un escalofrío diferente, uno que denotaba curiosidad y placer, algo que no entendí, sin embargo, era un algo que me ha hecho sentir muy bien.

No existieron muchas palabras en nuestro encuentro, solo caricias, besos, suspiros, gemidos, hubo éxtasis y en ellos hubo orgasmos. Me asusté de mis reacciones, de sus caricias suaves y delicadas, de su voz masculina, sensual, sincera. Con este extraño no sentí que me daba asco el sexo, no me importó que él pagara por placer ni que yo hubiese sido la escogida por Roxana para estar a su lado. Su piel transpiraba como la mía, su sexo se erguía dentro de mí y el calor de su aliento me inundaba toda. El ritmo de los dos en la cama, acompasado perfectamente, me recordó por un instante a Carlos [siguió repasando las imágenes que volvían a su cabeza]. *Cerré los ojos y empujé a mi esposo al lugar más recóndito de mí, lo dejé en una esquina con llave y me prometí disfrutar de algo que no comprendía por completo, pero que me afirmaba que los demonios tienen diferentes rostros y el mío era uno de ellos. Yo era ya un demonio, el más peligroso y a la vez el más vulnerable o quizá, el más fuerte, y recién me estaba dando cuenta de ello.*

Lo que Roxana me ofrece es un cambio de rumbo. Muy dentro de mí el germen de la fe florece y la esperanza da a luz en una estancia donde mi moral está a prueba. Eso tampoco me amedrenta pensar, el cuento del amor está siendo sustituido por el verbo de la felicidad. Es injusto para los demás, para los de afuera, para mi familia que ha de haber pasado parte de sus días en búsqueda de buenas noticias.

Mi felicidad está en mis manos y en las de este hombre desconocido, de este Adonis sin nombre, de su calentura y la mía, de los gritos que salían de nuestras gargantas sin pena, pero con demasiada complacencia.

¡Absurdo mi sentir! ¡Absurdo mi pensamiento! ¡Absurda yo!, me dije en cada momento donde las caricias encendían mi entrepierna, en cada instante donde él bebía de mi pasión intensa.

—Nadie es imprescindible en este negocio —dijo—. Tú, tú eres distinta, eres una diosa, eres el acceso al paraíso y al infierno. —Empujó su pene dentro de mí con fuerza y sutileza. Se adueñó de mi piel, de mis senos, de mi vientre. Recorrió con sus ojos mi cuerpo y después, sentir que los dos íbamos al mismo ritmo, nos permitió terminar el acto con agrado mutuo.

—Bebe, el vino es del bueno, no es bebida de segunda, una mujer como tú se merece lo mejor. —Al extender la copa con el líquido dorado y burbujeante, bebí deleitándome en el ambiente sosegado, sin ascos ni exigencias.

La noche transcurrió demasiado a prisa, cuando pasaron las horas que habían pagado por mi compañía, me vestí y salí de la habitación. El pasillo de la casa era largo, su color era azul celeste. Pinturas enmarcadas en dorado lo recorrían. Al final de la escalera alfombrada en color taupe descansaba una mesa redonda con un enorme arreglo de flores en color amarillo. Había silencio, un sobre blanco tenía mi nombre, lo tomé, fui al baño y me lo guardé en un condón en mis adentros. Planeo guardar ese dinero y aprovecharlo para irme. Como sea. Estoy segura de que la oportunidad con este hombre se volverá a dar. Una salida con él será lo que me llevará de vuelta a la vida que yo merezco. La libertad.

Escondo la libreta donde siempre, junto con el dinero, y mantengo el secreto de mi encuentro tan dentro de mí como puedo.

¡La espera será una tortura, una lata! La verdad es que esperar estos nuevos encuentros me llenará de incertidumbre. No quiero abrigar falsas esperanzas, ya lo he hecho durante mucho tiempo, no quiero que se me vaya la vida abrigando tener el privilegio de verlo otra vez. ¿Qué más puedo hacer?... Esperar, desesperada por la propuesta de Roxana y por la buena nueva de volver a ver al Adonis de nombre Owen... «Si bien es cierto que los sentimientos conservan su lentitud, los míos estarán a la par de la impaciencia», comento entre susurros aferrada a mis rodillas.

CAPÍTULO 7

Pensamientos analógicos

«Siempre será importante tener en cuenta que, hasta en la mismísima vida hay un margen de error»
—Ricardo Sandoval Celi—

Marcos, sentado en su escritorio, revisa la información solicitada sobre Roxana Sebastián. No dice nada que lo pudiera poner en alerta con respecto a ella. Su pasado no tiene nada de llamativo a excepto de la viudez del esposo multimillonario y la excentricidad de ella de unirse a esta empresa denominada «Familia Internacional». Repasaba las hojas, subrayaba frases «talleres de superación personal» en amarillo. Le llamaba la atención que esta mujer, siendo extremadamente pudiente, estuviera trabajando a altas horas de la noche en uno de sus negocios cuando bien podría contratar un gerente o varios como lo había hecho en sus otras empresas. Anotó este pensamiento dibujando una incógnita en rojo. Marcos jugaba con los iluminadores de color. El registro de llamadas de su IPhone podría ayudarlo.

Llamó a sus ayudantes a la oficina y les pidió que solicitaran una orden judicial para obtenerlo. Lo mismo que la autorización para revisar los videos de seguridad de La Jaula.

—¡*Hey, boys*!, bajo absoluto secreto. ¡Nadie debe saberlo, Nadie!

Luna Iglesias escuchó al detective León por causalidad, el nombre de La Jaula salió de su boca. Ella no supo en realidad qué era lo que se discutía. Las voces actuaban llegando y yéndose en un patrón casi de meditación. Su oído agudo no pudo percibir las instrucciones, pero pudo escuchar el nombre del antro de la calle N. Brevard. La puerta de Marcos León siempre estaba abierta. Era de esos detectives de la vieja guardia y una de sus reglas apremiantes dentro del campo de labores era la política de puertas abiertas. A Luna Iglesias se le quedó la espina de la duda entre ceja y ceja; sin embargo, no se dejó influenciar por los sentimientos de cargo de conciencia y siguió de largo antes de levantar alguna sospecha.

Después de que salieron los ayudantes del despacho, el detective tomó el celular y marcó el número de Sergio. A su alrededor, los demás teléfonos sonaban; en los pasillos, oficiales y detectives cruzaban información, voces a través de los *walkie talkies* se dejaban escuchar urgentes y en su oído repicaba incesante la llamada a su compañero de investigación.

—Que hay, Marcos —contestó Sergio al otro lado de la línea.

—Tu intuición es mejor que la mía, supongo, he leído el reporte sobre la Sebastián y te voy a decir que hay dos cosas que no me terminan de encajar en esta personalidad —comentó el detective.

—Es bueno saber que nos llevamos bien, ja, ja —dijo Sergio y continuó—: qué tal si me lo cuentas esta noche en La Jaula. Te veo en Brix a las 10:00 *p.m.*, ¿te parece?

—Seguro, tú invitas —respondió Marcos y colgó la llamada.

En las horas siguientes les pidió a dos de sus detectives que investigaran todo lo referente a esa tal «Familia Internacional»", de los negocios de Roxana Sebastián.

•••••

Sergio y Marcos seguían vigilando el edificio de La Jaula, gente iba y venía, entraba y salía como si nada. Las noches en la ciudad transcurrían sin pistas concretas en las investigaciones. Todo continuaba como al principio, una madeja que no tenía comienzo ni fin. Drina era una prueba contundente de que la vinculación de hombres poderosos con la justicia local o la del país estaba ya afectada y corroída por quienes deseaban otro tipo de negocio, o quizá por aquellos desequilibrados mentales que se disponían a matar como asesinos seriales y a quienes nadie descubría por su inteligencia o por falta de recursos en las entidades de policía.

La primera opción, a la que más ellos se apegaban, era que algo no cuadraba en la desaparición de Drina; se trataba de demasiadas pistas incongruentes para considerar que fue una desaparición cualquiera. Como estaban enterados de las desapariciones de jóvenes, últimamente muy seguidas, empezaron a hacer averiguaciones discretas en lugares de camioneros, bares, restaurantes cercanos a las estaciones de buses, aeropuertos y demás. Las historias que descubrían, a medida que buscaban a Drina, los dejaban espantados. Eran hombres recios, de guerra, de armas tomar, sin embargo, la dignidad de los y las inocentes que se rescataban en operativos les menguaba las fuerzas.

—El tráfico de inocentes es un vicio que atrapa a niños y a jóvenes, es el robo de la vida, y deja ver la deshonestidad de una sociedad en constante descomposición donde unos son agentes de negocio y otros son la mercancía —comentó Marcos más bien para sí que para Sergio.

—Y la comunidad termina siendo cautiva de criminales —le dijo Sergio mientras sus ojos se posaban a lo largo de la avenida séptima, entre los rieles del tren y la biblioteca.

Desde donde estaban aparcados era fácil tener un ángulo preciso de quienes circulaban en ese triángulo. Vieron cómo los últimos clientes desalojaban La Jaula, algunos en estado de embriaguez tomaban un Uber, otros caminaban cantando al unísono quien sabe qué tonada de moda y parejas en grupo se hacían arrumacos extasiados por el licor consumido y la noche despejada.

—Le he dado vueltas a eso de la desaparición de la furgoneta el día que secuestraron a Drina Stojak —mencionó Marcos.

—Yo también. Estoy seguro de que hubo cambios de vehículos por parte de quienes se la llevaron —argumentó el mosad.

—Las únicas CCTV que captaron la furgoneta fueron las ubicadas en el semáforo de la Shopton Road y en la intersección de Steele Creek. Cuando los helicópteros de la policía siguieron a otras furgonetas, tanto en la autopista como en la salida al aeropuerto, y los patrulleros las revisaron no encontraron a ninguna mujer —respondió el detective.

—Eso prueba mi teoría. La misma furgoneta puede haber seguido hasta la intersección de la 485 o continuar directo hasta la vía de los outlets y ahí cambiar a la muchacha de auto —comentó Sergio mientras sorbía un café aguado.

Marcos cambió el tema anunciando las novedades sobre lo que había enviado a investigar.

—Hay que adentrarnos en esa «familia internacional» averiguar con Roxana Sebastián qué es esa vaina. Por ahí podemos sacar un datico, muchacho.

—¿Qué más averiguaste? —preguntó Sergio.

—No mucho. Los negocios de Roxana son todos limpios. Su vida está limpia. Sus socios son una corporación, los socios de la «familia internacional» son hombres de negocios que no tienen problemas con la justicia. Uno de sus más grandes benefactores es un pintor de nombre Cristóbal Materon. Es un ser anónimo, no hay fotografías, no tiene pasado, no existe prácticamente —acotó Marcos a la vez que se llevaba un *donut* de crema a la boca.

—Habrá que buscar por cielo y tierra a Cristóbal Materon, entonces, mi hermano —apostilló Sergio.

El sonido de los neumáticos de una furgoneta negra, que dio la vuelta justo en la intersección hacia un estacionamiento despejado a pocos metros de la esquina donde el auto que rentaba Sergio se aparcaba, alertó a Marcos, a quien le llamó la atención y que con la boca llena le indicó a Sergio apuntando hacia el vehículo. Los dos se apresuraron a seguirla, la distancia era corta y a esa hora ya el tráfico estaba despejado. Cuando tuvieron en la mira la furgoneta negra, vieron descender a una mujer grande envuelta en un atuendo ridículo, luego a una mujer de vestimenta elegante, de corte moderno, de estilo europeo a quien no se le distinguía el rostro por la falta de luz. De cuerpo pequeño y caderas amplias, de piernas torneadas y cintura de avispa, la mujer se perdió al abrirse la puerta de metal que la devoró junto con sus dos acompañantes.

—No hay nada raro en esa gente —espetó Sergio un poco molesto por el cansancio y el hambre.

—No son ellos, sino la furgoneta negra —contestó Marcos.

—Qué tiene la furgoneta, hay miles iguales a esta, de la misma marca y del mismo color —dijo Sergio pasándose la mano izquierda sobre la barba que estaba creciendo sin ton ni son y la cual le molestaba.

—Sí, tienes razón, puede ser una furgoneta de carga cualquiera, pero no lo es, ¡coño!, una mujer vestida como esa joven no es normal que se escabulla por las entradas posteriores de un lugar como este. Ese estilo de mujer que luce bien y está arreglada de esa forma siempre hace sus entradas triunfales por la puerta principal. Además, ¿no piensas que es fuera de lo común que se transporte en una furgoneta de carga?, y, por último, ella no está queriendo entrar, a ella la están obligando a entrar —vociferó Marcos salpicando saliva.

Sergio despertó de su molestia y en fracción de segundos analizó a los tres individuos que estaban por desaparecer dentro de las gruesas paredes de aquel recinto que él había visitado ya en varias ocasiones, donde el lujo y las extravagancias hacían de las noches de fin de semana el perfecto lugar para que los bajos instintos se despertaran y devoraran la oscuridad al calor de los tragos o de los excesos. Los dos se escabulleron por separado hacia donde la furgoneta estaba aparcada. Marcos revisó el interior de esta y encontró una capucha y un par de cuerdas y rollos de cinta de embalaje. El olor dentro de la misma era peculiar, olía al fresco de Febreeze que le producía alergia. Su olfato no lo engañaba, otros olores se peleaban por surgir y estos no eran específicamente de suciedad. Lo que más le llamó la atención fueron los tacones de mujer y la bolsa de mano depositadas en una esquina.

Eso no era algo que en una furgoneta de carga cualquiera se pudiera percibir. Requisó la guantera y debajo de los asientos, pero no encontró nada contundente. Revisó la bolsa de mano y estaba vacía. Se llevó la capucha negra al interior de su saco y pidió a la estación que verificaran la placa y a quién pertenecía la furgoneta. Intentó correr tras Sergio, pero su barriga prominente se lo impedía. Sergio ya se había escabullido dentro con la agilidad de una serpiente.

—Shit, shit, ¡mieeerda! —Marcos alargó su grito y jadeando bajó la rampa del parqueadero; llegó con dificultad hasta la puerta principal e hizo una pausa lo suficientemente larga y prudente para poder ingresar. Ya lo conocían por ahí, En las noches, con su acompañante Sergio, cuando no tenían más pistas qué seguir se adentraban en ese mundo de obras musicales y de espectáculo para el entretenimiento de las clases pudientes. Ellos, a pesar de la bronca que tenían dentro de sus cabezas, no perdían tiempo para analizar cada movimiento, cada expresión, para observar quiénes eran los asiduos a desconectarse de sus vidas paralelas. Se notaba a leguas en ese lugar que el poder se rodeaba de lobos que iban vestidos de ovejas. El olfato de un mosad y de un detective de años nunca falla. Ellos no se querían engañar con las luces y las sonrisas amables, mucho menos con la buena disposición de Roxana que ya los tenía vistos como dos hombres raros que no perdían la costumbre de hacer preguntas incómodas de vez en cuando, en especial sobre las actividades del lugar y de las chicas que trabajaban ahí.

Roxana no se daba por aludida. Si ellos buscaban algo que ella tenía, no lo encontrarían. Era muy buena para su trabajo. Su olfato tampoco le fallaba y su idea de ellos era algo que no le agradaba. No estaba segura de si eran una pareja de chismosos sin oficio o policías, pero ya pondría a trabajar a la infiltrada que el Chino tenía dentro de las fuerzas del orden. Luna Iglesias era la responsable de haber terminado con aquel *rookie* que lo envió a la cárcel y con algunos otros pequeños «de-ta-lli-tos». Roxana envió un texto a la policía para que averiguara en que andaban estos visitantes incómodos, podía ser algo, como podía ser nada.

La última vez que visitaron La Jaula, ella se había encargado de verificar sus nombres en los recibos de consumo. Tenía uno a nombre de Marcos León y otro a nombre de Sergio Soloman. Los recorridos continuos por el establecimiento, las preguntas aleatorias, las miradas inquisitivas, el querer saber quién era quién afinaron el olfato de Roxana. Ella, muchas veces tenía ese *no sé qué* que atraía a los hombres, pero sus años de conocerlos le servían para diferenciar entre la curiosidad y el interés por el sexo opuesto.

Vio de reojo hacia la barra, sentado frente a ella con su acostumbrado plato de camarones al ajillo y dos cervezas, estaba Marcos. «¿Estará esperando al amigo?», se preguntó, y se dio la media vuelta bajando hasta su oficina donde la esperaba Bee y Bernabé, porque por el momento a ella le interesaba Drina. Estaba segura de que la palomita que el Chino aislaba le servía a sus propósitos. Roxana tenía que dejar a alguien en su lugar, ese alguien debía tener lo que tenía su víctima. Ser educada y, sobre todo, haber trabajado el oficio desde abajo.

—Qué me tienen —dijo. No fue una pregunta, sino una forma de indicar que esperaba que sus planes hubiesen funcionado.

—El «banquerito» ha quedado *content*, Roxana, *He ain't going to fly off her arms... reckon, you hear*?

—Con tu inglés, Bee, *madame* Roxana no te entenderá. *What you talk ain't English girl, your papa ain't teach you well*?! —Soltaron una carcajada.

—Bee se sostuvo la barriga y su reír de hiena se escuchó entre las cuatro paredes de la oficina.

—*If the Little Dove* enamora al banquero, tu vejez estará asegurada *madame* Roxana.

—¡Exactamente, *Darling*, no tienes idea! —comentó Roxana prestando oídos a la fecha de la nueva cita que pretendía. Acercando el video de la cámara de vigilancia, observó desde su escritorio a Drina llegar radiante.

Un brillo en el rostro, que no era exactamente de maquillaje, se reflejaba en la muchacha. Drina le hacía acordarse de sí misma, de sus inicios, de la locura interna que tuvo que dominar para estar dentro de la lucha encarnizada de poder sobrevivir. *Madame*, proxeneta o como la quisieran llamar las autoridades o la sociedad, ella tenía un sexto sentido. Acomodando papeles y anotando en su agenda los pendientes del nuevo encuentro, a Roxana se le vino a la mente que a Drina le quedaba un año más de productividad antes de que la mataran los aislamientos o las manos del Chino. «Todo en la vida tiene su fecha de caducidad, yo la tengo, ella la tiene», mencionó para sus adentros con un ligero temor.

Telefoneó al bar y preguntó:

—El cliente que tienes en frente, Marcos León, ¿está acompañado de su amigo?

—Todavía no —respondió el *bartender* y ella colgó.

Se sentó en su silla giratoria italiana, acarició la suavidad del cuero dejándose llevar por la respiración acompasada y el tintineo de los hielos en su vaso de güisqui. «Lo importante esta noche es que Owen ha cuadrado otro encuentro. Ahora la gallinita de los huevos de oro está encerrada en su jaula soñando con el mejor sexo de su vida, de seguro. Conozco a los de su clase. Ella será mi sucesora», se dijo con la frialdad que la caracterizaba. «Nada ni nadie me quitará las ganas de convertir a la muchacha en mi seguro de vejez. El Chino Lezama será una piedra en el zapato para llegar a mi objetivo, debo hablar con él lo más pronto posible. Debo proponerle un trato de amigos».

A esta altura de su vida a Roxana no le gustaban los problemas, pero su bienestar estaba, ante todo, primero que el bienestar de nadie más. «Las sociedades también llegan a su fin», volvió a repetirse en silencio. Abrió la caja fuerte y sacó el dinero que debía pagarle a sus empleados. Roxana salió de su oficina, les entregó a Bee y a Bernabé el pago por los servicios y los despidió indicándole las gradas hacia los pisos de abajo.

En el mismo nivel de la oficina, saliendo por un corredor y llegando hasta la barra, se encontraba el detective Marcos quien se acomodaba la corbata y secaba los rasgos de sudor que brotaban de las entradas de su frente. Ya había consumido una de las dos cervezas que había ordenado. Estaba inquieto porque Sergio no aparecía a su encuentro ni contestaba el móvil. Para tener un mejor ángulo del salón y de la escalera principal, se acercó a una de las mesas que estaban vacías y pidió un güisqui. Necesitaba algo más fuerte para aplacar la sensación de angustia y de éxtasis por las supuestas pistas descubiertas. Pensaba, entre tanto, que las pruebas no eran muchas, no eran pistas contundentes; sin embargo, a partir de ese momento se descubriría algo; había tomado la capucha y tenía una foto de la serie de la furgoneta sacada de la puerta del conductor y de las placas. Sus dos manos estaban ocupadas, sostenían la cerveza y el vaso con güisqui. Esperaba la llamada de su colega con respecto a la información de a quién pertenecía el vehículo. «¡No puede ser que demore tanto el dato de una pinche placa y de un conductor!», hizo ruidos con el anillo en su mano derecha contra el vidrio de la botella. Sergio todavía no aparecía. Las bailarinas estaban siendo anunciadas para su espectáculo de baile, las luces se volvieron tenues y poco a poco las melodías de Coldplay, The Doors, Bruno Mars, Lady Gaga fueron disminuyendo hasta que la música de Java, en una mezcla tradicional y contemporánea, iba metiéndose en los cuerpos de las danzantes que ejecutaban movimientos únicos y sensuales. Los trajes de piedras, la joyería, los velos y los cuerpos semidesnudos captaban la mirada de los asistentes. Incluso Marcos se sentía embrujado por el fuego enardecido que salía de cada movimiento. Cada pierna, brazo, cadera lucían sus bellezas en su máximo esplendor.

Con los ojos casi fuera de sus orbitas igualmente buscaba a Sergio. No lograba ubicar a su compañero, él sabía que los dos eran radicales y cortados por la misma tijera. Sabían cómo sobrevivir a cualquier inconveniente que se presentara. Los minutos se prolongaron y no había rastro de aquel terco ecuatoriano-israelí que llevaba el demonio por dentro, era un demonio del pasado, un Cachano que revolvía sus miedos, sus penas, sus espacios que habían sido llenados por una familia a la que mantenía alejada por seguridad, a un Belcebú con otros nombres que ahora le quemaba el cuerpo y le tenía la lengua anudada para preguntar si a quién buscaba era su hija. Marcos sabía que Sergio quería encontrar a quién culpar por sus errores, quería limpiarse la culpa de la juventud que le había revelado en esas reuniones largas revisando confesiones y papeles viejos, es por eso por lo que había acudido al llamado de Macarena como un perro arrepentido.

«Cuando los enemigos estaban cerca, un error, un descuido y todo puede salir mal», pensó, bebiendo ahora de la cerveza.

Las sospechas los unían en estas circunstancias y esa noche que estaba a punto de volver a abrirle paso al día, les podía devolver el alma al cuerpo o arrancársela para siempre. Con los años había aprendido a oler al peligro. Algo en esos momentos lo molestaba, no podía definir exactamente lo que era; sin embargo, la intuición está arraigada más en las tripas y las suyas eran nudos de marinero.

Sergio apareció dentro del estómago de cemento de La Jaula, en donde sus pisadas se convertían en ecos que no tenían anillos de protección. Los corredores del edificio, que una vez había sido el edificio de In Quiet Rooms —donde la poesía y el jazz, con frases y notas elocuentes, fueron transformando la sociedad que no tenía acceso al arte—, ahora, abrazaba a los *yuppies* en un todo diferente. No había nadie a su alrededor, todo se hallaba en silencio. A medida que subía las escaleras al primer piso los ambientes cambiaban, las oficinas se dejaban ver cerradas, las luces y la música aparecían como manos que lo despedían al subir. Sergio quería escuchar cualquier detalle que le diera indicios de que la mujer de blanco y cabellos cortos estaba en alguna parte, a salvo, pero no vio a nadie, ni siquiera cuando se mezcló entre la poca gente que quedaba en el local y las bailarinas que se retiraban ataviadas con sus trajes que abrigaban los cuerpos delgados y atléticos.

La noche seguía haciendo de las suyas, Marcos, intranquilo se tomó de un trago el güisqui que había ordenado, la corbata le molestaba, el ruido lo ponía nervioso, la gente que revoloteaba como mariposas monarcas lo aturdía y los latidos de su corazón le martillaban no solo el pecho sino las sienes. En su mente se hacía las preguntas, «¿qué tal si a Sergio le surgió un inconveniente?,

¿será que alguien lo descubrió y se dio cuenta de que estaba escabulléndose en busca de algo? Si llamaron a la policía nuestro plan se acaba aquí. ¡Mierda!, ¡mierda!, ¡shit!».

Se dispuso a levantarse para ir hacia las escaleras que lo llevarían a las oficinas y a la salida posterior cuando sintió una mano que le presionaba el hombro izquierdo, era una presión ligera, pero de característica contundente, la respiración agitada de su acompañante desconocido lo alteraba. Toda esta tensión era inusual que le afectara; pero, o se estaba volviendo viejo, o realmente su olfato podía oler el riesgo de encontrar víctimas de la trata a quienes pondrían en peligro.

Su mano derecha acercó el vaso de güisqui vacío y con la misma sostuvo la mano que sostenía el hombro, lentamente giró su cabeza hacia la dirección donde se encontraba la sombra y con gran alivio descubrió que era Sergio, sudoroso y con el rostro rojizo y otra vez desencajado.

—¿No he encontrado nada, Marcos, esas gentes desaparecieron, no entiendo a dónde pudieron ir, ¿no los viste entre la multitud? —preguntó Sergio con voz cansada.

—No, ellos no estuvieron aquí, he estado alerta en todo momento —contestó el detective desamarrándose la corbata.

—Tengo una idea fija con este lugar, aquí hay algo que no puedo descifrar, pero que es real y peligroso —acotó Sergio.

Levantó la mano al escuchar a una de las meseras del lugar hacer la última llamada para servirse un trago. La muchacha se acercó amable y le trajo dos vasos de güisqui que él había señalado y Sergio atisbó el mismo tatuaje que Jazmine, la primera mesera que los había atendido en La Jaula, llevaba. Este detalle se le grabó en su cabeza.

La noche bajó su telón oscuro y húmedo, la lluvia cesó su ruido de tormenta y se convirtió en rocío ligero y musical. Una llamada alertó a Marcos.

—Diga, aquí detective León.

La voz de uno de sus ayudantes se imponía presurosa:

—El dueño de la furgoneta es Bernabé Lawrence; no tiene antecedentes. Nacido en Durham en el sesenta, sirvió en el ejército. Le dieron de baja por un accidente. Rotura de ligamento, nada grave. Reporta taxes y es su propio jefe. Por lo que se informa, no hay infracciones de tránsito y la mayoría de los trabajos son en construcción. Hay algo interesante, jefe —dijo la voz.

—Qué es, muchacho, habla ya.

—Bernabé está empleado por La Jaula.

—Gracias —dijo Marcos y colgó.

Se dirigió a Sergio acomodándose la pretina del pantalón y el saco, y con una gran sonrisa le comentó a su compañero:

—Tenemos de donde jalar la madeja, mi amigo. Hay buenas noticias. De su chaqueta retiró la capucha que encontró en la furgoneta y sacudiéndola se dejó nuevamente escuchar—. Hay que llevar esto al laboratorio. Si tenemos suerte habrá un cabello que podamos cotejar con las que han desaparecido. Esa mujer que vimos no es una mujer cualquiera —apostilló Marcos.

Los pasos cansados de los dos hombres se dirigieron al auto que los esperaba en el parqueo a la vuelta de la cuadra de North Brevard, desaparecieron en las calles hacia el lado sur de la ciudad.

Al mismo tiempo, Luna Iglesias se apresuraba a contestar el mensaje de texto de Roxana Sebastián desde el cubículo de la estación de policía.

«Sergio Soloman no es americano, no está en el sistema. Necesito más información sobre Marcos León».

«¡*Fuck*!, ¿para qué te pagamos?, aquí dice Marcos R. León en el recibo. ¡Necesito esa información ya!», respondió Roxana presionando las teclas de su IPhone, enervada, luego subió hasta el bar, pero a quienes ella buscaba ya no estaban.

«Averigua lo que puedas, ¡ahora!», volvió a teclear en su IPhone a la oficial. Regresó a su oficina iracunda y mortificada por la ineptitud.

Macarena, con una taza de té de manzanilla, observaba cómo la tormenta que venía al encuentro de la ciudad había acallado su rabia y se había amansado dando paso a una mañana húmeda, fría y gris. El verano estaba siendo igual de raro que la primavera. Precipitaciones de agua, tornados, tormentas, deslaves, derrumbes, fuego en Los Ángeles, maremotos y tsunamis, destrucción y malas energías que arrasan, que hacen perder el paso, «son zarpazos recios», pensaba.

No había podido dormir esa noche, un pensamiento desconcertante la perseguía, ese era el de saber con certeza si encontraría a su hija. Mislav la había sentido dar vueltas en la cama, por último, escuchó sus ligeros pasos llegar hasta la escalera y descender a la cocina donde la tetera respiraba con apuro indicando que el agua para el té estaba dispuesta.

Él bajó las escaleras y llegó hasta la cocina, encontró a su mujer con los ojos inflamados, con bolsas que acumulaban agua y pena contemplaba la vista húmeda de un día que comenzaba a despertar. La observaba recostado en la esquina de la puerta, cerca del refrigerador, esperando que Macarena se percatara de su presencia, pero ella se encontraba abstracta del mundo real, del mundo de su propio marido.

Mislav sabía que esa mujer sufría lo indescriptible y que, a pesar de ese sufrimiento, de los casi cinco años en que habían enfrentado la desaparición de su hija mayor, sus ánimos eran bastante buenos. Drina no volvía a casa, no existían pistas concretas y razones congruentes para su desaparición. Sergio, el mosad y exnovio de su mujer no daba señales y ellos seguían sintiendo que la vida les estaba cobrando por algo que no sabían comprender.

—No has podido dormir, ¿eh? —hizo la pregunta arrastrando sus *erres* y posando un beso cálido en la coronilla de su esposa.

—No, no he podido. Ya lo sabes, en estos últimos años mi sueño no es de lo más cómodo. Tengo la sensación de que he vivido demasiado y que la vida me está pesando en lugar de provocarme sensación de alegría y alivio.

Macarena se apresuró a preparar un té para su esposo, al hacerlo le devolvió la misma caricia que minutos antes él le había hecho. Le agradaba revolver los cabellos rizos y largos de Mislav. Ese estilo descomplicado de maestro de universidad, que lo hacía ver más intelectual y bohemio, le encantaba. Le sonrió mirándolo a los ojos y también lo besó de la misma manera, en la coronilla.

Sirvió sin apuro la taza de té y los dos posaron la mirada a través de la ventana hacia el infinito gris de un cielo de fin de semana. Mientras Brigitte dormía, ellos trataban de reiniciar sus conversaciones matutinas, hacía mucho tiempo que los dos no se amaban ni tenían un tiempo libre para ellos. A raíz de la desaparición de su hija Drina, había momentos interminables de tristeza, de gritos, de emociones complicadas y complejas... de culpa. El romance había quedado relegado a ser una de las actividades menos importantes, tanto así que los había alejado al uno del otro y en ocasiones se miraban los dos como desconocidos a pesar del hermoso matrimonio que tenían.

Leyéndose las ganas, subieron a su habitación y se amaron como la primera vez. Se entregaron por completo el uno al otro en cuerpo y en alma y se perdonaron las omisiones y los reclamos que los hicieron desgastarse, murmuraron palabras de afecto, descubrieron sus pieles nuevamente, hurgaron en su intimidad y se abandonaron al mismo sexo que tiempo atrás había sido tan bueno. De una u otra manera la excitación del momento creaba una atmosfera que se sentía especial. El aire traía un motivo de esperanza, de buena vibra, de creer que a pesar de todo lo injusto que les tocaba vivir, todavía se tenían el uno al otro y tenían a su hija menor. Macarena se dejó llevar por el aliento tibio y los besos tiernos y a la vez apasionados de Mislav, se arrojó a los brazos del amor de su vida, del hombre que la hizo creer que tendrían un futuro juntos y que le cumplió. Su matrimonio estaba lejos de ser un matrimonio perfecto; eran humanos, erraban, pero se amaban sobre todas las cosas y eran los mejores amigos. Ella lo pensaba, y con los ojos cerrados se dejaba querer. Su marido la enamoraba, la poseía suave, sin apuro, le daba tiempo, siempre le daba tiempo, y ella lo recibía a la altura de las circunstancias.

—Tengo algo que contarte, Mislav —mencionó Macarena en medio de los cuerpos desnudos y de las sábanas revueltas. He estado viendo a una médium, es una psicóloga muy reconocida y tarotista. Ha venido a casa y me ha dicho que Drina me busca, que nuestra hija está cerca, que su alma está resquebrajada, pero que los sueños de Brigitte y los míos son indicios de que está pensándonos, de que no nos ha olvidado.

—Amor, no pierdas las esperanzas de que tendremos noticias sobre nuestra hija. No quiero que te entregues a ideas que a lo mejor más adelante te puedan lastimar, suficiente hemos tenido con toda esta ausencia —dijo Mislav mirándola a los ojos.

—No quiero que te enojes, quiero que me comprendas, soy madre —dijo ella.

—Por favor, ve con calma. Es mejor que no comentes nada con el detective Marcos ni con el mosad —apostilló Mislav.

Macarena se abrazó de su pecho descubierto y asentó con la cabeza, besó la piel de su esposo.

—Aunque nadie me crea, ella, Drina, volverá pronto. Mi muñeca está viva. Lo sé. Una madre sabe, una madre como yo siente ese viaje que hacen las almas pidiendo ayuda, créeme por favor.

El tono de súplica cavó un hoyo en el corazón de Mislav, suspiró tan hondo como pudo para sostener la voz quebrada dentro de su garganta y lo mismo las lágrimas que querían huir desde las orillas de sus ojos. No quería lastimar la vulnerabilidad de su esposa ni tampoco dejar de creerle. A medida que su mujer lo acariciaba, él llenaba su cabeza de reflexiones y preguntas. «Cualquiera que sea el responsable de la desaparición de Drina es un psicópata. No la han encontrado en ningún hospital público, ni privado ni en la ciudad ni en otro estado. ¡Dios, no me castigues!», se dijo y volvió a preguntarse: «¿Estará muerta?, ¿la habrán sacado del país en esos negocios clandestinos que se hacen para comercializar mujeres para el turismo sexual?, ¿qué ha sido de mi pequeña, Señor?». Todas esas preguntas surgían en un instante, a la par que las caricias de Macarena lo cambiaban.

Macarena entre besos y zalamería le comentó:

—Evelyn es una voluntaria de una organización que da soporte a las personas que sufren de abuso sexual y de violencia doméstica en la ciudad. —Hubo un silencio por parte de ambos. Mislav volvió a acariciar la cabeza de su mujer en señal de atención y ella continuó—: esta organización tiene lazos con otras organizaciones federales que luchan por erradicar la esclavitud de los niños y las mujeres. Aparte, Sergio ya lo sabe. Estoy siguiendo mis instintos de madre, Mislav. Nuestra hija nos está pensando. Por favor, créeme.

—Te creo, cariño, te creo, pero toma las cosas con más calma, han sido demasiados años de sufrir.

—Lo sé, sé que ella estará con nosotros a fin de año, este año ella volverá a casa.

—Si está en las manos de Dios, será así. Este vacío enorme se reducirá a una alegría sin tormentos. A una alegría completa. Ojalá que sea así —dijo Mislav. Haciendo una pausa, y cubriéndose en los abrazos de su esposa continuó—: te soy mucho más útil Macarena si me dejas ser tus ojos y tus oídos. En ocasiones hay que apoyarse en la familia a pesar del dolor... No nos dejes fuera de tus planes, aunque a veces nos neguemos a seguir tu ritmo, entiéndenos. A Brigitte y a mí nos duele todo esto.

—Lo sé, lo sé amor, lo siento.

Los dos se arroparon con los brazos y el amor lo curó todo. Todos los raspones, las heridas, las ausencias momentáneas, los gritos, la rabia. El mal que les habían hecho estaba con ellos como el frío de la muerte. Eso no se podía curar sin amor, y el amor de ellos era inquebrantable.

Los pasos de Brigitte alertaron a Mislav y a Macarena. Como jovenzuelos que han hecho una travesura se apresuraron a ponerse los pijamas y mientras lo hacían sonreían como dos enamorados. La puerta se abrió y la cara inocente de su segunda hija asomó entre la madera de la puerta y con su sonrisa dulce se abalanzó en la cama junto a sus padres y abrazándolos les dijo cuánto los amaba.

—¡Awww, Awww!

La mano en el pecho de Macarena trataba de calmar la punzada agónica que se reflejó en las carnes. Las palpitaciones de su corazón le provocaron ahogamiento. Empezó a aletear como las palomas heridas. El aire le faltaba, encogía su cuerpo y lo estiraba a la vez que movía su cabeza de un lado al otro con desesperación. Sintió de pronto que se ahogaba, no podía controlar la especie de angustia que la atrapaba sin razón aparente. Mislav y Brigitte trataron de controlarla, o más bien de ayudarla a calmarse. No sabían qué hacer exactamente, más que buscar el frasco de Valium que Macarena había escondido hacía tiempo para no ingerirlas y enviciarse con fármacos que, además de provocarle estreñimiento, la hacían actuar como lo hacen los muertos vivientes en las películas de George A. Romero. Después de un momento, los dolores desaparecieron. Su cuerpo se quedó estático, sus ojos abiertos, casi en blanco y su frente aperlada por el sudor que le provocó el ataque de pánico. Brilló pálida junto con lo fulgurante del día.

Al otro lado de la ciudad, Drina también era víctima de los ataques de pánico. Los gritos se le atoraban en la garganta, una corriente de aire la atrapaba provocando escalofríos y entumeciendo sus extremidades a tal punto que no podía moverse. Su cuerpo se convertía en alimento del miedo. El miedo era un demonio que no la dejaba vivir, era un demonio primitivo, antiguo, de fuerza que se infiltra y convierte a su subyugado en una sombra. El miedo la cazaba, era un patrimonio, un hábito, una rabia que formaba parte permanente de lo que ahora era su vida. Pensaba en su madre, la llamaba con chillidos en lugar de frases coherentes.

Quería gritar su nombre, pero no lograba vocalizarlo, cerraba los ojos y los abría una y otra vez, trataba de concentrarse, evitando que las sensaciones de esta criatura maligna la doblegaran. Estaba maldita y maldita estaba Macarena que sentía la angustia de lo inexplicable y de lo invisible.

El chillido de Drina se agudizó después de un espacio largo

y tormentoso, por fin se escapó amargo y con lágrimas que enjuagaban su guerra en contra de la muerte que venía sintiendo. Se había revolcado con el odio y el infierno era su dueño. Tanto ella como Roxana sabían que en un año más ella no valdría nada, que luego sería desechada sin ningún remordimiento.

—¡*Majka, majka*!, ¡no me olvides!

A veces sus fuerzas flaqueaban, sus sentidos se confundían y daban paso a las manías de quienes la utilizaban. Había demasiadas cosas de por medio, existían tiempos perdidos, temores que cortaban el aire a cuchilladas, era una pésima idea aferrarse a la esperanza, como tantas veces lo había hecho durante casi cinco años. Su familia le importaba mucho y aunque no era suficiente para olvidarse de que en el mundo que vivía lo importante era el «negocio», las cosas simples que recordaba la mantenían más viva que nunca en ese momento de horror.

Ella no podía prometerse ya nada, a partir de ese momento debía recordar que aliarse con los que le habían jodido la vida era la mejor opción, no era la mejor para volver a casa, pero era la mejor opción para que su familia no sufriera otras pérdidas. El Chino Lezama era de temer, Roxana y Bee también lo eran. Su paraíso ya no existía, las ganas de volver a casa seguían presentes, pero si algún día salía de ese mundo —que no creía que podía suceder— sus ganas serían marcharse lejos, empezar de nuevo en un lugar remoto donde exista una vida simple, con una extensa playa y un mar azul que acariciara sus penas para sentirlas menos. Quería vivir a la sombra de todo, pero para eso habría que salir primero de la vida en el doble compartimiento atrás de la bodega de tequilas y de las paredes grises que la rodeaban en el cuarto que medía 60 x 60 y cuyo baño diminuto ya nadie más que ella ocupaba. Ya no existía a su alrededor a nadie a quién defender, ni a quién convencer de huir, las niñas que se habían convertido en mujeres a la fuerza ya no compartían sus bailes de punta ni sus estampas de revistas coloridas pegadas en la pared. Las que aparecían agujereadas entre los dedos de los pies también se habían ido lejos con sus remordimientos y sus adicciones, sus lamentos inconformes no tenían oportunidad en sus paredes. Todas se habían marchado y ella continuaba ahí, sola, íngrima, consciente de su desgracia, llena de ideas equivocadas, una de ellas era el suicidio.

En todo ese tiempo no había pensado en suicidarse, pero esa mañana quería buscar algo con que rasgarse las venas porque colgarse era imposible, el techo era alto, no había un banco para sostener su cuerpo ni existía una cuerda para hacer el nudo de marinero que su padre le había enseñado en un viaje a Dubrovnik cuando pequeña. Esos recuerdos estaban frescos en su mente... algunos recuerdos estaban presentes, pocos ya, como el del sabor del chocolate que su madre le enseñó a hacer, o como la fragancia del cabello de Brigitte en el tiempo de Acción de Gracias. A su hermanita le gustaba disfrutar de los baños con olor a especias dulces y que su cabello oliera a otoño. Quería correr a los abrazos de su *otac* y escuchar sus palabras que arrastraban las *erres* con cierto acento infantil; también quería correr hacia su madre y, en especial, a su voz contundente, amable, risueña. «*Majka,* extraño tus conversaciones de opinión política, tu perfume español de violetas... y a talco... y a verbena. ¡*Majka, majka*!, ¡sácame de aquí!», repitió varias veces.

Pasó un tiempo largo, se calmó poco a poco, volvió a hablar sola: «ya no quiero recordar o más bien no puedo. La mente me juega malas pasadas, en ocasiones no sé si los recuerdos son ciertos o se mezclan con la ilegalidad de los estupefacientes que me dieron al principio y con las medicinas que me atan a la realidad por los ataques de pánico». Se limpió las lágrimas con la palma de sus manos y se dijo a sí misma: «resiste, Drina, resiste».

CAPÍTULO 8

El pacto con el diablo

«Concluimos pues, que el pacto no puede tener fuerza alguna, sino debido a utilidad, y que, suprimida esta, se suprime *ipso facto* el pacto, y queda sin valor»
—Baruch Spinoza—

No es miércoles

No sé si es verano, otoño o invierno, la temperatura es tan cambiante aquí. Lo que sé es que mi piel se enchina y se siente la bruma cayendo en la habitación. Por la rendija que hace clic clac clic clac también entra una ráfaga ligera y fría, el sonido del tren es constante, eso indica que todavía son horas hábiles de un día normal de semana. Estoy tan cerca de mi casa que me atormenta, no he roto los códigos de obediencia porque eso me mantiene a salvo y mantiene a salvo a mi familia. Quiero saber cuándo regresará el Chino Lezama, hace tiempo que no sé nada de él ni de su eterna enamorada dominicana.

Roxana me ha apañado bajo su ala, anoche me di cuenta de que el darme esa cita con aquel hombre con quien tuve buen sexo es la forma de reconsiderarme, pero no puedo sobrestimar mi buena suerte. Otra vez debo armarme de paciencia y ponerme alerta para que confíe en mí y me saque de este encierro que me vuelve loca y me provoca pesadillas y angustia. Owen Fearghail no me ha requerido. Los hombres de su clase vienen y van. Es banquero, dijo

Bee, uno muy importante. ¿Vivirá aquí en la ciudad?
Miro a la rendija, hay bruma, tengo hambre, no sé a qué hora me traerán de comer, a veces se han olvidado de mí, me han dejado sin agua y sin probar bocado por días. No he escuchado a Bernabé hacer el inventario de los licores. Todas las semanas lo hace, siempre en miércoles. Las chicas no están aquí tampoco. El estómago me ruge. Pienso en la cena íntima que disfrute con Owen. Su compañía me ha dejado un buen sabor de boca.
¡No lo puedo creer!, soy una esclava sexual a quien la hicieron pasar como Cinderella. No puedo pensar que él será mi príncipe azul. ¡Este encierro me está provocando demencia! Los príncipes azules no existen, no en este mundo. Levanto mi cabeza y sonrió, la idea de volver a ver a ese hombre de ojos claros que pasó por mi vida como un suspiro me entretiene el hambre.
Escribo y me hundo en las imágenes de la noche que pasé con Owen.

Me levanto con esfuerzo y me dirijo al baño. Guardo la libreta en la bolsa plástica. Pienso que debo conseguir otro lápiz de ojos. Este ya no escribe. Abro la llave de la ducha y sale un chorro fuerte, parece una catarata en miniatura. El agua está muy fría, salto en el rugoso piso y me limpio con frenesí y vergüenza.

Al salir del baño me di cuenta de que la comida había llegado en una charola plástica. No sentí cuando la trajeron. Aunque no existía una puerta que separara el baño del resto de la habitación mi oído está entrenado para eso, para escuchar. Después de cinco años sabía diferenciar muchos sonidos, hoy no he podido porque estaba distraída... «eso no puede pasar otra vez», me digo.

Veo la charola, me abalanzo hasta ella arrastrándola hacia el colchón «vaya, han cambiado el menú», digo con sorna. Vislumbro una sopa aguada, un chusco de pan casi seco, un vaso con agua de Jamaica y una imitación de ensalada césar. «Nada apetecible», me digo jugando con la cuchara y el líquido de la sopa. Como sin muchas ganas, pero tengo que calmar el estómago.

Bee llega a mi encuentro, me sorprende diciendo:

—El banquerito te ha requerido otra vez, my Darling.

No digo nada, agacho la cabeza y asiento. Me paro, me calzo las sandalias de caucho y empiezo a subir las escaleras con la emoción contenida entre pecho y espalda. «No sé qué me pasa. No lo sé, pero, aleluya», me digo.

Bee, antes de abrir la puerta grande, la que sale hasta la antesala de la bodega, mira a un lado y al otro. No entiendo su cautela, jamás la había visto en esas *jaladas*. Recorremos el pasillo y llegamos a la furgoneta. La misma rutina del día anterior.

Voy acostada en la parte trasera. Es un viaje de treinta y cinco minutos; sin embargo, en un cerrar de ojos ya hemos llegado. Ly está esperándome para arreglarme, estaba parada frente a mí. Nos saludamos con la reverencia de siempre. Entro a la habitación y veo un atuendo elegante: un traje de vidrios diminutos en color estaño ceñido al cuerpo, discreto de escote, sandalias que combinan y maquillaje a juego. Mis ojos lucían grandes, con pestañas pobladas, y la brillantez por los pupilentes era de un resplandor gris verdoso que me volvían interesante y calculadora. El color del labial es *natural berry*, es un color que me agrada. Me siento viva. El perfume que han escogido para mi es el mismo de la vez anterior. Pienso: «Aun si Dios no puede perdonarme por esto, yo terminaré haciéndolo al final». La vida es dolor, y nadie conoce las goteras de una casa mientras no entre en ella. Salgo a encontrarme con Bernabé, la furgoneta está esperándome con las puertas abiertas. Una sábana de colores está extendida sobre el piso y yo caigo en ella sin más ideas en mi cabeza que los momentos que me esperan con Owen.

Antes de llegar al sitio vuelvo a realizar mi ejercicio de reconocimiento. Medir el tiempo de acuerdo con los latidos de mi corazón, los semáforos, los ruidos de afuera, la música que hoy no es country ni jazz. Todavía no llegamos y siento los besos de Owen sobre cada milímetro de mi cuerpo. Su aliento tibio sobre mi boca, sus brazos alrededor de mi cuerpo, su miembro dentro de mis cavernas húmedas por las caricias de sus dedos. Estoy consciente de que lo deseo, mi cuerpo lo desea como a nadie antes. Naufrago en este proyecto de espera. La puerta de la furgoneta se abre, y salgo en busca de este príncipe azul que me espera frente a la puerta principal con una copa de champaña

—Te esperaba, hermosa, tenía muchas ganas de verte.

—¿Sí?, pues yo también —respondí con seguridad colgándome a su cuello y aspirando el olor de su colonia.

Entré a la habitación, empecé a desnudarme, pero él sostuvo mis manos. Su piel se sintió tibia otra vez y lo deje hacer a su antojo.

—He estado con muchas mujeres, ninguna como tú, hay algo en ti que me despierta curiosidad. Quizá es tu mirada, o quizá es la ternura con la que me amaste la noche que pasamos juntos.

—Disfrutemos el momento. Tenemos poco tiempo —dije.

Él extendió la copa de vino burbujeante y bebimos posando cada uno nuestros ojos en los ojos del otro, luego alargó su copa hacia mí. Yo la sostuve y él empezó a desabrochar mis sandalias y a besar mis pies. Tenía vergüenza de mis pies, estaban rayados por los maltratos anteriores y ya no eran delineados, sino que estaban deformes por andar sin zapatos. Parecía no darse cuenta de ello, los besaba con dedicación y su aliento subía hasta mis tobillos; al llegar a mis rodillas se detuvo. Poco a poco deslizó sus manos dentro de mis piernas y las pantaletas cayeron al suelo. Su excitación crecía, la mía también. Dejé las copas sobre la mesita a mi lado. Owen me giró de espaldas, subió mi vestido y me penetro con delicadeza y determinación al mismo tiempo.

—¿Te gusta?, dime si te gusta, hermosa.

—¡Sí, sí, amo lo que haces! —asentí con el alma en la boca y el deseo en la piel.

Owen era mío, solo mío por esa noche y me estaba calentando como nadie lo había hecho, ni siquiera como Carlos al que amé sin lugar a duda. Volví a pensar entre caricias que me estaba convirtiendo decididamente en una puta de alto vuelo, ya no era la zorra barata que regalaban a cualquier depravado con ganas de sexo rápido. Ahora era una mujer hermosa, cuidada, deseada de una manera distinta, de la única manera que merecía ser.

Las tres horas se convirtieron en seis. Casi al terminar los primeros ciento ochenta minutos fuimos interrumpidos por una llamada de Roxana —me asusté al escucharla en el altavoz de mi acompañante—; hacía presión sobre el pago de las horas siguientes porque Bee no me había visto salir a tiempo del lugar. Mi cliente de turno sacó un fajo de billetes, dejó otra cantidad en mi mesa de noche y le dijo claramente a Roxana que él no era un hombre al que debía llamar para exigir dinero.

—Yo sé cómo funciona este negocio de acompañantes *madame* Sebastián. Aunque no haya dado mi número de tarjeta de crédito personal, soy un negociante, se cuándo pagar y cómo hacerlo —contestó molesto.

Al otro lado de la línea hubo silencio. Supongo que Roxana se sintió incómoda, o posiblemente amedrentada por el tono de voz que Owen Fearghail empleó con ella. Al fin y al cabo era un hombre pudiente, posiblemente más que ella. Ese silencio lo confirmaba de alguna manera.

Se notaba un ligero fastidio en él al cortar la llamada. Yo no hice caso y lo atraje hacia mí a la cama a jugar con mi sexo.

—Come, *here naughty girl* —dijo, arrastrando mi cuerpo hacia él. Yo me deje sensibilizar por sus formas de amar y continuamos con nuestra fiesta privada. En los momentos de retozo él rezaba a mi oído el nombre que me dio. «Mi pequeño dragón, mi dragón», susurraba con cada embestida.

—Dragón… me gusta ese nombre —dije entre gemidos.

—No me has dicho tu nombre, tengo que inventarte uno —mencionó sonriendo.

El nombre con el que me bautizó se colaba dentro de mí sin pena ni pudor. Era un nombre que cargaba consigo lluvia, cielo y fuego, el fuego que no quería apagarse dentro de él.

—Owen como Owen Farell o como Robert Owen —sonreí yo

preguntando en medio de un mordido en su labio.

—Como Owen Fearghail —dijo.

Mi mente se agitaba al sentirme entre sus piernas, me escuché gemir con locura, intenté ahuyentar los pensamientos de culpa al sentir que me traicionaba a mí misma. No duró mucho tiempo la vergüenza de confirmar en lo que me había convertido porque su dedo índice exploraba mi húmeda hendidura. Me abrí ante Owen y entendí que el erotismo del cual era dueña no era solo algo meramente sexual. Él me había descubierto antes que yo misma. Mordiéndome la oreja con movimientos lentos y pequeños me sostenía en sus brazos. Así supe que su nombre era ese, Owen. Ahora tenía una referencia del hombre que hacía negocios con Roxana. Nuestro encuentro continuó hasta las seis y media de la mañana y luego me despidió dirigiéndose a la ducha.

Me desperecé, empecé a vestirme y a calzarme. Al agacharme para atarme las sandalias otee el saco azul marino de Owen en el suelo. Sobresalía del bolsillo un bolígrafo. Recordé que el crayón de ojos con el que escribía dentro de poco no tendría más vida y lo tomé. Me lo coloqué horizontal en la parte delantera de la franja del sostén, así no haría bulto. No era un bolígrafo grueso, era delgado, lucía antiguo, parecía ser muy caro. Eso no me importó, me acomodé la ropa y esperé a Owen a que saliera de la regadera para recibir mi propina.

Al abrir la puerta para salir de la habitación vi el periódico en el suelo. Lo levanté y era el domingo ocho de septiembre del 2024. Los ocho de septiembre celebrábamos la misa de mi abuela paterna.

—*What now*? —preguntó Owen quitándome el periódico de las manos.

—Nada, estoy agotada —respondí disimulando la sorpresa de la fecha. Calculé que llevaba cinco años y tres meses en esta vida. El roce de los labios de Owen por mi cuello no logró el efecto que yo hubiese querido. Él se dio cuenta y me empujó hacia fuera con unas cuantas palmaditas en el trasero.

Camino hacia la salida volviendo a ver las fachadas de la

cómoda casa que me albergó y el reluz cortante de la mañana que me acorralaba contra las puertas de vidrio. A dos pasos estaba de volver a los atentados de ir de incógnita, a la capucha, a la furgoneta, a la fastidiosa compañía de Bernabé, el chofer de malos modos, y de la eterna e insufrible Bee con su inmensidad de paso lento y su acento sureño demasiado alargado.

La tenue claridad del día en esos momentos dentro de la furgoneta se extendía hacia muchos lados. Con la capucha en la cabeza sentía cómo las sombras también se extendían recortando mi silueta femenina y llegando hasta mis pies. Con fuerza, una y otra vez sostuve las lágrimas porque más que nunca quería quedarme en la comodidad de la cama de Owen. No era él en sí, era la libertad, la luz del día, no estar vacilante ante el futuro, disfrutar de las pequeñas cosas, de olores limpios, pero el *southern drawl* de Bee me desesperaba: Ella lo sentía y no perdía el tiempo en irritarme y también sabía que me fastidiaba con la forma tan horrorosa de rumear la goma de mascar que llevaba en la boca y que disimulaba su aliento a *moonshine*.

•••••

Al día siguiente del encuentro entre Drina y Owen, el lunes, Roxana llamó al Chino, con el pensamiento fijo en lograr un cambio sin alterar el rumbo de los negocios. Ella era consciente de que la conversación podía salirse de control, pero lo importante era mantener la calma y no forzar al Chino a una situación de frustración. Esto sería sin duda un desafío.

«Posiblemente los dos nos abrumaremos con la conversación, lo que me importa es que él no se salga de control... esto no me está gustando, no me gusta para nada», se dijo y procedió a telefonear al Chino sin mucho preámbulo.

—Me imagino que sabes todos los detalles —le comentó Roxana a su socio que le había pedido ir a su departamento a las 3:30 *p.m.*

—¡Ah, Dios! Sí, lo sé y no estoy de acuerdo, Roxana, debiste consultarlo porque esa mujer es mi mujer, es mi *pedo*, como dice el Cholo. *I am not, listen; I am not*!... ningún macaco, *mija*, véngase que acá aclaramos cuentas.

El auricular se dejó caer y un suspiro de cansancio afloró en el ambiente de la reducida oficina dentro del cabaré. «Debo ajustar la alarma para llegar a las 3:30 *p.m.* donde el Chino», se dijo, y luego vociferó con furia, «¡pendejo!, ¡qué cree! cree que porque es hombre me va a organizar, cuando yo quiera lo saco de la jugada y me deja de joder con sus aires de grandeza.

Luego ordenó a Bernabé, que estaba cobrando sus honorarios, llevarle la comida a Drina.

—Ve, compra un buen desayuno. Jugo, café, pan, cereal, fruta. ¡Oíste! —Tronó los dedos y Bernabé se puso en marcha, un poco admirado por la orden. Siempre había bastado con pan, mantequilla y un café o agua.

Roxana se sentía cansada, la noche había sido demasiado larga. No había conciliado el sueño pensando en los dos hombres que había enviado a investigar. Sus presentimientos muy pocas veces fallaban. Esperaba que en esta ocasión todo fuese producto de su imaginación. Tomó su celular y envió un nuevo texto a la oficial Luna: «¡Estoy esperando, es para ayer!, *com'on*».

La computadora y los dos teléfonos que ella manejaba los metió dentro de su maletín de marca y se tiró en su asiento de cuero reclinable a pensar cómo calmar a su socio y convencerlo de que Drina debía quedar bajo sus alas. «Un mal paso y actos demasiado viscerales por parte de un hombre herido, no dan un buen resultado. Los hombres se pierden entre o con las cucas recias», se dijo.

Un *beep* la sacó de sus preocupaciones.

«Marcos R. León es el jefe de la Unidad de Trata y Tráfico Humano. Te llamo ahora».

A Roxana se le paralizó el corazón, se mordió el labio inferior. «No puedo permitir que me arruine Lezama. Mi vejez no la voy a pasar entre rejas. Mucho menos muerta». Golpea con la palma de sus manos el borde del escritorio.

La llamada de Isabel Luna ocurrió casi que enseguida. La voz de la oficial se escuchó a través del aparato.

—Están investigando La Jaula. Marcos R. León es la cabeza de la Unidad de Trata y Tráfico Humano, estuve en su estación y lo escuché.

—Deshazte del teléfono. Te enviaremos otro. No te comuniques, yo me comunicaré contigo —zanjó Roxana.

Bajó las escaleras hacia la bodega de licores a alcanzar a Bernabé. Corrió lo más rápido que pudo hasta llegar a la puerta de salida. No pensaba en nada más que en alcanzar a su empleado. La vida se le estaba complicando y ella tenía que detener como sea y a como diera lugar el maremoto que se estaba formando a su alrededor.

Abrió la puerta haciendo un esfuerzo, La preocupación le cortaba el aire. Divisó a Bernabé subiéndose a la furgoneta de carga negra.

—¡Bernabé!, ¡espera! —gritó. El hombre se dio la vuelta sosteniendo el paquete de dinero con el pago de la noche anterior—. Deshazte de los teléfonos. Del mío también. Tómalo. Tenemos a un cerdo detective pisándonos los talones.

—Pincharé y programaré los nuevos, los traeré cuando estén listos —respondió el chofer.

—De inmediato. Esto es de cuidado —dijo Roxana.

—Antes de caer la tarde, patrona —aseguró Bernabé.

Recuerdos de los años de ser *scort*, de subir hasta la cima, de tener el poder en la palma de su mano volvían a golpearla. Su actuar analítico tenía que prevalecer porque su vida entera no se convertiría en fragmentos argumentativos para las autoridades. Ella arriesgaría su vida antes de que le arrebataran la tranquilidad.

—*No one will fuck me over*! ¡Ningún cabrón!

Drina había regresado a las 7:35 *a.m.* a su bóveda oscura y solitaria. Se tiró en el colchón precipitándose al vacío de sus pensamientos. Estaba respirando un aire diferente, se sentía diferente. Sus dos experiencias sexuales con Owen habían sido por demás excitantes y habían dejado de ser un sufrimiento que en ocasiones anteriores le habían dejado la piel con un hedor a desgracia y mala suerte. La noche anterior, el sexo la marcó con su fuego tibio lleno de sensualidad, se quedó atrapada en la vaporosa idea de sentir la libertad por unas horas. Su cliente la había respetado, consentido, enamorado, por decirlo de alguna manera, y le había dejado de nuevo una propina que pensó, erróneamente, que se la podía guardar.

Bee se la quitó antes de dejarla sola en la guarida. Esculcándola con habilidad y dándole unos cuantos golpecitos en las nalgas la hizo agachar y le extrajo un condón. Lo miró con asco, pero lo enjuagó, se restregó las manos y guardó la propina de Drina en el bolsillo.

Llevándose la ropa, las sandalias y los accesorios que había usado Drina para su encuentro con el banquero, se alejó diciendo:

—Es parte de mis viáticos por el tiempo que me toma ir a buscarte estas prendas. —Bee dio una parada en seco y girando su enorme cuerpo hacia el baño comentó—: La próxima vez que quieras quedarte con el dinero no seré tan buena. Te lo pasé la primera vez porque no lo supe. Pero ahora ya estoy enterada de que tu banquero es bastante generoso.

Los pasos de Bee sonaron amorfos al subir la escalera. La puerta de la doble habitación se cerró y ella se quedó otra vez distraída con el paso del tiempo.

•••••

La reunión del Chino Lezama y Roxana se dio a las 3:30 *p.m.* en el fastuoso apartamento del Chino. Roxana llegó dispuesta a hacer escuchar sus razones y a pelear para que Drina se quedara con ella. Las heridas abiertas del Chino supuraban rabia y se lo hizo saber a su socia. Fue sarcástico, un tanto amenazador y, por último, hizo valer su poderío apretando los puños y elevando la voz hasta que retumbara en las cuatro paredes del estudio. Roxana no se inmutó, lo escuchó y manejó la situación de la mejor manera que pudo, pero al no llegar a una tregua le advirtió que debía decidirse a dejar esa rencilla sin importancia y a sacar provecho de lo que Drina podría traer a la mesa, y eso era mucho dinero y clientes mucho más poderosos que un simple banquero arrecho.

—Chino, quiero que entiendas que la droga mueve al mundo, pero las mujeres lo hacen mejor, no es solo el venderlas veinte veces al día, no solo es el poseer niñas vírgenes o jovencitas descarriadas y vulnerables. Las mujeres que vienen de otro mundo, que poseen estudios, que han viajado, que hablan idiomas son las que nos van a dar lo que necesitamos.

—Y, ¡qué necesitamos, mujer! —exclamó tenso el Chino.

—¡Ay, Dios!, necesitamos información, Chino, información es poder y el poder abre puertas. Drina es mi pupila, a ella le voy a enseñar todo lo que sé y la voy a dejar en mi lugar. Tener mujeres muertas de hambre y sucias no es bueno. El ejemplo lo tienes en la «familia» hay mujeres que se venden por información y estas te han servido para vender tus cuadros, para hacer inversiones de otro tipo, para manipular a miembros... la temporada de caza debe terminar.

—¿¡Para qué quieres a Drina en tu lugar, Roxana!? ¡Ella no! ¡Ella no!

—Ya dejémonos de pendejadas. Ella es la única que tiene esas habilidades ahora, las demás son un grupo de niñas idiotas o drogadas, o lloriconas que no tienen la pasta para hacerlo. Ella atrae y lo sé porque ya me la han pedido exitosamente. Trasmite lo que necesitamos, confianza y ternura.

—Se acabó esta conversación —dijo el Chino.

—No seas afrentoso y *agallúo* —zanjó Roxana hecha una felina. Sus ojos saltaban fuera de las orbitas.

El Chino nunca se había sentido amenazado por nadie, pero al ver y escuchar de esa forma a Roxana, por primera vez en su vida se dio cuenta de que esa mujer era más que peligrosa. Mientras le sostenía la mirada, en sus adentros crecía la idea de que él fingiría que todo estaba bien, que la entendía y que le daba carta blanca. En el fondo estaba ganando tiempo para empezar a deshacerse de su socia. Esa mujer elegante, sofisticada e inteligente no lo mandaría.

—Estoy de acuerdo, el poder es seductor —respondió el Chino bajando la guardia, le tendió la mano y la acompañó a la puerta.

Le hervía la sangre por dentro, su placer de ser el que ordena y manda se vio disminuido por una mujer, eso no lo podía dejar pasar. Su desahogo sería quebrar a Roxana —por la terquedad de quedarse con Drina y hacerla su sucesora—, sacarla de sus negocios y adueñarse de la idea que ella le había dado a conocer. No entendía claramente por qué Drina sería una *madame*; ella había demostrado que odiaba todo a su alrededor, que quería huir de su encierro, siempre se lo había dicho. Drina no iba a ser la alcahueta de Roxana, el acceso a su sucesión se quedaría en solo una quimera.

—Las *pirujas* son *pirujas*. ¡Cáspita!, esta no me va a dejar abacorado. Roxana no caga fuera del tiesto, pero tampoco me va a cagar encima —se dijo el Chino y se fue a desestresar. Luego llamaría a uno de sus guardaespaldas para que hiciera el trabajo sucio de eliminar a su nueva enemiga: Roxana Sebastián.

Al salir Roxana del estudio del Chino se encontró con Lola y esta, para no perder la costumbre, se abandonó a las groserías y sin evitar los problemas le soltó unos cuantos exabruptos que Roxana contestó con elegancia, y sin dejar de mantener su tono de voz se ensañó con la envalentonada amante de su socio y le dijo:

—Querida, tente piedad. La atmosfera no está para *esparcir sica*. Ve a ocuparte de algo, mujer, *repajila pelelengua*.

Roxana sentía que sus intestinos se estrujaban dentro de su cuerpo, quería agarrarla de los cabellos a la «muchachita venida a más» de Lola, siempre le había tenido aversión, pero ese sentimiento creció en segundos. «¡Ocupándose de broncas ajenas, pendeja!», se dijo con coraje, y subiéndose a su auto manejó de vuelta a La Jaula. En el camino al centro fue pensando en los pasos para cubrirse las espaldas. El Chino se volvió un ángel negro, en su voz y en su mirada verde-ámbar reconoció la locura y la maldad que lo abrazaba. «¿Cuándo se convirtió en un peligro?» No supo contestarse. Su mente trabajaba a mil y los nervios la tenían de punta. Ella estaba consciente de que la juventud de su socio y la de los socios de él como lo eran Samuel y el Tuerto le traerían ahora problemas. Lola también era un problema, pero no se iba a rendir y a dejarse pisotear por unos recién llegados. Debía contraatacar y quién mejor que Luna Iglesias. Tendría que hacerle llegar un mensaje a la brevedad posible. Por ahora esperaría a que llegaran los empleados y ella se iría a su hotel a descansar. La Jaula podía prescindir de ella por esa noche.

La rabia la tenía contenida, ella no era de dejarse llevar por la negatividad, algo le indicaba que había pisado arena movediza, así que llegando a la oficina empezó a recopilar toda la información sobre movimientos y actividades de los negocios de su socio. «Las circunstancias me llevan a desconfiar», murmuró, mientras en una carpeta que guardaba en su caja fuerte, buscaba fotos, estados bancarios, papeles notariados y las cartas de autenticidad de obras que había comprado del Chino con su alias como Cristóbal Materon.

«Un hombre ardido causa daño. El Chino volvió, ¡pero está atronado y no me va a voltear la tortilla!», se dijo.

En cuestión de pocas horas Roxana hizo llamadas, sostuvo conversaciones, hizo acuerdos con el Cholo, y con las cabezas en la Florida y en Texas. Ella le temía a la Yakuza, aunque eran legales sus andanzas en Japón prefería no meterse con esa mafia si no lo necesitaba. Tenía suficiente con sus negocios propios de calzado y de obras de arte.

Mientras el Chino retozaba con Lola, Roxana se movía en el medio que ella conocía. Sus amistades en altas esferas habían adquirido obras del Chino desde que era un aprendiz que exponía en el museo Betchler. Tenía que ver cómo encontraba información de quién le había conseguido la identidad falsa. Pablo y el Cholo eran amigos, por ahí debía empezar a buscar. Su hotel no estaba demasiado lejos de la estación de policía central en la 4045 N. Tryon Street, buscaría a la oficial Iglesias, el turno de ella acababa a las 7:00 *p.m.*, tendría tiempo de hablar con ella y empezar a urdir su plan. Se vistió con ropas cómodas, calzó unos tenis y salió para hacerle guardia a la oficial infiltrada.

Roxana se desplazaba con movimientos rápidos para encontrar a la oficial Iglesias al momento de su salida. Iba acumulando ira y veneno. Tenía que hacerles frente a sus adversarios. El Chino era terco, y lo que se trajese con Drina era ahora de su incumbencia. Se sentó en una banqueta a esperar por Luna. La oficial caminaba hasta su departamento, así que en cualquier momento la vería salir de la estación, no faltaba mucho para que fuese la hora en punto. Roxana se dedicó a pensar que las cosas estaban empeorando, ella tenía que demostrar la fortaleza de siempre, su objetivo era ganar a toda costa y sus enemigos la atacarían por todos lados. Ella tenía que demostrar que no se dejaba atemorizar, ella tenía que acabar al Chino para siempre.

Marcos se encontraba en su oficina, debía investigar a fondo; rendir cuentas sobre su indagación personal en lo que se refería a victimología sobre los últimos casos acontecidos. El tiempo parecía ser su enemigo en estos menesteres. El tiempo era una magnitud exactamente igual para todos los mortales, pero para él, como oficial y jefe de una unidad, los valores del tiempo eran variantes; unas veces se escurrían transformándose en meros recuerdos y otras, las que lo aturdían, se movían entre cierto espacio, un espacio que era una pared y que él deseaba se convirtiese en una puerta. Desde la muerte de su hija, tiempo atrás, se dedicaba a los casos de desaparición de menores o de mujeres. En los últimos años, junto con su departamento, había erradicado carteles dedicados a la trata con mucho éxito; sin embargo, las desapariciones de Drina, Carmen y London hacía casi cinco años, y las de otras jóvenes, ocurridas durante los últimos dieciocho meses en la ciudad, le provocaban una sensación de pérdida de confianza en lo profesional. En estos casos, en particular, nada le proporcionaba un avance determinado, las jóvenes desaparecieron por arte de magia, sin dejar rastro alguno; solo un antes y más nada.

Marcos revisaba en su mente lo que pudiera olvidar, repitió: «la verdad toma tiempo, tiempo que no tengo, tiempo que se me acaba» y persistió, por unos momentos más, en su repaso rutinario sobre los documentos que tenían datos de abducciones similares en el área. Trató de emparejar declaraciones de vecinos, cotejar las descripciones de las furgonetas, investigaciones de los detectives en el caso, incluso, notas de los del FBI sin encontrar algo, en definitiva. Dejó la pluma y el delineador de color sobre la ruma de papeles y recordó sus momentos de éxito en Los Ángeles con sus pares de la misma unidad. Habían logrado darle fin a una red que explotaba a niños hasta de cinco años, infiltraron a una joven asiática que empezó a trabajar con ellos por su talento lingüístico. Hablaba coreano, mandarín y japonés, y la hermana de su madre fue vendida muy pequeña por los regentes del orfanato en China donde fueron a vivir una vez que sus padres murieron. Cuando encontraron a esta tía, su vida estaba contaminada de rencor, de malos hábitos y del veneno que la prostitución te deja en el cuerpo y en la cabeza. Murió pocos años después en una institución psiquiátrica en San Francisco. Esta historia personal obligaba a la oficial encubierta a perseverar en ser la mejor cadete de la policía, la mejor detective y la mejor perfiladora que podía tener la unidad de Los Ángeles.

Marcos sabía que los consumidores de sexo pululaban, pero en esta parte del país era la esclavitud doméstica y la industrial la que más ganancias y demanda tenía. «¿Será que debo pedir ayuda a la unidad de Los Ángeles?», pensó. Tenía mucho peso sobre sus hombros: las mafias de tráfico humano y sexual, el caso Stojak y la periodista española que ponía en tela de juicio el resultado de su departamento. Tomó en sus manos el periódico de la comunidad latina, donde escribía dicha periodista, y leyó la nota de los deportistas desaparecidos y la crítica de que su departamento no había podido resolver ese caso desde el 2017. En la página siguiente se hallaba, además, un reportaje especial sobre su compañero

Ronny Powell, el policía corrupto de Carolina del Sur que había sido aprehendido por liderar una célula de tráfico sexual en el año 2016.

«¡Dios!, es lunes y ya tengo estas malas noticias. Necesito un empujón para poder descubrir quién mueve los hilos detrás de esta telaraña», murmuró para sí. Empezó a jugar con los dardos dándole vuelta a sus pensamientos. «Algunos de los que velan por salvaguardar sus ganancias en este comercio ilícito y bastante prolífero, también trafican con el polvo rosa que les dan a sus capturados para que puedan ejecutar mejor sus servicios, en especial los sexuales, pues sus efectos son de larga duración. Si logro descubrir quién es la cabeza que lo comercia aquí, quizá pueda obtener algo más sobre estos casos». El sonido de los dardos cortaba el aire silencioso de su oficina. Pocos oficiales estaban alrededor y él podía trabajar con la puerta cerrada colgando su letrerito de *Do not disturb*. Seguía hilando una espiral en su cerebro al sonido de los dardos hasta que lo venció la ansiedad y empezó a organizar su escritorio para salir al encuentro de Sergio. «Mañana enviaré a mis ayudantes a una plática de rutina con estos pequeños distribuidores del polvo rosa, el pez grande tiene que aparecer», comentó en voz baja. Lanzó el último dardo y se volvió a fijar en el periódico, entonces se le ocurrió visitar a su excompañero de oficio, tuvo la idea de que él podría ser una ayuda. Revisó en la computadora y comprobó la dirección de la prisión donde se hallaba Ronny.

«Un viaje no nos hará mal», se dijo.

Una voz lo desconcentró de sus planes.

—Jefe —dijo uno de sus ayudantes que se adentró en la oficina sin tocar—, Bernabé Lawrence es el dueño de la furgoneta, vino a declarar cuando la desaparición de la chica Stojak hace cinco años.

—Déjame ver, muchacho. —Tomó los papeles que traía su ayudante, se sentó, leyó con minuciosidad y al cabo de un rato comentó—: Hum... no hay nada. —Se rascó la cabeza y hecho el cuerpo para atrás.

—La capucha que usted envió a analizar no arrojó ningún

resultado que pudiéramos comparar con los cabellos de las otras desaparecidas. No se pudieron analizar porque son restos quebrados, es decir, no tienen raíz y están tinturados —comentó el ayudante.

—Bien, bien, tenemos que enfocarnos entonces en Roxana Sebastián, es lo único que tenemos —argumentó el detective mientras su ayudante lo miraba a espera de otra orden—. Vete, muchacho, mañana continuaremos. ¡Oye!, ¡espera!, ubica a tu amigo el *hacker,* necesitamos un aliado rastreador. Dale esta tarjeta y que me llame.

El joven salió luego de dejar sobre el escritorio los papeles con la información que habían discutido. Marcos apagó la lámpara de su escritorio, tomó su saco, cerró su puerta y se dirigió a encontrarse con Sergio en el estacionamiento de la calle séptima y N. Tryon Street.

•••••

Sergio, en la habitación de su hotel, estaba rodeado de pistas inconclusas, de datos que no aportaban mucho a la búsqueda de la hija de su novia de juventud. Sus pensamientos se dispersaban cuando, frente a la pizarra que tenía, admiraba la fotografía de Macarena, ahora madura, pero con esa misma sonrisa que le iluminaba la vida y su mirada pequeña que lo llenaba de imágenes que en décadas no había recordado. Separó la fotografía de la pared y volvió a posar sus ojos sobre esa mujer baja de estatura que lucía alegre y plena, llena de vida. La recorrió con su dedo índice y suspiró, luego pronunció la frase que le había dicho meses atrás a su novia, ahora madre de una joven que habían raptado de la puerta de su casa, «Te prometo que la traeré a casa, viva o muerta, te la traeré mi Macarena del alma».

Sergio y Marcos se encontraron en el mismo infierno. Eran pasadas las ocho de la noche del lunes nueve de septiembre y caminaron hasta llegar a La Jaula. Tenían la idea de que Roxana Sebastián respondería a sus preguntas. Era muy difícil saber quién era el enemigo, pero odiarse a sí mismos no les daba respuesta.

El odio que sentían por sentirse frágiles y desesperados tenían que canalizarlo. Autocompadecerse y confesarse ineptos, no solucionaba nada.

—Dentro de todo este desmadre es bueno estar juntos —le dijo Marcos a Sergio a medida que subían hasta el bar.

—*Yeah*, así es.

Una de las chicas que atendía cerca del *foyer* les preguntó a Sergio y a Marcos si les podría ayudar.

—No, gracias, estamos bien —respondió Sergio con amabilidad, pero se percató del pequeño tatuaje que tenía en su muñeca cuando les servía unas copas a los comensales de la mesa cerca de la entrada. Era el mismo que tenía Jazmine y la otra chica que los había atendido la noche que buscaban a los ocupantes de la furgoneta negra.

—Marcos, adelántate *man*, ya te alcanzo —le dijo a su compañero.

—Hey, disculpa —dijo Soloman a la chica—. Me he dado cuenta de tu tatuaje, ¿me permites verlo de cerca?

La joven estiró su mano y él auscultó la figura. Los colores eran luminosos y la figura era un dragón encerrado en una llama en forma de círculo que salía de sus fauces. No había visto nada similar antes; sin embargo, le llamaba la atención que varias chicas en La Jaula se lo habían hecho. El llevar tatuajes no era el problema, sino que el tatuaje fuera exactamente el mismo y que quienes trabajaran ahí lo llevaran.

—Esto no es casualidad —le dijo a Marcos una vez que se sentó en la barra.

—¿Qué no es normal?, ¿qué sucede con esa muchacha, Soloman? —demandó Marcos.

Sergio pidió un martini seco con dos olivas y le explicó a Marcos la obsesión que le estaba provocando el tema de los tatuajes y lo que él creía que se cocía allí.

—Marcos, esto puede ser una locura; pero, si Roxana Sebastián es parte de la «Familia Internacional» y si vimos a esta muchacha salir de esa furgoneta negra y desaparecer aquí, entonces tiene que estar en algún lugar aquí dentro.

—Soloman, no tiene nada de raro que las chicas se hagan tatuajes o que sean unos iguales a otros, las muchachas hacen eso como símbolo de pertenencia. Lo hacen hasta en la escuela. La «familia» tiene socios sin antecedentes, miembros sin antecedentes, Nadie ha levantado ninguna queja —zanjó Marcos bebiendo su cerveza Coors.

—Mi instinto no me engaña, trato de ponerme en el lugar del o de los perpetradores. En Japón la Yakuza marca a sus mujeres; los tatuajes son símbolo de lealtad hacia los jefes y estatus dentro del grupo —apostilló Sergio.

—En cualquier mafia sucede lo mismo. Los ucranianos, los rusos, los suecos, las maras, los carteles mexicanos... todos tienen sus códigos de pertenencia. Es propio de estos mundillos infames —respondió Marcos.

—Lo es también en la marina, el ejército y hasta en la policía, ¡Marcos *com'on*! —dijo Sergio y de inmediato le comunicó al *bartender* que deseaba hablar con Roxana Sebastián.

—Hoy no ha venido, se tomará unos días de descanso.

—¿Dónde la podemos encontrar? —preguntó Marcos alargando su tarjeta de presentación.

El *bartender* hizo un gesto de que lo esperara, la barra se estaba llenando, pero tan pronto se desocupara de las bebidas volvería con él. Los minutos siguientes pasaron con Sergio y Marcos en silencio, bebiendo sus tragos. Los dos de manera intermitente observaban la salida, los alrededores, el pasillo hacia las oficinas y el comportamiento de los comensales. Nada fuera de lugar, las bailarinas empezaban a llegar al escenario y la música de espectáculo empezó a sonar.

El joven de la barra tomó el teléfono, hizo una llamada, colgó y se acercó al detective a recoger su tarjeta.

—Roxana no sabe qué se le puede ofrecer, pero estará disponible en su celular. Le anotaré el número —dijo el joven con cordialidad.

—No te preocupes, muchacho, ya lo tengo.

Sergio lo miró y le preguntó:

—¿Cómo que lo tienes? ¿Por qué no me lo habías dicho antes?

—Me deben pequeños favores y... pues envié a mis muchachos a cobrar por ellos —respondió Marcos de forma picaresca.

Después del espectáculo, Sergio y Marcos volvieron a caminar hacia el estacionamiento con las manos en los bolsillos sin hacer comentarios, sin sacar conjeturas. Cada uno esquivaba hablar sobre la posibilidad de no encontrar respuestas a las preguntas de Macarena Stojak o a las de la ciudadanía que empezaba a reclamar las desapariciones continuas de jóvenes. La periodista española que había hablado en un principio de ellos no quitaba el dedo de la llaga e incitaba a la comunidad a volcarse a las calles con pancartas y reclamos.

Marcos estaba sacando la llave de su auto cuando Sergio llamó su atención.

—Para Marcos, para *man*. ¿Esa no es la chica de La Jaula, la del tatuaje de esta noche?, indicó Sergio al detective señalando un Toyota gris con la luz encendida.

—Hum... sí, creo que ella es —respondió Marcos, viendo a Sergio aletear sus brazos para llamar la atención de la joven a medida que esta retrocedía el vehículo.

—Espera, espera —dijo Sergio y le tocó varias veces la cajuela para que el sonido la obligara a detenerse.

La muchacha lo vio y bajó la ventana del auto hasta la mitad acarreando en su rostro un signo de extrañeza que Sergio lo interpretó como precaución.

–¿Usted?, —dijo la joven.

—Sí, soy yo, nuevamente, no te asustes. ¿Dónde te hiciste el tatuaje?, me ha gustado mucho y quiero uno igual —comentó tratando de ser lo más cautivador posible.

—Nos lo hicieron por encargo. No conozco a la persona que lo hizo o si tiene un estudio —le explicó—. Soy miembro de una... digamos congregación que te ayuda a mejorar tu forma de vida. No es nada religioso, es como una familia donde mientras más avanzas en tu peldaño de vida, te convierte en un *asset* de esta familia y te dedicas a servirla.

—No entiendo mucho. Estoy confundido. ¿Quién hizo el encargo?, ¿alguna amiga tuya? —preguntó de nuevo Sergio.

—Nuestra patrocinadora, quien es nuestra jefa en La Jaula... Roxana Sebastián —respondió la joven sonriéndole.

—Gracias, disculpa haberte asustado —le dijo Sergio.

La chica, despidiéndose con una inclinación de cabeza, se enrumbó hacia la salida del parqueo y giró a la izquierda en la calle séptima. Los dos vieron el auto alcanzar el semáforo y luego perderse en la oscuridad de la noche.

—Te digo, Marcos, te digo que aquí hay algo raro y lo vamos a descubrir. Sergio se subió al auto de su compañero y bajaron por la misma ruta que hizo la joven camarera de La Jaula.

CAPÍTULO 9

Confía en los instintos

«Por mucho que nos comprometamos
a ser de una manera, a la hora de la verdad,
nuestra parte más visceral nos lleva
a actuar de forma contraria»
—Eduardo Punset—

—Cada uno de los seres humanos tenemos un rosario repleto de cuentas que le debemos al mundo, el mundo está lleno de traiciones —le dijo Roxana a Luna Iglesias al pie de la banqueta fuera de la estación de policía.

—Esto a qué viene, Roxana —respondió la oficial.

—A nada, solo quiero que recuerdes que mi mayor preocupación ahora es el Chino. Te doblaré la paga si consigues averiguar quién fue el encargado de darle una nueva identidad y borrarle su pasado —dijo.

—Eso no es problema, te lo voy a decir —respondió la oficial.

—¡Estoy esperando! ¿Te gusta hacerte de rogar?

—Fui yo, yo borré el archivo del Chino y yo le conseguí quien le tramitara una identificación nueva con documentos buenos. Yo sé dónde me muevo y con quién. Recuerda, Roxana, que todos tenemos un rosario repleto de cuentas —comentó con serenidad la oficial, repitiendo las palabras de Roxana.

—Ja, ja, sí. Todos, y en algún momento debemos lavar con jabón nuestros pecados, pero hasta que ese momento llegue tú cuidarás de mí y yo cuidaré de ti. Ahora bien, necesito cualquier información que no te incrimine y que pueda utilizar contra el Chino. La pesca tiene que ser grande porque de eso dependemos nosotras.

—Hay un caso que lleva investigando Marcos León, por el momento lo ha dejado de lado, eso creo. Es el de los involucrados en la prostitución de los deportistas de una escuela, parece que hay un *whistle blower* o un testigo. Yo me encargo de husmear para ver qué puedo encontrar por ahí.

—Te enviaré por correo tu nuevo móvil —dijo Roxana antes de que la oficial Iglesias se acomodara la chaqueta y se dirigiera sobre la avenida en dirección a su departamento.

Ambas tomaron rutas diferentes confiando en sus adentros la una en la otra.

Roxana caminaba en dirección a su hotel. El móvil que llevaba dentro de sus capris vibró. La pantalla reflejaba el nombre de La Jaula. Tomó la llamada con fastidio.

—*Tell me* —le dijo a la voz al otro lado.

Escuchó con atención y a medida que el *bartender* le nombraba a Marcos León, la piel de su cuello y de su espalda se empezó a erizar. Su mente inició el trabajo de mil preguntas, las mismas que se agolpaban en las membranas entre el cráneo y la masa encefálica. Signos de interrogación golpeaban su cerebro y su propia voz se doblaba para contestarle al empleado que la contactaba, y contestarse a sí misma.

—No sé en qué puedo ayudarlo, dile... anótale mi número y que me llame cuando quiera. —Colgó el móvil y apretó el paso hasta llegar a su hotel.

Pensaba, concentrándose en sus pasos, que muchas veces le habían dado la espalda. En su hogar, primero; luego, afuera. La vida la empujó a sobrevivir y a proponerse como su propia salvadora. «No le debo fidelidad a nadie más que a mí misma», fue su conclusión. Al llegar a su destino apretó el botón del ascensor para luego subir hasta su residencia. Determinada a trabajar en las posibles preguntas que Marcos León le podía hacer, entró, tomó una libreta del cajón de la cocina, se sirvió un trago de *gin* de una botella del minibar y se sentó a escribir las dudas que el detective le podría plantear. Sin embargo, pensó, «¿no sería mejor dejarlo hablar a él?», así serían más firmes mis respuestas. ¿Qué podría preguntar este hombrecillo?, La Jaula está cubierta por todos los flancos posibles.

»1. La nómina de trabajadores con sus números de seguridad social han sido verificados y son legales. Le pertenecen a cada propietario.

»2. Los cheques con respecto a las deducciones y paga están en orden, los distribuidores de licores y bebidas también.

»3. Todos los permisos son legales, los documentos que indican sociedad y administración al día».

«No se me ocurre nada más», se volvió a decir dejando salir un suspiro de cansancio. La pluma y su trago eran las armas de las cuales podía hacer uso por el momento. El escribir sus ideas y registrar los detalles vitales en un cuaderno de apuntes era lo que tenía por costumbre desde que su primer marido la inducia por la senda de los negocios. Era un hábito que le había ayudado a restablecer el orden de las cosas. En sus libretas de notas ella tenía información valiosa y sus cuadernos eran pruebas tangibles de autorreflexión y aprendizaje permanente. Cientos de sus libretas yacían en su caja fuerte y esta última la llevaría consigo a la caja fuerte de La Jaula, a guardarse con la carpeta que contenía información del Chino.

Haciendo sonar los cubos de hielo que se tropezaban con el cristal del vaso, dejó la libreta a un lado y se dispuso a estirar las piernas caminando en dirección al gran ventanal de su habitación que le dejaba ver las luces de la ciudad sobre la calle Trade. Observó cómo la noche caía con un pesado telón oscuro.

• • • • •

Al mediodía siguienteBee apareció de improvisto, su acento sureño era menos rudo ante Roxana, menos fiero y campestre que el que utilizaba con los demás. Delante de Roxana quería ser menos vulgar y más agraciada. Admiraba a la patrona Roxana porque era una mujer que trataba bien a sus empleados; su sarcasmo, su forma de actuar en los momentos duros y su pensamiento calculador eran actitudes de las que había que aprender. Bee estaba siempre pendiente de eso y de los ataques sin arreglo que existían en este tipo de negocios. Ella esperaba proteger a Roxana y protegerse a sí misma, por eso se comportaba a la altura delante de la jefa.

—«Lágrimas de cristal», ¿a esta hora, *madame*? No creo que sea prudente, es demasiado temprano.

—En algún lugar del mundo es la hora correcta, Bee.

—*Yeap, you're right.* Y los enemigos son de cuidado.

—¿Qué es lo que insinúas, Bee?

—Que la cuerda de los acuerdos se corta por lo más delgado, todo no es tan terrible para beber *so early*.

—No sabes lo que dices —rezongó Roxana algo alterada. Bee lo notó en la voz.

—¡Alégrese!, el muchachito vicepresidente del banco ha vuelto a pagar por los servicios de la loca llorona de Drina —dijo Bee con voz chillona, disimulando ahora el nerviosismo.

La noticia le hizo cambiar un poco el humor de perros que cargaba Roxana ese día.

—¿Dónde y cuándo —preguntó la patrona.

Bee abrió un pequeño maletín con diez fajos de cien dólares y los colocó sobre la encimera del bar.

—!Muy bien, Bee!, ¡muy bien!, a nuestra palomita le está gustando lucir bien y respirar aire fresco, este negocio nos va a dejar un retiro productivo, ya verás...

Bee movió la comisura de sus labios arqueándolos hacia un lado y la atrapó la ambición. Su mirada la delató, Roxana sonrió también sirviéndose otro trago de aguardiente al que ella le había puesto el nombre de «Lágrimas de Cristal», un aguardiente que lo comercializaba en el país norteamericano como *moonshine* de primera calidad y que se vendía como pan caliente. Le sirvió uno a Bee y las dos rieron como hienas oliendo los fajos de billetes y terminando de comentar que la presa que habían elegido estaría por una semana en una estancia en Little Valley Lane en Lincolnton.

—La seguridad que lleva el mocito es la apropiada, nuestra

palomita no volará del nido —dijo Bee en español perfecto.

—Eso espero, Bee, seamos muy desconfiaditas —recuerda que debemos pisar seguro porque el Chino Lezama me va a cobrar este enfrentamiento con la vida.

—Información es poder, *Boss* —respondió Bee y se retiró sorbiendo las últimas gotas de las «Lágrimas» favoritas de su jefa.

Entrada la noche, Roxana observaba entrar a La Jaula a Marcos León y a su acompañante. La piel volvió a erizarse detrás de su cuello bajando hasta su espalda. Venían por ella, porque de seguro era lo único que tenían. El Chino quizá estaba en la mira por un negocio o por el otro. Su instinto de supervivencia la alertó desde el mismo momento en que empezaron a escucharse rumores de los visitantes asiduos. «Los policías por más esfuerzo que hicieran nunca podrían dejar de ser policías». Lo pensó por Marcos R. León, pero el otro, «¿quién diablos era?, ¿su ayudante, su pareja, un amigo?», se preguntó arreglándose las débiles arrugas de su traje. Salió al encuentro del detective, decidida a averiguar lo que se traía en manos.

—Usted debe de ser el detective León, ¿verdad?

—Sí, señora Sebastián, así es, mucho gusto.

—Dígame, ¿para qué soy buena?

—Bernabé Lawrence, ¿qué trabajos hace para usted? —Marcos fue directo al grano, clavándole los ojos a manera de amenaza por si se le ocurría mentir. A pesar de no tener nada de que acusarla a ella o a Lawrence tenía que jugarse su carta bajo la manga.

—Es mi *handyman*, a veces mi chofer, en otras hasta mi seguridad, ¿por qué la pregunta?, ¿le ha sucedido algo? —preguntó Roxana aclarando la garganta.

—No, él está bien, solo quiero saber porque él entró hace días con una mujer negra empujando a una joven bien vestida de cabellos cortos a este establecimiento por la puerta de atrás.

—Sí, y a la que jamás encontramos —acotó Sergio cruzando sus brazos en el pecho.

—No sé de qué me hablan, ¿por qué me lo preguntan a mí

y no se lo preguntan a él?, ¿qué tengo yo que ver en el asunto? —respondió Roxana un tanto descompuesta.

—Siendo socia y mánager del lugar pensé que estaba al tanto de lo que hacían sus empleados —intercedió Sergio con voz inquisitiva.

—Lo estoy, quizá haya sido una de las bailarinas, o una de las meseras quien necesitaba ayuda, ¡yo qué sé! —exclamó Roxana.

—Lamento haberla incomodado, señora Sebastián —dijo Marcos León y le estiró la mano como forma de despedida.

Roxana lo dejó con la mano extendida. Se dio media vuelta sintiendo que era un error no haber actuado con la frialdad que la caracterizaba. Ahora su actitud, posiblemente, la convertiría en nuevo motivo de cuestionamiento. Bajó hasta su oficina y se sirvió otro trago. Llevaba toda la mañana alterada, la noche anterior tampoco había dormido sus horas requeridas y este interrogatorio la puso en alerta. Todo estaba saliendo mal y no era una buena señal. Movió los hielos con el dedo índice, su tintineo la llevó a repetirse: «la culpa es una emoción sin mucha importancia. Aquí no hay cabida para la culpa, sino para el sentido de oportunidad». Se llevaba el dedo índice al pecho y a la sien mientras, como acto de contrición, matizaba su razonamiento.

Drina, de nuevo, fue acicalada por las manos de Ly y de las sirvientas de Bee en el salón de belleza donde la llevaban. La bañaron, le dieron un masaje y por último volvieron a retocarle su peinado y su pedicura. Bee le preparaba su maletín de mano con lo necesario para el fin de semana con el vicepresidente de la banca de Charlotte.

—Bee, ¿qué día es? —se atrevió a preguntar viendo que por primera vez en tanto tiempo los ánimos de sus captores estaban menos tensos.

—18 de septiembre —exclamó Bee sin dejar de rumear la goma de mascar.

A medida que Ly le amarraba las sandalias, ella se fijó en el tatuaje de dragón que sobresalía desde uno de los cortes que dibujaba el curo del calzado hacia arriba de su pierna. Lo vio ensimismada recordando que era la voz cantante de su vida como esclava sexual. Los aromas del aceite de masaje que se habían impregnado en su piel la hacían pensar que, si Roxana le otorgaba este fin de semana con Owen, aunque sea como *scort,* ella saldría pronto de la perrera debajo de La Jaula. Si conseguía que la patrona le diera más libertad y le explicara mejor qué deseaba de ella, conseguiría ser más independiente de Bee y Bernabé. No sabía exactamente lo que quería hacer, lo que por el momento deseaba era ver de lejos y por última vez a su familia y cerrar ese capítulo de desgracias. Luego huir lejos, muy lejos donde no la pudieran encontrar.

—*You ok* —dijo Ly dándole una palmada en la pierna. Ella se levantó y tomó el maletín de mano. Les sonrió a todas las chicas y se fue hasta la furgoneta donde Bee y Bernabé la esperaban para dejarla en la casa del banquero.

Bernabé le extendió la capucha otra vez y, antes de que le cubrieran la cabeza, Bee se adelantó a dar instrucciones específicas.

—*You should behave, do whatever you're told to*! No quiero quejas. De esto depende tu vida. —Señaló el dedo de Bee a la cara de Drina.

—Soy una prostituta, eso soy, no entiendo tu amenaza —refutó Drina en aquel momento. La fuerza de la mano tensa de Bee que le apretaba el cuello le hizo sentir que perdía la respiración.

—Sabemos que eso eres, eres una prostituta, pero para ese banquero eres una mujer atractiva y una dama de compañía, él sabe cuáles son las reglas y tú también lo debes saber —le contestó un poco fastidiada, pero para que no existieran dudas con respecto a su poder acotó—: No se te ocurra pensar que porque irás con él de paseo vas a poder huir de mi alcance. Recuerda que sé quién es tu hermana y dónde vive tu familia. No apuestes a ganar.

Drina sintió que un hilo de saliva rodaba por la comisura del labio, la carraspera se hizo presente después de que el aire volvió a fluir hacia sus pulmones y su cuerpo se entumeció de rabia por haberse permitido que la trataran así.

El maltrato en estos casos era un arma común para mantener a raya a cualquiera en este peligroso mundo de la explotación sexual, maltrataban psicológicamente, verbalmente y ella mejor que nadie sabía cómo se sufría, porque en su caso algo la mantenía ahí y con el tiempo se había dado cuenta de que no era una situación común para otras que estaban en su misma circunstancia, el Chino la había visitado un par de veces y esas mismas veces su voz, que guardaba resentimiento, le dio a entender que ella estaba ahí porque sí, porque a él le daba la gana, porque él era el que decidía.

—En este maldito negocio uno solo puede sobrevivir haciendo lo que nos obligan —espetó Drina agarrándose con las manos el cuello adolorido.

La mirada profunda de las dos se cruzó y ambas sintieron cómo la fuerza de la una sobre la otra quería reinar. Drina se dejó colocar la capucha, se acostó en la sábana extendida para no ensuciar sus nuevas ropas y se abandonó a la costumbre de contar el tiempo por medio de los latidos de su corazón. Se escuchó la música que a Bee le gustaba.

De inmediato pensó que Bee y Bernabé tenían una dinámica entre ellos. Más bien razonó que la maldad que compartían otorgaba esta dinámica no solo de desafío hacia sus víctimas, sino de admiración por ellos mismos. Los había observado en una viciosa obsesión de enamoramiento entre ellos, para con ellos, y para con lo que hacían. Cerró los ojos evitando elucubrar sobre el comportamiento humano de estas dos criaturas. Para qué desgastarse estudiándolas si no sacaba nada en concreto. «Son el retrato del mal... son despiadados. Los dos tienen una semejanza en lo físico en el sentido particular de sus cuerpos pesados y redondos y de sus manifestaciones crueles. Su cultura, la rebelión contra lo bueno del ser humano, el misterio malvado y asesino que cargan dentro de ellos, lo atractivo del pecado que conduce a la muerte los hace eso... consumidores asiduos de la perversidad. Seres engañosos», musitó dentro del reducido espacio de tela de color tristeza.

Owen recibió a Drina en la entrada principal. La vio descender de la furgoneta negra ayudada por el chofer que siempre la traía y acompañada de la mujer negra que la cuidaba. El cuerpo de la muchacha, aunque ya no era una joven quinceañera, ante sus ojos era un cuerpo deseable, de encantos espectaculares. Su piel, su voz, su mirada, los latidos de su corazón cuando retozaba en su intimidad, todos estos detalles le aceleraban el pulso cuando la tenía cerca. Al verla pensó que, a pesar de que ella no era una mujer a su altura, era la mujer que necesitaba en esos momentos.

—Estás desafiante —dijo, saludándola con un beso en la mejilla.

Drina no se atrevió a decir palabra. Sonrió ante la galantería de Owen y se dirigió con él hacia su auto.

Los dos emprendieron el viaje sorpresa que él tenía para su descanso. No para el de ella, obvio, pero para él. Era vicepresidente de un banco importante y él era el que pagaba sus servicios. Lo observaba, casi estudiando sus facciones. No tenían mucho de qué hablar, suponía. En su mente las palabras *soltero, guapo, educado* y *dispuesto a no comprometerse* con nadie, la tranquilizaban.

Él, encantado con su belleza, imaginaba el disfrute del cuerpo de su acompañante en la tina de colores marmoleados de la residencia de Little Valley Lane. Owen se perdía en la vía hacia su destino final acompañado de música y de esa adquisición de mujer que lo dejaba confundido y asustado a la vez. No sabía por qué, pero lo marcaba su presencia. Hasta había pensado en ella en contadas ocasiones mientras trabajaba. «Estoy loco», masculló toqueteando el volante de su Mercedes Benz.

Para Drina, viajar a un lugar distinto del que había permanecido en los últimos años lo consideraba una bendición y una aventura; ahora, sin bandanas que cubrían sus ojos o capuchas oscuras, estaba disfrutando en absoluta tranquilidad de la vista de árboles que empezaban a entintarse de amarillo. Drina ocupaba su mente con la idea de seguir adelante con el papel de mujer de cualquiera que pudiera pagar por tener su sexo. Lamentablemente era algo que ya no le importaba, se había resignado a quedarse en esa vida hasta tener el dinero y la oportunidad de huir. Quizá este fin de semana se presentaría su oportunidad, pensó, volviendo a dejar que sus ojos se fijaran alegres en los ornamentos de las casas a la orilla de la carretera. De pronto un mal presagio la acompañó.

Un viento ligero y frío le recorrió la espalda y sus vellos se erizaron. Pensó que sería la emoción que la embargaba, pero el corazón le empezó a latir y su ánimo pausado y confiado se convirtió en un estado desteñido donde la sensación de sorpresa desagradable la dominaba. Los sentimientos empezaron a atacarla de forma sombría. Cierto estremecimiento de desconcierto se adueñaba de ella. Creyó que uno de sus ataques de pánico se revelaría justo en ese momento, pero lo que apareció en su mente fue la palabra *muerte.* «La muerte será mi última compañera», se dijo inclinando su asiento hacia atrás y tratando de calmarse.

A medida que Owen rodeaba la entrada del rancho, el olor a fresco, a limpio, a perfume de hombre y la libertad comprada de esos instantes la calmó por un momento. Tomó la mano de Owen y la besó. Ella sabía que la propina que le daría al finalizar el encuentro sería más jugosa que la anterior y, como la anterior, la guardaría en el interior no de su vagina sino de su ano porque no permitiría que Bee se apoderara de ella. «Prefiero que otra muerta en vida la encuentre en caso de que mi vida se extinga como lo hacen las llamas de una hoguera», apostilló para sí.

Owen admiraba el rostro de la mujer que disfrutaba con el agua tibia del baño de espumas y de la música de La Pieta de Vivaldi, que Drina escogió al desnudarse en el baño circular de aquella estancia. Él la dejó ser, la contempló como un muchacho que no conocía cuerpo femenino, la belleza de sus caderas y sus muslos redondeados le llamaba la atención, su estatura pequeña y su torso blanco y delicado que sostenía a un cuello espigado de bailarina, lo excitaba. Los senos pequeños todavía seguían siendo apetecibles para cualquiera que quisiera disfrutar de ellos. Los pies estaban bien cuidados, pero no podía evitar la curiosidad de preguntar sobre las marcas y los rasgos de piel ligeramente amoratada. Drina se acercó al borde de la tina, se sentó y empezó a mover el agua caliente y la espuma que crecía hacia arriba. Sonreía, en su sonrisa se sentía el placer ingenuo que se refleja en los niños a la hora del baño, cerró los ojos, aspiró contenta y se metió en la bañera con el apuro de una sirena.

Owen sirvió dos copas de champaña escogido por él para esta ocasión, su caminar rudo, su cuerpo sugerente, su sonrisa de dientes blancos conmovían a Drina, la volvían vulnerable nuevamente y la atraían de una forma incomprensible hacia él. Pergolesi con Stábat Mater, la Sinfonía 9 de Beethoven y La Forza del Destino de Verdi se paseaban entre las caricias apresuradas del vicepresidente del banco y su «dama dragón, su dama vagabunda» como la llamaba entre susurros. Drina se dejaba llevar, ya había aprendido a dejarse hacer y a disfrutar con él. Le agradaba el modo delicado de inducirla al placer, de sus dedos explorando sus pliegues internos llegando hasta el clítoris y convirtiendo esos momentos de sexo en una íntima charla de los cuerpos. Los jadeos, los gemidos, los abrazos los hacían subir más la intensidad del deseo, los dos bailaban al mismo compás tocando sus partes, entrelazando sus lenguas, lamiendo sus pieles. Los dos disfrutaban de sus cuerpos, ella era nada más que única víctima, a veces pensaba que era lo que le tocaba vivir y hacía lo que tenía que hacer para protegerse y proteger a su familia. Sabía que su padre era un hombre fuerte y sano, pero eso no bastaría para evitar cualquier enviste de sus captores al momento de atacarlos si ella huía de su presente borrascoso y amargo.

Se metieron a la tina juntos, la tibieza del agua, la textura airosa de la espuma de baño, el burbujeante y continuo sabor de la champaña con la que deleitaban sus bocas incitó a Drina, la mujer dragón en la que se había convertido de repente, a someter al hombre que estaba a su lado a los más deseables placeres del sexo. Se dejó penetrar en una marea de calor, con cada penetración, se iba llenando de memorias que la turbaban, que la reprimían por minutos, pero que la mantenían viva. Así mismo, estas la llevaban a adueñarse de aquel hombre que la trataba como una reina, pero que no era más que eso, un hombre que pagaba por sexo y que estaba muy lejos de poder amar como ella había amado una vez a Carlos.

La respiración acelerada, los azotes en sus nalgas, las caricias de la lengua en su cavidad bucal, los besos en sus pechos, que se endurecían por instantes, la hacían sucumbir al poder de las lágrimas por momentos, y en los siguientes la transformaban en lo que Roxana ansiaba, una mujer que puede controlar sus emociones y que puede dar placer sin sentir remordimiento.

En ese navegar de aguas, trataba de controlar sus sentimientos confusos, el deseo se apoderaba de ella, a la vez que la rabia la consumía, la desgastaba, la doblegaba a convertirse en la siguiente *madame*. Posiblemente a estas alturas ya no tenía nada que perder, ya lo había perdido todo, ya que más daba. Existían preocupaciones mayores para ella, la principal, después de tanto tiempo, era conocer los motivos por los que se encontraba experimentado una vida a la que no había sido destinada, su cautiverio era el resultado de una mente enferma.

El baño, la champaña, el sexo y el viaje los dejaron cansados, una cama mullida de sábanas limpias y olorosas a hojas de naranja los cubrieron por el resto de la noche. Las fresas, los pistachos y el plato de quesos variados y carnes ahumadas, que les había traído la camarera, quedaron intactos en una de las mesitas auxiliares.

Owen acariciaba el cuerpo de Drina, quien dormía plácida a su lado. La ternura de su rostro desmaquillado, la suavidad de su piel y el contorno de su figura lo tranquilizaban, aunque al besarla por sus pies vio marcas de agujas entre sus dedos y la franja de un moretón que rodeaba su tobillo se volvió más evidente. Eso lo asustó y pensó que él no lideraría una *junkie* ataviada con prendas caras. Él no deseaba problemas de ningún tipo, para problemas tenía los de la entidad bancaria donde era vicepresidente. Se dio la vuelta y trató de conciliar su preocupación mirando hacia la gran ventana que le proporcionaba la imagen de una luna enorme y clara. Mañana sería otro día y el haría las preguntas necesarias a Roxana.

Roxana daba rienda suelta a su don de mando en el cabaré, las festividades del Día de Gracias y de las Navidades estaban cerca y el local tenía que producir continuamente momentos entretenidos y de calidad. La supervisión de las chicas que pasaban por sus manos para ser distribuidas en las ciudades aledañas también era un asunto que la ocupaba. Los días previos a las celebraciones serían agotadores, como todos donde se celebra algo. Las *scorts* que manejaba desde siempre estaban reservadas con antelación, pero la preocupación de no tener novedades con las que pudiera manipular las opiniones del Chino, más la sombra de Marcos León, le quitaban el sueño. La serenidad y el perfume fresco que se respiraba en su oficina se vieron nublados por la voz de su socio que empleaba expresiones indirectas, una tras otra, vía telefónica. «El Chino está mostrando una incapacidad emocional para este negocio, está reflejándose demasiado pasional», acotó en el silencio de su oficina.

El Chino entró emulando un tornado, sus matones de turno lo acompañaban. Aunque no lucían como matones cualesquiera, sino como amigos respetables y discretos, se percibió un aire incómodo. Los actos de mixología y el ambiente relajado que minutos atrás disfrutaba la clientela de La Jaula se vieron turbados por la imponente presencia de los nuevos visitantes. El Chino lucía portentoso; su altura lo ayudaba a verse como un dios caribeño, sus ojos ámbar lo convertían en una pantera en la noche y el estilo urbano que vestía lo volvían no solo irresistible a cualquier ojo femenino, sino que le inyectaban misterio y aspecto intimidante. Roxana lo veía desde la cámara de vigilancia en su oficina. Ella temía que su socio perdiera la cordura en medio de una velada elegante y relajada, el lugar estaba lleno de gente selecta y refinada. No es que otras noches les visitaran gente menos agraciada, sino que las actividades que La Jaula producía en cada jornada nocturna permitían que todos los metrosexuales y los más clásicos hombres salieran a divertirse mostrando sus mejores galas y sus antojos más caros.

«Es hora de enfrentar al socio despechado», murmuró Roxana y se levantó de su cómoda silla de cuero italiano. Su celular sonó, no quiso contestar, pero la intuición de que sería importante la hizo retroceder unos pasos y alzar la bocina

—Roxana, al habla —pronunció con voz cautivadora y sensual.

La voz de Owen la alertó. Esa noche no sería su mejor noche y los problemillas saltarían como ranas del charco.

—Soy yo, Owen, Roxana, necesito que me aclares algo a la brevedad posible.

La voz seria y poco galante del «mocito banquero», como ella se refería de Owen, la tomó por sorpresa; para sus adentros pensó: «esto es lo que faltaba, un amante en apuros»

—¿Dime, querido, cómo lo están pasando?, ¿verdad que esa belleza de ojos con pestañas de abanico es exquisita?

—Sí, sí lo es querida, pero aquí yo no quiero líos con una *junkie* bien vestida, suficiente tengo con pagar por sexo —replicó Owen.

—No entiendo, querido.

—Pues he visto sus pies y sus tobillos. Tiene picadas de agujas y amoratada la piel, ¿me crees estúpido?

—Mis muchachas no son *junkies*, yo selecciono bien los acompañantes de mozos como tú o de hombres maduros como lo era tu padre, aunque claro, tú y él son muy diferentes.

—Parece que no has hecho bien tu trabajo, esas picadas son de mujeres que se drogan y yo no pago por acostarme con drogadictas, sino con mujeres con las que pueda disfrutar sin esos artificios.

La voz de Owen se escuchaba osca y su argumento era bastante contundente, él, de seguro, no quería terminar como su padre con una sobredosis de polvo rosa muerto en la cama con su putita, que por cierto no era de la camada de mujeres con las que ella negociaba.

—Tendrás que calmarte y preguntárselo, yo desde aquí no puedo hacer nada, has pagado ya por sus servicios y sabes las reglas que maneja la casa. Ahora estoy muy ocupada, hablamos a tu retorno, te invito una copa donde gustes querido. Hay temas que llaman a ser atendidos en este momento.

Sin más, colgó el auricular y se apresuró a subir a la estancia a encontrarse con su socio revolucionario.

Los ojos del Chino clavaron una mirada de molestia en los de Roxana, ella, por su parte, no se amedrentó, aunque sintió que vientos no muy agradables se acercaban. Lo tomó por un brazo adulando su vestimenta y tratando de apaciguar el demonio que llevaba por dentro.

—Bueno, Chino, qué alegría tenerte aquí.

—No lo creo, pero no vine a verte a ti, vengo a constatar que Drina está donde la dejé, sana y salva de tus garras.

—Vamos, querido, ¿de mis garras? tú la trajiste aquí para vejarla, la has encerrado y humillado. No le has dado oportunidad de rendir como merece y yo, que la he tomado bajo mis alas y he hecho que devengue los gastos de alimento, ¿la tengo en mis garras?, ¿me reprochas eso?

–Lo que yo haga con ella o quiera de ella es muy mío, muy mi problema respondió enérgico el Chino tan cerca de la cara de su socia que su aliento a menta y a coraje se sentía cortando la respiración de los dos.

—Esto es de Ripley, Chino, te recuerdo que tú sin mí, en este negocio, no eres nadie, tú solo piensas con los *huevos* y no con el cerebro. Tus socios no te entienden, ni yo tampoco te estoy entendiendo; no me dices de qué se trata todo esto, es mejor que me lo digas para decidir qué se hace con ella, porque primero está nuestra sociedad; yo, mujeres como tu palomita, me consigo en un tris con tras.

—No te necesito, podemos deshacer esta sociedad de mierda ahora mismo —exclamó el Chino conteniendo su furia.

—Drina no está, ella se fue con un cliente que pagó muchísimo dinero por usar sus escuetas habilidades de putita —explicó Roxana sin hacerle mucho caso a la disolución de la sociedad.

—¡Pues me la vas a traer ya, o mejor dime dónde está que la voy a ver yo!

—No sé dónde están, exactamente, tendré que averiguarlo mañana con el banquero que agendamos. Mañana te diré donde está —zanjó la conversación Roxana. Dándose media vuelta.

Preocupada por el comportamiento de su socio se dirigió de vuelta a la oficina. Su olfato le indicaba que era mejor no crear conflicto entre ellos en esa circunstancia. Él era peligroso y su ego era una realidad tajante. Era imposible razonar por el momento con su socio debido a la volatilidad de su temperamento y su engreimiento de sentirse la «cabeza de familia», su sed de poder en la Yakuza y su arte lo estaban convirtiendo en su propio verdugo. No pensaba en los negocios como en algo modificable. En definitiva, el Chino y su escala de valor en los negocios, se estaba basando en lo que le gustaba, mas no en lo que era necesario para innovar y crecer.

«La preocupación es como la ropa sucia, ¡carajo, todo cae al mismo tiempo». Esa fue su última expresión antes de llamar a Bee y verificar el lugar donde se habían llevado a Drina.

Roxana acudió a Bee y a Bernabé, ellos eran los que más cerca estaban de las actividades de transporte. Ella no iba a entregársela al Chino, ya no era una cuestión de negocio, ya esto se convertiría en una cuestión de honor y de respeto porque «entre bomberos no se pisaban las mangueras». Ese dicho la había hecho muy conocida en todos los medios donde ella se desenvolvía. Roxana era una mujer de negocios, los sentimentalismos y las malas decisiones nunca habían sido su debilidad, ella pensaba muy bien sus movimientos. Esta vez su olfato con el Chino le fallaba, pero, iba a enmendar esa incómoda situación de una vez por todas.

CAPÍTULO 10

El mundo debería estar en perpetua misericordia

«Dejar caer el rencor, la rabia,
la violencia y la venganza son
condiciones para vivir felices»
—Papa Francisco—

Bernabé limpiaba la van negra con dedicación, él tenía el compromiso de responder por ese transporte y se lo tomaba muy en serio. Su coeficiente no era alto, se notaba en sus interacciones, pero era alguien a quien se le daba una instrucción y la seguía al pie de la letra, sin preguntas y con voluntad férrea. Bee era astuta, tenía cierta malicia impregnada en la piel desde su juventud. La única vida que conoció era la misma que le daba ella a las escogidas: rigidez, abuso verbal, desvalorización, así ella se sentía con el poder de doblegarlas y era algo que le agradaba sobremanera. Los dos estaban en vías de recoger un cargamento (como ellos se referían al tráfico de mujeres). Fumaban su único cigarrillo en el pasillo que daba a la bodega de licores, cuando observaron a Roxana que caminaba enfurecida hacia ellos, su pisada requería de toda la fuerza encerrada en su cuerpo. Alguna molestia la sacaba de su centro, nunca la habían visto así, siempre ella era de una compostura, en ocasiones, aplastante. Tenía sus momentos de molestia, pero jamás notaron preocupación o rabia en sus ojos y en sus movimientos como ahora.

—Bee, la luna de miel ha terminado, ve por Drina y tráela, yo me arreglaré con el banquerito.

—¿Qué sucedió, Roxana? —demandó Bee con su acento, alargando el nombre de su patrona.

La mirada enfurecida y llena de impaciencia de Roxana se tradujo en resignación. Los dos cómplices salieron dejando a su patrona con el coraje haciendo presa de su cuerpo.

A la par que salieron del estacionamiento Bee y Bernabé, salió también el Chino, quien esperaba paciente dentro de su vehículo. A una distancia prudente siguió a la van y manejó alejándose del centro hacia la salida correspondiente al destino donde Drina se encontraba. Los pensamientos de él eran el más puro reflejo de su resentimiento hacia la muchacha que en su juventud lo había rechazado. Ahora ese sentimiento era el peor enemigo de Drina y del propio Chino, porque a pesar de casi cinco años en los que la había tenido presa y a su disposición, no había logrado descifrar lo que deseaba hacer con ella. Sin embargo, no permitiría que nadie dispusiera de su destino más que él.

Al final de una hora y media llegaron al destino que albergaba a Drina y su cliente. El Chino aparcó su auto un tanto lejos de la recta que indicaba el final donde se aproximaba un *cul de sac* tras unos árboles. Descendió con una pistola. Por la parte posterior del pequeño bosque que crecía a los alrededores se escabulló hasta llegar a la entrada trasera donde no lo verían los cuidadores del dichoso banquerito.

Abrió las puertas francesas del patio, se encontró en una sala de tamaño reducido y con Bernabé, Bee y Owen, quien discutía por la abrupta decisión de Roxana de llevarse a Drina sin consultárselo. Los tres observaron con asombro la figura del Chino que avanzaba hacia ellos a zancadas largas. Sin más les ordenó que trajeran a Drina, que sus servicios habían terminado en ese momento.

Owen, paralizado al verse en este predicamento, se retiró y trajo a Drina de la mano, le dio un pequeño empujón hacia Bee.

—Vete, esto no es lo que yo esperaba, no quiero problemas con tu chulo, querida.

Bee la tomó de la mano, pero Drina se rehusó a caminar junto a ella. En un momento de descuido Drina tomó unas bolas de cristal que se hallaban en un centro de mesa y las lanzó contra El Chino, quien ahora, por el apuro y el cabreo que lo embargaba, olvidó atarse bien su máscara. Al girarse hacia él, Drina pudo por fin poner un rostro a la voz que la tenía presa. Le arrancó la máscara de un jalón. El rostro que descubrió detrás del antifaz la trastornó.

—¡Maldito, ¡hijo de perra!, ¡maldito seas!, ¡tú!, ¡tú me has tenido encerrada!, ¡maldito seas!

Drina sustituyó su rictus, se volvió la copia de un ser a quien, en esos precisos instantes, no le importaba morir o matar. La rabia que la consumía era demasiado grande, las heridas causadas, demasiado profundas; la humillación provocada, demasiado imperdonable; la libertad coartada, demasiado intensa y equivocada.

Bee y Bernabé trataron de apaciguar las iras, pero no pudieron. Owen estaba paralizado. No concebía una escena de esta magnitud en su casa de campo. No sabía qué hacer, los pies los sentía pesados. Eran dos pedazos de concreto. El Chino perdió su cordura, la perspectiva de ser dueño de aquella mujer a la que sometía a la crueldad lo devoró desde adentro. Vio cómo Drina, la mujer que Roxana convirtió en un dragón seductor y provocativo ante los ojos de su nuevo acompañante, se lanzaba sobre él con todas sus fuerzas. Ella sostuvo la mirada del Chino, quien advirtió la decisión de Drina de acabar con su vida. Esa fuerza, que nunca había visto en ella, lo erizó provocando que se disparara un tiro de su semiautomática dorada.

Un sonido contundente invadió la habitación; cayó un cuerpo provocando un ruido seco sobre la alfombra persa que cubría parte del piso. Bee y Bernabé corrieron hacia la puerta principal y dispararon sus armas aniquilando a los acompañantes del banquero, que en ese momento se dirigían a la entrada confundidos por la conmoción. Charcos de sangre se esparcían bajo los cuerpos inertes. El Chino arrastró a Drina de los cabellos entre los muertos, sus cómplices fueron obligados a subir al banquero mal herido a la parte posterior de la Suburban negra. Owen, inconsciente y mal herido, fue amarrado con cinta de embalaje y acallado con una media de *soccer* que encontraron en un maletín personal de su captor. Drina, descalza, caminaba sobre las piedras que cubrían la entrada de la residencia hasta llegar al asiento trasero. Sentía las plantas de sus pies abrirse, la carne se rompía provocando dolor, no existían gritos, solo dolor.

Las escenas que cobraban vida a su alrededor sucedían rápidamente, no le daban tiempo de reaccionar, tampoco había cómo; en ese momento le apuntaban con una pistola. Lo mejor era obedecer una vez más a los malos modos y a la violencia.

—¡Limpien la casa!, ¡entierren los cuerpos donde nadie los pueda encontrar!, yo me encargo de este gringo mal parido y de la palomita. ¡Vamos, qué esperan! —gritó el Chino.

Subió a Drina a empellones a la parte trasera y él, de un brinco, abordó su Suburban para luego desaparecer entre las curvas de las avenidas que lo alejaban de la escena del crimen.

Roxana, desesperada al recibir noticias de Bernabé y Bee, empezó a subir el tono de la voz a través del móvil. Sus pensamientos se atiborraban en la cabeza, mientras trataba de controlar su impotencia.

«No debí meterme con este muchacho, la abuela decía siempre: "¡el que se mete con niños, meado se levanta". ¡Carajo!, ¡pal carajo se va mi vejez!», rezongó al sentirse apabullada por estos inconvenientes que estaba provocando el Chino. La frustración de él, al ver que no sabía qué hacer realmente con Drina, lo llevó a cometer errores que ponían en peligro todo por lo que ella había trabajado y considerado.

—¡Mierda, hagan lo que él dijo!, entierren a los muertos, no vengan a las oficinas. Debemos actuar cuidadosamente y desaparecer de la ciudad por unos días. Hagan los arreglos para que el cargamento que se espera llegue a su destino, márquenle al *patojo* que viaja con el *huaco* y que se encarguen del asunto. Avisen a Pablo, al Cholo y a los angelinos del Tuerto y Samuel. Hay que moverse de prisa porque si el banquero está muerto nos metimos en un problema. Que desaparezcan todos, que cierren las bodegas. Los CD, los documentos que nos comprometen y las computadoras, todo, absolutamente todo debe desaparecer. El móvil de Roxana fue a caer al piso después de terminar la conversación.

Sollozos ahogados emergían del asiento trasero donde Drina trataba de enfocarse en un lugar específico para poder controlar su angustia. Sentía que se empezaba a agitar y que el corazón le explotaría en cualquier momento si sus ataques de pánico aparecían. Ella estaba segura de poderlos controlar. También estaba segura de que si no se concentraba de inmediato pasaría a ser una muerta cualquiera. De esas que se descubren después de que la carne se ha convertido en alimento para gusanos y solo quedan los huesos que nadie encontrara porque quizá escondan sus vestigios en Dios sabe dónde. Mientras la Suburban serpenteaba alejándose de la casa del terror, pensaba cada segundo: «me tengo que calmar, no voy a morir, no es hora todavía, ya estoy viendo la oscuridad de la noche. La noche es mi aliada aquí afuera».

•••••

«Ya estoy afuera del hoyo negro. Tengo que mantener la calma... calma, hay que respirar, vamos, Drina, tú puedes... uno... dos... tres». Así, pensando, me hundí dentro de mi propio yo, me cobijé dentro de mí aflojando mis músculos, mi cuerpo cedió hasta perderme en el propio ritmo de mi corazón. Pude escucharme, escuchar mi interior expandirse y contraerse, mi sangre correr por las venas como las aguas de un riachuelo. Pude transportarme a otro tiempo y oler el aire que, similar al de fuera del encierro del auto, me ayudaba a no dejarme ir entre gritos y ahogos. Mi cuerpo respiraba dentro de mi propio cuerpo y mis oídos se agudizaban y escuchaban el rozar del viento contra las ventanas. No tenía idea de lo que sucedería conmigo en esos momentos, solo pensaba en el cuerpo maniatado de Owen detrás de mi ahogándose en su propia sangre. Esperaba una oportunidad que no llegaba, un momento donde mi pesadilla terminara, un descuido, un semáforo, una parada. Vi una parada frente a mí. Dos líneas de autos daban paso a lo siguiente que era abrir la puerta del vehículo y correr a pesar de los pies heridos.

«La primera parada, un descuido, la huida». Repetí una y otra vez, mientras observaba de tanto en tanto cómo los últimos momentos de Owen pasaban para él lentos. El banquero que la había tratado bien, que a pesar de ser una prostituta había intentado conocerla, estaba inconsciente. Sus ojos permanecían cerrados, la respiración era casi nula. Existía un pequeño silbido que huía por sus fosas nasales, se hizo más inaudible con el pasar de los minutos y la sangre de su costado derecho invadía la carpeta trasera y la bata de baño.

—¡Míralo! ¡Míralo bien, puta de mierda porque va a morir por tu culpa! ¡Mira lo que has provocado, mira lo que me haces hacer! —volvió a gritar el Chino, o más bien Cristóbal, clavando sus ojos grandes y desorbitados por la rabia, desde el retrovisor.

No sabía cómo llamarlo, había sido durante cinco años el Chino Lezama y ahora era Cristóbal, el amigo de mi esposo. El muchacho que jugaba pelota y fútbol con mi marido, a quien cariñosamente llamaba Mani. Lo desconocía por completo. Me daba cuenta de que estaba perdiendo su habilidad para poder controlar sus actos y su ira. Los golpes que le daba al volante y a su cabeza con el puño, le acrecentaban el enfado. Al señalarme con el dedo de forma agresiva, como si este fuera un arma punzante que quería enterrar en mis ojos, podía sentir su electricidad rabiosa alcanzarme.

El arma que tenía con él, al sacarme de la casa de Owen, se encontraba en el compartimiento en medio de las butacas, a la vista de cualquiera y a mi alcance, pero no me atreví a considerar ni siquiera por un instante poder tomarla y matarlo. Salí de mis cavilaciones cuando se echó a un lado del camino antes de llegar a las filas de autos, y descendió del vehículo, no sin antes llevar su semiautomática consigo. Haciendo grandes aspavientos con sus manos se golpeaba nuevamente la cabeza, luego se acercó al asiento del acompañante, dejó la puerta de par en par y seguía hablando sin parar. Mis oídos solo escuchaban imitaciones de sonidos desnivelados, no tenían forma de palabras, solo eran chillidos desesperantes.

—No confíes en nadie. Esa frase te la decía Mani, o más bien tu amado Carlos. Pero ¿continúas confiando?, ¡espera! claro... esta advertencia solo funcionó para mí. Tú nunca confiaste, nunca me tomaste en serio. Me devaluaste, ¡carajo!

—Déjame ir —grité—, si no lo quieres hacer, mátame de una vez por todas —chillé. Estaba a punto de perder los nervios.

De pronto el Chino se quedó inmóvil y su mirar gélido me produjo escalofríos. Subió la semiautomática al nivel de mis ojos.

—Por favor, te lo suplico, deja a Owen aquí, llama a una ambulancia.

Sentí que mi voz no era la de una mujer sumisa, si no la de un dragón furioso. Sí, sentía miedo y miedo me daba que las reacciones que fuese a tener el Chino lo llevaran a ser más cruel. Aunque, ¿qué más cruel se podría llegar a ser? Estaba molesta, asustada; me aparté de la ventana, giré mi cabeza hasta donde mi rostro podía toparse con el rostro de Owen, su piel de porcelana era ahora una piel citrina y perlada, sus labios se notaban secos, poco a poco estaba muriendo.

El Chino continuaba hablando, volví a escuchar palabras sin sentido, estampidos estrepitosos que me volcaron a taparme los oídos. Mi verdugo subió a mi lado, me abrazó por detrás cortando mi respiración. Su fuerza me obligó a sentarme y a verlo directo a los ojos. Sus ojos me acuchillaban, ahora su mirada era afilada. Parecía no perderse ningún detalle sobre mis intenciones.

—Dibujé tu rostro con mil colores mi chica dragón. Dibujé tus ojos y me imaginé tu cuerpo desnudo junto al mío. He esperado cinco años a que decidieras amarme, pero no lo has hecho. Nada de lo que he hecho por ti ha servido —dijo con voz tétrica.

Su rostro tenía el honor consumido. Tiró de mis cabellos a la altura de las orejas y se aferró a las nuevas hebras despuntadas. Olisqueó mi cuello y los cabellos en un ritual extraño. Yo no me movía, sus actitudes me tenían petrificada. El arma en su otra mano amenazaba en cualquier momento con descargarse en mi frente o en el medio de mis pechos.

—Serás mía y morirás mía —murmuró rozando mis labios y humedeciéndolos con su boca. De un brinco descendió, cerró las puertas, se acomodó delante del volante e inició el viaje; ahora en un silencio sepulcral que empezaba a temer más que todos los silencios vividos con anterioridad.

Llegamos a una intersección donde se levantaba una casa pequeña, un tanto desvencijada de estilo sureño. El vehículo dio la vuelta a la izquierda y entró por un camino de piedra estacionándose bajo un árbol de ramas extendidas. Los quejidos de Owen habían parado, su respiración no se escuchaba ya. De reojo lo vi en el momento que el Chino me haló hacia las afueras del vehículo. El rostro de mi cliente gentil se había tornado pálido, sus ojos cerrados se marcaban oscuros y la bata blanca lucía en la parte superior, entre el pecho y el estómago, dos manchas rojas y extensas.

Sentí la humedad de la piedra, y la tierra mojada que rodeaba una parte de la entrada a la casa. A empellones subí dos escalones. El Chino abrió la puerta de la casa y un olor a guardado me golpeó la nariz. El ambiente abrazaba un aroma rancio que se hacía más grotesco al descender al sótano por las gradas angostas a donde me llevaban. Otra vez sentí que me iba a volver el ataque de desespero. Una bombilla desnuda iluminaba ligeramente la habitación, los perfumes impuros y sórdidos me paralizaron cuando descubrí que la habitación estaba llena de jóvenes harapientas e inmundas. Todas estaban atadas a la pared con cadenas. Sus cuerpos flacos y de seguro sus cabellos piojosos formaban un cuadro patético que hizo comprimir mi pecho. El Chino notó mi angustia y esbozo una sonrisa que más bien era la mueca de un loco.

—Escucho los latidos de tu corazón, palomita. Este será tu refugio hasta que tus huesos y tu carne se consuman. Aquí morirás, sin la mínima esperanza de ver a tu madre o a tu hermanita o a tu padre. Me encargaré de que pierdas lo único que te queda, tu odio hacia mí —pronunció.

Yo no dije nada, escuchaba sus últimas frases resonando en mi cabeza, cada gesto taladraba mis oídos y mis latidos se agitaban a medida que asimilaba cada una de ellas. Un escalofrío aterrador recorrió mi espalda y se apoderó de igual forma de mis brazos y de mis piernas. Sentí los poros de mi piel estremecerse con el veneno que sus palabras emitían. Mi corazón angustioso quería escapar de mi cuerpo como yo deseaba escapar de sus manos que apretaban la mía sin piedad. Los rostros de las mujeres me asustaron, las bocas secas, rotas, las piernas amoratadas, los pechos lánguidos, algunos sangrantes, de una forma rara me dieron la fuerza para luchar, para salir de la pesadilla de la que era víctima por segunda vez.

La energía con la que empujé el cuerpo macizo y corpulento de mi enemigo me llenó de bríos y girando sobre mis pies corrí escalones arriba en busca de la puerta principal. Al llegar al descanso escuché cómo los pasos y la voz del Chino me perseguían declarándome la guerra una vez más. Sentí que en ese momento me tenía que jugar la única carta que tenía en mis manos y esa carta era huir sin detenerme antes de que el monstruo se ensañara conmigo nuevamente.

El descanso entre el sótano y la puerta de salida sostuvo mis pasos por instantes que parecieron una eternidad. El vigor para enfrentar mis miedos comenzó a levantarse enorme dentro de mí. Avancé dos pasos hacia la salida principal; al tercero, la enorme mano del demonio del Chino apretó mi tobillo derecho con tal violencia que creí que lo rompería. Me defendí apoyada a la pared que estaba a mi izquierda convulsionando como un gato epiléptico, aullé lo más fuerte que pude, esperaba que alguien de los alrededores me escuchara. La casa no se encontraba refundida en el medio de la nada como lo estaba la casa en la que estuve en Atlanta, por el contrario, estaba en un barrio iluminado con casas modernas y construcciones de edificios de apartamentos. Era un barrio renovado, alguien tendría que darse cuenta de que algo no coincidía de forma armónica con la pequeña casa desvencijada.

—¡Alguien tiene que escucharme!, ¡Que alguien me escuche! —repliqué entre forcejeos y palabras incompresibles de mi atacante en ese momento.

Los forcejeos se prolongaron, yo continué pataleando. El gigante de ojos ámbar crece más ante mí y se abalanza sobre mis espaldas. Respira agitado, siento su aliento sobre mi nuca. Me susurra:

—Lo peor está por venir, la muerte es lo único que te salvará de mí —dice con voz truculenta. Lame mi oído y me aprieta contra él. Siento su miembro erecto, mi cuerpo está atrapado entre sus extremidades largas y musculosas. Me quedo inmóvil esperando que él actúe, que me viole. Pero no me viola, más bien me agarra del cabello sobre la coronilla y me arrastra hacia otra habitación. Veo que la puerta principal se aleja y el monstruo permanece agitado, grita algo inentendible. Me humilla arrastrándome como un animal de caza, me odia, lo siento en cada jadeo, lo percibo en el golpeteo de sus pisadas contra la madera de la casa.

No puedo hablar, tengo que pensar rápido. No quiero morir encerrada, no quiero tener miedo.

—¿Por qué, por qué me haces esto? ¿Qué te hice yo?

El gigante no me responde, solo bufa y busca algo entre los cajones. Su mano todavía tiene agarrado mis cabellos. A cada pregunta que yo hago, empuña mis cabellos con más fuerza como queriéndome arrancar el cuero de la cabeza.

—¿No era bueno para ti? ¿Acaso Mani lo fue? ¡Dímelo!, ¡respóndeme! —gritó por fin sentándome en la única silla que pude vislumbrar.

—No entiendo, ¿qué tiene que ver Carlos o Mani, como tú lo llamas, con todo esto? Me has separado de mi familia, me has robado años de mi vida, me has humillado, vendido e intercambiado. ¿Cuál es el sentido de tu odio? ¿Qué te hice yo? ¡Maldita sea!

El Chino me mira confundido. Empuña un cuchillo en su mano derecha y me lo acerca a la yugular. Lo miro atenta, directamente a sus ojos; me pareció que había cambiado algo en él, pero no tenía claro qué. No sabía si su ira era tanta por mí para matarme como un carnero. Lo desafié con mi mirada y, por una vez en su vida desde que lo había conocido, hubo una chispa de remordimiento en sus ojos.

—No te dejaré libre, yo te amo, me perteneces, moriremos juntos si es necesario —susurró con voz nostálgica, dramática. En su aseveración reinaba la vehemencia, también la crueldad. Soltando lentamente el cuchillo lo dejó apoyándose a un lado de mi cadera, luego con sus manos grandes apretó mi mandíbula besándome con desesperación.

Su beso fue largo, fue de esos besos que se dan en las despedidas, con connotación de dolor. Sentí que era su último beso. Estoy segura de que me besó con los ojos cerrados para protegerse de su propia vulnerabilidad. Yo era parte de su confusión y la víctima de su monstruosidad.

Mientras a él lo dominaba la locura, mi mente estaba clara, yo sabía lo que tenía que hacer. Lo seduje con una caricia sobre su mejilla derecha, lo atraje hacia mí para prodigarle un abrazo. Al acercarlo más bajé mi brazo izquierdo y en un movimiento insospechado, tanto para él como para mí, agarré el cuchillo y lo clavé en su vientre.

Fue un ataque certero, la hoja platinada que introducía en su cuerpo emitió sonidos extraños para mí, al principio fue como rasgar una bolsa de papel y luego, a medida que enterraba el cuchillo con fuerza, se escuchaba el descoser de las carnes y el sonido ligero de un regato de sangre que brotaba hacia mi mano me soliviantó. Observé el cambio de su cara, su cuerpo atlético y fornido se dobló cayendo al suelo.

Me agaché, vi sus ojos ámbar parpadear mientras mi mano sostenía el cuchillo dentro. Burbujas de sangre salían de su boca, trataba de decirme algo, lo observé a medida que hundía más el cuchillo con placer pasmoso.

—¡Maldito hijo de puta!, no eres tan valiente ahora, ¿a que no? Me quedé observando con morbo el dolor que provocaba. Escuché un gemido profundo y de ahí corrí esta vez hacia la salida, abrí la puerta y volví a correr. Corrí y grité.

Los gritos inundaban el barrio, el olor putrefacto del sótano de la casa donde había dejado al Chino de alguna manera corría conmigo.

Las luces de las casas alrededor empezaron a encenderse, rostros se asomaban por las ventanas, pero nadie abría una puerta para prestarme ayuda. Toqué las puertas de varias viviendas, los golpes sonaban huecos y mis gritos que salían deformes se apagaron cuando un auto de policía paró frente a mí, proveniente de la avenida contraria.

Con el llanto desatado caí de rodillas señalando con mi dedo índice el lado contrario de la calle de manera insistente y nerviosa. El oficial de policía se me acercó, trató de calmarme, pero volví a gritar de forma desesperada. Mi voz ronca luchó contra el abrazo protector del agente, la música de réquiem que escuché con mi madre en un concierto, se percibía a lo lejos, logré distinguirla mientras observaba los ojos del oficial de policía. La intensidad de sus pupilas negras me recordaba a las viudas en las misas de réquiem.

Dije entre sollozos:

—Réquiem.

—¿Réquiem? —preguntó el oficial incrédulo—. ¿Qué me quieres decir?, no entiendo, quédate conmigo, ¡vamos! —Me daba golpecitos en las mejillas, mi cuerpo se desvanecía, mis ojos capturaban imágenes borrosas. Volví a dejar salir la misma palabra de mi boca, y me desmayé en sus brazos.

• • • • •

Abro los ojos con lentitud, estoy aturdida, escucho que llegan más patrullas y con ellos el FBI. La puerta de la ambulancia está abierta. Estoy acostada en una camilla. Me dispongo a pedir que verifiquen que el hombre a quien he apuñalado con un cuchillo de cocina sigue en la casa abandonada de donde había huido. Repito: «el hombre, el hombre está en la casa». Una y otra vez pido que verifiquen y que salven a las mujeres del sótano. Así lo hacen. Otra ambulancia se lleva a mi captor y un bus de asistencia transporta a las mujeres que vi encadenadas y sucias. Las imágenes de ellas eran sórdidas. Las recordé llorando, liberaban lágrimas grises. Sus ropas se pegaban a sus esqueletos. Sus rostros eran conocidos algunos, otros no los había visto jamás. Ahí estaba Agnes y su hermana, London y María. Ellas ya no tenían edad, eran solo despojos y almas viejas dotadas de un vientre inflamado, tanto que parecía explotar. «Su horrible presencia quiere jugar con mi mente, debo tener cuidado, me quieren llevar, las tengo que desaparecer», me dije, apretando mis ojos aún más.

Escucho las ambulancias y sus sirenas, veo a los curiosos y a las víctimas. En el barrio de Gastonia no dan crédito al cuadro tétrico y devastador de una seguridad violada. Han tenido por quién sabe cuánto tiempo a esclavas sexuales encadenadas en un sótano, jóvenes que podrían ser sus hijas, sobrinas o algún familiar cercano. Las mujeres vestidas de andrajos y de miradas esquivas lucen como la Llorona, sus cuerpos me sobrecogen, sus gemidos rechinan en el aire. Ellas flotan, no caminan. Mi corazón se encoje ante sus largos lamentos. Van cargadas de dolor como yo. Oficiales las acercan a un bus de atención médica especial. La ambulancia en que me transportan al hospital se aleja, dejando vestigios de sus luces azules a medida que gira hacia la avenida principal. Los curiosos se dispersaban lentamente; quizá algunos me recordarán como la muchacha que golpeaba las puertas de las casas y que corría pidiendo ayuda por la calle lateral a la avenida Davidson.

—Por favor, dígame la hora, necesito saber qué hora es, qué día es —le pido al paramédico.

—Son casi las diez de la noche y es domingo.

—¿Domingo?, pero ¿qué fecha? Siento que he estado aquí mucho tiempo.

—Calma, todo está bien, te llevaremos al hospital en unos minutos.

—¿Hospital?, deben asegurarse de protegerme, los *undertakers* vendrán por mí, debe llamar a mis padres. Sí, sí, llámelos... o no, mejor llame al policía que me encontró. Él... él sabrá qué hacer, los *undertakers* están por todas partes... entiéndalo, ¡llame al policía, búsquelo! —suplico con voz aguda y llena de pavor.

Un piquete en mi brazo derecho me lleva a hundirme en un sueño profundo donde Mozart se hacía presente; sus notas en re menor se escuchaban sensibles, sobrenaturales, preciosas, como mi *majka* nos había explicado un día lejano en mi niñez. Posiblemente estoy muriendo, quizá Dios me está dando la gracia de conmemorar mi propia misa o posiblemente el sonido de las notas litúrgicas del Réquiem me confirmaban que mi hostil adversario había perdido la partida. A pesar de que mi padre me enseñó estos trucos para dispersar mis angustias, hay cosas que no puedes controlar haciendo ejercicios de reconocimiento a tu alrededor. Posiblemente la sensación de realidad era tan contundente que podía escuchar mi propia voz diciéndome: «Esto no es un sueño, posiblemente pienses que es un sueño nada más, pero no lo es. ¿Está pasándote ahora mismo y nunca despertaras de él... ¿sabes por qué?, porque estás ya despierta». Entonces ves tus pies y tus manos moverse al ritmo que se mueve la vida que te obligaron a dejar un día y empiezas a retroceder. Giras, abres la puerta que antes no alcanzaste y corres, corres sintiéndote dentro de un túnel interminable y negro. Tu cabeza ahora está clara, eso crees mientras gritas ¡ayuda, ayuda! Alcanzas las luces del túnel. Fuegos azules y rojos desparramados a tus costados. Golpeas las paredes, ojos te otean a través del claro velo de tu pesadilla. Corres, gritas y sientes que te mueves en círculos con el viento y la lluvia que salpican tu rostro. Te detienes un instante, contemplas la tormenta espectral galopando en la avenida. Atrás queda el túnel, sin embargo, en el último umbral aparece una patrulla. Estás asustada, estás despierta, no sabes ya si la realidad es esta o has vuelto a sumergirme en las sombras. No tengo más elección que gritar y correr, pero no encuentro la salida. El fulgor del relámpago multicolor y de su estruendo me aturde y me repito: «Réquiem... réquiem... réquiem». Sé que estoy desorientada, posiblemente despierta y, ante el encuentro con el ángel negro, caigo. Escucho voces lejanas sobre mí, me voy resguardando del temporal en esos brazos, la lluvia y el viento amenazan la ciudad, amenazan todo alrededor. Advierto voces que se acercan y empiezo nuevamente a arder en la penumbra.

Sospecho que el tiempo transcurre en este sueño, doy una cátedra a mis compañeros de universidad. Mi maestra me lo ha pedido en francés. Mi *otac* me ayuda con los casos de explotación de mujeres. Veo por la ventana del salón, vienen los demonios, veo al Chino, él está ahí y también el Tuerto, «¡Dios!... ¿qué hago?», me pregunto, pero sé que estoy encerrada dentro de mí. Mi maestra es Roxana, me acerca un vaso con agua y las pastillas verdes y me obliga a tomármelas. Bee está con ella. «¡Sálvenme, sálvenme!», pero no es más que un grito sofocado.

Escucho sirenas, las voces están retumbando en mis oídos, hablan, hablan y no logro reconocer qué dicen. Oigo a las otras chicas esclavas, hay sexo y las venden. Las dos hermanas de mi padre fueron víctimas de trata de blancas en la guerra. Cuando las encontró, una había sido asesinada por tratar de escapar en las fronteras de Bosnia con Serbia y la otra, muerta en vida, estaba desquiciada y embarazada. A ella, la habían rescatado desangrada, con sus partes íntimas desgarradas y un bebé en malas condiciones por la agresión sufrida a la madre. Los médicos le informaron a papá que no sobreviviría ni ella ni su bebé. Habían abusado tan cruelmente de mi segunda tía, que las botellas, las armas, y el coito áspero y severo la habían aniquilado por completo. No mostraba señales de pronta recuperación o más bien de ninguna. Entonces, con ese diagnóstico cruel junto al panorama desolador de ser ya huérfano de padres y de familia, mi padre empezó a buscar ayuda para huir de una guerra encarnizada, de un conflicto sucesivo que no solo afectó la economía de las repúblicas, sino que dejó marcados a sus individuos más allá de la vida propia. Él tuvo suerte y pudo pasar dos años en Alemania y luego mudarse a los Estados Unidos. Me veo parada frente a un escampado, un hombre serbio me dice: «Si vas a nadar debes aprender a no ahogarte» y las veo a ellas, a mis tías bañadas de sangre; una con el vientre reventado y vacío. Mi abuelo estaba frente a mí entre un arroyo y un puente. ¡Alucino!, sé que alucino. «Los *undertakers* —les digo a los paramédicos—, están aquí», pero sostienen mis brazos y mis piernas. Otro pinchazo.

Huele a pantano, huele a selva y a animales de caza. Estoy inmóvil, pero tiemblo, me golpeo con ramas y con arbustos. Estoy frente al lago de mi casa, hay un resplandor rojizo, maúllan los gatos, ladran los perros. Una mano me empuja hacia adelante, caigo en un sendero de nieblas húmedas. Aparece mi maestra y es Roxana. Me arranca las ropas y me enseña libros de investigación que estaban llenos de «juguetes». Huelo a alcohol, a metal, mi lengua y mis labios están secos, Musito mi plegaria favorita porque Roxana ya no es ella, es Bee y luego Bernabé y Lola y el Chino, Samuel, el Tuerto, Pablo y todos los demás. La caza continúa, no hay lugar seguro, tengo rabia.

El sonido de la sirena de la ambulancia es fuerte, grave; molesta. Una voz intercede, su sonido es poesía, me arrulla con sus suaves ritmos al decir:

—Silencio, tranquila, no te agites. Estás a salvo.

Luego esa voz se convierte en tacto y toma mi mano, y su calor me asegura que sí, que estoy a salvo.

CAPÍTULO 11

Ciclos que se cierran

«Cae la cabeza del rey, la tiranía se vuelve libertad. El cambio parece abismal. Luego, pedazo a pedazo, la cara de la libertad se endurece y poco a poco se vuelve la misma vieja cara de la tiranía»
—Henry Louis Menken—

«*There is something I'm not getting*», se dijo Marcos y decidió volver, nuevamente, a La Jaula. Telefoneó a Sergio y le pidió que se encontraran. Se colocaba su saco cuando uno de sus ayudantes entró a su oficina diciendo:

—Roxana Sebastián ha muerto.

El detective lo miró incrédulo y tomó su placa y su arma del cajón.

—¡No puede ser! —Salió de su oficina y se dirigió a su auto. Los escasos veinte minutos que se llevaba en llegar desde la estación hasta La Jaula le parecieron una eternidad.

Jazmine, la mesera que los había atendido por primera vez, declaraba lo sucedido.

—Yo me quedé a ganarme unas horas extras, una de las chicas no se sentía bien y cubrí también su turno. Vine a decírselo a Roxana y la encontré inconsciente.

—Está bien, deja con el oficial tu número de contacto. Tendrás que ir a rendir una declaración oficial a la estación —mencionó Marcos.

Jazmine se retiró de la oficina y el oficial la siguió. Mientras el patólogo forense hacía fotografías y examinaba la medida y la profundidad de la herida, la posición corporal de la occisa y tomaba muestras de posibles huellas o cabellos, Sergio, disimuladamente, se adueñaba del celular de Roxana sobre el escritorio. Al girarse fijó su vista en la mujer que hacía poco había cruzado palabras con él. Reposaba sobre la alfombra de su pequeña oficina, su rostro no denotaba dolor alguno, por el contrario, parecía dormida. Inclinó la cabeza hacia su derecha tratando de ubicar una mancha colorida en la pantorrilla de la occisa, se ladeó y colocó guantes de látex en sus manos. Con la mano izquierda giró la pantorrilla hacia él y lo sorprendió el tatuaje de dragón estampado en colores dorados, azules y rojos. El intercambio de palabras con Jazmine en el estacionamiento días antes lo sacudió por dentro, y en cuclillas, como estaba, recorrió con la vista cada milímetro de su metro cuadrado. La posición del cuerpo de la occisa indicaba que había sido movido, el orificio en su cráneo no concordaba con la posibilidad de haber sido hecho por el mobiliario ubicado atrás de su cabeza, la sangre que emanó al producirse la herida era demasiada para considerarlo un accidente. Roxana Sebastián había sido asesinada, sin lugar a duda.

«¿Quién lo hizo?» —se preguntó. Luego de una corta fracción de segundos, se fijo en una esquina del techo y ahí estaba, ahí se encontraba una cámara, era tan diminuta que con el ajetreo nadie había puesto atención, pero él la había podido divisar. «Quizá la muerta quería delatar a su asesino para no cargar con la culpa ella sola», se dijo, y quitándose los guantes de látex, le pidió permiso al patólogo forense que continuaba tomando fotografías, extendió su brazo hasta donde el ojo negro lo miraba y lo arrancó de tajo.

—Marcos, hey, hey —llamó la atención del detective dos veces.

Marcos se giró hacia él.

—Aquí está lo que nos dirá quién la mató.

Quedaron cables sueltos y un hueco delgado y largo sobre el *sheetrock* que dejaba ver un sistema de vigilancia oculto. Soloman presionó con su índice la tecla de *play* y ahí encontraron la pista que los llevaría a descubrir al asesino.

El video les dejó ver a Roxana sentada en su silla giratoria. Sorbía su trago con elegancia recostando la nuca sobre el respaldo de cuero. Se escuchaba la música de Nat King Cole dentro de la oficina. Un uniformado entró, la Sebastián hizo el ademán de levantarse, pero fue en vano. La mano enguantada del gendarme le clavó con saña una navaja de un raro estilo que no lograban identificar. Observaron cómo, con paciencia, desenterró el arma blanca del cráneo de Roxana y luego la acomodó sobre la alfombra en la posición en que la habían encontrado.

No lograban identificar si el asesino era hombre o mujer, el rostro estaba cubierto por un pasamontaña y las manos por un par de guantes negros. Llevaba la chamarra de la policía, sin embargo, no se podía identificar ni la placa, ni el nombre. Lo único que tenían para empezar la investigación era saber por dónde había entrado el oficial y de dónde venia el arma cortopunzante.

—Bueno, seguiremos buscando los hilos que nos lleven a desenredar esta madeja —dijo Sergio inhalando fuerte, haciéndose escuchar del patólogo forense que se retiraba con su cámara y su libreta de notas. Se sentó en el suelo jugando con el video para observar el arma. Él sabía que había visto algo parecido, pero no lograba ver bien la imagen. El golpe asestado a la víctima había sido con movimientos limpios y rápidos tanto así que al retroceder y avanzar las imágenes lo que se lograba era retener solo la brillantez del arma.

Marcos, mientras tanto, empezó a revisar las cámaras que se encontraban empotradas sobre la pared del escritorio y una a una fueron develándose las imágenes de la muchacha que habían visto la noche que decidieron montar guardia a pocos metros de La Jaula.

—Sergio, ven aquí.

—*For Christ's sake*, ¿ahora qué?... no lo creo —dijo, pasando su mano derecha sobre el rostro en señal de frustración y sorpresa.

—Esta es la muchacha que vimos —dijo Marcos.

—Sí, ella es, no hay duda, y ese es Bernabé.

—Esta mujer debe ser una cómplice —aseguró el detective apuntando con el dedo el cuerpo oscuro de Bee a través de la cámara. De inmediato llamó al oficial que se encontraba fuera de la oficina y le indicó recopilar todos los videos y llevarlos a la estación.

—Muchacho, ven, acércate. Esta caja es tu responsabilidad. Llévala a mi oficina, urgente, y no te separes de ella hasta que yo llegue. ¿Entiendes lo que te digo?

—Sí, sí, claro, señor, así lo haré —respondió el joven oficial y partió sin demora.

Marcos y Sergio bajaron a la bodega de licores. Recorrieron el pasillo y entraron a la antesala de la bodega, pero no encontraban nada más. Marcos oteaba las paredes, Sergio repasaba los estantes con sus manos, pero no lograban descifrar donde estaba el escondite de donde salía la joven. Los dos subieron y recorrieron el inmueble, oficiales tomaban declaraciones, empleados asustados se miraban unos a otros y ellos no lograban descifrar la incógnita que se formaba en sus cabezas.

—Esto no es solo alcohol y un buen menú —comentó Marcos.

—La verdad nunca nos va bien, recuérdalo. Esa verdad la debemos encontrar. Superar los enigmas nos ayudan a sobrepasar nuestras propias limitaciones —continuó Sergio.

—El mayor amigo de la verdad es el tiempo —replicó el detective—, pero ahora no tenemos tiempo, Sergio. Ni tú, ni yo —zanjó y se dirigió a la salida.

Sergio lo siguió. Al descender el último escalón se encontraron con Jazmine quien esperaba que la recogieran.

—Revisen todo, y no dejen un milímetro por checar en este establecimiento. Esta noche La Jaula no funcionará como de costumbre. Coloquen la cinta amarilla en la entrada del estacionamiento, en la entrada principal y alrededor del edificio. Interroguen a los que todavía están aquí. Alguien tiene que haber visto algo que nos sirva de ayuda. No permitan curiosos ni rindan declaraciones. Yo me encargaré de la prensa —indicó el detective a sus subordinados— Sergio, ¿qué piensas de esos empleados?, ¿serán los mismos? —preguntó dirigiéndose esta vez a su compañero.

—Ellos son, solo que debemos desatar los cabos que tenemos y volver a atarlos.

—Lo que tenemos son solamente pruebas circunstanciales. Todo esto it is just a *whole big mess.*

—Solo tenemos conjeturas, es verdad, pero... ¿qué tal si te muestro que tenemos algo más? —respondió Sergio mostrando el móvil que había sustraído de Roxana.

—Después de todo eres lo que eres, ¿*why is that wierd*? —se mofó Marcos—. Vamos, tenemos trabajo que hacer, amigo.

—Algo bueno saldrá de todo esto —respondió Sergio.

Los dos se subieron en sus vehículos dejando atrás a Roxana Sebastián muerta en su *jaula de oro.*

Había algo que no compaginaba cuando las cámaras de seguridad de La Jaula enfocaban a Bernabé y a Bee salir de las instalaciones. «¿Dónde están las mujeres?, ¿dónde está la última joven que bajó de la furgoneta la noche que la seguimos?», se preguntaban Sergio y Marcos mientras observaban las cintas de seguridad.

Los dos mordían los lápices, leían los informes de las desapariciones una y otra vez. Lo que sobresalía era el fantasma de la furgoneta de carga. Los ayudantes de Marcos cotejaron las llamadas del celular de Roxana Sebastián y el único que sobresalía era uno que correspondía a la estación de policía de North Tryon.

—Hay que saber por qué Roxana Sebastián llamó a la policía —dijo Sergio.

—Lo que hay que saber no es el porqué, sino con quién habló —acotó Marcos—, porque si hay alguien de la policía inmiscuido, como lo había en la época en que Ronny manejaba el tráfico desde Carolina del Sur, están al tanto de lo que hacemos y nos llevan la delantera.

Papeles sobre el escritorio yacían inmóviles y marcados por colores fluorescentes. La puerta de la oficina de Marcos permanecía cerrada. Él y Sergio escucharon a los ayudantes de la unidad entrar y atragantarse con sus propias palabras. Hablaron tan rápido que vagamente se podía unir una palabra con la otra para darle sentido a sus intenciones.

–*Hush, Hush! Mates we can't understand* —dijo Sergio en su inglés con dejo británico.

—Descubrieron a un grupo de mujeres en la calle Davidson en Gastonia que estaban encerradas —mencionó el primero.

—Al parecer han sido vendidas por sexo y drogadas, están en el CMC de Gastonia —acotó el segundo.

El primero, sosteniendo la radio concluyó:

—Hay dos muertos, uno sin identificar, el otro es el vicepresidente de un banco. Lo que no van a creer es que la mujer que hemos estado buscando, jefe, es una de ellas.

—¿Quién es? ¿Cuál de ellas? —preguntó ansioso el detective.

—Drina... Drina Stojak —respondió, sonriente, su interlocutor.

Sergio abrió los ojos y la boca en señal de asombro. El sentimiento de sorpresa y contento se apodero de él.

—¡Oh, Dios!, ¡no puede ser! Vamos, apura, *com'on*, Marcos, en el camino llamamos a Macarena —señaló.

La noche había caído, se arremolinaban las nubes en forma de tormenta. Ya había llovido horas atrás. Fue una lluvia corta y contundente, pero el cielo parecía que no les daría tregua. El vehículo de Sergio quedó en la estación de policía de la calle Beam y él se dirigía con Marcos por la avenida Steele Creek hasta la intersección de la 485 hacia Gastonia. Luces titilaban frente a ellos, camiones viajaban a su lado salpicando gotas pesadas, grises y profundas que se pegaban en las ventanillas del auto. Por delante les abrían el paso los ayudantes en una patrulla donde claramente se leía «CMPD criminología». Las luces de los semáforos se sentían eternas para los dos, en sus cabezas analíticas empezaban a crearse historias con preguntas y respuestas, todas esas páginas estaban llenándose de posibilidades. Sergio dejó de pensar por un momento, se acordó que debía llamar a Macarena. Buscó su móvil dentro del pantalón, no lo encontraba en el bolsillo derecho, buscó con su mano izquierda también en el bolsillo que correspondía, nada, luego se acordó de que su chaqueta de lluvia tenía un bolsillo interno y allí lo encontró. Marcó el número y la conexión se hizo eterna.

El móvil sonaba, no había manera de escapar de la fuerza de la espera. Al otro lado una voz femenina y monótona contestó. Sin duda se trataba de Macarena. Era tarde, él lo sabía, pero no podía esperar hasta llegar al hospital. Tenía que darle la buena noticia, era la buena noticia que ella había estado esperando durante demasiado tiempo.

—Macarena, tu hija está viva, tu hija vive. —Fue lo primero que salió de la boca de Sergio.

Hubo silencio, la capacidad para procesar esa noticia no fue otra más que un silencio agudo. Sergio quiso repartirse. Abrió la boca para volver a decirle a Macarena que Drina estaba cerca y al momento de hacerlo un gemido estallo, luego la voz de ella se escuchó

—¿Qué? ¿Cuándo? ¿Dónde está?

—Marcos y yo vamos al CMC de Gastonia.

—¿Está bien mi hija?, ¿sabes si lo está? —preguntó con la voz tensa.

—No lo sabemos, sabemos que hubo una tragedia, hay más mujeres y dos muertos. Solo acérquense a emergencias y pregunten por Marcos al llegar. Él dejará instrucciones. Te espero allá.

• • • • •

Macarena se quedó un instante sin habla, con el móvil en las manos miraba atentamente a Mislav que leía el periódico en su móvil como todas las noches, con sus audífonos incrustados en los oídos para concentrarse. Era una costumbre que ella odiaba. Vio cómo sus lentes recaían en la recta de su nariz y cómo sus labios se movían a medida que leía los artículos. La voz se había extraviado en su garganta, pensó. Quiso hablar tan pronto como colgó, pero no pudo. Solo acertó a mirar a su marido, a sus cabellos rizados y a su pecho ancho. Carraspeó, se sentó en el sofá azul al lado de la ventana sosteniendo el móvil. Por fin él la miró y vio su rostro palidecer hasta convertirse en piel traslúcida. La vio apoyar la cabeza hacia atrás y respirar con la boca abierta. Rápidamente se quitó los audífonos, tiró su móvil y saltó para arrodillarse a sus pies.

—Mi amor, que te pasa, *com'on*, háblame —le dio palmaditas en las rodillas y ella seguía con la boca abierta tratando de que el aire le entrara hacia los pulmones. Carraspeó varias veces, se tocó el pecho con su mano derecha y acomodó la izquierda sobre sus piernas sosteniendo todavía el móvil en su mano.

—Está viva, Mislav, Drina está viva en Gastonia —atinó a decir casi en un murmullo.

Mislav la abrazó y lloró. Lloró como un niño pequeño. Sus lágrimas eran las de un río de dolor que se estaba desbordando, llorar le daba ahora paz porque su hija había aparecido. Se arrodilló y puso sus dos manos sobre su cara. Gritaba: «¡Dios es justo, te lo dije, Macarena!».

•••••

No sé cuánto tiempo ha pasado, me levanta el pitido lento de un monitor, tengo la boca seca y la luz que atraviesa la ventana frente a mí me lastima los ojos. Trato de ubicarme y distinguir los rostros que están en la habitación. Miro dos veces, me restriego los ojos y siento en mi nariz un delgado tubo bifurcado dentro de mis fosas nasales, trato de acomodarme, me duele la espalda, y las nalgas. Siento mi cuerpo un tanto dormido, cansado, también adolorido. Diviso un rostro. Es el rostro de mi padre con sus cabellos rizos; tiene un mechón de canas, pero en su mirada sigue viviendo el encanto de un príncipe balcánico. Veo a mi madre, su cabeza redonda sobresale entre su camisa blanca impoluta y bien planchada, enrolla sus collares de semillas coloridas en sus dedos, el olor a flores frescas, el de su perfume, invade los espacios, lo puedo percibir ahora. Sus ojos pequeños tienen sombras oscuras, señal de la mala noche, pero su sonrisa me da seguridad y me tranquiliza. Brigitte está a su lado abrazándola por la cintura con su mono blanco, es el mismo que yo escogí cuando ella llegó a casa.

—Me siento un poco mareada, necesito agua —digo.

Mi padre me acerca un vaso y mi madre me acomoda besándome la frente. Oteo a dos hombres, uno de barriga pronunciada, con un aura azul que lo envuelve a pesar de que sus hombros caen presionados por un peso que no logro descifrar. El otro hombre es atlético, grande como mi padre, de espaldas anchas, de brazos torneados y abdomen plano. Mi padre me besa en la frente también, mi madre se ha acercado a los hombres. Brigitte sigue mirándome a distancia, sonriente. Sus miradas denotan paciencia y amor infinito. Los otros visitantes me observan, siento que están ansiosos por dirigirse a mí, no sé qué quieren, no los conozco... ahora no me importan ellos... me importan mis padres y mi hermana. Lágrimas se cuelan de mis ojos, muchas lágrimas, una tras otra se apuran sin vergüenza a fluir. Mi padre me abraza, su olor a pino me invade, me apego más a él, a su suéter inglés de parches, su favorito. Me siento una niña al sentir su tibio calor.

—Todo está bien, mi pequeña —me dice con su particular acento.

—Ya no soy más tu pequeña... soy una mujer —contesto, dándome cuenta de que no hay erres que arrastrar como cuando menciona la palabra querida o amor. Pero es su acento el que me arrulla y me calma, como me calma el abrazo de mi madre en los pies; su abrazo callado y cauteloso.

—Te hemos extrañado, por fin estás aquí con nosotros —dice, con la voz entrecortada, Brigitte. Se agarra de mis piernas y solo pronuncia—: Dito, y luego, como lo hacíamos cinco años atrás, volvemos a hablarnos en francés y empieza a decir—: ¡*Milán será heureux, je suis heureux*!

—*Moi aussi ma petite fleur... moi aussi...* —Acaricio sus cabellos y ella estruja mis piernas. Era nuestro juego favorito. Su presencia despierta emociones que ya no recordaba. Ella es un bálsamo de vida en este despertar...

Los extraños hombres siguen en la habitación presenciando el encuentro entre padres e hija, entre familia. Hubiese querido tener ese momento para mí, para poder contarles lo que sucedió conmigo y dentro de mí, para advertirles que quizá al volver a casa no sería la misma; que una parte de la hija que criaron, de la joven que se formó bajo sus cuidados, de la que se casó con su novio de toda la vida —al que por cierto no había visto en esa habitación—, ya no estaba. Por el contrario, compartía mis emociones con dos personas que se trataban de manera familiar con mis padres, pero que su presencia no me decía nada. Nuestro momento privado se vio interrumpido por ellos.

—Carlos, ¿dónde está Carlos? —pregunto. Sé la respuesta; sin embargo, en lo más profundo de mí, existe la posibilidad de que no sea cierto. Si no está aquí, es porque nuestra relación llegó a su final antes de tiempo.

Todo tiene un proceso en la vida, eso decía mi madre antes de que fuera raptada. Yo pensé que él me esperaría; pero no, no lo hizo. No está aquí y yo… me trago las angustias otra vez. No podía concebir que Carlos no estuviese aquí conmigo, cerré los ojos. Carlos se convertía en capítulo lejano e inconcluso en medio de las paredes blancas de la habitación de hospital. Pensé muy a mi pesar «Es mejor así, en esos momentos ya no vale la pena».

—Carlos no está ahora, ya hablaremos de eso —mencionó mi madre con una pizca de resentimiento. Conocía los tonos de su voz. Sabía cuándo el sarcasmo la invadía, cuándo contenía su frustración o la rabia. Ella sabía manejar muy bien situaciones incómodas, todo lo controlaba con su tono de voz. Mi madre ya había marcado la pauta para una futura conversación, la cual sería corta y contundente.

Marcos y Sergio se sentaron y, después de beber un vaso con agua cada uno, empezaron a relatar los pros y contras de toda la odisea de mi familia para encontrarme. Mencionaron que el FBI había puesto una nueva alerta y había realizado un trabajo efectivo de clandestinidad con algunos agentes para descubrir el paradero de otras nuevas desaparecidas. En los escasos momentos de lucidez, durante la semana que había estado en proceso de recuperación en el hospital, había mencionado lugares y personas relacionadas con el Chino y una libreta negra en La Jaula. Había repetido varias veces: «deben encontrar la libreta negra; la libreta y mi dinero».

Para ser honesta, no recordaba nada de los acontecimientos de la semana, recordaba la muerte de Owen y cómo se había iniciado el ataque y la huida del Chino conmigo y Owen en la parte trasera del vehículo. Recordaba por dónde había transitado en el camino a la casa de Gastonia, recordaba los rostros cansados, las expresiones suplicantes y las ropas harapientas de las chicas en el sótano de aquella casa, también recordaba cómo había incrustado el cuchillo de cocina en el abdomen de mi captor.

—La muerte le da fin a la vergüenza, a la tentación —murmuré. Mi madre y mi padre me observaban esforzándose por descubrir partes de la Drina del pasado. Sergio y el detective Marcos escucharon atentos la frase que repetí—. La muerte te deja la sensación de que lo amargo fue solo un trago que se diluyó, mas la euforia por el acto mismo es una condición que prevalecerá.

Luego vino un silencio largo, tan extenso como la sevicia que habitó cada hora de los días a los que no quería volver.

—Lamento no recordar los momentos específicos en la clínica. Algunos de los eventos que me mencionan los rememoro con dificultad —digo—. Sé que existieron voces, luces, a veces rostros cubiertos con mascarillas, batas blancas, uniformes verdes o azules, sonidos lejanos, luces distorsionadas, el correr del agua de un baño, el perfume de flores, el sabor a jugo de naranja. Lo que también recuerdo es el encierro de las chicas de Gastonia, ya les dije, ellas... ellas lucían como la Llorona. Estoy segura de que al principio vacilé en mirarlas, cuando lo hice, lo que vi me dejó dubitativa. No sé si fueron sus parpados o los ceños fruncidos, o tal vez la ambivalencia de sus rostros lo que me las refería como aves heridas. Yo también era parte de ellas, era una paloma herida. Si esa noche no tomaba la oportunidad que el propio Chino me puso al alcance de la mano, posiblemente no tendríamos esta conversación.

»Cuando le clavé el cuchillo hubo silencio y también un raro e inesperado sentimiento de tristeza. Todavía lo llevo aquí en el pecho... duele. Otra de las cosas que recuerdo es la pastosidad en la boca cuando dormía, los sueños, los pinchazos, pero nada más. —Siento que cada recuerdo trae al presente el dolor y el vacío, trato de despejarme y pregunto—: ¿Dormí mucho?

—Sí, bastante —comentó Sergio tomándome de la mano como lo hizo mi padre al principio.

—Tanto, que pensé que no despertarías jamás —comentó con sorna el detective Marcos.

—¿Qué día es hoy?, ¿qué hora es?

—Sábado 28 de septiembre —responde Marcos.

—¿He estado aquí una semana? —pregunté. Aunque sabía que era retórica, sentía algo de agrado en mi propia voz sin ataduras.

Entró una enfermera y empezó a curarme algunos arañazos. El olor del antiséptico me recordó mi niñez, fue una vez cuando mi *majka* curó los ramillos de mis rodillas en mi primer intento de montar en bicicleta. El líquido provocó un leve escozor, entonces volví a mi presente a medida que emitía gruñidos por el ardor de las curaciones.

Marcos y Sergio sacudían la cabeza, conscientes de que los mareos y el dolor de cabeza que tenía no les permitiría pasar más tiempo indagando en mi memoria. Tenía cicatrices, no solo en las carnes, sino también en los recuerdos de todas las batallas silenciosas que aprendí a pelear, de todas en la que me enfrenté con los demonios, en especial con el Chino.

La enfermera envió a mi familia, a Sergio y al detective Marcos, con su voz amable y su mirada enérgica, fuera de la habitación.

Era hora de un baño, pero no de esos baños de toalla sino un baño bajo la regadera. Me condujo a la ducha y pude deshacerme del sudor y de la grasa de mi cabello que, aunque corto, estaba pegoteado. Dejé caer el agua fresca y me enjaboné. El olor de la barra de baño me reanimó, su espuma suave y espesa se parecía a la espuma del mar.

—Quiero ir al mar —le dije a la enfermera que cambiaba las sábanas de mi cama.

—Eso es bueno —respondió con cortesía.

Estaba lista para un nuevo día, pero no segura de estarlo para remover las malas experiencias de mi pasado como esclava sexual. Me miré en el espejo, mi rostro era delgado, mi piel había perdido su suavidad, tenía ciertas líneas que marcaban la separación entre los labios y las mejillas que, sin maquillaje, me daban la apariencia de un muñeco ventrílocuo; mis pechos flácidos era una visión sórdida de la belleza de un cuerpo joven, mis piernas ya no tenían la firmeza que marca el ejercicio, mis pies aún mostraban el rojo encendido de la manicura antes del viaje con Owen a Lincolnton y las picadas de pulgas que Owen había creído eran piquetes de jeringas. Pensé en Owen, en su amabilidad, su rostro medieval y luego en su bata blanca encharcada de sangre maniatado y muriendo.

Un pequeño mareo me contuvo de seguir recordando, pedí ayuda.

—No me siento bien, creo que me voy a desmayar.

—Tranquila, te ayudo. Respira despacio —dijo la enfermera. Me llevó a la cama y me dio de comer con paciencia de santa. No tenía apetito, pero debía comer y recuperar fuerzas para pelear. La idea de que volviera Bee, como lo hizo años antes, a buscarme me aterraba. No podía dormir muy bien sin el medicamento que me daban. Las últimas noches no eran más que miedo a las tensiones y a los temores hasta hacía poco de mi vida cotidiana. Estaba aterrorizada en realidad.

—¡Qué bien!, lo has terminado todo, eso es una buena señal —dijo la enfermera.

No dije nada, era consciente de que todos tenemos que lidiar con los demonios; enfrentarlos, actuar para detener su influencia maligna. Respiré profundo tratando de no pensar en las pastillas verdes o en las bicolor. El cuerpo no me pedía esas píldoras específicamente, porque mi entero ser era un río lleno de medicamentos, sin embargo, yo estaba pensando en ellas, no quería dormir... deseaba flotar y sentirme cómoda. Ellas me volvían ligera y no tenía que enfrentarme a las pesadillas.

Escuché la puerta abrirse, vi marcharse a la enfermera. Desde mi habitación podía avistar un escritorio y a médicos y a enfermeras multiplicarse. La luz del pasillo era brillante. Me di la vuelta como pude acomodando mi espalda contra la luz de la ventana y volví a dormir hasta que la noche dejó paso al día.

Vi entrar a mi *majka.* Traía una bolsa de papel de la que sobresalía un ramo de flores. Se acercó y me besó en la frente.

—*Majka*, ¿me trajiste la libreta que te pedí?

—Sí, amor, ya sabes que tus deseos son órdenes —respondió *majka* con una leve sonrisa—. Y también te traje un libro para que te entretengas. Es de una joven colombiana que vive en Miami que escribe muy bonito. Me gustan sus historias, no sabía qué te gustaría leer, pero creo que este te agradará, se llama *Lo que escribo en la arena*.

—Déjalo sobre la mesita, ahora quiero escribir un poco. ¿Te quedarás? —pregunté.

—No, tengo algunas cosas que hacer, pero regreso pronto —dijo un poco apenada.

—Estaré bien, no te preocupes por mí. Tengo guarura perenne y luego leeré hasta que me vengan a ver para mis ejercicios —respondí con mi nueva libreta en mano.

Majka salió y yo apagué la televisión concentrándome en la maravillosa cubierta roja de mi nuevo compañero. Mi diario.

•••••

Hoy es domingo 29 de septiembre del 2024

Mi madre ha vuelto al hospital. No hablo mucho con ella, no sé de qué hablar. Me ha traído un hermoso ramo de flores para alegrarme, supongo. Pero cómo alegrarme si no sé qué hacer con mis angustias y mi dolor. Hemos visto en días anteriores varias series en Netflix, pero no hablamos. Supongo que no queremos apresurar las cosas.

> *Mi padre y mi hermana también han venido. Hemos jugado naipes, parchís, damas chinas y hasta Brigitte ha tenido paciencia al enseñarme a jugar ajedrez. Pensé al ver el alfil, la reina, la torre y el rey en que a Carlos le gustaba mucho el ajedrez. Carlos... ¿Dónde estará?, ¿Podré perdonar su abandono?, hay tanto que disculpar y no sé si seré capaz. Pienso en el dolor que siento ante su abandono, porque eso es. Dejó a mis padres solos con el tormento de mi desaparición. Ellos lucharon por encontrarme, no se dieron por vencidos, pero Carlos puso pies en polvorosa y los dejó solos. En especial a mi madre y a mi hermana. Mi dolor es parecido al de un duelo con numerosos síntomas. No he terminado de sentir que el mundo se me viene encima. Siento que mis padres también están cansados, ellos sienten miedo de herirme y yo siento lo mismo, eso creo. Es decir, cruzamos palabras de cortesía, pero no somos los de antes. ¿Lo seremos en algún futuro?*

Dejo el diario en la mesita de apoyo. Vuelvo a prender la televisión. Paso con el control varios canales. En los canales corrientes se escuchan malas noticias, política, el clima, y mucha basura. Me decido por Netflix, voy viendo la cartelera y me doy cuenta de que las últimas producciones son nefastas. Demasiada crueldad y mucha violencia. «Ya he tenido suficiente de ese género», me digo. *The intouchables*, ya la vi; *Rectify*, ya la vi; *AJ and the Queen*, ya la vi. De pronto me intereso por una serie. Se llama *Anne*. Me gusta la joven de cabellos rojos, observo el tráiler, se ve interesante. Aplasto el botón de *play* y empieza a rodar. Me entretengo en los colores de la introducción, en los amarillos, verdes, rojos y dorados. Me agradan mucho, me transportan a las películas de Harry Potter o a las de Hungry Games que veía cuando estaba todavía en casa. Pienso en Carlos nuevamente, es raro, creo que no voy a dejar de pensar en él por mucho tiempo. La música de la serie es agradable.

Voy por el tercer episodio y escucho la voz de *majka*.

—Ya llegué, traje lentejas, creo que te gustaría un cambio de comida —me dice mirándome a los ojos.

Mi padre llega tras ella. Me agrada verlo, él es callado. Los dos nos hemos entendido siempre porque nuestro carácter es idéntico. Me abraza fuerte las piernas. Le acaricio la cabeza y siento sus suaves rizos entre mis manos. Hoy luce más guapo que nunca.

«Mi *otac*, cuánto lo extrañé». Lo pienso, no lo digo. *Majka* me coloca una servilleta y el pocillo plástico humeante sobre mi regazo. Empiezo a comer y veo al psiquiatra llegar. Su cabello moreno, sus espaldas grandes, su hablar pausado empezó a molestarme. Nunca fui de las personas a quienes les agraden las antesalas, sean de espera o en una conversación. Ciento de preguntas se alinearon por parte de mis padres, yo me mordía los labios para no gritar, las voces me confundían, me lastimaban los oídos, se convertían en un zumbido desagradable. Entonces grité.

—¡Basta, *that's enough*! —Me tapo los oídos, me dan náuseas, palpitaciones empiezan a galopar vigorosas dentro de mi pecho. Mi mirada se nubla por las lágrimas y me escurro dentro de las frías sábanas de la cama de hospital. El hambre desapareció.

—Son momentos difíciles para todos —dijo el psiquiatra.

—No queremos ser los causantes de otro estrés —apostilló mi *otac* con su voz de príncipe de cuentos. No podía dejar de sentir su angustia contenida y sus preocupaciones en las inflexiones desnudas de su entonación.

—Lo entiendo, señor Stojak… señora Stojak, debo hablar con ustedes y con Drina... no puede esperar —dijo el médico—. No es excusa, pero es así como trabajan los traficantes sexuales. Hay unos que enamoran y luego comercializan a sus novias y esposas, y otros que crean redes de pornografía y de venta de esposas jóvenes a quienes buscan similares con respecto a credo o a raza. —Explicaba el doctor a mis padres—. Claramente el Chino, como se hacía llamar este individuo, sufría de una desviación psicopática que creaba conflicto en él para seguir las reglas normales de la sociedad.

—¡O sea que estaba loco!... eso es lo que es, en pocas palabras era un loco que maltrató a mi hija!, ¡maldito perro, por suerte está muerto! —dijo mi padre con furia.

—Así es, señor Stojak. El porqué de su patología es algo que ya no se puede analizar porque está muerto. Sin embargo, los médicos y el fotógrafo forense han de revelar al detective Marcos y a ustedes lo que evalúen de este hombre —comentó mi psiquiatra.

—Mislav... están tratando de reconstruir su comportamiento a través del psiquiatra forense, ya tendremos noticias —comentó mi *majka,* calmando a mi padre.

—Ahora diecisiete vidas inocentes tambalean igual que tú para poder encontrar un balance en días futuros. Queremos saber si estás dispuesta a contarnos más... es decir a contárselo al detective y a mí. Hay otras chicas lejos de casa, también se encontraban en esta situación de vida o muerte —apostilló el doctor.

—Hay una libreta. Es un diario que guardé en La Jaula. Yo sé cómo entrar al lugar donde nos tenían —dije—. Quiero que lo sepa el detective Marcos. Tengo miedo, doctor, tengo terror de que vengan por mí otra vez. Estoy asustada todo el tiempo. Las pesadillas me persiguen, los medicamentos paran de funcionar cuando los malos sueños empiezan a adueñarse de mi cabeza. No quiero volverme loca, no deseo estar encerrada en un psiquiátrico —repliqué con el tono de voz grave y el contorno monótono y lento.

—No tienes de qué temer, estamos aquí para ayudarte. Tus padres, tu familia y todos en el hospital estamos para apoyarte. Pero debes poner de tu parte y no va a ser fácil —concluyó el médico e hizo una pausa que percibí como incómoda—, también —acotó– estás embarazada, Drina, y debemos cuidar de la criatura.

Las noticias no paraban de provocar pequeñas crisis. Mi libertad venia acompañada de acciones difíciles de asimilar. Presiones y sorpresas se acomodaban en una conversación ausente. *Majak* y *otac* se miraron aterrados, el médico sostenía mi mano y yo pretendía no enojarme por la idea de estar embarazada.

—Empezaremos terapia mañana. Ya es hora de recuperar tu

vida. Sea lo que sea que hayas vivido debemos primero entender que nada ha sido culpa tuya, Drina. Buscaste vías de escape, pero la coerción y la amenaza son factores que imposibilitan a un ser humano —zanjó mi psiquiatra, dejándonos solos y sin saber qué decir.

CAPÍTULO 12

Me fui a ser feliz, no sé cuándo volveré

«Solo en la agonía de despedirnos somos capaces de comprender la profundidad de nuestro amor»
—George Eliot—

Llegó por fin el día de regresar a casa, una casa que no había habitado en demasiado tiempo. Mis padres seguían viviendo en el mismo barrio, en la misma dirección. A medida que recorríamos la autopista y nos acercábamos a la salida de Arrowood, como indicaba el letrero, vi cómo la ciudad se expandió. Algunas esquinas seguían acunando los mismos árboles que había dejado tiempo atrás. El pequeño puente que me llevaba a casa seguía ahí frente a mí abriéndose ancho hasta dar paso a la curva donde hicimos la entrada a la urbanización. El tiempo se había congelado en mi barrio, nada había cambiado, solo yo. La garganta la sentía seca cuando, a través de la ventana del coche, vi la puerta de mi casa con su corona de lavandas y la aldaba de Jarylo en la puerta. Mis padres no habían cambiado nada en ella y eso me llenaba de seguridad, pero también sentía un cierto nivel de estrés que debía manejar para no caer en esas preocupaciones de enfrentarme a las asfixias y miedos de los ataques de ansiedad. «Es un nuevo comienzo», me dije mientras respiraba hondo. Mi padre marcó la clave de entrada y la puerta se abrió dejando ver los rostros de las yayas, las amigas de *majka*, de mi tío Federico, de Sergio y del detective Marcos León. Los cuadros, las paredes, los adornos, los olores y la comida eran un agasajo a la vista. Sentía que nunca me había marchado de aquel vientre amarillo maíz. Evelyn me recibió con un abrazo y Brigitte con Milán en brazos.

—Gracias por acompañarme —dije en un tono que al principio me sonó monótono. Traté de acomodar mis inseguridades y continuar hablando, pero mi *otac* sostuvo mi mano apretándola despacio y tomó la palabra.

—Gracias a todos desde el fondo de nuestros corazones. Gracias por acompañarnos en esta ardua lucha, gracias por demostrarnos su amor y su comprensión en los momentos álgidos y hoy, en este momento de felicidad. Por favor sírvanse, esto es de nosotros para ustedes —dijo mi *otac* invitando a todos a probar bocadillos y bebidas y volviendo a rodearme con sus brazos.

Vi a los demás acercarse a la mesa y servirse lo que en ella había. Me escurrí desde la cocina a la salita de entrada y me senté cerca de la ventana que daba a la calle de donde una vez me arrancaron. Las aguas del lago se veían cristalinas, unos cuantos gansos salvajes nadaban disfrutando del espléndido día de invierno que en realidad era lo más parecido al otoño. Cada instante era una caminata surrealista hacia un futuro que no podía determinar por el momento. La idea que surgió en el hospital de irme fuera de los Estados Unidos era lo único que me aseguraba, sin embargo, lo demás, incluso esta bienvenida, me suponía una roca colgante en lo más alto de una montaña en el Tíbet. «Qué ideas las mías», me dije e hice una mueca lo más parecido a una sonrisa. Estaba contenta de haber regresado, tenía ganas de que todo, poco a poco, volviera a la normalidad y con ella mis ideas fueran como los naranjas, los rojos y los marrones de las hojas que dormían en el lago, cerca de los pinos olorosos y el cielo de azul claro.

Escuchaba las voces de todos cerca de la cocina, en la sala y desde el patio. Las podía escuchar porque las puertas que daban hacia fuera estaban abiertas, pero no hacía frío porque mi *majka* por fin había logrado convencer a mi padre de hacer una sala de estar donde las orquídeas y los bonsáis crecieran sin ser afectados por las heladas. Desde donde estaba podía verla conversando con

Sergio. Mi padre de vez en cuando le echaba una mirada y las yayas jugaban dominó con Brigitte.

El detective Marcos, Evelyn y mi tío conversaban a gusto frente a la pared de vidrio que dejaba observar la belleza de ese día salpicándola con notas verdosas y las coloridas casas de pájaros que mi madre colgaba.

Volví a posar la mirada en mi *majka*. Pronuncié su nombre acariciando el pecho de Milán que se acurrucó en mi regazo. «Ma-ca-re-na», dije en un susurro. Quién podría pensar que la Macarena que sus amigas, las yayas, no conocían, afloró y peleó como una fiera en contra de sus debilidades y sus miedos hasta convertir su motivo de encuentro en algo palpable y real. Esto no lo entenderían hasta el día en que ellas no perdieran a un ser querido en las mismas circunstancias que *majka* lo había hecho.

—Dios no lo permita —exclamó Evelyn cerca de mí. No supe en qué momento se acercó.

—¿Qué cosa? —pregunté.

—Que ellas pierdan a un ser querido en circunstancias como las que ocurrieron contigo —respondió con su sonrisa amable y a la vez misteriosa.

—¿Cómo lo sabes?, es decir, ¿cómo sabes que pensaba eso? —inquirí.

—No lo sé, pero lo imaginé. En estos casos nos pasan por la mente ese tipo de preguntas. Es decir, nos preguntamos sobre nuestro futuro, sobre la felicidad, sobre cómo reaccionarían los que nos rodean... —dijo a manera de explicación.

—Es verdad, tengo muchas preguntas en mi cabeza, también especulo sobre mi futuro, sobre mis reacciones inmediatas. Lo hago en todo momento —respondí sin mirarla directamente a los ojos.

—Conozco cómo habla el cuerpo y puedo descifrar los pensamientos. Así como Macarena ha aprendido a reconocer las auras con sus intuiciones, tú también tendrás esa habilidad natural de discernir eventos y circunstancias si tu universo empieza a manejar el miedo y la frustración, en lugar de que ellos te manejen a ti.

No dije nada. Ella tampoco dijo más de lo necesario y se alejó. Yo la seguí hasta el patio. De pronto, mi madre tomada de la mano de mi padre y con una copa de vino en la otra empieza a hablar en un tono de voz elevado dirigiéndose a todos:

—Quien es acosado o abusado sexualmente carga dentro de sí un dolor que intenta mitigar porque en la sociedad es un tabú o una vergüenza acusar al culpable. Mi padrastro me provocaba horror, al sentir su tacto me abstraía de la realidad y me volcaba a un lugar oscuro de donde no podía volver con facilidad. El día que corté de tajo con el abuso, el maltrato verbal y el peligro de su presencia pude, sin dolor y sin pena, acusarlo con mi madre Cayetana. Sin embargo, la duda quedó en ella. No sabía definir si era verdad o eran inventos de una adolescente que siempre se había revelado de una forma férrea ante ese hombre elegido por ella para formar una familia.

»Los instintos de una guerrera fueron los que me ayudaron a no sumirme en la patología de la depresión o del sentimiento de culpabilidad. He podido continuar con mi vida normal y hacer una familia. Me convertí en una guerrera para salvarme a mí misma de esas sucias manos que parecían tentáculos y que me hacían sentir en el propio infierno. —Hizo una breve pausa como o para desechar la tristeza del pasado e inspirar el ánimo del futuro—. Les quiero presentar a Sergio, él es parte de mi pasado, él fue el novio de mi juventud y un gran amigo que el tiempo me ha traído de vuelta. Mi hija Drina ha llegado a la conclusión de que no se esconderá del mundo que la rodea para rumiar en soledad su pena y su desgracia. Por el contrario, va a testificar en el juicio apenas den con los demás culpables y luego partirá fuera del país, no sabe a dónde, no sabe a qué, pero debemos, como familia, apoyarla para que empiece a reconstruirse.

»Sergio, ven acá, acércate que quiero que las chicas gocen de ti un poco —pidió *majka*—. Con Sergio hemos hablado de nuestras heridas, y le agradezco que haya dejado todo para venir aquí. Lo que quiero decir es que los monstruos siempre existen, los errores se cometen y hay que, de una manera u otra, recuperar esas pequeñas piezas de nosotros mismos para poder avanzar. Lo que les quiero decir con esto es que no existen palabras ni frases que hagan el pasado menos diabólico, algunas veces la vida es así, solo es. Ese capítulo de mi vida personal lo he obviado porque es desagradable, y en muchas ocasiones nos empeñamos en no recordar. Mi madre sabía la verdad en el fondo, pero optó por no revelarlo en público en la corte de divorcio. La sociedad no perdona dos veces a una mujer divorciada. Debemos hablar, denunciar, perseguir... el trabajo que hace Marcos no es tampoco fácil. Pero si dejamos de tener miedo y nos apoyamos en la familia y en los amigos podemos rescatar a muchas mujeres más...

»Hablar de sexo en la sociedad es todavía un tabú. Por eso lo complicado de que las víctimas de tráfico sexual o de violencia sexual salgan a la luz. Yo no soy quien debe decidir salir a la luz a pesar de que he ocultado hasta ahora que fui acosada sexualmente por mi padrastro. Una experiencia es muy diferente de la otra, pero el resultado es el mismo. El único que sabe sobre mi experiencia es Mislav. Mi querido compañero de vida —terminó diciendo mi madre, mi *majka*, mi guerrera, que me estaba arrancando lágrimas de orgullo.

La abracé y abracé a mi padre. No pude agradecer, no sabía cómo empezar ni cómo decir lo que tenía obstruido en el pecho. Solo lloré y sonreí entre los brazos de quienes me habían acogido como hija desde el mismo día en que había nacido. Brigitte y yo éramos dos huérfanas que tenían la suerte de haber encontrado un hogar, lejos de las miserias de Europa del Este. Éramos personas de bien, afortunadas.

El silencio se adueñó de la habitación por unos cortos instantes. Los presentes quedaron admirados, en especial mi tío Federico. Lo vi acercarse a *majka* y luego a mí y nos dio un abrazo tierno.

Observé más allá, a una distancia corta, al detective Marcos, a Sergio, a Evelyn y las yayas hablando sobre lo bueno, lo malo, lo desagradable y degustando el vino, la limonada de lavanda y menta, el chocolate espeso con crepas de avena y frutos rojos. Un sabor de fiesta se veía venir. Nadie habló de más, no se hicieron preguntas ni se cometieron imprudencias. Todo quedó como mi *majka*, supongo, lo había deseado. Conjeturo que lo hizo para acallar la curiosidad de la periodista española que se había unido a nosotros para comentar sobre los finales felices. Me senté otra vez, pero, en esta ocasión, fue entre la gente, deseaba sentirme normal. Quería mantener conmigo el calor de hogar que me hizo falta en esos horribles tiempos de angustia y guardarlos dentro de mí por si me hacía falta en los días venideros. Mi psiquiatra había mencionado que no sería fácil adaptarme a mi nueva vida, que en ocasiones existirían momentos de sobresalto, que lo más importante era la paciencia y aplicar todos los tips que me dieron en las terapias durante mi estadía en el hospital. Sabía que lidiar con los cambios de humor debido al embarazo y a la presión de no saber si encerrarían a mis captores me agobiaba. Estaba a salvo del Chino, él era un muerto que no podría regresar a atormentarme, pero pensaba en Samuel y el Tuerto, ellos todavía estaban vivos, sueltos y haciendo de las suyas.

La tarde continuó envuelta en abrazos y comida preparada por los Stojak y Evelyn, quien ya era una parte importante de esta familia.

Marcos y Sergio cruzaron miradas al ver el tatuaje que Drina llevaba marcado en su pierna derecha, era un tatuaje dibujado en dorado brillante, azul y de color rojo en forma de círculo. Recordaron que la mayoría de los tratantes tenían la costumbre de marcar a sus víctimas como se marca el ganado. Si lograban descubrir la conexión entre las integrantes de la «Familia Internacional» y otras víctimas que mostraban este tatuaje podrían recaudar más información e incluso podrían empezar por castigar a quienes pagaban por sexo de menores de edad y que se agazapaban en esa empresa predicando empoderamiento. A veces se llegaba al pez gordo desde lo bajo de la pirámide de consumo y otras desde arriba.

—De seguro se pueden encontrar cosas muy interesantes —comentó Sergio sosteniendo una cerveza. Marcos asintió sin dejar de mencionar lo que le pasaba por la cabeza.

—Estoy seguro de que Drina era la muchacha que estaba

con otra pareja cerca de los hoteles de Exmore y Nations Ford. Recuerdo su mirada, aunque confundida, el tatuaje fue lo que me hizo recordarla ahora —comentó Marcos, luego sorbió el coctel de Smirnoff de su copa y dio una mordida al pedazo de *flat bread* de higos y gorgonzola que se encontraba en su plato.

—De seguro ella es mi hija... No creo que ese hijo del que habla Macarena haya muerto. —Las miradas de los dos se cruzaron, la sorpresa y la incertidumbre invadieron a Marcos.

—Sergio, Macarena no es una mujer que miente. No le des más vueltas al asunto. Drina no es tu hija. Ella no tendría necesidad de ocultar algo así —dijo el detective con la boca llena.

—No lo sé, hablamos sí, despejamos dudas, le pedí perdón por mi inmadurez de dejarla en la iglesia. Pero no me dijo de ningún embarazo y lo suelta así en medio de tanta gente. Creo que Drina es mía —insistió Sergio.

—Mira, *dont mess it up today. Okay*? Te marchas pronto. Tienes una familia que ir a ver. Tu madre también te espera. Ha sido demasiado para ti también. En la vida unas veces se gana y otras veces se aprende —concluyó Marcos.

Pero Sergio no escuchó y se marchó en búsqueda de Macarena. Sentía que Drina era su hija y él necesitaba ver a su novia del pasado a los ojos para comprender por qué no se lo había dicho. A manera de excusa interrumpió la conversación entre Macarena y Evelyn y la apartó de la reunión, no sin antes otear el rostro de Drina y buscar en ella un mínimo de semejanza. Quizá una expresión hablada o la forma de colocar sus piernas, posiblemente cómo tomaba la bebida o cómo reía. En el fondo buscaba una excusa para que Macarena no se fuera del todo de su vida.

—Necesito que me digas la verdad, Macarena. Tengo que verte a los ojos y saber que Drina es mi hija —dijo Sergio.

Macarena lo miró sorprendida, le puso su mano en el antebrazo y con la otra le tomó de la mano y se la llevó a la barbilla. Él sintió esa expresión cálida y se estremeció por dentro. Un pedazo de ella estaba tan cerca que si no hubiese estado en su casa la hubiese besado sin reparo. La miró fijamente, ella también lo hizo y le contestó:

—Drina no es tu hija. Yo no puedo tener hijos propios. Mi vientre quedó muerto.

Lágrimas de tristeza rodaron por las mejillas de ambos y él la abrazó sin remedio. Deseaba convertirse en uno junto a ella, anhelaba escuchar los latidos de su corazón junto a los suyos. A pesar de amar a su esposa y a sus hijos, pensó que ese amor tan lejano, tan juvenil y lastimado por su inmadurez podía hacerlo menos viejo y así fue. El perfume de su primera mujer, de su novia de juventud, lo tenía ahora encerrado en un abrazo que aceptaba y que lo dejaba tranquilo.

•••••

14 de octubre del 2024

Escribo hoy, antes de salir con mi otac *a rendir declaraciones. Eso me genera ansiedad y debo desahogarme...*

Después de obtener mi libertad, mi vida no ha sido placentera, los periodistas, canales de televisión y otros medios rondan la casa, la escuela de mi hermana, el trabajo de mi padre en la universidad y hasta siguen a mi majka *al supermercado. Han traspasado propiedad privada con drones y toman fotografías de nuestra familia para sacar noticias que, en lugar de ayudarme, me hacen sentir acorralada y sin miras de un futuro. Además, durante los dos últimos meses después de salir del hospital, he ido varias veces a rendir declaraciones. Encontrarme con las demás chicas, tratar de ser fuerte nuevamente, todo es un gran esfuerzo para mí. Cuando veo sus rostros noto el mismo abatimiento y la misma vergüenza que cargo por dentro. Es una vergüenza que no deberíamos sentir, pero que está acompañándonos.*

•••••

Vi a London en la oficina de Marcos a través del cristal que nos separaba. Examiné sus movimientos, observé cómo su voz se volvía a quebrantar contando otra vez una historia que había de seguro contado mil veces. No escuchaba su voz, sin embargo, cómo se movían sus labios y cómo eran sus expresiones, definitivamente denotaban angustia y coraje reprimido. Estaba al igual que yo tratando de arreglarse. Su historia salió en la televisión, pero hoy había un artículo que entrevistaba al detective Marcos R. León; *otac* me mostró el periódico mientras esperábamos.

> *«London es una de las tantas mujeres que se han enfrentado al tráfico sexual. Un día, al salir de su casa en el barrio Montclaire cerca de la avenida South Boulevard fue interceptada en la calle por un supuesto vecino que la introdujo con fuerza y rapidez en un tacho de basura. Luego apareció en otro lugar drogada y lista para que se ejerciera como prostituta. Fue azotada y violada repetidas veces. Su lugar de trabajo era un motel de mala muerte y ahí ejercía la profesión más vieja del mundo con solo cuatro horas de descanso en un periodo de veinticuatro, luego la llevaron a La Jaula y ahí vivía encerrada con otras jóvenes, algunas de ellas han desaparecido y otras se han reencontrado con sus familiares a lo largo y ancho del país, incluso en la frontera con México y asimismo en Europa. Cristóbal Materon, por lo que han podido revelar fuentes cercanas a este caso, era un hombre de doble vida que lo movía la obsesión por ser poderoso y millonario para conquistar a Drina Stojak, conocida de su juventud y esposa de uno de sus amigos. La oscura personalidad de Materon, alias "el Chino Lezama", llevó al psiquiatra, de la última víctima mencionada en esta columna, a decir que "las personas psicópatas son personajes atípicos en la sociedad". Con esto se quiso referir a que, a pesar de ser reales, son seres raros y nunca llegas a escuchar mucho sobre ellos. Les gusta mantenerse*

al margen del ojo de la sociedad en la que se desenvuelven, así pueden pasar desapercibidos y ocultar sus rasgos a las demás personas. Para entender mejor este comportamiento, nos recalcó el psiquiatra, los psicópatas no son presa del pánico, por ende, no se los aprehende rápidamente ya que no son propensos a cometer errores que cometerían otros seres, por decirlo, normales.

Madeleine y Katerina fueron secuestradas de camino de ida y regreso de sus escuelas, una en el área cerca de Randolph Road y la otra en Mt. Olive Church al sur de la ciudad. Las dos últimas víctimas tenían diecisiete y once años, pero sus cuerpos altos y voluptuosos eran lo que buscaban los socios del Chino. Otras de las jóvenes no quisieron hacer comentarios de ningún tipo ni levantar acusaciones, estaban asustadas y tanto se les había repetido que se volcarían en contra de sus familias que prefirieron olvidarlo todo y encerrarse en sus hogares bajo el cuidado de sus padres. Otras jóvenes han sido encontradas dentro de bolsas de basura en una de las casas de reciente construcción en la salida 52 hacia Matthews. Se sabe que han sido parte de este horroroso caso porque una de las chicas ha reconocido efectos personales en las partes que descuartizaron. El dueño de la construcción no tenía relación con actividades ilícitas según las investigaciones pertinentes. Por el momento el departamento de criminología forense está estudiando los casos.

El detective Marcos R. León, jefe de la Unidad de Tráfico Sexual y Trata nos comenta que el motivo de sus muertes no se sabe con exactitud. Quizá quisieron escapar, o algo salió mal en una de las diligencias de transporte, lo cierto es que sus cuerpos fueron descubiertos por los trabajadores de la construcción de esa vivienda en específico y el detective Marcos ha determinado que, debido a la rigidez de los cuerpos, ellas llevaban muertas entre dieciocho y veinticuatro horas y que habían sido asesinadas con un arma corto punzante a nivel del cuello. Las marcas violáceas al nivel de espalda y cadera indicaban que habían sido asesinadas en posición boca arriba, pero nada más. Carmen fue expuesta a ofrecer sexo incluso estando embarazada y murió presa no solo de una gran depresión si no de un virus que le provocó altas fiebres.

Él también nos indica que muchas de estas mujeres han estado expuestas a momentos tormentosos como por ejemplo el aborto o la venta de los hijos que procreaban para ser puestos en adopción. Estamos en manos de psicópatas cuya tarea es infligir sufrimiento y dolor a otros sin tener el más mínimo respeto por la vida de los que los rodean. El detective y jefe de la Unidad de Tráfico Sexual y Trata, declara: "Estamos frente a un caso que involucra a mucha gente y a gente sin escrúpulos e incluso al lavado de cerebro de empresas que pretenden mejorar el estatus mental de nuestra sociedad a través de predicar ideas de empoderamiento. 'Familia Internacional' está siendo investigada, Roxana Sebastián está siendo investigada post mortem *y los testaferros y presta nombres están siendo obligados a revelar sus lazos con quienes* formaban —o *siguen en la cima— de este desastroso plan. Lizzy, Emma, y otras de las chicas rescatadas están siendo evaluadas, gracias a Dios podrán con el tiempo volver a una vida normal. Llegaremos hasta el final. Los tenemos en la mira"».*

La nota cerraba con el comentario: «Por lo menos, existen unos padres que pueden enterrar a sus hijas y otros que están superando junto con ellas esta pesadilla». Doblé el periódico y respiré. La cita «Llegaremos hasta el final» me hizo pensar «¿hasta dónde es el final?, realmente, ¿qué es el final? Será que el congresista Murray, ahora que se revelaba esta noticia, ¿llegaría hasta el final? Mis padres le habían escrito y mi madre visitado tantas veces sin recibir más que evasivas. ¿Qué significaba para nuestros representantes el final? Acaso es sobrevivir a lo imposible, no tener calendario, ni televisión o dejar de ver morir a mucha gente», me pregunto cuando veo a Kennedy llegar.

Yo sabía su historia, como la de algunas otras, porque habíamos estado juntas en Atlanta, en Los Ángeles, en San Diego y Santa Ana. Ella era una de las últimas chicas que habían secuestrado. Era la única, junto a su familia, que quería que se le hiciera justicia, que no tenía miedo ni vergüenza, que deseaba que lo que estaba marcándola sirviera para que la sociedad se educara y aprendiera a condenar a los perpetradores de estos crímenes y no señalar a sus víctimas.

Kennedy era casi una niña y había desaparecido, al igual que tantas otras, sin dejar rastro, sin que nadie en el momento de su captura la divisara ni por casualidad. Lo último que se supo de ella fue que se encontraría en el *mall* de South Park con unas compañeras para hacer las compras de su vestido de graduación, según la versión de sus padres. Su auto fue encontrado en la entrada principal de la tienda Nordstrom y existía un único video donde la joven saludaba a un conocido con el que se perdió bajo la rampa de estacionamiento al otro lado de donde dejó su auto. Por desgracia, la duración del video de vigilancia se cortó antes de poder divisar las placas. Tiempo después, Kennedy pudo escapar de un motel de mala muerte sin zapatos, con una camiseta raída y sucia, llegando hasta el Burger King más cercano a pedir ayuda y así se conocía otra parte de la historia, de su historia cerca de Plaza Midwood.

Kennedy hasta ahora era reconocida porque la televisión enfocaba su rostro desencajado en la pantalla de la estación de policía, para su desgracia. Sus padres y ella se sentaron omitiendo el gran editorial del periódico que asenté a mi lado. Nos saludamos cordialmente, sin embargo, yo me alejé de ella y me fui a esperar a lo largo del pasillo por mi turno pensando que mi vida actual seguía atada a estos descubrimientos y escándalos. Escribí en las notas de mi móvil: «Somos almas huecas, solitarias, seres de mirada asustada que nadie alrededor se inmuta por aprender a leer».

•••••

Me siento cansada, quizá más cansada que cuando luchaba por salir de mi esclavitud. Llegó un momento, no sé cuándo, que volví a hundirme en un estado de negación, de inconsciencia, de rabia y todo empezó a molestarme. Empecé a retraerme y a quedarme encerrada en mi habitación con una botella de alcohol.

Una tarde Brigitte me prestó su iPad, quería escuchar música y dormir. No tenía humor para acompañar a *majka* a hacer la cena, ni para escuchar la música de mi hermana. Quería recluirme en mi propio ser y desaparecer de la mirada de todos en casa y de Evelyn que venía a asistir como terapeuta. Quería estar conmigo misma y decidir a dónde iba a ir y qué quería hacer de mi vida. Últimamente no me había sentido bien. Encendí el IPad y la noticia del regreso de una joven de las garras de los proxenetas me llamó la atención. Ahí en el recuadro se veían los rostros de una madre y una hija abrazadas y de Marcos, quien hilaba la historia del Chino en el departamento que una vez visité. Había cuadros míos, hermosos cuadros, me fijé en ellos y en el talento desperdiciado de quien una vez conocí como Cristóbal Materon, nunca supe su segundo apellido. Normalmente nunca se lo utiliza en Estados Unidos. Se veía al fondo al equipo tomando fotos, recolectando muestras de ADN, huellas, jóvenes bailarinas que comentaban sobre sus tatuajes pero que negaban que Lola o Roxana fuesen esos monstruos que la prensa revelaba. Ellas se veían molestas y algunas alegaban que todo esto eran noticias falsas. Con el dedo iba deslizando cada fotografía de La Jaula hasta que retornaron las paredes grises y frías de la pocilga donde nos tenían, reconocí las cadenas junto con los aros de hierro que llevé una vez alrededor de mi cuello y mis tobillos. Había todavía colchones en el piso, los recortes de mariposas en las paredes, una foto en sepia ilustraba la bombilla sobre la escalera, y la mano de un hombre señalaba detrás del tanque del servicio higiénico mientras sostenía con la otra una bolsa donde estaba mi dinero y mi libreta negra. No había querido ir a ese lugar. Me había rehusado a acompañar al detective Marcos hasta La Jaula, lo que había hecho era dirigirlo por medio de FaceTime para que pudiera abrir la contrapuerta atrás de los licores e indicarle la puerta con el candado que conducía a la habitación de mis pesadillas.

Leí con recelo la noticia. Aquí se determinaba que los traficantes tenían otras vías y que estas hacían más fácil su trabajo porque iban encontrando a través de las redes sociales lo que necesitaban, así mismo de lo que se denomina *Porn Hub* y que eran centros de operaciones con miles de visitas al año para el consumo de un catálogo de videos para adultos. El sistema de la trata de mujeres estaba en las redes, se abría paso rápidamente entre consumidores de sexo con menores de edad o sencillamente sexo sin un perfil específico. Con la información que yo conocía y la que estaba escrita en mi libreta negra, se había rescatado a jóvenes que eran explotadas, no solo como casos transnacionales, sino como casos donde se planteaban las amenazas, el uso de la fuerza, el engaño, el abuso de poder y hasta el fraude. La situación de vulnerabilidad se apoderaba de mí, dentro de mi propia casa. Todo era aún más difícil de aceptar llevando un vientre que crecía y del cual no estaba segura de poderme deshacer. Apagué el IPad y recordé que la mayoría de las jóvenes que compartieron la habitación en La Jaula eran menores de dieciocho años y venían de todas partes. Se lo había mencionado a la familia una noche en la cena mientras batuqueaba la comida.

—A una de esas jóvenes la vendieron en Japón, era de Guatemala, huyó con ayuda de una compañera de trabajo que se compadeció de la pequeña de cuatro años que vivía con la joven y pasaba mucho tiempo al cuidado de otros. Llegó a Delaware. Y a las pocas semanas trabajaba en uno de los *spa* que era de la cadena del Chino, cuando su hija se enfermó acudió a uno de los clientes quien le había extendido una tarjeta en una sesión de masajes y le había ofrecido ayuda desinteresada en caso de que lo necesitara. Su vida volvió a ser la misma que en Japón.

»La obligaban a trabajar incluso cuando le quemaron sus partes íntimas por recibir dinero como propina de los clientes, las horas siempre se le hacían largas, más aún, cuando se valían del juego de Piedra Papel o Tijera o de su niña para mantenerla trabajando horas extras para pagar aquella ayuda económica que tanto necesitó para salvar a su hija. Cuando intentó escapar, la persiguieron. Recordó cómo la intimidó la Yakuza, su mala mano alcanzó hasta Delaware, donde el Chino envió a cortarle un dedo, tal cual y lo hacían los japoneses. Después se acostumbró a ser transportada de un lugar a otro y era constantemente vigilada. Fue testigo de cómo drogaban a las demás chicas, así que nunca se quejó y continuó haciendo lo que le pedían. Había caído en las manos de Pablo, el guatemalteco amigo del Chino, también sabía cómo las golpizas la podían dejar inconsciente por largas horas o desfigurada, o muerta. Si el Chino Lezama conocía el código de honor de los Yakuza, entonces, la ferocidad de esta banda se había injertado en el hombre creyente de la fe yoruba y lo estaba convirtiendo en un tratante meticuloso y, más que todo, despiadado.

—Hija, no crees que es mejor olvidar durante la cena esa etapa que no te ayuda a sanar —dijo mi *majka* con un tono de ligero reproche.

—Las cosas son así, hay que saberlas, hay que hablarlas. Esta es mi realidad, es la de ustedes también. —Tenía el tenedor clavado en la pieza de cordero que había preparado mi padre, la mano me temblaba, la cara me hervía de cólera. Hubo silencio. Odiaba también el silencio. No sabía cómo actuar ante él. A veces lo extrañaba y en otras ocasiones no lo podía soportar. Nuestras miradas se encontraron. Mis ojos bailaban sosteniendo la mirada acusatoria de mis padres. Ellos también sufrían, hacían un esfuerzo por complacerme, por ayudarme y por soportar la carga de mi ira. No me importó lo que ellos quisieran y seguí con mi monólogo encendido— ¿Se acuerdan de Lola? ¿Les comenté sobre ella?

—No se molestaron en contestar y yo continué—: Lola era una de ellas, una de las cómplices del Chino. Tenía dieciocho años cuando se mudó con él, lo recuerdo vívidamente. Desde la muerte de su amador entusiasta, y la de su socia Roxana, está huyendo.

»El retrato hablado que hice de ella en la clínica ha ayudado. Gracias a un amigo de Sergio en Brasil, se están siguiendo pistas de Lola. El último rastro de ella era la ruta que se había encontrado en un cuaderno en la gaveta del velador. Al verse sin el Chino se tomó el papel de traficante de mujeres desde México.

—¡Ya no sigas, ya no te atormentes, eres libre ya! —dice mi padre.

—¡No soy libre, no lo soy! Ustedes no entienden, mientras no encierren a Lola a Bee y a los demás no seré libre. Tengo terror de que vengan por mí otra vez, o de que le hagan daño a Brigitte o a mi madre... o a ti —dije sin más y me levanté de la mesa.

La habitación se empequeñece, la música que se escucha a través de las paredes me molesta, pero no digo nada, me llevo la mano a la boca sintiendo una sensación de luto por lo que he perdido. Me encojo como lo hacen los armadillos, pienso que mis brazos son parte del caparazón. Me abstraigo del mundo y bebo de la botella *gin* que he tomado de la licorera.

•••••

Mi madre me sostiene la cabeza mientras devuelvo la cena en el lavabo del cuarto de baño de mis padres. Me siento cansada, tengo mucho sueño, tengo sed y hambre a la vez. Sin embargo, a pesar de los síntomas sigo vomitando. Lo que arrojo es agua. Vuelvo a ver mi rostro cruzado por líneas ligeras, las marcas oscuras alrededor de mis ojos han aparecido de un momento a otro. Mi madre me recoge el cabello que está creciendo sin forma, me ayuda a sentarme en la cama. Mi rostro desencajado la preocupa y me lo dice. Yo la escucho, pero no pronunció palabra. Quiero recostarme y dormir, la cabeza me da vueltas y tengo escalofríos.

Una sábana azul celeste cubre mis pies helados y mi vientre.

Siento que mi estómago se dilata y se retrae. La habitación está a oscuras, me he acostumbrado a la oscuridad, la luz lastima mis ojos, más aún ahora que he devuelto hasta la vida en el lavabo. Mi madre me ha colocado una toalla humedecida con agua fría. Cuando era niña también lo hacía, esta práctica quita los dolores de cabeza, la inflamación de los ojos y te baja la temperatura. Ahora lo he recordado.

A pesar de lo mal que me siento, me gusta recordar el tiempo que he pasado en la casa de mis padres. Ni el Chino, ni mis años de encierro me han prohibido recordar, no pudieron ni por un segundo evitar que mi memoria olvidara mi pasado en casa. Pudieron arrancarme la libertad, pero no se robaron mi esencia. Escucho la música al fondo del pasillo, es Brigitte con su trompeta, si me concentro puedo escuchar a mi madre en la cocina, sé que cajón abre, hacia dónde se dirigen sus pasos y, por el olor, puedo hasta identificar la cena.

Es domingo, el día se yergue soleado y tibio, los pájaros se han acercado desde el árbol de la esquina del patio hasta las casitas de colores que sirven de bebederos y comederos. Veo a las palomas y a los cardenales invadirlos, es un invierno raro. No hay nieve, no hay granizo. Podría decir que el cambio climático ha empujado las temperaturas inglesas hasta Charlotte. Septiembre era fresco, recuerdo. Los días en el hospital, mientras duraban mis terapias de recuperación, pasaban cambiantes y placenteros cuando observaba por las ventanas la vida. Estar en el hospital no era estar en una cueva, las terapias me hacían bien, mi ánimo mejoraba por momentos. No estaba segura de cuánto duraría mi buen ánimo, pero el clima ayudaba. Los sueros donde mezclaban el medicamento para las náuseas me relajaban. La música me relajaba también. Odiaba la televisión, así que paseaba por los pasillos y salía a un espacio verde que había después del cuarto de gimnasia. También escribía en mi nuevo diario. Estoy sentada sobre la tapa del servicio tratando de reponerme, escucho el maullido ahogado de Milán que seguramente está en la puerta del patio observando cómo las aves revolotean. «Quien creería que hay aves en este invierno», digo para mis adentros.

Camino hasta la ventana y observo el jardín y su verde vivaz, oteó con atención la verja blanca y alta que papá hizo colocar para que Brigitte y yo tomáramos el sol. Le ha agregado una hamaca y ha convertido parte del patio en una estancia natural con luces led y un asador grande para las barbacoas de verano. Las poltronas que yo escogí con mi *majka* siguen ahí, están a un lado de la hamaca que Brigitte pidió desde que tenía dos años. Mi casa huele a fresco, a limpio. Tiene el olor que mi *majka* le dio con sus hierbas dulces en la cocina, la lavanda en las habitaciones y la verbena en los baños. «Mi casa», susurro.

Regreso a la cama y abrazo la almohada. Cierro los ojos, trato de dormir un poco más. Las pesadillas vuelven, ahora son lobos, lobos en la nieve. Hay uno en especial, uno tuerto, que me enseña las fauces. Sus colmillos son afilados, blancos, su hocico respira con rapidez y noto sudor sobre la nariz. Los lobos aúllan. Aúllan un velo espeso y oscuro que se posa sobre nuestras cabezas. No logro moverme, tengo los pies atrapados por la nieve y mi espalda parece que es una con el tronco del árbol al que me he apoyado. Los lobos se acercan, las horas que hemos pasado observándonos están enmarcadas por una futura tragedia, el cansancio también es imborrable, se nota en la respiración, en el jadeo que denota incertidumbre y curiosidad. El lobo tuerto se acerca despacio, midiendo su distancia, su mirada está enrojecida, de alguna manera luce sucia. No puedo moverme, saco un cuchillo de mi pantalón y empiezo a rezar.

•••••

El olor a consomé de verduras y a aceite de oliva me llama. Abro los ojos asustada, jadeo, veo a mi madre colocando la bandeja de la cena sobre la mesita portable al lado de la cama.

—Tranquila, cariño. Soy yo, no pasa nada, fue solo un mal sueño

—dice con su voz calmada—. Te preparé la crema de verduras que tanto te gusta.

—Gracias, *majka.*

—Esto nos sucede a todas, es incómodo al principio.

—Tienes razón, *majka.*

—¿Qué piensas hacer?

—No lo sé. No quiero ser madre, no estoy segura de estar preparada. He perdido años de mi vida en el encierro y tengo planes para mí. La noticia de un embarazo no está en mis consideraciones inmediatas, menos aún en las circunstancias en que fue concebido.

—Piénsalo, nosotros te apoyaremos en tus decisiones. La criatura que viene en camino no tiene culpa, pero hay que meditar las cosas con cabeza fría.

Mi madre deja la colación frente a mí y se marcha cerrando la puerta.

Entre cucharada y cucharada de sopa de verduras, mi cabeza da vueltas en un mar de ideas y conjeturas. Suspiré y raspé el plato con un pedazo de pan de centeno y aceite de oliva. Me sentí satisfecha y me tumbé sobre mis espaldas evitando que las náuseas que se aproximaban volvieran a hacerme devolver la cena. ¿El rostro de mi padre vino a mi cabeza, mi padre qué me diría? «Mi pobre padre», dije volviendo a abrazar la almohada para olvidar los monstruos que me persiguen. «Lo único que puedo hacer es escribir y cerrar los ojos para ahuyentarlos», me digo a mí misma en forma de consuelo.

•••••

29 de octubre del 2024

Hoy cumplo un mes de haber llegado a casa. A veces las cosas marchan bien, me siento animada, trato de sonreír y de ocuparme en algo que no sea pensar en que tengo que ir a las terapias o en las noticias que me provee Sergio o en las series de Netflix de HBO o de Tubi que me he perdido de disfrutar. Estar en casa leyendo me agrada, siento que debo caminar despacio y pisar seguro. Lo malo es que otras veces, como ahora, mi cabeza empieza a dar vueltas y a reflexionar demasiado, entonces vuelvo a ver las sombras y las luces y siento dolor y pienso que el resultado de este círculo para mí es que estoy preñada de Owen, un hombre al que han asesinado por mi culpa. El Chino lo agredió y lo dejó morir sin piedad. Hoy el padre de esta criatura que crece en mi vientre está muerto. Me gustaba el tacto de sus manos, su aliento sobre mis ojos cuando los besaba, sus movimientos elegantes y sus hermosos dientes blancos. Él me había tratado bien a pesar de que era parte de ese círculo violento que me hacía desdichada. Sí, yo estoy empezando a resentir muchas cosas, por ejemplo, a resentir que Carlos me dejó, que mis padres no me encontraron antes de que yo viviera todos los horrores de mi cautiverio. Resiento que mi hermana creciera bajo la sombra de mi desgracia y que yo ya no sé sonreír. Desde que he llegado a casa no recuerdo ni una sola vez en la que haya sonreído con ganas, de verdad. Ni siquiera en las terapias a las que me he sometido recuerdo cómo hacerlo. Me siento gris y al mismo tiempo a salvo; me siento a salvo y después algo en mí me cataloga como anormal. Soy un ser anormal que pronto se convertirá en una herramienta de destrucción masiva.

Con este raro pensamiento y con las apariciones de lobos en las pesadillas he decidido que tengo que marcharme lejos. Tan lejos que no pueda tener contacto con los recuerdos que empiezan a atormentarme por gracia o desgracia de este bebé.

Existen momentos en que me encuentro acariciando mi vientre como una devota primeriza y otras en que me golpeo el abdomen, como lo estoy haciendo ahora, hasta producir moretones en la piel. Algunas ocasiones no siento movimiento alguno, pero en otras siento como un pequeño *espasmo que me hace despertar a mi realidad. Sentimientos contradictorios se adueñan de mi cordura y termino gritando en la ducha o a la mitad de la noche o huyendo de mis padres a encerrarme en mi guarida junto con el gato. Me aisló en la oscuridad, le temo a los ruidos de la casa. No me gusta el crujir de la madera cuando camino. Me asusta el viento que se cuela por la puerta principal simulando un silbido, ese sonido es tétrico. ¿Me han robado mi alma? ¿Alguien tendrá tiempo para escucharme? El* undertaker *se ha llevado mi música... Otra vez escucho la trompeta al final del pasillo del cuarto de mi* majka, *sé que es Brigitte quien la practica. Me levanto y le pongo seguro a la puerta, la presencia de mis padres me lastima. No quiero hablar con ellos, tampoco quiero salir de casa.*

Dejo de escribir. Me he desahogado, ya no siento el pecho comprimido por el peso de mis sentimientos y de mis confusiones. Respiro hondo, cierro el diario de tapa roja y miro por la ventana, veo hacia el lago, los pinos han oscurecido un poco, las hojas secas están sobre sus pies. Veo a una pareja que camina con un perro que se hace caca al pie del árbol de la casa. Ninguno acopia la mierda, golpeo la ventana, pero no me escuchan. Vuelvo a golpear y me miran, sé que me miran, pero disimulan y se van con su perro hacia la planicie del lago, seguro que si el perro hace otra de sus gracias tampoco limpiarán. Les saco el dedo medio cuando se gira la mujer a ver si ya me he ido de la ventana. Se ríe como si fuera gracioso. El barrio me transporta al día en que me secuestraron, el lago de enfrente guarda quizá otros demonios que vendrían por mí mientras no hubiese nadie más en casa. Los ataques de pánico vuelven a empezar y el medicamento para tranquilizarlos es demasiado para disuadir mis ansiedades. Respiro, respiro como me enseñé, como ya estoy acostumbrada. Me recuesto y coloco mis manos en el pecho y entono una melodía. No sé cuál es, o si existe, lo que sé es que me aquieta la angustia. Este es uno de mis retos, superar mi estrés postraumático y todo lo que incluye: el maltrato físico, las condiciones de vida, el cautiverio, el dolor causado, más que todo, y sobre todo, la huella de por vida que me deja el estar embarazada.

«Tengo que irme de aquí, este lugar no me ayuda. No puedo estar aquí para siempre», me digo llorando y agarrando mi cabeza. Abro el estante de las medicinas y empiezo con frenética desesperación a botar todas las píldoras que hay en los frasquitos amarillos.

•••••

Estoy en la cocina, la televisión está prendida y pasan las noticias. Veo el rostro del detective Marcos en el cuadrante. Subo el volumen y escucho lo que dice con atención. Mi madre irrumpe y pregunta:

—¿Qué dice?

—Que la información que se tiene ahora es que, al llegar a Brasil, el rastro de Lola ha desaparecido. No se sabe con certeza dónde está, pero que es otro problema del cual preocuparse por el dinero que se llevó y los contactos que conocía; dijo también que la ley no puede sellar nuestro caso por completo —le resumo y luego le doy un mordisco a mi manzana

—No es nuevo, Sergio ha seguido ayudándolo, ayer almorcé con él y mencionó que los días y las noches del detective Marcos se han convertido en una verdadera rutina de persecución. En el transcurso de estos tres meses no han encontrado a ninguno de los conspiradores del Chino. Todos han desaparecido, escondiéndose donde el brazo de la ley no los alcance —acota *majka*— Sé que Sergio tampoco quita el dedo del renglón. No es fácil para él. Lleva cuatro meses viviendo en la ciudad y está cansado. Dice que de seguro lo llamaran para volver a su trabajo, en especial, cuando la situación de Israel, Palestina y los sirios refugiados son noticia de todos los días —agregó.

Muerdo otra vez la manzana y sigo fijándome en el rostro de Marcos en las noticias. Mi madre acota:

—Para él este asunto no es cuestión de honor, sino de justicia. Y que el rastro de Lola se haya esfumado de un momento a otro, a él le indica que ella se está escondiendo, esperando para poder actuar y huir hasta Argentina como indicaban sus notas.

»Sí, están investigando si hay en Miami o New York mujeres que puedan ser embarcadas hasta Marruecos. Esa parte se les está haciendo difícil. La información que encontraron en las notas del cuaderno de Lola mencionaba a Argentina como base, y un trazo indicaba Marruecos. Pero no saben con exactitud qué significan las notas. Están especulando con posibilidades.

»Bueno, de lo que están seguros es de que piensan transportar a Marruecos, pero no saben si llegarán a Casa Blanca, Tánger o Alger. Así que están ayudándose con el amigo de Sergio en Brasil y con el Comisionado de la Policía Fronteriza para saber si Lola irá a la Argentina.

—¡*My God*, esta pesadilla debe terminar! Ya casi es diciembre y no soporto más –murmuro y apago la televisión.

Suena el móvil, veo en la pantalla que es Sergio. Lo dejo sonar. Suena varias veces, suena insistente, entonces lo apago. Mi *majka* me mira, sé que me observa con reproche, pero no dice nada por ahora. Yo me limito a seguir mordiendo el resto de la manzana que me queda y ojear una revista vieja. Siento que mi *majka* me mira obsesiva, entonces le comento:

—No quiero hablar con él hoy.

—Está bien, no he dicho nada —me responde.

—No lo dices, pero lo piensas —contesto.

—Quizá sea alguna noticia sobre Lola o sobre algo más —dice, ajustando el tono de voz.

—¡Aquí no hay buenas noticias!, ¡solo noticias de mierda, *majka*! —digo molesta y me marcho dejando a mi madre en la cocina con la limpieza.

• • • • •

El estudio estaba en silencio, Milán duerme acurrucado sobre el mueble que *majka* colocó en mi ausencia. Sostengo mi cuerpo sobre la pared de la que cuelgan las pinturas de Brigitte y que también sostiene la sombra de mi conciencia. «Las crisis nos hacen sufrir más y mi crisis está arrancándome la cordura», murmuro.

A un lado de Milán se encuentra mi diario, lo dejé allí la última vez que releí mis notas. Tomo ese compendio de hojas que han sido a la vez refugio, terapia y compañía; siento que mi cuerpo ya no se puede sostener y entonces me siento sobre la alfombra mullida; allí me dispongo a aligerar mi pesadez vaciando mis angustias.

Noviembre 18 del 2024

El FBI ahora tiene infiltrados en México y en Argentina. El amigo de Sergio de la Interpol en Brasil está informándolos continuamente de sus acciones. A los del FBI, este caso los ha enfrentado a su propia realidad. Están convencidos de que sus antiguas decisiones los han puesto en la mira de la prensa y no es conveniente para su entidad. La nueva estrategia por parte de ellos ha sido informar a la prensa de la alerta sobre los «Estafadores Románticos». No tiene nada que ver con lo que nos ha pasado a nosotras, pero lo mejor es que le han dado de comer a los medios por un tiempo. Esto es uno de sus trucos de pescadores.

En Charlotte los rastreos de las direcciones IP y los chat room *que se dedican a mencionar la palabra* Trade *están a cargo de Provenzano, el* hacker *que trabaja con el amigo de Marcos y Sergio. Provenzano se ha encargado de monitorear agentes de la Unidad de Tráfico y Trata y policías cercanos a esta. Tienen la certeza de que hay una mala hierba y quieren saber quién es. El reporte de Provenzano informa que las últimas transacciones indican movimientos de compradores de sexo en el área de la universidad. Sin embargo, les ha explicado que eso del rastreo de IP no es confiable. Él les ha dicho que el manejo es solo para confirmar coordenadas, es decir, información geográfica general, pero no específicamente dónde residen. Lo mismo pasa con las ubicaciones de los móviles. Que no es como se ve en las películas, la verdad es otra y es bastante teatral en estos casos, aunque para eso está él, el* hacker *con su habilidad implacable y decidida. (Me gustaría conocerlo, Sergio me ha dicho que es un caso «el Provenzano»)*

Me pone en jaque la idea de que de un momento a otro el infiltrado del FBI en México dejará saber el modus operandi *de los traficantes y podrán inmovilizar otra nueva célula en la ciudad, parece que desde Laredo y Houston están trayendo nuevas jóvenes. No quiero pensar que llegarán mujeres y niñas a ser prostituidas. Se puede ayudar con órdenes de protección, con protección de víctimas, refugio policial, pero si el sistema es corrupto desde la base, no serán buenas alternativas a las que pueden recurrir. Yo pienso que no se puede confiar en esas acciones al cien por cien, como no se puede confiar en los retratos hablados. No siempre son precisos cuando las víctimas son drogadas con sedantes y demuestran, como yo lo hice en el hospital, una debilidad en su estructura emocional, pero el trabajo en equipo está dando resultado.*

Lola no da signos de vida, sin embargo Sergio tiene vigilados los puertos de Miami y New York por si sale «mercancía» en algún contenedor camino a Marruecos. Quiero ayudar más, aunque no sé cómo. Quiero obtener la justicia que merezco y que las demás mujeres y sus familias piden. Lola es la única que no sigue los patrones de obediencia.

Su vulnerabilidad la convierte en un huracán incontenible, ella puede correr riesgos, sin embargo, no estoy segura de cómo reaccionaría a los ataques. Lo pienso porque recuerdo cuando se presentó ahogada en alcohol en La Jaula.

Mi miedo no termina, sigue aquí, dentro de mi corazón. Si no aprenden a Lola, no sabré si podemos estar a salvo.

Termino de escribir. Estiro las piernas y prendo el móvil. La manzanita de Apple se asoma a través de la pantalla. Luego los sonidos de las alarmas de mensajes empiezan a tintinear. Presiono el icono de mensaje y escucho la voz de Sergio.

«Hola, Drina, soy Sergio. Marcos planeaba ir a visitar a su excolega en la penitenciaria. Antes de la visita solicitó un reporte de quiénes han acudido a verlo desde su arresto, y lo han visitado Bernabé y Bee. Estamos saliendo para allá. Él debe saber dónde ubicarlos. Te llamare luego».

Inhalo el aire de la habitación, «qué más da, ya pronto no estaré aquí», me digo. Apoyo la cabeza hacia atrás y cierro los ojos para dejar de pensar por un momento. Escucho la respiración de Milán. Un sonido silbante viaja desde su paladar suave. Es un sonido placentero que me provoca hambre, tristeza y dolor.

Mi móvil suena una y otra vez. Me he quedado flotando en el aire de la habitación. Creo que he dormido también. Estiro mi torso hacia adelante y luego de un lado a otro. Veo la pantalla del móvil que se ilumina, es Sergio. No contesto, dejo que vaya directo al buzón. Me dirijo al baño y me refresco la cara. A mi alrededor todo es silencio. Es un silencio colorido, no hay paredes húmedas, ni colchones en el suelo. Lo que me rodea en casa es tranquilidad. Me limpio la cara y pongo pasta dental sobre mi cepillo auxiliar. Resulta que tengo cepillo de dientes en los baños de la casa. Es una manía que se me ha incrustado después de la vida que llevé.

Mientras me cepillo los dientes escucho el mensaje de voz.

«Hola, Drina, soy Sergio. Sabemos dónde está Lola. Recibí información de mi amigo en Brasil. La tiene ubicada. Van a arrestarla en pocas horas. ¡Alégrate! Un demonio menos que contar. Otra cosa, Ronny nos ha dicho que Bee y Bernabé están en los puertos para el envío de las "palomitas". Las van a dormir y a meter en dos vehículos de colección. La compañía de transporte es de un cliente de Roxana Sebastián. ¡Todo acabará mañana! Habremos ganado una batalla, Drina, ¡Alégrate!», decía Sergio con voz emotiva.

Mi corazón da un vuelco. No sé si es felicidad o qué es, pero siento que el peso que residía en mis espaldas y se adueñaba de mi cuerpo se ha esfumado como por arte de magia. Inhalo otra vez aire para sentir que estoy viva y despierta y que no es una pesadilla. «La naturaleza del mal es posible combatirla», me digo en voz alta y corro a buscar a *majka.* Abro la puerta del estudio y voy a la cocina, entonces la abrazo, la beso y, eufórica, le digo:

—La cacería ha comenzado. La han encontrado, la han encontrado.

—¿A quién?, ¿a quién encontraron? —pregunta *majka.*

—¡A Lola!, e irán en busca de Bee y de Bernabé —dije llena de emoción y oprimí *replay* al mensaje de Sergio—. Escucha, *majka.*

—¡Dios nos escuchó a tu padre y a mí! —exclama *majka* con una mezcla de sorpresa y alegría llevándose las manos a la cara y a la boca.

• • • • •

Es 6 de enero, Día de Reyes, y es la celebración más importante que se lleva a cabo en casa. No podré encender las veladoras en la ventana, pero mi familia las encenderá por mí y cuando me establezca en Israel yo las encenderé para no perder el camino. Es el principio de un nuevo año. Observo a la gente que corre, viene y va. Las voces que anuncian los vuelos se escuchan como las recordaba. Sensuales y con un acento claro y profesional. Los aeropuertos me agradan, desde niña los vi como casas prefabricadas con un montón de equipos interesantes. Esta madrugada hay mucha gente, los primeros vuelos son los más llenos por las conexiones internacionales. Las puertas automáticas se abren y se cierran continuamente dejando que el frío empiece a escurrirse en distintas direcciones. Pienso que todo ha ocurrido demasiado rápido en estos meses después de mi huida de la casa de Gastonia. Regresé a mi casa el 28 de septiembre, seguí con mis terapias de escritura, y mi vientre sigue creciendo. No sé cuál será mi destino, sin embargo trataré de concentrarme en dar un paso a la vez. El miedo ya no se siente con la misma intensidad que antes, pero tengo miedo igual.

No puedo negar que me invade la incertidumbre a veces. Después de la muerte de Cristóbal Materon, alias el Chino Lezama, la «Familia Internacional» se ha visto bajo escrutinio. Lola está en una cárcel de Brasil esperando que la extraditen a los Estados Unidos. Bee y Bernabé fueron capturados en Miami y Nueva York, lo mismo que una banda de nigerianos que hacían negocios con Samuel y el Tuerto desde Marruecos y hacia España. Al parecer ellos hacían negocios a las espaldas del Chino y pensaban montar su propio cartel de tráfico.

En Los Ángeles encontraron el cuerpo calcinado de Samuel y a otro, suponen que es el Tuerto, aunque este último se encontraba en bastante mal estado para reconocerlo, llevaba una pistola de cacha tallada, y era de oro. No me cabe duda de que era ese el malnacido. Marcos León se ha jubilado de sus labores como detective y dentro de poco se mudará a la Florida a vivir su retiro. Sergio se ha marchado también. Así como llegó se ha ido, en silencio, cauteloso y discreto. Esa es su forma de vida. Espero con ansias verlo pronto. Las jóvenes que trabajaban para Bee tienen protección de víctimas. Y, pues yo, he decidido dejar atrás la pena. No conozco en persona a el Provenzano, pero hablamos y chateamos seguido. Me ha enseñado algunos trucos para mantenerme a salvo en el mundo de las redes sociales y del internet. No planeo tener redes sociales, pero planeo utilizar mi nueva HP.

Hoy recordé a Carmen, me vi en su reflejo lejano y pensé en el día que la encontraron dentro de una bolsa de basura. Recordé lo que Marcos León me comentó, que le habían sacado de tajo a su bebé. «Probablemente no sobrevivió», mencionó él. Todavía seguían buscando al médico que nos atendía. El famoso *Doc* también era una pieza importante en toda esta locura.

Vuelvo a la realidad, mi padre me trae un *cheese danish* y una taza de chocolate, lo coloca sobre mis piernas. No hablamos, solo observamos a la gente que corre de un lado hacia el otro y que suben las escaleras de dos en dos con sus maletas y maletines. Vuelvo a pensar en la suerte del niño de Carmen, fue mejor así. Es mejor que aquella criatura esté muerta, lo mismo que su madre. Las jóvenes que apartaban para hacer de ellas esposas serviles, o a las que tenía Bee a trabajo forzado estarían igual de acompañadas que yo por la sombra de lo inquietante, de la irritabilidad y de la dificultad para recuperarse. Yo tenía apoyo de mi familia y de la familia extendida que estaba conformada por Evelyn, el detective Marcos y Sergio, el mosad de expresiones monosílabas que estaba dispuesto a recogerme en el aeropuerto de Tel-Aviv y a apoyarme durante lo que faltaba para el nacimiento del bebé de Owen. Mis padres seguían a mi lado; mi *majka*, de mirada dulce, me seguía junto a la mirada de mi padre, de verde azulado como el mar de su país. Brigitte no quiso acompañarme y lo entendí, se quedó con las yayas y Evelyn en un juego de dominó. Yo dejaba otra vez mi casa, el olor a hierbas dulces, a crepas de calabaza y banana, a verbena y lavanda y a una historia con secretos endemoniados, y otros que de forma azarosa desean quedarse en nuestros corazones; en esa parte íntima de donde solo salen a flote cuando uno se siente con ganas de entretejer memorias para sentir que pertenece a algo, o a alguien, o viceversa, que ese algo o alguien te pertenece a ti.

Anunciaron mi vuelo de United a D.C., era mi primera parada. Me levanté y le di a mi *otac* el vaso desechable de Starbucks. Guardé en mi suéter una porción del *cheese danishy,* luego lo abracé. Mi *majka* se acercó por detrás y sentí sus besos como cuando era niña. Se me hizo un nudo en la garganta, contuve mis lágrimas.

—Saben que necesito hacer esto, ¿lo saben, verdad? —dije.

Los dos asentaron con movimientos de cabeza. *Majka* extendió su mano derecha y tomó mi mano izquierda, sentí caer unas pequeñas cuentas en mis manos y cuando las vi, era el collar que había llevado con ella desde que supo que iba a ser madre por segunda vez. Era el camafeo de la Virgen de Guadalupe que colgaba de su cadena adornada con perlas y pequeños brillantes. Mis padres no eran devotos, pero eran creyentes y mi *majka* creía que después de las malas tormentas Dios nos daba la calma, nos daba la soledad para reflexionar y para perdonar, aunque el perdón al prójimo no fuera un acto que llegara rápido.

—Te acompañará, te librará de todo mal —dijo y volvió a besarme.

—Gracias, *majka* —dije con la voz quebrada.

—Ten presente que una abeja sabe cómo llegar a su panal —susurró mi padre al darme el abrazo final.

—Las abejas están en extinción, *otac* —le dije.

—Hija —se despidió *majka*—, siempre sé como las águilas. ¡Sé como las águilas, *spread your wings and fly higher*!

MARGARITA DAGER-USCOCOVICH

Nacida en Guayaquil – Ecuador, en 1967. Escritora, poetisa, reseñadora de arte, intérprete bilingüe y defensora de los derechos de los refugiados y de la mujer. Autora de la novela *No es tiempo de morir*, cuya versión en español fue premiada en varias ocasiones durante el año 2019, así como su versión en inglés lo fue en el año 2020. Esta obra nos transporta a la dura realidad de la guerra en Siria, pero, más que todo a la crueldad que experimentan los niños y las mujeres como armas de guerra, en donde sus derechos son violentados de forma alarmante.

Margarita formó parte del equipo editorial de la revista *Amanecer* del colegio Urdesa School en Guayaquil, Ecuador. Autodidacta y lectora ferviente considera que la opinión de un individuo en el ámbito social, en especial en la literatura y en la política, es obligatorio. De acuerdo con la autora, el ser humano se halla conformado por cerebro y pensamiento, y el análisis del pensamiento en columnas y tribunas periodísticas: «debe ser un medio para nosotros los escritores poder promover el debate con espíritu autocrítico».

Residir en varios países de Europa y América le ha dado la oportunidad de enriquecerse de su cultura para así tener la facilidad de crear pequeñas obras con las que ha participado en diversos concursos internacionales (Argentina, México, España, Uruguay, Berlín y Estados Unidos) con microrrelatos, cuentos cortos y poesía.

Ha sido colaboradora en algunos Editoriales de *Mundo Latino Newspaper* (en Charlotte, Carolina del Norte), con trabajos de periodismo reflexivo; en *Revista Latina NC*, con sugerencias literarias y entrevistas; y en *La Nota Latina Miami*, con crónicas de viaje, escritura erótica y artículos de opinión sobre la diáspora venezolana. Actualmente escribe artículos de opinión sobre política, derechos humanos y entrevistas en el periódico *La Nación Ec.* de su país. Próximamente será una de las caras en la revista literaria *Café y Letras* de Puerto Rico enfocada hacia la literatura hispanoamericana en el ámbito internacional. Su narrativa y su poesía se pueden encontrar en la revista digital de literatura Label me Latin, de Estados Unidos; en *VozEs Expresión*, en Tlacuache; y *La Coyol* y *Caina Fanzine* de México.

Espera que su nueva novela, *Las queremos vivas*, tenga la misma buena recepción de los lectores y críticos literarios. La obra nos mostrará el lado oscuro del tráfico sexual. Es una novela de ficción que ataca un problema social, no solo de cómo este «negocio» afecta a la ciudad de Charlotte, NC, sino a todos los países alrededor del mundo.

www.ingramcontent.com/pod-product-compliance
Lightning Source LLC
LaVergne TN
LVHW050920080826
845145LV00001B/145

* 9 7 8 1 9 5 1 4 8 4 7 1 2 *